8/12 0,60

ULLSTEIN

Das Buch

Durch eine Reihe unerklärlicher teuflischer Anschläge, die zahlreiche Todesopfer fordern und Millionenschäden anrichten, gerät das pharmazeutische Weltunternehmen der Familie Roffe ins Wanken. Nach dem überraschenden Ableben des Präsidenten Sam Roffe übernimmt dessen einzige Tochter Elizabeth die Leitung des Konzerns – ein Schritt, der ihr Leben in Gefahr bringt. Nur knapp entgeht sie mehreren Attentaten. Doch wer ist es, der sie und die Firma vernichten will? Eines steht fest: Nur ein Insider kann die für die Sabotageakte nötigen Kenntnisse haben. Ivo Palazzi etwa, der charmante Leiter der italienischen Niederlassung, der von seiner Geliebten erpreßt wird. Oder Sir Alec, den die Londoner Unterwelt unter Druck setzt. Ebenfalls denkbar, daß Charles in Paris auf diese Weise versucht, der demütigenden Ehehölle mit Hélène Roffe zu entkommen. Nicht auszuschließen auch, daß hinter allem Rhys Williams steckt, der Sam Roffes absolutes Vertrauen besaß und den Elizabeth liebt. An Verdächtigen herrscht kein Mangel ...

Der Autor

Sidney Sheldon, 1917 in Chicago geboren, schrieb schon früh für die Studios in Hollywood. Bereits mit fünfundzwanzig Jahren erzielte er grandiose Erfolge am Broadway. Am bekanntesten aus dieser Zeit ist wohl sein Drehbuch zu dem Musical *Annie Get Your Gun.*

Von Sidney Sheldon sind in unserem Hause bereits erschienen:

Ein Fremder im Spiegel
Jenseits von Mitternacht

SIDNEY SHELDON

Blutspur

Roman

Aus dem Englischen von
Martin Lewitt

Ullstein

Besuchen Sie uns im Internet:
www.ullstein-taschenbuch.de

Umwelthinweis:
Dieses Buch wurde auf chlor- und säurefreiem Papier gedruckt.

Jubiläumsausgabe Januar 2003
Ullstein Verlag
Ullstein ist ein Verlag des Verlagshauses Ullstein Heyne List GmbH & Co. KG

Titel der amerikanischen Originalausgabe: *Bloodline*
Übersetzung: Martin Lewitt
Umschlagkonzept: Sabine Wimmer, München
Umschlaggestaltung: Thomas Jarzina, Köln
Titelabbildung: IFA Bilderteam, Düsseldorf
Druck und Bindearbeiten: Ebner & Spiegel, Ulm
Printed in Germany
ISBN 3-548-25618-X

Für Natalie
in Liebe

»Sorgfältig präpariert der Arzt
eine Tinktur aus Krokodildung,
Eidechsenfleisch, dem Blut von Fledermäusen
und Kamelspucke…«

Aus einer Liste von 811 Arzneien der Ägypter, auf Papyrus, 1550 v. Chr.

Erstes Buch

1. Kapitel

Istanbul
Samstag, 5. September, 22 Uhr

Er war allein, saß im Dunkeln an Hadjib Kafirs Schreibtisch, starrte mit blindem Blick durch die verschmutzten Bürofenster auf die zeitlosen Minarette von Istanbul. Ein Dutzend Metropolen rund um die Welt war ihm vertraut wie sein Zuhause, aber Istanbul gehörte zu seinen Lieblingsplätzen; nicht die von Touristen überlaufene Beyoglustraße oder die protzige Lalezab-Bar im Hilton, vielmehr die abgelegenen Winkel, wo man nur Moslems antrifft: die Djalis und die kleinen Bazare jenseits der Souks.

Er wartete, und in seinem Warten lag die Geduld des Jägers, die entspannte Haltung eines Mannes, der Geist und Körper unter Kontrolle hat. Der Mann stammte aus Wales, seine Züge, von leidenschaftlicher Attraktivität, trugen den Stempel seiner Vorfahren. Sein Haar war schwarz, das Gesicht energisch, scharf geschnitten; die intelligenten Augen leuchteten tiefblau. Über ein Meter achtzig groß, zeigte er die muskulöse Schlankheit eines durchtrainierten Mannes. Das Büro war erfüllt von den Gerüchen Hadjib Kafirs, dem penetrant-süßen Tabakaroma, dem scharfbitteren Kaffeeduft und den Ausdünstungen seines fetten, öligen Körpers. Rhys Williams nahm das alles jedoch nicht wahr. Seine Gedanken kreisten um den Anruf, der ihn vor einer Stunde aus Chamonix erreicht hatte.

»... Ein entsetzlicher Unfall! Glauben Sie mir, Mr. Williams, wir sind hier alle völlig entgeistert. Es passierte so ungeheuer schnell, daß es überhaupt keine Chance zur Rettung gab. Mr. Roffe war auf der Stelle tot ...«

Sam Roffe: Präsident und verantwortlicher Chef von Roffe und Söhne, dem zweitgrößten pharmazeutischen Konzern der Welt, einer den Globus umspannenden Multimilliarden-Dollar-Dynastie. Sam Roffe tot – ein unfaßlicher Gedanke. Er, der immer voller Energie und Leben steckte, ein Mann, der ständig und unaufhörlich in Bewegung war, in den Flugzeugen zu Hause, die ihn rund um den Erdball brachten, zu den Fabriken und Niederlassungen des Konzerns, wo es galt, Schwierigkeiten zu beseitigen, mit denen andere nicht fertig wurden, neue Konzeptionen und Strategien auszuarbeiten, seine Mitarbeiter bis zum Äußersten anzutreiben. Obwohl er geheiratet hatte und Vater eines Kindes war, blieb sein eigentliches Interesse sein ganzes Leben lang dem Konzern verhaftet. Sam Roffe war eine außergewöhnliche Persönlichkeit gewesen, ein imposanter Mann. Wer sollte ihn ersetzen können? Wer hatte das Zeug dazu, sein Erbe anzutreten, das gigantische Unternehmen zu regieren? Sam Roffe hatte keinen Kronprinzen herangezogen. Warum auch? Schließlich war ihm nie in den Sinn gekommen, mit zweiundfünfzig Jahren zu sterben. Sein Erbe brauchte er noch lange nicht zu regeln, dazu war noch viel Zeit, hatte er geglaubt.

Und jetzt war die Uhr plötzlich abgelaufen.

Im Büro flammten die Lichter auf. Rhys Williams, momentan geblendet, sah zur Tür.

»Mr. Williams! Ich hatte keine Ahnung, daß Sie hier sind.«

Die Stimme gehörte Sophie, einer der Sekretärinnen der Niederlassung, die bei jedem seiner Aufenthalte in Istanbul für Rhys Williams abgestellt wurde. Sie war Türkin, Mitte Zwanzig, mit attraktivem Gesicht und geschmeidigem, sinnlichem Körper, die lebendige Verheißung. Mit der geheimnisvollen, uralten Körpersprache hatte sie Rhys Williams zu verstehen gegeben, daß sie ihm über das Geschäftliche hinaus zur Verfügung stand, für alle Annehmlichkeiten, die er begehrte, doch Rhys hatte kein Interesse gezeigt.

Jetzt sagte sie: »Ich bin noch mal gekommen, um ein paar Briefe für Mr. Kafir zu erledigen. Aber vielleicht gibt es etwas, das ich für Sie tun kann?«

Sie kam näher, und Rhys spürte den moschusartigen Geruch des wilden Tieres in der Brunstzeit.

»Wo ist Mr. Kafir?«

Sophie schüttelte bedauernd den Kopf. »Er ist fortgegangen, hat für heute Schluß gemacht.« Mit ihren weichen, ausdrucksvollen Händen strich sie sich das Kleid glatt. »Kann ich Ihnen behilflich sein?« Ihre Augen glänzten dunkel und feucht.

»Das können Sie«, erwiderte Rhys. »Treiben Sie Kafir auf.«

Sie krauste die Stirn. »Ich habe keine Ahnung, wo ...«

»Versuchen Sie es in der Karawanserei oder im Mermara.« Rhys selbst tippte auf die Karawanserei, wo eine aus der Sammlung von Hadjib Kafirs zahlreichen Geliebten als Bauchtänzerin auftrat. Obwohl man bei Kafir nie wissen konnte, schoß es ihm durch den Kopf. Möglicherweise steckte er sogar bei seiner Frau.

Sophie war das leibhaftige Bedauern. »Ich will es gerne versuchen, aber ich fürchte, ich ...«

»Richten Sie ihm aus, wenn er nicht innerhalb einer Stunde hier auftaucht, hat er keinen Job mehr.«

Sofort veränderte sich ihre Miene. »Selbstverständlich, Mr. Williams, ich werde sehen, was ich tun kann.« Sie bewegte sich auf die Tür zu.

»Und machen Sie das Licht aus.«

Mit seinen Gedanken im Dunkeln zu sitzen erschien ihm irgendwie erträglicher. Immer wieder drängte sich ihm Sam Roffes Bild auf. Den Montblanc zu besteigen – eigentlich fast ein Kinderspiel zu dieser Jahreszeit, Anfang September. Sam hatte den Berg schon mehrmals in Angriff genommen, aber immer hatte ihn die Witterung vor Erreichen des Gipfels zur Umkehr gezwungen.

»Diesmal klappt's, da pflanze ich oben die Konzern-Fahne auf«, hatte er Rhys halb im Scherz versprochen.

Und dann, soeben, der Anruf, als Rhys sich im Pera Palace Hotel zur Abreise rüstete. Er hatte die aufgeregte Stimme aus dem Telefon noch im Ohr. »... Sie waren gerade beim Überqueren eines Eisfeldes ... Mr. Roffe verlor den Halt, und da riß die Leine ... Er stürzte in eine abgrundtiefe Gletscherspalte ...«

Rhys sah Sams Körper vor sich, wie er auf das unbarmherzige Eis aufschlug und in den Abgrund stürzte, tiefer, immer tiefer. Er zwang sich von dem Bild los. Das gehörte der Vergangenheit an. Seine Gedanken mußten sich auf die Gegenwart konzentrieren. Es gab genug Probleme zu überdenken. Die Todesnachricht mußte Sam Roffes Familie übermittelt werden, und die befand sich an den verschiedensten Ecken der Welt. Dann galt es, eine Verlautbarung für die Presse aufzusetzen. Die Nachricht würde die internationale Finanzwelt erschüttern wie die Druckwelle nach einer schweren Explosion. Schließlich steckte der Konzern in einer finanziellen Krise, und da war es geradezu lebenswichtig, den Schock der Nachricht vom Ableben des Konzernchefs so weit wie möglich zu dämpfen, eine Aufgabe, die Rhys selbst zu meistern hatte.

Rhys Williams war Sam Roffe vor neun Jahren zum erstenmal begegnet. Rhys, damals fünfundzwanzig, hatte als Verkaufschef einer kleinen pharmazeutischen Firma gearbeitet. Er war ein brillanter Manager mit einem todsicheren Spürsinn für Neuerungen, und in dem Maße, wie das Unternehmen florierte, stieg Rhys' Ansehen. Roffe und Söhne boten ihm einen Posten an, und als er ablehnte, kaufte Sam Roffe die Firma, für die Rhys arbeitete, einfach auf und ließ ihn zu sich kommen. Noch jetzt spürte Rhys den überwältigenden Eindruck, den Roffes Persönlichkeit bei jenem ersten Treffen auf ihn ausgeübt hatte.

»Ihr Platz ist hier, bei Roffe und Söhne«, hatte Sam ihm kurz und bündig erklärt. »Aus diesem Grund habe ich die Klitsche gekauft.«

Rhys hatte sich geschmeichelt gefühlt, war aber gleichzeitig irritiert. »Was ist, wenn ich nicht bleiben will?«

Sam Roffe hatte gelächelt. »Keine Angst, Sie werden bleiben. Wir beide, Sie und ich, haben eines gemeinsam, Rhys. Wir stecken voller Ehrgeiz. Wir wollen die Welt erobern. Und ich werde Ihnen zeigen, wie man das macht.«

Die Worte waren für Rhys von einer unwiderstehlichen Zauberkraft, verhießen das Schlaraffenland, das den ungeheuren Hunger stillen konnte, der den jungen Mann verzehrte. Denn er wußte etwas, das sich der Kenntnis Sam Roffes entzog: Einen Rhys Williams gab es in Wahrheit nicht. Rhys Williams war ein Mythos, entstanden aus tiefer Armut, heißer Sehnsucht und einem unbändigen Ehrgeiz.

Geboren war er im Bannkreis der Kohlenminen von Gwent und Carmarthen, in einem der rot-vernarbten Täler von Wales, wo die grüne Erde versetzt ist mit Felsen aus Sandstein und kreisrunden Inseln aus Kalk und dem tiefen Schwarz der Kohle. Er wuchs auf in einem Fabelland, wo schon die Namen reine Poesie sind: Brecon und Pen-y Fan und Penderyn oder Glyncorrwg und Maesteg. Das Land der Sagen und Legenden. Die Kohle tief in der Erde, entstanden vor 280 Millionen Jahren, der Boden darüber, einstmals mit Waldungen so dicht bewachsen, daß ein Eichhörnchen von Brecon Beacons bis zum Meer hüpfen konnte, ohne nur einmal den Boden zu berühren. Aber dann war die industrielle Revolution hereingebrochen, Köhler hatten die herrlich grünen Bäume abgeholzt, zum Fraß für die unersättlichen Feuer in den Öfen der Eisenproduktion.

Der Junge wuchs auf mit den Heldengestalten einer anderen Zeit und einer vergangenen Welt. Robert Farrer, von der römisch-katholischen Kirche auf dem Scheiterhaufen verbrannt, weil er sich weigerte, das Zölibat zu geloben und von seinem Weib zu lassen; König Hywel der Großmütige, der dem wilden Wales im zehnten Jahrhundert das Gesetz gegeben hatte; Brychen, furchterregender Krieger, der zwölf Söhne und vierundzwanzig Töchter gezeugt und alle Angriffe auf sein Königreich mit barbarischer Härte zurückgeschlagen hatte. Es war ein Land, getränkt von Geschichte und Geschichten, in dem der Knabe heranreifte, doch der Glanz von vorgestern war etwas ganz anderes als das Gestern und Heute. Rhys' Vorfahren waren alle Bergleute gewesen, und der Junge lauschte wieder und immer wieder den Geschichten des Vaters und seiner Onkel: Geschichten aus der Hölle. Er hörte von den harten Zeiten, da es keine Arbeit gab, als die reichen Kohlengruben von Gwent und Carmarthen nach einem gnadenlosen Kampf zwischen den Gesellschaften und den Kumpeln geschlossen wurden und als den Bergarbeitern der Lebenswille gebrochen wurde durch unbeschreibliche Armut, die Ehrgeiz und Stolz zum Erlöschen brachte, ihnen den Willen raubte und sie schließlich zur Unterwerfung zwang.

Und als sich die Tore der Minen wieder öffneten, da nahm die Hölle nur ein anderes Gesicht an. Die meisten aus Rhys' Familie waren unter Tage umgekommen, tief in den Eingeweiden der Erde, oder hatten sich ihre rußgeschwärzte Lunge aus dem Leibe gehustet. Wenige nur hatten ihr drittes Lebensjahrzehnt erreicht.

Rhys hörte seinem Vater zu und seinen vorzeitig gealterten jungen Onkeln. Er hörte von Gesteinseinbrüchen tief unten in der Erde, von den Männern, die zu Krüppeln wurden, und von den Streiks. Er hörte von guten und von schlechten Zeiten, und für den Jungen waren es Geschichten des Grauens. Der Gedanke, sein Leben im Dunkel der Tiefe verbringen zu müssen, entsetzte ihn. Rhys wußte: Diesem Schicksal mußte er entrinnen.

Und als er zwölf war, lief er von zu Hause fort. Er kehrte den Kohlentälern den Rücken und zog ans Meer, nach Sully Ranny Bay und Lavernock, zu den Herden der reichen Touristen. Er holte heran, schleppte fort, trug schwere Lasten, machte sich nützlich, wo er nur konnte. Er half Damen die steilen Klippen hinab zum Strand, ächzte unter Picknickkörben, kutschierte in Penarth einen Ponywagen, tat Handlangerdienste auf dem Rummelplatz von Whitmore Bay.

Bei alledem war er nur ein paar Stunden von zu Hause entfernt, doch die eigentliche Entfernung war gar nicht zu messen. Hier gab es die Leute aus einer anderen Welt. Rhys Williams hatte selbst in seinen kühnsten Träumen keine derart prächtig gekleideten Menschen gesehen, solchen Glanz und so herrliche Gewänder. Jede Frau war in seinen Augen eine Königin, die Männer alle elegante und imposante Persönlichkeiten. Er wußte: In diese Welt gehörte er, und er würde alles tun, um sie zu der seinen zu machen.

Mit vierzehn hatte Rhys Williams genug zusammengespart, um eine Fahrkarte nach London zu kaufen. In den ersten drei Tagen wanderte er ziellos durch die gigantische Stadt. Er sog alles gierig in sich auf, die unglaublichen Bilder des Lebens.

Er fand eine Anstellung als Botenjunge bei einem Tuchhändler. Dort arbeiteten zwei männliche Angestellte, für ihn höhere Wesen, und eine Verkäuferin, bei deren Anblick dem Jungen aus Wales jedesmal das Herz zu singen begann. Die Männer behandelten Rhys wie ein Stück Dreck, was ihn nicht wunderte. Er war ja auch eine komische Figur. Seine Kleidung war primitiv, seine Manieren ungehobelt, und er redete in einem unverständlichen Dialekt. Sie konnten nicht einmal seinen Namen aussprechen, nannten ihn Reiss oder Rei oder Reise. »Man spricht das aus wie Ries«, versuchte Rhys ihnen immer wieder klarzumachen.

Das Mädchen faßte, aus schierem Mitleid, ein Herz für ihn. Sie hieß Gladys Simpkins und teilte in Tooting eine kleine Wohnung mit drei Freundinnen. Eines Tages gestattete sie dem Jungen, sie nach der Arbeit nach Hause zu begleiten, und lud ihn dort auf eine Tasse Tee ein. Der junge Rhys war vor scheuer Erregung ganz außer sich, hatte er sich von dem Stelldichein doch seine erste sexuelle Erfahrung versprochen. Doch als er linkisch seinen Arm um Gladys legte, starrte sie ihn einen Moment lang fassungslos an und brach dann in schallendes Gelächter aus. »Von so was kannste bei mir nix kriegen, was haste dir bloß eingebildet«, erklärte sie. »Aber 'nen

Rat kannste haben. *Wenn du willst, daß aus dir was wird,* dann zieh dir erst mal 'n paar anständige Klamotten an und sieh zu, daß du 'n Stück Erziehung abbekommst, und bring dir vor allem Manieren bei.« Dann betrachtete sie das dünne, leidenschaftliche Gesicht und sah Rhys in die tiefblauen Augen. Schließlich meinte sie sehr viel sanfter: »Weißt du, was? Du kriegst die Kurve schon, wenn du erst mal groß bist.«

Wenn du willst, daß aus dir was wird . . . Das war der Augenblick, in dem die Phantasiegestalt geboren wurde, ein Fabelwesen namens Rhys Williams. Der wahre Rhys Williams, das war ein ungebildeter, ungehobelter Junge, ohne Hintergrund und Herkunft, ohne Vergangenheit und Zukunft. Aber er besaß Einbildungskraft, scharfe Intelligenz und brannte vor Ehrgeiz. Und das genügte. Zunächst einmal schuf er sich ein Bild von dem, was er sein und wen er darstellen wollte. Sah er in den Spiegel, so blickte ihm dort nicht der linkische, schmutzige Knabe mit dem komischen Dialekt entgegen. Sein Spiegelbild, das war eine geschliffene Persönlichkeit, erfahren und erfolgreich im Leben. Und Rhys begann, sich Schritt für Schritt diesem imaginären Bild, das er von sich selbst in der Seele trug, anzugleichen. Er besuchte die Abendschule, verbrachte ganze Wochenenden in Museen und Galerien. Er suchte die öffentlichen Bibliotheken auf, ging ins Theater, wo er von der obersten Galerie aus die Kleider der feinen Leute im Parkett studierte. Er geizte am täglichen Essen, um einmal im Monat ein vornehmes Restaurant zu besuchen, wo er mit Sorgfalt die Tischmanieren der anderen Gäste nachahmte. Er beobachtete, lernte und bewahrte alles in seinem Gedächtnis auf. Wie ein Schwamm war er, wischte die Vergangenheit aus und sog die Zukunft in sich auf.

Innerhalb eines kurzen Jahres hatte Rhys sich genügend Wissen und Weltkenntnis angeeignet, um zu merken, daß Gladys Simpkins, seine Prinzessin von einst, nur ein billiges Cockney-Mädchen war, weit unter seinem Geschmack und Standard. Er kündigte dem Tuchhändler und fand neue Arbeit als Angestellter in einer Drogerie, die zu einer großen Drogisten-Kette gehörte. Noch nicht ganz sechzehn, sah er beträchtlich älter aus, hatte Fleisch angesetzt und war in die Höhe geschossen. Nachgerade fingen die Frauen an, auf die dunkle Attraktivität des Jungen aus Wales aufmerksam zu werden, auf sein Aussehen und seine gewandte, schmeichelnde Zunge. An seinem neuen Arbeitsplatz hatte er sofort durchschlagenden Erfolg. Kundinnen pflegten so lange zu warten, bis sie von Rhys bedient werden konnten. Er kleidete sich gepflegt, sprach akzentfrei und geschliffen. Ihm war wohl bewußt, daß er seit Gwent und Carmarthen einen weiten Weg zurückgelegt hatte. Trotzdem: Wenn er in den Spiegel blickte, war er noch nicht zufrieden. Die Reise, die er sich vorgenommen hatte, war noch lange nicht zu Ende.

Zwei Jahre später wurde Rhys Williams zum Geschäftsführer der Drogerie befördert. Der Distriktmanager der Kette sagte ihm bei dieser Gelegenheit voraus: »Das ist nur der Anfang, Williams. Mit harter Arbeit werden Sie es eines Tages zum Leiter von einem halben Dutzend unserer Filialen bringen.«

Rhys hätte ums Haar laut losgelacht. Als ob dies Ziel der Gipfel seines Ehrgeizes sein konnte! Er hatte in der Zwischenzeit nie aufgehört, sich weiterzubilden. Gerade damals beschäftigte er sich eingehend mit Management, Handelsrecht und Marketing. Er wollte mehr erreichen, wollte wie in seiner Vision ganz oben auf der Leiter stehen. Rhys spürte, daß er sich noch auf den unteren Sprossen befand. Die Möglichkeit, höher zu kommen, ergab sich, als eines Tages ein Pharma-Vertreter ins Geschäft kam und Zeuge wurde, wie Rhys mehreren Kundinnen Präparate aufschwatzte, für die sie überhaupt keine Verwendung hatten. Der Mann sagte: »Sie verschwenden hier nur Ihre Zeit, mein Junge, Ihre Fische schwimmen in einem größeren Teich.«

»Und was schwebt Ihnen da vor?« erkundigte sich Rhys.

»Ich werd mal mit meinem Boß reden.«

Zwei Wochen später arbeitete Rhys als Vertreter für die kleine pharmazeutische Fabrik. Dem äußeren Anschein nach war er einer von fünfzig Firmenvertretern, aber wenn Rhys in seinen inneren Spiegel blickte, wußte er, das sah nur so aus. Seine einzige wahre Konkurrenz war er selbst. Immerhin kam er seinem Bildnis, der von ihm geschaffenen Phantomgestalt, nun langsam näher: einem Mann, der zugleich intelligent, kultiviert, weltgewandt war und dazu einen überwältigenden Charme besaß. Er versuchte das Unmögliche. Jedermann wußte, mit solchen Eigenschaften mußte man geboren sein, so was ließ sich nicht erlernen. Doch Rhys schaffte es. Er wurde zu dem Bildnis, das er sich selbst erschaffen hatte.

Er reiste durchs Land, vertrieb die Produkte seiner Firma, redete und hörte zu. Kam er nach London zurück, steckte er voller praktischer Anregungen. Und er begann, mit frappierender Schnelligkeit die Leiter hinaufzuklettern. Drei Jahre danach wurde Rhys zum Generalmanager des gesamten Vertriebs seiner Firma befördert, die sich unter seiner klugen Führung immer weiter ausdehnte.

Und wieder vier Jahre später war dann Sam Roffe in sein Leben getreten. Sam Roffe hatte den brennenden Ehrgeiz erkannt, der Rhys beherrschte.

»Sie sind genauso wie ich«, hatte Sam Roffe gesagt. »Wir wollen beide die Welt erobern. Ich werde Ihnen zeigen, wie man das macht.« Und er hatte sein Versprechen gehalten.

Sam Roffe war ihm ein glänzender Mentor gewesen. Unter seiner Führung und Anleitung war Rhys Williams im Lauf der folgenden neun Jahre für den Konzern unentbehrlich geworden. Mit der Zeit wurde ihm immer mehr Verantwortung übertragen; er reorganisierte die verschiedensten Abteilungen, spielte Feuerwehr in allen Gegenden der Welt, wo immer es in der Verästelung des gigantischen Konzerns ein Problem gab, koordinierte die diversen Zweigstellen, entwickelte neue Konzeptionen. Schließlich wußte Rhys Williams über die Führung des Konzerns besser Bescheid als jeder andere, mit Ausnahme von Sam Roffe, natürlich. Rhys schien der designierte Nachfolger des Konzernchefs. Eines Morgens waren er und Sam Roffe aus Caracas zurückgekehrt. Sie flogen in einer konzerneigenen Maschine, einer umgebauten und luxuriös ausgestatteten Boeing 707-320 aus einer Flotte von acht Düsenflugzeugen. Sam Roffe hatte Rhys zu einem äußerst lukrativen Vertrag beglückwünscht, den dieser der venezolanischen Regierung abgehandelt hatte.

»Das gibt einen dicken Bonus für Sie, Rhys.«

Rhys hatte mit ruhiger Stimme erwidert: »Ich möchte keinen Bonus, Sam. Lieber wäre mir ein Aktienanteil und ein Sitz im Direktorium.«

Genau das hatte er sich verdient, sie wußten es beide. Aber Sam hatte geantwortet: »So leid es mir tut, ich kann die eiserne Regel nicht brechen, nicht mal für Sie. Roffe und Söhne ist ein hundertprozentiges Familienunternehmen. Kein Außenseiter darf im Direktorium sitzen oder Aktien halten.«

Selbstverständlich wußte Rhys das auch. Er nahm an allen Direktoriumssitzungen teil, nur eben nicht als Vollmitglied. Er war ein Außenseiter. Im Roffeschen Stammbaum stellte Sam den letzten männlichen Vertreter dar. Die anderen Roffes waren Frauen, und die Männer, die sie geheiratet hatten, saßen im Direktorium des Konzerns: Walther Gassner, Ehemann der Anna Roffe, Ivo Palazzi, verheiratet mit Simonetta Roffe, Charles Martel, Ehemann von Hélène Roffe, schließlich Sir Alec Nichols, dessen Mutter eine Roffe gewesen war.

Also sah sich Rhys gezwungen, eine Entscheidung zu treffen. Er wußte, er hatte es verdient, einen Sitz im Direktorium zu erhalten, mehr noch: eines Tages den Konzern zu führen. Die gegenwärtigen Umstände standen dem entgegen. Doch Umstände waren der Veränderung unterworfen. Rhys hatte sich entschlossen, zu bleiben und abzuwarten. Sam hatte ihn Geduld gelehrt. Und Sam war jetzt tot.

Wieder ging das gleißende Bürolicht an. Hadjib Kafir stand in der Tür. Kafir, der türkische Verkaufsmanager von Roffe und Söhne, war ein kleiner, untersetzter Mann mit dunkler Haut, der seine Diamanten und den dicken Bauch wie Orden stolz spazierenführte. Im Moment hatte er das leicht zerzauste Aussehen eines Mannes, der in höchster Eile in seine Kleider geschlüpft war. Demnach hatte ihn Sophie doch nicht in einem Nachtclub aufgestöbert. Immerhin, dachte Rhys. Sam Roffes Tod hatte eine Nebenwirkung gezeigt: Coitus interruptus.

»Rhys!« rief Kafir. »Mein lieber, verehrter Freund, können Sie mir noch einmal verzeihen? Ich hatte keine Ahnung, daß Sie noch in Istanbul sind! Sie waren doch schon auf dem Weg zum Flugplatz, und ich hatte dringende Geschäfte . . .«

»Setzen Sie sich, Hadjib, und hören Sie genau zu. Ich will, daß Sie vier Telegramme aufgeben, und zwar verschlüsselt, im Konzern-Code. Alle in verschiedene Länder. Und ich bestehe auf persönlicher Zustellung durch den konzerneigenen Botendienst. Haben Sie mich verstanden?«

»Selbstverständlich.« Kafir schien völlig durcheinander.

Rhys sah auf die dünne goldene Armbanduhr von Baume & Mercier an seinem Handgelenk. »Die Post im neuen Stadtteil wird schon geschlossen haben. Schicken Sie die Telegramme von Yeni Posthane ab. Sie müssen in einer halben Stunde über den Ticker sein.« Er gab Kafir eine Kopie des Textes, den er aufgesetzt hatte. »Und jeder, der über diese Angelegenheit auch nur ein Wort verliert, wird auf der Stelle entlassen.«

Kafir blickte auf das Papier, und seine Augen weiteten sich vor Entsetzen. »Mein Gott!« stieß er aus. »Oh, mein Gott!« Er sah hoch, in Rhys Williams düsteres Gesicht. »Wie – wie konnte das nur geschehen ... Das ist ja furchtbar!«

»Sam Roffe wurde Opfer eines Unfalls«, erklärte Rhys.

Und jetzt gestattete sich Rhys zum erstenmal, seine Gedanken der Angelegenheit zuzuwenden, die er die ganze Zeit aus seinem Bewußtsein verdrängt hatte. Er hatte an alles denken wollen, nur an eines nicht: an Elizabeth Roffe, Sams Tochter. Vierundzwanzig war sie jetzt. Als Rhys ihr zum erstenmal begegnet war, hatte ihm eine Fünfzehnjährige mit Zahnspangen gegenübergestanden, pathologisch schüchtern, viel zu dick, ein einsamer kindlicher Rebell. Doch im Lauf der Jahre hatte Rhys miterlebt, wie aus dem Kind eine junge Frau ganz besonderer Art wurde, ausgestattet mit der Schönheit ihrer Mutter, der Intelligenz und dem lebhaften Temperament ihres Vaters. Sie und Sam waren eng verbunden. Rhys wußte, wie ungeheuer schwer die Nachricht sie treffen mußte. Er würde sie ihr selbst überbringen müssen.

Zwei Stunden später schwebte Rhys Williams in einem Konzern-Jet über dem Mittelmeer, Kurs New York.

2. Kapitel

Berlin,
Montag, 7. September, 10 Uhr

Anna Roffe-Gassner wußte: Sie durfte nicht noch einmal schreien. Wenn sie das tat, käme Walther zurück. Und er würde sie umbringen. Hilflos kauerte sie in einem Winkel ihres Schlafzimmers, unfähig, ihren zitternden Leib unter Kontrolle zu bringen, in Todesangst. Die Reise war zu Ende. Was als wunderbares Märchen begonnen hatte, endete im Schrecken, in einem Meer unbeschreiblichen Entsetzens. Sie hatte lange gebraucht, um der Wahrheit ins Auge zu sehen: Der Mann, den sie geheiratet hatte, war ein Irrer, ein wahnsinniger Mörder.

Ehe sie Walther Gassner begegnet war, hatte Anna keinen Menschen auf Erden geliebt, auch nicht ihre Mutter, ihren Vater oder gar sich selbst. Anna, ein schwaches, kränkliches Kind, hatte von früh an unter Ohnmachtsanfällen gelitten. Solange sie sich zurückerinnern konnte, gab es in ihrer Kindheit keine Perioden ohne Kliniken, Pflegerinnen und Spezialisten, die aus den entferntesten Gegenden eingeflogen worden waren. Ihr Vater war Anton Roffe, von Roffe und Söhne, und deshalb stand es außer Frage, daß die berühmtesten Ärzte der

Welt an Annas Krankenbett in Berlin eilten. Doch wenn sie nach all den aufwendigen Untersuchungen und Tests wieder verschwanden, waren sie so schlau wie zuvor. Es gab niemanden, der Annas Zustand diagnostizieren konnte.

Anna war nicht in der Lage, wie die anderen Kinder eine Schule zu besuchen, und mit der Zeit zog sie sich ganz in sich zurück, schuf sich ihre eigene Welt, mit ihren Träumen und Phantasiegebilden. Sie malte sich ihr eigenes Bild vom Leben, weil die Farben der Realität zu grell für sie waren. Als sie achtzehn war, verschwanden die Anfälle von Schwindelgefühl und Ohnmacht genauso plötzlich, wie sie aufgetreten waren. In einem Alter, da die meisten Mädchen sich verlobten oder heirateten, war Anna noch ungeküßt. Das machte ihr überhaupt nichts aus, versicherte sie sich immer wieder. Sie war es zufrieden, ihr Traumleben zu leben, abgesondert von allem und jedem. Sie war Mitte Zwanzig, als sich die Freier meldeten. Anna Roffe war eine Erbin, die einen der berühmtesten Namen der Welt trug, und eine Vielzahl von Männern war nur allzu begierig, ihr Vermögen mit ihr zu teilen. Sie bekam Anträge von einem schwedischen Grafen, einem italienischen Poeten und einem halben Dutzend mittelloser Prinzen. Anna wies alle ab. An ihrem dreißigsten Geburtstag überkam Anton Roffe der Jammer. »Mein Schicksal ist es, ohne Enkel zu sterben.«

An ihrem fünfunddreißigsten Geburtstag reiste Anna nach Österreich, und in Kitzbühel begegnete sie Walther Gassner, einem Skilehrer, dreizehn Jahre jünger als sie.

Als sie Walther das erstemal sah, stockte ihr bei seinem Anblick buchstäblich der Atem. Er glitt auf Skiern die steile Abfahrt des Hahnenkamms hinunter, und das war das schönste Bild, das Anna je gesehen hatte. Sie ging näher auf das Streckenziel zu, um ihn besser betrachten zu können. Er war wie ein junger Gott, und Anna wollte gar nicht mehr als ihn nur anschauen. Schon das war ein Erlebnis. Er ertappte sie, wie sie ihn anstarrte.

»Laufen Sie nicht Ski, gnädiges Fräulein?«

Sie schüttelte nur den Kopf, da ihre Stimme versagte.

Lächelnd fügte er hinzu: »Dann darf ich Sie vielleicht zum Mittagessen einladen?«

Anna nahm Reißaus, voller Panik, wie ein Schulmädchen. Von nun an wich ihr Walther Gassner nicht mehr von der Seite. Sie machte sich nichts vor. Sie wußte, sie war weder schön noch geistreich. Sie war ganz einfach eine recht unansehnliche Frau und hatte, mit Ausnahme ihres Namens, einem Mann wenig zu bieten. Schließlich konnte nur sie selbst wissen, daß unter dem unauffälligen Äußeren sich ein wunderschönes, gefühlvolles Mädchen verbarg. Ein Mädchen voller Liebe, Poesie und Melodie.

Vielleicht hatte Anna gerade, weil sie nicht schön war, eine tiefe Ehrfurcht vor allem Schönen. In den Museen betrachtete sie stundenlang die Gemälde und Statuen. Nachdem sie Walther Gassner begegnet war, wähnte sie, alle Götter seien zum Leben erwacht, speziell für sie.

Am zweiten Tag frühstückte Anna auf der Terrasse des Hotels Tennerhof, als Walther Gassner bei ihr auftauchte. Er sah aus wie Apoll. Ein gleichmäßig schön geschnittenes Profil gesellte sich zu feinen, ausgeprägten Zügen, stark und sensibel zugleich. Er war tief gebräunt, die Zähne leuchteten weiß und ebenmäßig. Er hatte blondes Haar und graue Augen. Der Ski-Anzug verbarg kaum seine starken Muskeln, und Anna spürte ein Beben. Sie verbarg die Hände im Schoß, damit er ihre Unruhe nicht bemerkte.

»Gestern nachmittag hab ich Sie vergeblich am Hang gesucht«, sagte Walther. Anna brachte kein Wort heraus.

»Wenn Sie nicht Ski laufen können, würde ich es Ihnen gern beibringen.« Und lächelnd fügte er hinzu: »Kostenlos, versteht sich.«

Er hatte sie zum Hausberg begleitet, dem Hang für Anfänger, und ihre erste Skistunde begann. Beiden war sofort klar, daß Anna keinerlei Talent fürs Skilaufen besaß. Immer wieder verlor sie die Balance und fiel in den Schnee, aber sie bestand darauf, es stets aufs neue zu versuchen, weil sie fürchtete, Walther könnte sie für ihr Versagen mit Verachtung strafen. Doch statt dessen hob er sie nach dem zehnten Sturz fürsorglich auf und sagte sanft: »Ihnen ist Besseres bestimmt als das hier.«

»Besseres? Was meinen Sie denn?« Annas Stimme klang ängstlich.

»Das werde ich Ihnen heute abend erzählen, beim Diner.«

Und sie aßen zusammen, an diesem Abend, am nächsten Morgen und wieder zur Mittagszeit. Wahlther kümmerte sich nicht länger um seine Schüler. Er vergaß seine Skistunden, um mit Anna durch das Dorf zu bummeln. Er führte sie ins Spielkasino »Goldener Greif«, sie machten Schlittenfahrten, kauften ein, unternahmen Wanderungen. Stunde um Stunde saßen sie auf der Hotelterrasse, redeten und redeten.

Für Anna hatte das Leben einen magischen Zauber bekommen.

Fünf Tage nach ihrer ersten Begegnung nahm Walther ihre beiden Hände in die seinen. »Anna, Liebling, laß uns heiraten.«

Mit einem Satz hatte er alles verdorben. Er hatte sie aus der Märchenwelt gerissen und in die grausame Wirklichkeit zurückversetzt, in die Realität ihres Namens und ihrer Person: einer fünfunddreißigjährigen alten Jungfer, Jagdtrophäe für Glücksritter.

Sie hatte weglaufen wollen, aber Walther hielt sie zurück.

»Wir lieben uns doch, Anna, davor kannst du die Augen nicht verschließen.«

Und sie hörte seine Lügen an, hörte ihn sagen: »Ich habe bis jetzt noch niemanden geliebt.« Und sie machte es ihm leicht, weil sie so verzweifelt darauf aus war, ihm zu glauben. Sie nahm ihn mit auf ihr Zimmer, und dort saßen sie und redeten, und als Walther ihr die Geschichte seines Lebens erzählte, fing sie tatsächlich an, ihm zu glauben; es war eine so wunderbare Fügung, denn sie merkte: Das ist ja in Wirklichkeit auch meine Geschichte, mein Leben.

Wie sie selbst hatte Walther nie einen Menschen gehabt, dem er seine Liebe schenken konnte. Von Geburt an war er als Bastard gebrandmarkt, von der Welt ausgestoßen. Ebenso wie Anna durch ihre Krankheit von allem ausgeschlossen war. Und wie sie hatte Walther in sich stets den übermächtigen Drang verspürt, jemanden zu lieben. Er wuchs in einem Waisenhaus auf, und als bereits mit dreizehn seine männliche Schönheit zu erkennen war, hatten die Frauen im Waisenhaus angefangen, sich seiner zu bedienen. Sie holten ihn nachts in ihre Kammern, nahmen ihn mit ins Bett, brachten ihm bei, ihnen Entzücken zu spenden. Und zur Belohnung steckten sie dem Knaben Extraportionen zu, fütterten ihn mit Fleischbrocken und Süßigkeiten. Alles gaben sie ihm, außer Liebe.

Als Walther alt genug war, dem Waisenhaus zu entfliehen, hatte er schnell herausgefunden, daß die Welt draußen keineswegs besser war. Die Frauen waren hinter ihm her, seines guten Aussehens wegen, sie trugen ihn wie eine Medaille, aber es reichte nie zu einer tieferen Bindung. Sie schenkten ihm Geld, Kleider und Schmuck, aber kein Stück von sich selbst.

Ihre Seelen waren im Gleichklang, ging Anna auf. Walther war ihr Doppelgänger. Sie heirateten im Rathaus, ganz ohne Zeremoniell.

Anna war davon überzeugt gewesen, ihren Vater außer sich vor Freude zu finden. Statt dessen konnte er vor Wut kein Wort herausbringen. »Du dumme, eingebildete Gans!« schrie er sie an. »Ausgerechnet einen nichtsnutzigen Mitgiftjäger zu heiraten! Ich habe Nachforschungen anstellen lassen. Der Kerl hat sein Leben lang von Frauen gelebt, aber bis jetzt hat er keine gefunden, die dumm genug war, ihn zu heiraten.«

»Hör auf!« schrie Anna zurück. »Du hast keine Ahnung, du kannst ihn ja gar nicht verstehen.«

Doch Anton Roffe wußte, er verstand Walther Gassner nur zu gut. Er zitierte seinen frischgebackenen Schwiegersohn zu sich ins Büro.

Walther begutachtete voller Anerkennung die feine Ausstattung und die alten Gemälde an den Wänden. »Hier gefällt es mir«, stellte er fest.

»Das glaub ich. Ist bestimmt angenehmer als das Waisenhaus.«

Walther sah ihn mit plötzlich mißtrauischen Augen an. »Wie bitte?«

»Hören wir doch auf mit der Komödie«, sagte Anton. »Sie sind einem Irrtum erlegen. Meine Tochter besitzt kein Geld.«

Walthers graue Augen schienen sich in Stein zu verwandeln. »Was wollen Sie mir da vormachen?«

»Ich will Ihnen gar nichts vormachen. Ich sage Ihnen bloß, wie sich die Sache verhält. Hätten Sie Ihre Hausaufgaben gründlicher gemacht, wäre Ihnen bekannt, daß Roffe und Söhne ein nach strengsten Regeln geführtes Privatunternehmen ist. Mit anderen Worten: Keine einzige Aktie kann veräußert werden. Wir leben komfortabel, aber damit hat es sich auch. Hier gibt es keine goldene Kuh zu melken.« Er griff in seine Tasche, brachte einen Umschlag zum Vorschein und warf ihn auf den Schreibtisch, direkt vor Walther. »Das hier wird Sie für Ihre Mühe entschädigen. Ich erwarte, daß Sie noch heute abend Berlin verlassen. Anna soll Sie nie wieder zu Gesicht bekommen.«

Walthers Stimme blieb ganz ruhig. »Haben Sie jemals daran gedacht, daß ich Anna geheiratet haben könnte, weil ich sie liebe?«

»Nein, Sie etwa?« gab Anton beißend zurück.

Walther sah ihn eine Weile an. »Wollen mal sehen, wie hoch mein Marktwert ist.« Er riß den Umschlag auf und zählte die Scheine. Dann blickte er wieder auf. »Ich selbst schätze mich wesentlich höher ein als zwanzigtausend Mark.«

»Das ist alles, was Sie bei mir rausschlagen, und Sie können sich noch glücklich schätzen.«

»Das tue ich auch«, erwiderte Walther. »Und wenn Sie die Wahrheit wissen wollen, halte ich mich sogar für einen ausgesprochenen Glückspilz. Vielen Dank.« Mit lässiger Gebärde stopfte er das Geld in die Hosentasche und war im nächsten Moment verschwunden.

Grenzenlose Erleichterung überfiel Anton Roffe. Zwar hatte er schwache Schuldgefühle und einen bitteren Nachgeschmack im Mund, doch er wußte, das war die einzige Lösung gewesen. Natürlich würde Anna traurig sein, von ihrem Ehemann derart schnöde im Stich gelassen zu werden. Aber besser jetzt als später, dachte Anton. Er würde alle Hebel in Bewegung setzen, einen akzeptablen Mann ihres Alters für sie aufzutreiben, der sie wenigstens in Ehren hielt, wenn er sie schon nicht liebte. Jemand, der an ihr als Mensch interessiert war und nicht bloß an ihrem Namen oder Geld. Vor allem jemand, der nicht für zwanzigtausend Mark käuflich war.

Als Anton Roffe nach Hause kam, lief ihm Anna entgegen, Tränen in den Augen. Er schloß sie fest in die Arme, sagte: »Mein Liebling, alles wird gut werden. Du wirst ihn vergessen und . . .«

Anton sah ihr über die Schulter, und in der Tür stand Walther Gassner. Anna hielt einen Finger hoch. »Sieh doch nur, was Walther mir gekauft hat! Ist das nicht der schönste Ring, den du jemals gesehen hast? Stell dir vor, er kostet zwanzigtausend Mark!«

Mit der Zeit sahen sich Annas Eltern gezwungen, Walther Gassner als Schwiegersohn zu akzeptieren. Als nachträgliches Hochzeitsgeschenk kauften sie dem jungen Paar eine prächtige alte Villa in Wannsee, von Schinkel erbaut, mit französischem Mobiliar, Antiquitäten, behaglichen Sitzgruppen, einem Empiretisch in der Bibliothek und Bücherregalen bis an die Decke. Das Obergeschoß war mit eleganten Möbeln aus Schweden, achtzehntes Jahrhundert, ausgestattet.

»Das geht nicht«, sagte Walther. »Ich will nichts von denen, auch nicht von dir, wenigstens nichts Materielles. Vielmehr will ich es sein, Liebling, der dir schöne Sachen kauft.« Und er setzte sein jungenhaftes Lächeln auf. »Aber leider habe ich kein Geld.«

»Natürlich hast du!« rief Anna. »Alles, was ich besitze, gehört auch dir.«

Walthers Lächeln erschien ihr unbeschreiblich süß. »Wirklich?«

Obwohl er sich anfangs sträubte, über Geldangelegenheiten zu sprechen, bestand Anna darauf, ihrem Mann ihre finanzielle Lage zu erläutern. Sie besaß ein Treuhandvermögen, von dem sie bequem leben konnte, doch der Löwenanteil ihres Besitzes bestand aus Aktien von

Roffe und Söhne. Und die konnten nur mit einstimmiger Billigung des Direktoriums verkauft werden. »Wieviel ist denn dein Anteil wert?« erkundigte sich Walther.

Anna verriet es ihm. Walther traute seinen Ohren nicht. Er ließ sie die Summe wiederholen.

»Und du kannst die Aktien nicht verkaufen?«

»Nein. Mein Vetter Sam sitzt darauf wie eine Glucke. Er hat den Mehrheitsanteil. Eines Tages ...«

Walther zeigte Interesse am Konzern. Er wollte in das Familienunternehmen einsteigen. Anton Roffe war strikt dagegen. »Was kann so ein Ski-Heini schon für Roffe und Söhne leisten?« wollte er wissen.

Doch schließlich gab er seiner Tochter nach, und Walther bekam einen Job in der Verwaltung der Berliner Niederlassung. Er zeigte außerordentliches Geschick und stieg schnell auf. Als Annas Vater zwei Jahre später starb, wurde Walther Mitglied des Direktoriums. Anna war unendlich stolz auf ihn. Er war der vollendete Ehemann und Liebhaber. Stets brachte er ihr Blumen und kleine Geschenke mit, und abends schien er voll und ganz damit zufrieden, zu Hause zu bleiben. Anna war überglücklich. »Lieber Gott, ich danke dir viele, viele Male«, pflegte sie leise zu beten.

Sie lernte kochen, um Walther seine Lieblingsgerichte vorsetzen zu können.

»Du bist der beste Koch der ganzen Welt, mein Liebes«, pflegte Walther jedesmal zu sagen, und Anna bekam vor Stolz einen roten Kopf.

In ihrem dritten Ehejahr wurde Anna schwanger.

In den ersten acht Monaten hatte sie oft große Schmerzen, aber sie ertrug sie gern. Etwas anderes dagegen machte ihr Sorgen.

Es begann eines Tages nach dem Mittagessen. Sie strickte einen Pullover für Walther und gab sich dabei ihren Tagträumen hin. Plötzlich hörte sie Walther sagen: »Du liebe Güte, Anna, warum sitzt du hier im Dunkeln?«

Es war Abend. Sie sah auf den Pullover in ihrem Schoß und merkte, daß sie keine Masche gestrickt hatte. Wie war der Tag so plötzlich vergangen? Wo war sie mit ihren Gedanken gewesen? Danach häuften sich ähnliche Vorkommnisse, und sie fing an, sich zu überlegen, ob dieses Weggleiten ins Nichts eine bestimmte Bedeutung haben könnte: Vorbote ihres Todes? Eigentlich hatte sie keine Angst vor dem Sterben, nur konnte sie den Gedanken nicht ertragen, Walther allein zurückzulassen.

Vier Wochen, bevor das Baby geboren werden sollte, verfiel Anna wieder einmal in einen ihrer Tagträume. Sie verfehlte eine Stufe und stürzte die Treppe hinunter.

Im Krankenhaus wachte sie auf.

An ihrem Bett saß Walther und hielt ihre Hand. »Hast du mir einen Schrecken eingejagt, ich kann's dir gar nicht beschreiben!«

In plötzlicher Panik fiel ihr ein: das Baby! Ich kann das Baby nicht fühlen! Sie betastete sich. Ihr Bauch war flach wie ein Brett. »Wo ist mein Baby?«

Und Walther zog sie an sich, liebkoste sie.

Der Arzt sagte: »Sie wurden von Zwillingen entbunden, Frau Gassner.«

Anna blickte zu Walther auf. Seine Augen schwammen in Tränen. »Ein Junge und ein Mädchen, mein Liebes.«

In jenem Augenblick hätte Anna vor Glück sterben können. Sie fühlte das unwiderstehliche Verlangen, die Babys in ihre Arme zu schließen. Sie mußte sie sehen, fühlen, an sich drücken.

«Darüber reden wir, wenn Sie sich ein wenig erholt haben«, bestimmte der Arzt. »Erst mal müssen Sie zu Kräften kommen.«

Alle versicherten Anna, daß es ihr von Tag zu Tag besser ginge, aber die Angst in ihr wuchs. Mit ihr geschah irgend etwas, das sie nicht begriff. Walther kam sie besuchen, nahm ihre Hand und sagte: »Bis morgen, mein Liebes.« Sie sah ihn erstaunt an. »Aber du bist doch gerade erst ...« Und dann fiel ihr Blick auf die Uhr. Drei Stunden waren vergangen oder vier. Das wiederholte sich immer öfter.

Jedesmal hatte sie nicht die leiseste Ahnung, wo die Zeit geblieben war.

Einer dunklen Erinnerung zufolge hatte man ihr des Nachts die Kinder ans Bett gebracht, und sie war eingeschlafen. Aber so ganz genau wußte sie das alles nicht mehr, und zu fragen wagte sie nicht. So wichtig war es auch nicht. Sobald Walther sie nach Hause brachte, würden sie die beiden ganz für sich allein haben.

Endlich kam der große, wunderbare Tag. In einem Rollstuhl konnte Anna ihrem Krankenhauszimmer entkommen. Laufen durfte sie nicht, obwohl sie schwor, stark genug dafür zu sein. In Wirklichkeit fühlte sie sich noch recht schwach, aber sie war ungeheuer aufgeregt. Nichts zählte, nur die Aussicht, zu ihren Babys zu kommen. Walther trug sie in das Haus und wollte sie nach oben ins Schlafzimmer bringen.

»Nein, nein!« rief sie. »Ich will ins Kinderzimmer!«

»Du mußt dich erst mal ausruhen, Liebling. Du bist noch nicht kräftig genug, um ...«

Seine letzten Worte hörte Anna gar nicht mehr. Sie war seinen Armen entwichen und lief zum Kinderzimmer.

Die Jalousien waren geschlossen, der Raum lag im Dunkeln, und Anna brauchte einen Moment, um ihre Augen daran zu gewöhnen. Sie war derart erregt, daß ihr schwindlig wurde. Sie hatte Angst, in Ohnmacht zu fallen.

Walther war ihr ins Zimmer gefolgt. Er sprach auf sie

ein, versuchte, ihr etwas zu erklären, aber was immer das war, für Anna hatte es keinerlei Bedeutung.

Denn da stand sie vor ihren Kindern. Beide schliefen in ihren Wiegen, Anna beugte sich ganz vorsichtig über sie, als hätte sie Angst, sie zu stören. Schönere Kinder hatte sie nie gesehen. Jetzt schon war es deutlich: Der Junge hatte Walthers ebenmäßige Züge geerbt und sein dichtes blondes Haar. Das Mädchen war wie eine feine, zerbrechliche Puppe, mit weichem Goldhaar und einem kleinen, dreiecksförmigen Gesicht.

»Wie schön sie sind. Ich bin so glücklich!«

»Komm jetzt, Anna«, flüsterte Walther. Er legte die Arme um sie und preßte sie an sich. Verlangen stieg in ihm auf, und sie fühlte, wie es sich in ihr regte. So lange war es her, seit sie miteinander geschlafen hatten! Walther hatte recht. Später würde ihr noch viel Zeit für die Kinder bleiben.

Den Jungen nannte sie Peter, das Mädchen Brigitta. Sie waren wie zwei Fabelwesen. Anna verbrachte Stunden um Stunden im Kinderzimmer, spielte mit ihnen, sprach auf sie ein. Was machte es, daß die beiden sie noch nicht verstehen konnten, ihre Liebe spürten sie allemal. Manchmal drehte sich Anna mitten im Spiel um, und Walther, vom Büro zurück, stand in der Tür, und Anna stellte fest, daß ihr der ganze Tag irgendwie durch die Finger geglitten war.

»Komm zu uns«, sagte sie dann. »Mach mit, wir spielen ein wenig.«

»Hast du denn das Essen fertig?« wollte Walther wissen, und plötzlich hatte sie Schuldgefühle. Sie schwor sich, künftig Walther mehr Aufmerksamkeit zu schenken und weniger bei den Kindern zu sein, doch am nächsten Tag geschah das gleiche. Wie ein unwiderstehlicher

Magnet zogen die Zwillinge sie an. Anna liebte Walther immer noch aus vollem Herzen, und sie versuchte, ihr schlechtes Gewissen mit dem Gedanken zu dämpfen, daß die Kinder auch ein Teil ihres Mannes seien. Jeden Abend, sobald Walther schlief, schlüpfte Anna aus dem Bett und schlich ins Kinderzimmer. Dort saß sie und hielt die Augen unverwandt auf die Kinder gerichtet, bis die Dämmerung durch die Fenster drang. Dann eilte sie leise zurück ins Schlafzimmer und kroch ins Bett, bevor Walther aufwachte.

Einmal, mitten in der Nacht, kam Walther in das Kinderzimmer und überraschte sie. »Was um Himmels willen machst du hier?« fragte er entsetzt.

»Nichts, Liebling. Ich habe nur . . .«

»Geh sofort wieder ins Bett!«

In diesem Ton hatte er noch nie mit ihr gesprochen.

Beim Frühstück sagte er: »Wir sollten Ferien machen. Eine andere Umgebung würde uns guttun.«

»Aber Walther, die Kinder sind doch zum Reisen noch viel zu klein.«

»Ich rede von uns beiden.«

Sie schüttelte den Kopf. »Ich kann sie nicht allein lassen.«

Da nahm er ihre Hand. »Ich möchte, daß du dich von den Kindern losmachst.«

»Losmachen? Von den Kindern?« Sie blickte ihn entsetzt an.

Er sah ihr in die Augen. »Anna, weißt du denn nicht mehr, wie wunderbar alles zwischen uns war, ehe du schwanger wurdest? Was hatten wir für eine herrliche Zeit! Es war so schön, beisammen zu sein, nur wir beide, ohne daß uns irgend jemand störte.«

In diesem Augenblick verstand Anna. Walther war eifersüchtig auf die Kinder.

Schnell verstrichen die Wochen und Monate. Walther kam jetzt nie mehr in die Nähe der Kinder. Zu ihrem Geburtstag kaufte Anna ihnen prächtige Geschenke, während Walther es immer so einrichtete, daß er gerade verreist war. Anna wußte, sie konnte sich nicht ewig etwas vormachen – die Wahrheit hieß schlicht: Walther hatte nicht das geringste Interesse an den Kindern. Vielleicht war das ihre Schuld, dachte sie, weil sie sich zuviel mit ihnen abgab. Sie war von den Kindern ganz und gar eingenommen: besessen, das war der Ausdruck, den Walther dafür gebrauchte. Er hatte sie gebeten, deswegen einen Arzt aufzusuchen, und sie war hingegangen, nur ihm zu Gefallen. Aber der Arzt war natürlich ein Dummkopf. Von dem Moment an, wo er angefangen hatte, mit ihr zu reden, hatte Anna sich vor ihm verschlossen, ließ sie ihre Gefühle und Gedanken wandern, bis sie ihn sagen hörte: »Das war's für heute, Frau Gassner. Nächste Woche sehe ich Sie wieder?«

»Ja, natürlich.«

Sie war nie wieder hingegangen.

Nach Annas Überzeugung lagen die Schwierigkeiten ebensosehr bei Walther wie bei ihr. Wenn es ihre Schuld war, daß sie die Kinder zu sehr liebte, dann machte Walther sich schuldig, indem er ihnen zuwenig Liebe schenkte.

Mit der Zeit lernte sie, die Kinder in Walthers Gegenwart nicht mehr zu erwähnen, aber sie konnte es immer kaum erwarten, bis er das Haus verließ. Sofort lief sie ins Kinderzimmer, um bei ihren Babys zu sein. Natürlich waren sie längst keine Babys mehr. Schon hatten sie den dritten Geburtstag hinter sich, und Anna konnte sich vorstellen, wie sie als Erwachsene aussehen würden. Peter war groß für sein Alter, von starkem, athletischem Körperbau wie sein Vater. Anna hielt ihn auf dem Schoß und sagte im Singsang: »Ach Peter, mein Peter, was wirst du den armen Mädchen antun? Sei nett zu ihnen, mein geliebter Sohn. Wer wird dir widerstehen können?«

Dann lächelte Peter sie ganz schüchtern an und langte mit seinen kleinen Armen nach ihr.

Und Anna wandte sich Brigitta zu. Von Tag zu Tag wurde sie schöner, glich weder Anna noch Walther, hatte dichtes goldenes Haar und eine Haut, so fein wie Porzellan. Während Peter das Temperament seines Vaters geerbt hatte und Anna ihm ab und zu schon einen leichten Klaps geben mußte, zeigte Brigitta das Gemüt eines Engels. Wenn Walther nicht zu Hause war, spielte Anna den Kindern Schallplatten vor oder las mit ihnen. Ihr Lieblingsbuch war Grimms Märchen. Immer wieder mußte Anna ihnen von den Ungeheuern, Gnomen und Hexen vorlesen. Abends, wenn sie die Kinder zu Bett brachte, sang sie ihnen ein Gutenachtlied:

»Schlaf, Kindlein, schlaf,
der Vater hüt't die Schaf ...«

Wie oft hatte Anna gebetet, daß die Zeit Walthers Herz erweichen und er sich ändern würde. In der Tat änderte er sich, aber zu seinem Nachteil. Er haßte die Kinder. Zu Anfang hatte Anna sich eingeredet, es käme daher, daß Walther ihre ganze Liebe für sich selbst beanspruchte, sie mit niemandem zu teilen gewillt war. Erst langsam ging ihr auf, daß Walthers Einstellung nicht der Liebe zu ihr entsprang. Sie hing im Gegenteil mit dem Haß zusammen, den er gegen sie, Anna, hegte. Ihr Vater hatte also recht gehabt. Walther hatte sie ihres Geldes wegen geheiratet, und die Kinder empfand er als Bedrohung seiner Pläne. Deshalb wollte er sie loswerden. Immer häufiger sprach er Anna auf Mittel und Wege an, die Aktien zu verkaufen. »Sam hat kein Recht, uns daran zu hindern! Stell dir doch mal vor, wir könnten das ganze Geld nehmen und irgendwo anders leben. Wir beide ganz allein.«

Sie starrte ihn an. »Und die Kinder?«

Seine Augen hatten einen fiebrigen Glanz. »Nein, hör mir zu. Um unser beider willen: Wir müssen uns frei machen, es muß sein!«

Das war der Augenblick, als ihr klar wurde: Walther war wahnsinnig! Von nun an lebte sie in Angst und Schrecken. Walther hatte alle Dienstboten entlassen, und bis auf eine Putzfrau, die einmal in der Woche kam, waren Anna und die Kinder allein im Haus, ihm auf Gnade und Verderb ausgeliefert. Er brauchte Hilfe. Vielleicht, dachte Anna, war es für eine Heilung noch nicht zu spät. Im fünfzehnten Jahrhundert wurden die Irren auf Hausboote verbannt, Narrenschiffe geheißen, aber heutzutage gab es schließlich die Hilfsmittel der modernen Medizin, und Anna war sicher, es mußte Möglichkeiten geben, Walther zu helfen.

Und jetzt, an diesem Septembertag, kauerte sie auf dem Fußboden im Schlafzimmer, wo Walther sie eingeschlossen hatte. Sie wartete auf seine Rückkehr. Und sie wußte, was sie zu tun hatte. Um seinetwillen, aber auch für sich selbst und die Kinder. Mühsam und schwankend stand sie auf und schleppte sich zum Telefon. Nur einen Moment zögerte sie, dann nahm sie den Hörer ab und wählte 110, den Notruf.

Es meldete sich eine fremde Stimme. »Hallo? Hier Polizeinotruf. Kann ich Ihnen helfen?«

»Ja, bitte!« Sie war ihrer Stimme kaum mächtig. »Ich ...«

Eine Hand entriß ihr den Hörer und warf ihn auf die Gabel.

Anna wich zurück. Sie wimmerte. »Bitte, bitte, tu mir nichts.«

Walther kam ganz dicht an sie heran. Seine Augen brannten, die Stimme war so leise, daß sie die Worte kaum verstand. »Liebling, wieso sollte ich dir denn etwas antun? Ich liebe dich, das weißt du doch!« Bei seiner Berührung zuckte sie zurück. »Es geht ja nur darum«, fuhr er fort, »daß wir die Polizei nicht brauchen, nicht wahr?« Sie zitterte am ganzen Körper, konnte vor Angst nichts sagen. »Die Kinder, Anna, sie sind die Wurzel allen Übels. Deshalb müssen wir sie ein für allemal loswerden. Ich ...«

Unten klingelte es an der Haustür. Walther fuhr zusammen, zögerte. Es klingelte nochmals.

»Bleib hier!« befahl er. »Ich bin gleich zurück.«

Starr vor Schrecken sah ihm Anna nach, als er das Schlafzimmer verließ. Er schlug die Tür hinter sich zu, und sie konnte das Klicken des Schlüssels im Schloß hören.

Ich bin gleich zurück, klang es ihr in den Ohren.

Walther Gassner eilte die Treppe hinunter, ging zur Haustür und öffnete. Auf der Schwelle stand ein Mann in grauer Botenuniform, in der Hand einen versiegelten braunen Umschlag.

»Sonderzustellung für Herrn und Frau Walther Gassner.«

»Ja«, sagte Walther. »Geben Sie her.«

Er schloß die Tür, sah auf den Umschlag in seiner Hand, riß ihn auf. Langsam tasteten seine Augen die Nachricht ab.

MUSS SIE VON DER TRAURIGEN TATSACHE IN KENNTNIS SETZEN DASS SAM ROFFE BEI BERGUNFALL UMS LEBEN KAM STOP BITTE AM FREITAG MITTAG ZWOELF UHR IN

ZUERICH EINFINDEN STOP SONDERSITZUNG DES DIREKTORIUMS ANBERAUMT STOP

Unterschrieben war das Telegramm mit »Rhys Williams«.

3. Kapitel

Rom
Montag, 7. September, 18 Uhr

Ivo Palazzi stand im Schlafzimmer, genau in der Mitte. Blut strömte ihm über das Gesicht. »*Mamma mia! Mi hai rovinato!*«

»Ruiniert? Damit hab ich noch nicht mal angefangen, du mieser *figlio di puttana*!« kreischte Donatella ihn an.

Beide waren nackt im großen Schlafzimmer ihrer Wohnung in der Via Montemignaio. Donatellas Körper war die Inkarnation der Sinnlichkeit, das Aufregendste, das Ivo Palazzi je gesehen hatte. Sogar jetzt, da ihm aus den Kratzwunden, die sie ihm beigebracht hatte, der rote Lebenssaft rann, spürte er das gewohnte Regen in den Lenden. *Dio*, war das eine Frau! Die Aura ihrer keuschen Dekadenz raubte ihm die Sinne: das Gesicht einer Leopardin, hohe Backenknochen mit schräg geschnittenen Augen, volle, reife Lippen, die an ihm knabberten, lutschten, saugten – aber daran durfte er jetzt nicht denken. Vom Boden hob er ein weißes Tuch auf, um das Blut zu stillen, und bemerkte zu spät, daß es sein Hemd war. Donatella stand mitten auf dem riesigen Doppelbett, kreischte und kreischte. »Hoffentlich blutest du dich zu Tode, dort auf der Stelle! Wenn ich mit dir fertig bin, du lumpiger Hurenbock, dann kann nicht mal mehr ein Kätzchen auf dich scheißen, so wenig bleibt von dir übrig!«

Zum hundertsten Male fragte Ivo Palazzi sich verzweifelt, wie er sich in diese aussichtslose Lage hatte manövrieren lassen können. Hatte er sich nicht immer für den glücklichsten Mann der Welt gehalten, unter lebhafter Zustimmung aller seiner Freunde? Freunde? Alle Menschen gaben ihm recht! Denn Ivo hatte keinen Feind auf der Welt. Seine Junggesellenzeit: Da war er pfeifend durch Rom stolziert, ohne Sorgen und Trübsal, ein moderner Don Giovanni, den halb Italien beneidete, zumindest der männliche Teil. Seine ganze Lebensphilosophie drückte sich in dem alten Sprichwort aus: *Farsi onore con una donna* – seine Ehre bei einer Frau suchen, und diese Maxime hatte ihn aufs äußerste beschäftigt gehalten. Ivo war ein geborener Romantiker. Er verliebte sich ständig, und jedesmal half ihm die neue Liebe, die alte zu vergessen. Ivo betete Frauen an, für ihn waren alle schön, von der *puttana*, die entlang der Via Appia ihrem uralten Gewerbe nachging, bis zu den modischen Geschöpfen auf der Via Condotti. Die einzigen Frauen, aus denen sich Ivo nichts machte, waren Amerikanerinnen. Die waren für seinen Geschmack viel zu unabhängig. Außerdem: Was konnte man von einer Nation erwarten, deren Sprache so unromantisch war, daß man dort Giuseppe Verdi mit Joe Green übersetzte?

Stets brachte Ivo es fertig, ein Dutzend Mädchen in Bereitschaft zu haben, und zwar jeweils in verschiedenen Stufen der Erwartung oder Erfüllung. Insgesamt gab es fünf Stufen. Stufe eins galt den Frauen, denen Ivo eben erst begegnet war. Die bekamen ihren täglichen Telefonanruf. Blumen, kleine Bücher mit Gedichten, erotische Poesie. Den Mädchen in Stufe zwei schickte er kleine Geschenke, Schals von Gucci oder Porzellandosen mit Perugina-Pralinen. Stufe drei hieß Juwelen und Kleider, ferner Abendessen im El Toula oder der Taverna Flavia. Wer in Stufe vier aufgerückt war, durfte Ivos Bett teilen und sich seiner rühmenswerten Fertigkeiten als feuriger Liebhaber erfreuen. Bettabenteuer mit Ivo waren nicht einfach Ereignisse, sondern ausgeklügelte Zeremonien. Seine kleine, geschmackvoll eingerichtete Wohnung in der Via Margutta wurde mit Blumen geschmückt, Nelken oder Mohn, dazu gab es erlesene Musik, Opern, Konzerte oder Rock'n'Roll, je nach Geschmack der glücklichen Auserwählten. Ivo war ein hervorragender Koch, und eine seiner Spezialitäten hieß sinnigerweise *pollo alla cacciatora*, Hühnchen auf Jägerart. Und nach dem Souper eine Flasche eisgekühlten Champagner, im Bett zu trinken . . . O ja, Ivo liebte Stufe vier ganz besonders.

Doch Stufe fünf war wohl die delikateste von allen. Sie bestand aus einer herzzerreißenden Abschiedsansprache, einem großzügigen Abschiedsgeschenk und einem tränenreichen *arrivederci*.

Doch all das gehörte der Vergangenheit an. Jetzt schielte Ivo Palazzi in den Spiegel über dem Bett und sah sein blutendes, zerkratztes Gesicht. Schrecken packte ihn. Er sah so aus, als hätte ihn ein Mähdrescher überfahren.

»Sieh nur, was du angerichtet hast!« rief er. »*Cara*, ich weiß ja, du wolltest das nicht.«

Er trat auf das Bett zu, wollte Donatella an sich ziehen. Als er sie berührte, schlang sie ihre weichen Arme um ihn, grub ihre langen Fingernägel in seinen Rücken und verkrallte sich wie ein wildes Tier. Ivo schrie auf vor Schmerz.

»Ja, schrei nur!« rief Donatella. »Hätte ich nur ein

Messer! Ich würde dir den *cazzo* abschneiden und ihn dir in den Hals stecken!«

»Bitte, Donatella!« bettelte Ivo. »Die Kinder können dich hören.«

»Na und? Laß sie doch!« kreischte sie in den höchsten Tönen. »Sollen sie doch wissen, was für ein Monster ihr Vater ist.«

Er ging einen Schritt auf sie zu. »*Carissima* . . .«

»Rühr mich nicht an. Eher geb ich mich dem ersten besoffenen Matrosen mit Syphilis hin, als dich noch mal an mich heranzulassen.«

Ivo richtete sich zu voller Höhe auf. Sein Stolz war getroffen. »Von der Mutter meiner Kinder erwarte ich eine andere Sprache.«

»Ach so, ich soll also nett mit dir reden? Ich soll aufhören, dich wie Ungeziefer zu behandeln, das du bist? Dann gib mir endlich, was ich haben will!«

Nervös sah Ivo in Richtung Tür. »*Carissima*, ich kann doch nicht. Ich hab's nicht.«

»Dann besorg es dir«, schrie sie. »Du hast's versprochen!«

Abermals machten sich bei ihr Anzeichen von Hysterie bemerkbar, und Ivo entschied: Er machte am besten, daß er wegkam, bevor die Nachbarn wieder nach den Carabinieri riefen.

»Eine Million Dollar aufzutreiben, das braucht nun mal seine Zeit«, suchte er sie zu beruhigen. »Aber ich werde einen Weg finden, ja, das werde ich.«

Hastig zog er den Slip an, dann Hose, Socken und Schuhe. Währenddessen stürmte Donatella durch das Zimmer, ihre festen Brüste wogten im Rhythmus, und Ivo dachte wieder: Mein Gott, was für eine Frau! Ich bete sie an! Er langte nacb seinem blutbefleckten Hemd. Es gab keinen Ausweg. Er zog es an, fühlte kalten

Schweiß auf Brust und Rücken. Dann warf er einen letzten Blick in den Spiegel. Kleine Blutrinnsale liefen immer noch aus den tiefen Kratzwunden, die Donatellas Nägel ihm beigebracht hatten.

»*Carissima*«, jammerte Ivo. »Wie soll ich das nur meiner Frau erklären?«

Ivo Palazzis Frau: Simonetta Roffe, Erbin des italienischen Zweigs der Familiendynastie. Als er Simonetta begegnete, war Ivo ein junger Architekt, ausgesandt von seiner Firma, um Renovierungsarbeiten in der Roffeschen Villa in Porto Ercole zu beaufsichtigen. In dem Augenblick, als Simonetta ihn zum erstenmal sah, waren Ivos Junggesellentage gezählt. Mit ihr hatte Ivo die vierte Stufe gleich in der ersten Nacht erreicht, und wenig später fand er sich als ihr Ehemann wieder. Simonetta war ebenso energisch wie schön, und sie wußte, was sie wollte: Ivo Palazzi. Also sah sich Ivo von einem sorgenfreien Junggesellen in den Mann einer schönen jungen Erbin verwandelt. Ohne Reue hängte er seine Ambitionen als Architekt an den Nagel und stieg bei Roffe und Söhne ein, mit einem großartigen Büro in EUR, jenem Teil von Rom, das der elendig verblichene Duce mit so großen Hoffnungen aus dem Boden hatte stampfen lassen.

Von Anfang an war Ivo in der Firma Erfolg beschieden. Er war intelligent, lernte schnell, und jeder bewunderte ihn. Es war auch schier unmöglich, Ivo seine Bewunderung zu versagen. Stets lächelte er, war charmant von früh bis spät. Seine Freunde neideten ihm sein Naturell und rätselten, wie er sich so strahlend geben konnte. Die Antwort war einfach. Ivo hielt die dunkle Seite seines Wesens verborgen. In Wahrheit war er ein Mensch voller Emotionen, fähig zu hassen, ja sogar zu morden. Ivos Ehe mit Simonetta blühte und gedieh.

Hatte er zuerst gefürchtet, die Fesseln einer festen Bindung würden seine Männlichkeit beeinträchtigen, stellte sich diese Angst bald als unbegründet heraus. Er verordnete sich einfach eine Art Sparprogramm, reduzierte die Anzahl seiner Freundinnen, und alles lief nach Wunsch wie zuvor.

Simonettas Vater kaufte ihnen ein wunderschönes Heim in Olgiata, ein großes Anwesen, fünfundzwanzig Kilometer nördlich von Rom, durch Mauern und Tore von der Umwelt abgeschlossen und von uniformierten Wächtern beschützt.

Simonetta war ihm eine großartige Ehefrau. Sie liebte Ivo und behandelte ihn wie einen König, was seiner Ansicht nach genau das war, was er verdiente. In seinen Augen hatte Simonetta nur einen kleinen Makel. Witterte sie Grund zur Eifersucht, verwandelte sie sich in eine Furie. Einmal hatte sie Ivo im Verdacht gehabt, eine Einkäuferin mit auf eine Geschäftsreise nach Brasilien genommen zu haben. Mit tugendsamer Entrüstung wies er die Anschuldigung zurück. Bevor die Auseinandersetzung ausgestanden war, lag das halbe Haus in Trümmern. Weder ein Stück Porzellan war heil noch das Mobiliar, und beträchtliche Teile von beidem waren auf Ivos Kopf zu Bruch gegangen. Schließlich hatte ihn Simonetta mit einem Küchenmesser verfolgt, unter wilden Drohungen, erst ihn und dann sich selbst umzubringen. Ivo hatte seine ganze Kraft gebraucht, ihr das Mordwerkzeug zu entwinden. Sie landeten auf dem Boden, und Ivo gelang es schließlich, ihr die Kleider vom Leib zu reißen und sie ihre Wut vergessen zu machen. Doch nach diesem Zwischenfall erlegte sich Ivo allergrößte Diskretion auf. Der Einkäuferin verkündete er, leider könne er in Zukunft nicht mehr mit ihr auf Reisen gehen, und er achtete sorgsam darauf, daß auch nicht der Hauch eines

Verdachtes auf ihn fiel. Schließlich wußte er ja: Er war der glücklichste Mann auf Gottes Erdboden. Simonetta war jung, schön, gescheit und reich. Sie genossen dieselben Dinge, mochten dieselben Leute. Es war die perfekte Ehe, und manchmal, wenn er ein Mädchen von Stufe drei nach Stufe vier avancieren ließ und eine andere von vier nach fünf, fragte sich Ivo selbst, warum er eigentlich ständig fremdging. Aber dann zuckte er philosophisch die Schultern und sagte sich: Irgendwer muß diese armen Dinger ja glücklich machen.

Ivo und Simonetta waren drei Jahre verheiratet, als er auf einer Geschäftsreise nach Sizilien Donatella Spolini traf. Es war mehr eine Explosion als eine Begegnung, wie eine Kollision zwischen zwei Planeten. Besaß Simonetta die schlanke, süße Gestalt einer jungen Frau, moduliert wie von Manzù, so prunkte Donatella mit dem sinnlichen, reifen Körper einer Figur von Rubens. Ihr Gesicht war exquisit, und ihre grünen feurigen Augen setzten Ivo lichterloh in Brand. Eine Stunde nach ihrer ersten Begegnung lagen sie im Bett, und Ivo, der sich immer viel auf seine Fähigkeiten als Liebhaber eingebildet hatte, sah zu seinem Staunen sich selbst als Schüler und Donatella als Lehrmeisterin. Sie ließ ihn Höhen erklimmen wie nie zuvor, ihr Körper brachte dem seinen Ekstasen, von denen er nie hätte träumen können. Sie erwies sich als unerschöpfliches Füllhorn der Lust. Und Ivo, als er dort im Bett lag, die Augen geschlossen, noch voll unglaublichen Entzückens, wußte eines: Nur ein vollendeter Idiot würde sich Donatella entgehen lassen.

Also wurde Donatella Ivos Geliebte. Sie stellte nur eine Bedingung: Er mußte allen anderen Frauen in seinem Leben entsagen, mit Ausnahme seiner angetrauten. Ivo willigte ein. Das war vor acht Jahren gewesen, und in dieser Zeit hatte Ivo weder seine Frau noch seine Geliebte ein einziges Mal mit einer anderen betrogen. Zwei hungrige Frauen zu befriedigen hätte jeden gewöhnlichen Mann um seine Kraft gebracht, aber in Ivos Fall trat genau das Gegenteil ein. Liebte er Simonetta, schweiften seine Gedanken zu Donatella ab, mit ihrem reifen, vollen Körper, und seine Lust wuchs um so mehr. Schlief er aber mit Donatella, hatte er Simonettas süße junge Brüste vor Augen und ihren kleinen Hintern und wurde zum wilden Mann. Mit welcher Frau er jeweils auch zusammen war, immer fühlte er, daß er die andere betrog. Und das steigerte sein Begehren.

Ivo kaufte Donatella ein hübsches Appartement in der Via Montemignaio und verbrachte dort mit ihr jeden Augenblick, den er erübrigen konnte. Er arrangierte unvorhergesehene »Geschäftsreisen«, und anstatt wegzufahren, genoß er die Zeit mit Donatella im Bett. Der Weg ins Büro, die mittägliche Siesta, nichts war ihm zu kurz für einen Abstecher zu seiner Geliebten. Als Ivo einmal mit Simonetta auf der Queen Elizabeth II nach New York reiste, brachte er Donatella in einer Kabine ein Deck tiefer unter. Es waren die fünf stimulierendsten Tage seines Lebens.

Eines Abends eröffnete ihm Simonetta, sie sei schwanger, und Ivo war außer sich vor Freude. Eine Woche später enthüllte ihm Donatella, sie bekäme ein Kind, und Ivos Freudenbecher lief über. Warum, so fragte er sich, sind mir die Götter so gnädig? Denn in aller Bescheidenheit argwöhnte Ivo manchmal, am Ende sei er der übergroßen Segnungen, die ihm zuteil wurden, doch nicht ganz würdig.

Zu gegebener Zeit schenkte Simonetta einem Mädchen das Leben, eine Woche darauf Donatella einem

Knaben. Was konnte sich ein Mann noch mehr wünschen? Aber die Götter waren Ivo weiterhin gnädig. Wenig später beschied ihm Donatella, sie erwarte abermals ein Baby, und die Woche darauf entpuppte sich Simonetta als schwanger. Neun Monate danach schenkte Donatella ihm den zweiten Sohn und Simonetta die zweite Tochter. Kaum waren wieder vier Monate ins Land gezogen, sahen beide Frauen erneut Mutterfreuden entgegen, und diesmal gebaren sie am selben Tag. Wie ein Irrer raste Ivo zwischen dem Salvatore Mundi, wo Simonetta entband, und der Klinik Santa Chiara, wo er Donatella untergebracht hatte, hin und her. Mit Vollgas preschte er über den Raccordo Anulare, winkte den Mädchen zu, die am Straßenrand unter rosa Sonnenschirmen auf Kundschaft warteten. Ivo fuhr viel zu schnell, um ihre Gesichter wahrnehmen zu können, doch er bezog sie alle in seine überschäumende Freude ein und wünschte ihnen nur das Beste.

Donatella gebar noch einen Jungen, Simonetta ein weiteres Mädchen.

Zuweilen wünschte sich Ivo, es wäre andersherum gekommen. Irgendwie empfand er es als Ironie, daß seine Frau ihm nur Töchter, seine Geliebte nur Söhne beschert hatte. Er hätte sich einen männlichen Erben zur Erhaltung des Familiennamens gewünscht. Dennoch war er ein zufriedener Mensch. Er hatte sechs gesunde Kinder, drei im Innen- und drei im Außendienst gezeugt, sozusagen. Er betete alle an, war ihnen ein großzügiger Vater, vergaß nie ihre Geburts- und Namenstage. Die Mädchen hießen Isabella, Benedetta und Camilla, die Jungen Francesco, Carlo und Luca.

Als die Kinder älter wurden, gestaltete sich für Ivo das Leben komplizierter. Seine Frau und seine Geliebte eingeschlossen, mußte er sich acht Geburts- und acht Namenstage merken und die Ferien doppelt meistern. Er schickte die Kinder wohlweislich in weit voneinander entfernt gelegene Schulen. Die Mädchen besuchten Saint Dominique, das französische Konvent in der Via Cassia, während die Jungen in die Jesuitenschule Massimo gingen. Ivo pflegte Kontakt mit allen Lehrkräften, entzückte sie sämtlich mit seinem Charme, half den Kindern bei den Hausaufgaben, spielte mit ihnen, reparierte ihr Spielzeug. Es bedurfte seines ganzen Geschicks und eines respektablen Organisationstalents, um beide Familien gleich aufmerksam zu behandeln und sie noch dazu streng auseinanderzuhalten, aber er meisterte es. Er war, wahrhaftig, ein beispielgebender Vater, Ehemann, Liebhaber. Weihnachten blieb er zu Hause bei Simonetta, Isabella, Benedetta und Camilla. Zum Dreikönigsfest am 6. Januar verkleidete sich Ivo als Hexe und verteilte Geschenke und Zuckerwerk an Francesco, Carlo und Luca.

Seine Frau und seine Mätresse waren göttliche Wesen, die Kinder gescheit und hübsch. Er war auf sie alle ungeheuer stolz. Das Leben konnte nicht schöner sein.

Und dann schissen die Götter Ivo Palazzi mitten ins Gesicht.

Wie immer bei Katastrophen, kam auch diese ohne Vorwarnung.

Am Morgen, vor dem Frühstück, hatte Ivo Simonetta geliebt. Nachdem er sich gestärkt hatte, war er gleich ins Büro gefahren, wo er den Vormittag gewinnbringend verbrachte. Punkt ein Uhr erklärte er seinem Sekretär – Simonetta bestand auf männlichem Vorzimmerpersonal –, daß er den Rest des Tages außerhalb auf einer Konferenz verbringen würde.

In Gedanken ganz auf die Freuden des Nachmittags eingestellt, umrundete er die Baustelle, welche die Straße am Lungo Tevere blockierte, wo seit sechzehn Jahren an einer Untergrundbahn gebaut wurde. Er überquerte die Brücke zum Corso Francia und fuhr eine halbe Stunde später in seine Garage an der Via Montemignaio. Sobald er die Wohnungstür aufgeschlossen hatte, war ihm klar, daß irgend etwas ganz und gar nicht stimmte. Schluchzend klammerten sich Francesco, Carlo und Luca an ihre Mutter, und als Ivo auf Donatella zuging, sah sie ihn mit Augen so voller Haß an, daß er einen Moment glaubte, er befände sich in der falschen Wohnung.

»*Strozzino!*« kreischte sie ihm entgegen.

Völlig konsterniert sah Ivo in die Runde. »*Carissima* – Kinder, was um Gottes willen ist passiert? Was habe ich getan?«

Donatella schnellte hoch. »Was du getan hat, willst du wissen? Das hast du getan?« Und damit schleuderte sie ihm eine Ausgabe der Zeitschrift *Oggi* ins Gesicht. »Sieh's dir nur an.«

Verwirrt bückte sich Ivo und hob das Heft auf. Das Titelbild grinste ihn an: ein Foto von ihm selbst, Simonetta und den drei Töchtern. Die Schlagzeile hieß »*Padre di Famiglia*«.

Dio! Das hatte er völlig vergessen! Monate zuvor hatte die Zeitschrift bei ihm um Erlaubnis nachgesucht, eine Story über ihn zu bringen, und er Narr hatte zugestimmt. Doch im Traum war ihm nicht eingefallen, daß sie die Geschichte so groß aufmachen würden. Völlig verstört sah er auf seine schluchzende Geliebte, die heulenden Kinder. »Das kann ich erklären . . .«

»Keine Sorge«, schrie Donatella, »du brauchst ihnen nichts mehr zu erklären, das haben ihre Schulkameraden schon gründlich besorgt. Meine Kinder kamen weinend nach Hause, weil sie von allen Bastard geschimpft werden.«

»*Cara,* ich ...«

»Und der Hauswirt behandelt uns wie Aussätzige, und die Nachbarn erst! Wir können den Leuten nicht mehr ins Gesicht sehen. Ich muß die Kinder von hier fortbringen.«

Ivo sah sie schockiert an. »Wovon redest du überhaupt?«

»Ich verlasse Rom. Und meine Söhne nehme ich mit.«

»Das kannst du nicht tun«, protestierte er. »Das sind auch meine Söhne.«

»Versuch nur, mich aufzuhalten. Dann bring ich dich um!«

Ivo durchlebte einen Alptraum. Da stand er, sah seine Mätresse und seine drei Söhne ganz aufgelöst und konnte nur denken: So was passiert doch mir nicht!

Aber Donatella war noch keineswegs mit ihm fertig. »Und bevor wir gehen«, eröffnete sie ihm, »will ich eine Million Dollar. In bar.«

Ivo konnte nur lachen. »Eine Million ...«

»Entweder du spurst, oder ich ruf deine Frau an.«

Das war vor sechs Monaten gewesen. Donatella hatte ihre Drohung nicht wahr gemacht – bis jetzt jedenfalls noch nicht. Aber Ivo wußte, sie würde es tun. Woche um Woche hatte sie mehr Druck auf ihn ausgeübt. Sie rief im Büro an und sagte: »Ist mir völlig egal, wie du an das Geld kommst. Besorg es.«

Ivo wußte, es gab nur einen Weg, möglicherweise an eine so gigantische Summe zu kommen. Er mußte es fertigbringen, den Anteil an Roffe und Söhne zu veräußern. Aber da stand Sam Roffe im Wege, der den Verkauf verhinderte. Sam Roffe, der Ivos Ehe, seine ganze Zukunft in äußerste Gefahr brachte. Dem mußte ein Ende bereitet werden. Wenn man nur die richtigen Leute kannte, war alles möglich.

Am meisten kränkte es Ivo, daß Donatella, sein Schatz, seine leidenschaftliche Geliebte, ihn nicht mehr an sich heranließ. Ivo durfte die Kinder besuchen, jeden Tag, aber das Schlafzimmer war Sperrgebiet.

»Wenn du mir das Geld gegeben hast«, versprach Donatella, »kannst du mich haben.«

Aus reiner Verzweiflung rief er eines Nachmittags Donatella an. »Ich komme sofort rüber. Die Sache mit dem Geld geht klar.«

Er würde sie erst nehmen und hinterher besänftigen, hatte er sich vorgenommen. Aber es kam anders. Als er sie entkleidet hatte und sie beide nackt waren, sagte er ihr die Wahrheit. »Noch hab ich das Geld nicht, *cara*, aber eines Tages, ganz bestimmt ...«

Da hatte sie ihn angefallen, mit Klauen wie eine Tigerin.

Als er jetzt von Donatellas Wohnung wegfuhr, schoß Ivo dies alles noch einmal durch den Kopf. Das ehedem gemeinsame Liebesnest war für ihn nur noch »Donatellas Wohnung«. Er bog nach Norden auf die belebte Via Cassia ab und steuerte sein Heim an. Im Rückspiegel sah er sein Gesicht; die Kratzwunden sahen fürchterlich aus. Und sein Hemd war voller Blut. Wie würde er das alles nur Simonetta erklären können, die Wunden an Gesicht und Rücken? Einen Moment lang spielte Ivo tatsächlich mit dem Gedanken, reinen Tisch zu machen, die Wahrheit auszupacken, aber er verwarf die wahnwitzige Idee ebenso schnell, wie sie ihm gekommen war. Allenfalls, ja wirklich allenfalls, hätte er Simonetta beichten können, in einem Augenblick geistiger Verwirrung mit einem Mädchen geschlafen und sie geschwängert zu haben. Und vielleicht, aber wirklich nur vielleicht, würde er dieses Geständnis mit heiler Haut überleben. Aber drei Kinder? Und einen Zeitraum von mehreren Jahren? Nein, da war sein Leben kein Fünflirestück mehr wert. Er mußte jetzt nach Hause, das ließ sich nicht vermeiden, denn sie erwarteten Gäste zum Abendessen. Simonetta war sicher schon ungeduldig. Ivo saß in der Falle. Seine Ehe war ruiniert. Nur San Gernaro, der Heilige der Wundertätigkeit, konnte ihm noch helfen. Sein Blick wurde von einer Hausreklame neben der Via Cassia gefangengenommen. Er trat hart auf die Bremse, bog von der Straße ab und hielt den Wagen an.

Eine halbe Stunde später passierte Ivo in Olgiata das Tor zur Auffahrt des vornehmen Anwesens. Er ignorierte die erstaunten Blicke der uniformierten Wachleute, die seinem zerkratzten Gesicht und dem blutgetränkten Hemd galten, und fuhr über die Allee zu seiner eigenen Einfahrt, hielt schließlich vor dem Haus. Er stieg aus, öffnete die Tür und ging geradewegs ins Wohnzimmer. Dort hielten sich Simonetta und Isabella, die älteste Tochter, auf. Als Simonettas Blicke auf ihren Mann fielen, wurde sie vor Schreck ganz blaß.

»Ivo! Um Himmels willen! Was ist geschehen?«

Ivo verzog sein Gesicht mühsam zu einem Lächeln, was ihn höllisch schmerzte. Kleinlaut gestand er: »Ich glaube, ich hab was ziemlich Dummes angestellt, *cara* ...«

Simonetta war näher getreten. Sie musterte die Kratzer auf seinem Gesicht, und Ivo sah, wie ihre Pupillen sich verengten. Als sie sprach, lag Eiseskälte in ihrer Stimme. »Wer hat dein Gesicht zerkratzt?«

»Tiberio«, verkündete Ivo. Und hinter seinem Rücken brachte er eine graue Katze zum Vorschein, häßlich, fauchend. Sie sprang ihm aus dem Arm und rannte quer durch das Zimmer davon. »Ich hab sie für Isabella gekauft, aber das verdammte Biest fiel mich an, als ich sie in den Korb stecken wollte.«

Simonettas Stimme verriet besorgte Zärtlichkeit. »*Povero amore mio!*« Sie umfaßte ihn vorsichtig. »*Angelo mio!* Komm nach oben und leg dich sofort hin. Ich rufe den Arzt. Ich werde Jod holen. Ich ...«

»Aber nein, nicht doch, mir geht's prima. Ich fühle mich bestens.« Ivo übertrieb, denn er zuckte zusammen, als sie ihn in die Arme schloß. »Vorsicht, ich fürchte, das Biest hat mich auch am Rücken erwischt.«

»*Amore!* Wie du leiden mußt!«

An der Haustür klingelte es.

»Ich gehe hin«, sagte Simonetta.

»Nein, nein, ich geh schon«, entgegnete Ivo schnell. »Ich erwarte wichtige Unterlagen aus dem Büro.«

Er eilte zur Haustür und öffnete.

»Signor Palazzi?«

Ein Bote in grauer Uniform übergab ihm einen Umschlag. Darin befand sich ein Telex von Rhys Williams. Schnell überflog Ivo die Nachricht. Dann stand er lange regungslos an der Haustür.

Schließlich holte er tief Atem und ging nach oben, um sich für seine Gäste umzuziehen.

4. Kapitel

Buenos Aires
Montag, 7. September, 15 Uhr

Das Autodrom, der Rennkurs im Vorort von Buenos Aires, war mit fünfzigtausend Zuschauern bis auf den letzten Platz besetzt. Fünfzigtausend im Bann des klassischen Championats. Das Rennen auf dem 6-Kilometer-Rundkurs führte über 115 Runden. Schon fast fünf Stunden heulten die Motoren, fünf Stunden unter einer Sonne, die wie die Strafe Gottes vom Himmel brannte. Von einem Feld von dreißig gestarteten Wagen waren nur noch ein paar übriggeblieben. Die Menge war Zeuge eines historischen Ereignisses. Nie zuvor hatte es ein solches Autorennen gegeben, gut möglich auch, daß niemals wieder ein derart mörderischer Kampf stattfinden würde. An diesem Tag waren alle versammelt, die als Rennfahrer Rang und Namen hatten: Chris Amon aus Neuseeland, Brian Redman aus Lancashire. Der Italiener Andrea di Adamici fuhr einen Alfa Romeo Typ 33, der Brasilianer Carlos Maco einen Formel 1 March. Der belgische Meisterfahrer Jacky Ickx war ebenso dabei wie der Schwede Reine Wisell in einem BRM.

Der Kurs wirkte wie ein Regenbogen mit dem wirbelnden Rot, Grün, Schwarz, Weiß und Gold der Ferraris, Brabhams, Lotus' und McLarens.

Als sie sich Runde um Runde abquälten, begannen die Giganten zu stürzen. Chris Amon lag an vierter Stelle, als das Gaspedal klemmte. Um Haaresbreite schoß er an Brian Redmans Cooper vorbei, bevor er den eigenen Wagen unter Kontrolle bekam, aber beide waren aus der Bahn geraten und damit aus dem Rennen. An erster Stelle lag Reine Wisell, knapp dahinter Jacky Ickx. In der Gegenkurve ging das Getriebe des BRM kaputt, Batterie und elektrische Anlagen gerieten in Brand. Der Wagen kam ins Schleudern, und auch der Ferrari von Jacky Ickx konnte dem Chaos nicht mehr entkommen.

Die Menge raste.

Mit fortschreitender Zeit hängten drei Wagen das übrige Feld ab. Das Führungstrio bestand aus dem Argentinier Jorje Amandaris auf Surtees, dem Schweden Nils Nilsson auf Matra und einem Ferrari 312 B-2 mit Martel, Frankreich, am Steuer. Die drei fuhren wie die Teufel, drehten auf den Geraden voll auf, schalteten auch an den überhöhten Kurven kaum herunter.

An der Spitze lag Jorje Amandaris, und die argentinischen Zuschauer spendeten dem Landsmann frenetischen Beifall. Aber dicht auf kam Nils Nilsson am Steuer des rot-weißen Matra, und kurz dahinter der schwarzgoldene Ferrari mit Martel aus Frankreich.

Bis auf die letzten fünf Minuten war der französische Wagen nahezu unbemerkt mitgefahren, bevor er sich ganz plötzlich daran machte, das Feld von hinten aufzurollen. Erst war er zehnter, dann siebter, schließlich fünfter. Und holte immer noch auf. Die Menge starrte hingerissen auf die Bahn, als der französische Wagen die Nummer zwei attackierte: Nilssons Matra. Die drei Wagen rasten mit mehr als 280 Kilometern pro Stunde über die Piste. Auf sorgfältig angelegten Grand-Prix-Strecken wie Brands Hatch oder Watkins Glen war das schon gefährlich genug, auf der argentinischen Hausstrecke jedoch reiner Selbstmord. Die Rennleitung signalisierte: Noch 5 Runden.

Der schwarz-goldene französische Ferrari versuchte, Nilssons Matra zu passieren, und der Schwede ließ seinen Wagen um Zentimeter ausscheren: Der französische Konkurrent war abgeblockt. Beide näherten sich einem überrundeten deutschen Wagen. Der befand sich jetzt direkt neben Nilsson. In diesem Moment fiel der französische Wagen zurück und nahm eine Position genau in dem schmalen Zwischenraum zwischen den beiden anderen Rennfahrern ein. Mit aufheulendem Motor stürzte sich der Ferrari wie ein schwarz-goldener Adler in die enge Lücke, zwang die beiden Vorderleute aus dem Weg und erkämpfte sich Platz zwei. Die Menge, die mit angehaltenem Atem das Manöver verfolgt hatte, machte ihrer Erregung brüllend Luft.

In Führung lag jetzt Amandaris, dahinter Martel, dann Nilsson. Noch drei Runden. Amandaris hatte das Geschehen hinter sich beobachtet. Großartig, dieser französische Ferrari da hinter mir, dachte er, aber nicht gut genug, um mich zu schlagen. Amandaris war fest entschlossen, das Rennen zu gewinnen. Vor sich sah er das Schild: 2 Runden. Die Sache war fast gelaufen und er der Sieger. Aus dem Augenwinkel bemerkte er, wie der schwarz-goldene Ferrari gleichzuziehen suchte. Für den Bruchteil einer Sekunde bekam er die Augen des Konkurrenten hinter der großen Schutzbrille zu sehen: sie wirkten verbissen, angespannt und zum Äußersten entschlossen. Amandaris seufzte. Was er jetzt tun würde, tat er nicht gern, aber er hatte keine Wahl. Autorennen waren nun mal kein Sport, sondern ein Kampf.

Beide Wagen rasten auf die steile Nordkurve zu, die gefährlichste der Strecken. Dort hatten sich schon viele katastrophale Unfälle ereignet. Amandaris warf der Gestalt im Wagen neben sich noch einen Blick zu und packte das Lenkrad fester. Als die beiden Wagen in die Kurve rasten, nahm Amandaris kaum merklich den Fuß vom Gas, so daß der Ferrari leichten Vorteil bekam. Er sah den erstaunten Blick seines Konkurrenten. Doch schon war der Wagen aus Frankreich vor ihm und damit in der Falle. Die Menge schrie sich die Seele aus dem Leib. Jorje Amandaris wartete, bis dem Ferrari nichts anderes übrigblieb, als ihn außen vollends zu überholen. In diesem Moment trat er das Gaspedal voll durch und scherte nach rechts aus, schnitt dem Ferrari den Weg aus der Kurve in die Gerade ab, so daß diesem kein anderer Ausweg blieb, als die Böschung hinaufzurasen.

Amandaris sah das plötzliche Erschrecken in den Augen des Fahrers und entbot ihm im stillen einen Abschiedsgruß: *¡Salud!* Im selben Augenblick jedoch riß dieser das Steuer herum und zielte mit dem Bug des Ferrari mitten auf seinen Surtees. Der Argentinier traute seinen Augen nicht: Der Ferrari ging auf direkten Kollisionskurs mit ihm! Die beiden hochkarätigen Rennwagen waren kaum einen Meter voneinander entfernt, und bei der Geschwindigkeit mußte sich Amandaris in Sekundenbruchteilen entscheiden. Wie hatte er auch ahnen können, daß der Fahrer aus Frankreich komplett verrückt war? Mit einer ruckartigen Bewegung riß Amandaris das Lenkrad nach links, im verzweifelten Bemühen, dem Zusammenprall zu entgehen. Gleichzeitig stieg er hart auf die Bremse. Der französische Wagen verfehlte ihn um Zentimeter, schoß an ihm vorbei in Richtung Ziellinie. Einen Moment lang schlingerte der Wagen von Jorje Amandaris, geriet dann in wildem Wirbel vollends außer Kontrolle, überschlug sich mehrmals, bis er in einem rot-schwarzen Feuersturm explodierte.

Doch die Menge hatte nur noch Augen für den französischen Ferrari, der über die Ziellinie schoß. Mit hysterischem Kreischen umringten Zuschauer den Wagen. Aus dem Cockpit stieg langsam der Sieger, nahm Brille und Helm ab.

Die Fahrerin trug ihr weizengelbes Haar kurz geschnitten, das Gesicht war streng, aber gut geformt. Die Frau strömte eine Aura klassisch-kalter Schönheit aus. Sie bebte am ganzen Körper, nicht etwa vor Erschöpfung, sondern vor Erregung, einer Art Ekstase, erwachsen aus der Erinnerung an den Blick seiner Augen, als sie Jorje Amandaris in den Tod schickte. Aus dem Lautsprecher war eine aufgeregt sich überschlagende Stimme zu hören: »Siegerin des großen Rennens von Buenos Aires ist Hélène Roffe-Martel, Frankreich, auf Ferrari.«

Zwei Stunden später waren Hélène und ihr Mann Charles in ihrer Suite im Hotel Ritz. Sie lagen vor dem Kamin, Hélène nackt auf ihm in der klassischen Position von »La Diligence de Lyon«, und Charles flehte sie an: »O lieber Gott, Hélène, bitte nur das nicht! Bitte!«

Sein Betteln steigerte ihre Erregung, sie verstärkte den Druck, tat ihm absichtlich weh, beobachtete, wie sich seine Augen mit Tränen füllten. Ich werde bestraft, dachte Charles, und das ohne jeden Anlaß. Wenn er sich ausmalte, was Hélène mit ihm anstellen würde, sollte sie jemals hinter seine große Verfehlung kommen, ertrug er sogar die gegenwärtigen Schmerzen.

Charles Martel hatte Hélène Roffe ihres Namens und Geldes wegen geheiratet. Nach der Hochzeit hatte sie ihren Namen beibehalten, zusammen mit dem seinen. Behalten hatte sie auch ihr Geld. Als Charles klar wurde, welch schlechtes Geschäft er gemacht hatte, war es längst zu spät.

Zur Zeit seiner ersten Begegnung mit Hélène Roffe war Charles Martel Juniorpartner einer großen Anwaltsfirma in Paris. Er sollte Unterlagen in den Konferenzraum bringen, wo gerade eine Konsultation stattfand. Als er eintrat, sah er die vier Seniorpartner der Firma, außerdem Hélène Roffe. Für Charles war sie ein Begriff wie für jedermann in Europa. Sie war eine Erbin des Roffe-Vermögens. Zudem führte sie sich dermaßen wild und unkonventionell auf, daß die Zeitungen und Illustrierten sie geradezu anbeteten. Sie war eine Meisterin auf Skiern, flog einen eigenen Learjet, hatte eine Bergexpedition in Nepal angeführt, erregte Aufsehen als Teilnehmerin von Auto- und Pferderennen und wechselte ihre Männer wie ihre Kleider. An jenem Tag befand sie sich in der Anwaltskanzlei, weil ihre jüngste Scheidung bevorstand. Charles Martel war sich nicht sicher, welche, die vierte oder die fünfte; es interessierte ihn auch nicht. Die Roffes dieser Welt lagen weit jenseits seines Horizonts.

Als Charles die Unterlagen seinen Vorgesetzten übergab, war er von ängstlicher Nervosität erfüllt, und das nicht etwa, weil Hélène Roffe anwesend war, die sah er kaum an, sondern wegen seiner vier Seniorpartner. Sie verkörperten für ihn die Autorität, und Charles Martel respektierte Autorität. Er hatte ein schüchternes, zurückhaltendes Wesen und war mit seinem bescheidenen Leben in einem kleinen Appartement in Passy und mit seiner recht dürftigen Briefmarkensammlung vollauf zufrieden.

Als Anwalt war Charles Martel zwar nicht brillant, jedoch kompetent, gründlich und zuverlässig. Er strahlte eine etwas steife Würde aus. Er war in den frühen Vierzigern, nicht unattraktiv, aber keineswegs überwältigend. Irgend jemand hatte von ihm einmal gesagt, er besäße den Charme nassen Sandes, und die Beschreibung tat ihm nicht einmal Unrecht. Bei alledem war es schon eine gewaltige Überraschung, was am Tag nach seiner ersten Begegnung mit Hélène Roffe geschah. Charles Martel erhielt die Aufforderung, im Büro von M. Michel Sachard, dem Seniorpartner, zu erscheinen, und dort eröffnete man ihm: »Hélène Roffe wünscht, daß Sie persönlich ihren Scheidungsfall übernehmen.«

Charles Martel war wie vom Donner gerührt. »Warum ich, Monsieur Sachard?« erkundigte er sich schüchtern.

Sachard sah ihm eine Weile in die Augen und meinte schließlich: »Da fragen Sie mich zuviel. Arbeiten Sie jedenfalls zu ihrer Zufriedenheit.«

Da er nun einmal Hélènes Scheidungsklage am Halse hatte, ließ es sich nicht umgehen, daß er häufig mit ihr zusammentraf. Viel zu oft, wie er meinte. Entweder sie rief ihn an und lud ihn zum Essen in ihre Villa in Le Vésinet ein, um den Fall in Ruhe zu erörtern, oder sie schleppte ihn in die Oper oder in ihr Haus in Deauville. Charles versuchte immer wieder, ihr beizubringen, daß es sich um einen höchst einfachen Fall handele und die Scheidung fast automatisch erfolgen würde, aber Hélène – sie bestand darauf, nur beim Vornamen genannt zu werden – erwiderte stets, sie bedürfe seines ständigen Beistands. Später pflegte er sich in grimmiger Ironie an diese Beteuerungen zu erinnern.

In den Wochen nach ihrem ersten Zusammentreffen keimte in Charles der Verdacht auf, Hélène habe ein romantisches Interesse an ihm gefunden. Erst konnte er es überhaupt nicht glauben. War er nicht ein Niemand, sie dagegen Mitglied einer der reichsten Familien? Doch Hélène ließ ihn über ihre Absichten nicht lange im ungewissen. »Ich werde Sie heiraten, Charles.«

An Heirat hatte er noch nie in seinem Leben gedacht. In Gegenwart von Frauen fühlte er sich unbehaglich. Außerdem liebte er Hélène nicht, war sich nicht einmal sicher, ob sie ihm überhaupt sympathisch war. Der Wirbel und die Aufmerksamkeit, die sie überall erregte, wo sie sich nur blicken ließ, bereitete ihm akutes Mißbehagen. Er sah sich im Rampenlicht ihrer Berühmtheit gefangen, eine Rolle, die ihm völlig fremd war. Ihr aufwendiger Lebensstil war seiner konservativen Art zuwider. Sie kreierte neue Moden, war der Inbegriff von Glanz und Gloria, während er selbst, nun ja, einen durchschnittlichen, simplen, nicht mehr ganz jungen Rechtsanwalt abgab. Er verstand überhaupt nicht, was Hélène Roffe an ihm fand. Auch sonst gab es niemanden, der das begriff. Weil die Gazetten ständig von Hélènes Abenteuern in Sportarten berichteten, die sonst als Männerdomänen galten, wurde sie bald für eine Emanzipierte gehalten. In Wahrheit hatte sie für die Frauenbewegung nur Abscheu übrig. Das dauernde Gerede von Gleichheit zwischen Mann und Frau erfüllte sie mit Verachtung. Sie sah nicht den geringsten Grund, warum den Männern die Gleichstellung mit der Frau erlaubt werden sollte. Männer waren ganz nützlich, wenn man sie brauchte. Zwar waren sie nicht besonders helle, aber man konnte sie dressieren, Zigaretten zu holen, Feuer zu geben, Botengänge zu erledigen, Türen zu öffnen und im Bett das zu leisten, was man erwarten konnte. Insgesamt waren Männer recht putzige Haustiere mit dem Vorzug zu wissen, wie man sich ankleidet, badet und eine Toilette benutzt. Eine ganz amüsante Spezies.

Hélène Roffe hatte sie alle genossen, die Playboys, die

Draufgänger, die Wirtschaftsbosse und die Schönlinge. Ein Charles Martel war ihr noch nicht begegnet. Sie wußte genau, was er darstellte: ein Nichts, ein Stück ungeformten Tons. Und eben das empfand sie als Herausforderung. Sie war entschlossen, ihn zu übernehmen, zu formen, festzustellen, was sich aus ihm machen ließe. Und als Hélène Roffe einmal den Entschluß gefaßt hatte, besaß Charles Martel nicht die Spur einer Chance, zu entkommen.

Sie heirateten in Neuilly, verlebten die Flitterwochen in Monte Carlo, wo Charles sowohl seine Jungfräulichkeit als auch die Illusionen verlor. Er hatte vorgehabt, weiter in der Anwaltskanzlei zu arbeiten.

»Sei kein Dummkopf«, kommentierte seine Braut. »Meinst du, ich will mit einem Kanzlei-Schreiberling verheiratet sein? Du steigst ins Familiengeschäft ein. Eines Tages hast du den Konzern in der Hand. Haben wir ihn in der Hand, meine ich.«

Hélène öffnete ihm die Tür zur Pariser Niederlassung von Roffe und Söhne. Er hatte ihr über jeden einzelnen Vorgang dort Bericht zu erstatten, und sie führte ihn, half ihm, dachte für ihn. Dementsprechend schnell kletterte Charles die Leiter empor. Bald unterstand ihm die französische Zweigstelle, und er bekam einen Sitz im Direktorium. Hélène Roffe hatte die Wandlung vollbracht: Aus einem unbedeutenden Anwalt war einer der Hauptakteure eines bedeutenden Konzerns geworden. Er hätte sich im siebten Himmel fühlen müssen. Er lebte aber in der tiefsten Hölle. Vom ersten Moment ihrer Ehe an sah sich Charles von seiner Frau beherrscht. Sie bestimmte seinen Schneider, seine Schuh- und Hemdenfabrikanten. Sie verschaffte ihm Aufnahme im exklusiven Reitclub. Hélène behandelte Charles wie einen Gigolo. Sein Gehalt ging direkt an sie, und sie teilte ihm ein kläglich kleines Taschengeld zu. Brauchte Charles mehr, mußte er Hélène darum bitten. Er hatte Rechenschaft abzulegen über jede Minute seiner Zeit und ihr ständig auf Abruf zur Verfügung zu stehen. Ihn zu erniedrigen bereitete ihr offensichtlich Vergnügen. Nicht selten rief sie ihn im Büro an und beorderte ihn auf der Stelle nach Hause. Er sollte irgendeine Massagecreme oder ähnlich läppisches Zeug für sie mitbringen. Kam er dann, war sie schon im Schlafzimmer und wartete nackt auf ihn. Sie war unersättlich, ein Tier. Bis zu seinem zweiunddreißigsten Lebensjahr hatte Charles bei seiner Mutter gelebt, dann war sie an Krebs gestorben. Solange er zurückdenken konnte, war sie invalide gewesen. Er hatte sie gepflegt. Da gab es keine Zeit, mit Mädchen auszugehen oder gar zu heiraten. Seine Mutter hatte für ihn eine schwere Bürde bedeutet, und als sie starb, erwartete Charles ein Gefühl von Freiheit. Statt dessen hatte er nur den Verlust empfunden. Frauen und Sex interessierten ihn nicht; er hatte kein Verlangen danach. In einem naiven Ausbruch von Offenheit hatte er Hélène das zu erklären versucht, als sie das erstemal von Heirat sprach. »Meine – meine Libido ist nicht sehr stark entwickelt«, gestand er.

Aber Hélène hatte nur gelacht: »Armer Charles! Mach dir keine Sorgen wegen Sex. Dir wird's schon gefallen, das verspreche ich dir.«

Statt Gefallen daran zu finden, haßte er Sex. Das schien Hélènes Gelüste nur noch zu steigern. Sie verlachte ihn ob seiner Schwächlichkeit und zwang ihn zu widerlichen Dingen, bei denen Charles übel wurde und er tiefe Demütigung empfand. Der Liebesakt selbst erschien ihm entwürdigend genug. Aber Hélène schwelgte in Experimenten. Charles wußte nie, was ihn erwartete. Einmal, im Augenblick, da er den Orgasmus erlebte, hatte sie seine Hoden mit gestoßenen Eisstückchen traktiert, ein andermal ihm einen elektrischen Vibrator in den After geschoben. Charles hatte schreckliche Angst vor Hélène. Sie gab ihm das Gefühl, daß sie der Mann und er die Frau war. Er versuchte, seinen Stolz auf eine andere Art zu retten, mußte aber feststellen, daß es kein Gebiet gab, auf dem Hélène ihm nicht überlegen war. Sie war überaus intelligent. Von Jura verstand sie ebensoviel wie er, von Geschäften erheblich mehr. Stunde um Stunde redete sie mit ihm über den Konzern, davon konnte sie nie genug bekommen. »Denk doch mal an diese geballte Macht, Charles! Roffe und Söhne sind entscheidend für Wohl und Wehe von mehr als der Hälfte aller Länder. Von Rechts wegen müßte ich den Konzern führen. Mein Urgroßvater hat ihn gegründet.«

Und nach einem dieser Ausbrüche war Hélène im Bett um so unersättlicher. Charles mußte sie dann auf Arten befriedigen, an die er gar nicht denken durfte. Sie brachte ihn dazu, sie zu hassen und zu verachten. Er hatte nur einen Traum: von ihr wegzukommen, zu fliehen. Aber dafür brauchte er zuerst einmal Geld.

Eines Tages hörte Charles von der Möglichkeit, ein Vermögen zu machen. Sein Freund René Duchamps erzählte ihm beim Lunch davon.

»Einer meiner Onkel ist gerade gestorben. Ihm gehörte ein großes Weingut in Burgund. Das steht jetzt zum Verkauf: zehntausend Morgen Grund und Boden für erstklassigen *Appellation d'origine contrôlée*. Ich hab die vertrauliche Information und so die Hand drauf«, fuhr René Duchamps fort, »schließlich bleibt's dann in der Familie, verfüge aber nicht über die Mittel, um das allein zu finanzieren. Wenn du mitmachst, könnten wir unser Geld in einem Jahr verdoppeln. Komm wenigstens mal und sieh's dir an.«

Charles brachte es nicht über sich, seinem Freund zu

gestehen, daß er keinen Pfennig besaß. Aber er fuhr mit zu den sanften roten Hügeln von Burgund, um sich das Weingut anzusehen. Er war tief beeindruckt.

»Wir investieren jeder zwei Millionen Francs«, eröffnete ihm René Duchamps. »In Jahresfrist haben wir jeder vier Millionen.«

Vier Millionen Francs! Das hieß Freiheit, Entkommen. Er würde an einen Ort fliehen, wo Hélène ihn nicht fand.

»Ich werd es mir überlegen«, versprach Charles seinem Freund.

Und er überlegte es sich Tag und Nacht. Es war die Chance seines Lebens. Aber wie sie realisieren? Charles wußte um die Unmöglichkeit des Versuchs, irgendwo Geld zu leihen, ohne daß Hélène sofort Wind davon bekam. Alles lief unter ihrem Namen: Häuser, Gemälde, Autos, Schmuck – die Juwelen, jene wunderschönen, völlig nutzlosen Klunker, die Hélène im Schlafzimmersafe aufbewahrte. Langsam, sehr allmählich nahm der Gedanke Gestalt an. Wenn er sich ihrer Juwelen bemächtigte, immer ganz vorsichtig Stück für Stück, und die Originale durch Kopien ersetzte und die echten verpfändete. Und nachdem er im Weingut abgeerntet hätte, die Steine einfach auslöste und sie zurückbrachte. Dann hätte er immer noch genug Geld übrig, um für alle Zeiten zu verschwinden.

Das Herz klopfte Charles vor Aufregung bis zum Hals, als er René Duchamps anrief. »Ich habe mich entschieden«, verkündete er. »Ich mache mit.«

Der erste Teil des Plans stand ihm bevor wie ein Berg des Grauens. Er mußte den Safe aufbekommen und Hélènes Juwelen stehlen.

Der Vorgeschmack dieses beängstigenden Unterfangens machte Charles so nervös, daß er kaum noch zu etwas fähig war. Er bewegte sich wie ein Automat, nahm nichts mehr von dem wahr, was um ihn vorging. Nur wenn er Hélène sah, erwachte er aus der Trance, und der kalte Schweiß brach ihm aus. Seine Hände fingen immer wieder an, ohne ersichtlichen Grund zu zittern. Hélène sorgte sich so intensiv um ihn, wie sie es um jedes Haustier getan hätte. Ein Arzt mußte kommen und Charles untersuchen, konnte aber nichts feststellen. »Ihr Gatte sieht ein wenig abgespannt aus. Vielleicht ein, zwei Tage Bettruhe.«

Charles lag nackt im Bett. Hélène schenkte ihm einen langen Blick und lächelte. »Danke sehr, Herr Doktor. Vielen Dank.«

Sobald der Arzt gegangen war, warf Hélène die Kleider ab. Charles protestierte: »Ich ... ich fühle mich nicht kräftig genug.«

»Aber ich«, antwortete Hélène kurz.

Sein Haß auf sie war noch nie größer gewesen.

Die große Chance kam in der darauffolgenden Woche. Mit ein paar Freunden wollte Hélène zum Skilaufen nach Garmisch. Sie entschloß sich, Charles in Paris zu lassen.

»Und daß du mir jeden Abend zu Hause bist«, wies sie ihn an. »Ich werde dich anrufen.«

Charles sah ihr nach, wie sie am Steuer ihres kleinen roten Jensen davonraste. Sobald sie außer Sicht war, eilte er zum Wandsafe. Er hatte sie oft beim Öffnen beobachtet und kannte die Kombination zum Teil. Er brauchte eine Stunde, um sie auszutüfteln. Mit zitternden Händen zog er die Stahltür auf. Da lag der Schmuck, lag seine Freiheit, in Samt gebettet, funkelnd wie winzige Sterne. Einen Juwelier hatte er schon ausfindig gemacht, einen gewissen Pierre Richaud, Meister in der Anfertigung von

Duplikaten. Heftig atmend und nervös hatte Charles ihm seinen Wunsch vorgetragen, Gründe konstruiert, warum er Kopien der Juwelen haben wollte, aber Richaud hatte ihn kühl unterbrochen. »Monsieur, das ist doch nichts Besonderes. Alle bestellen bei mir Kopien. Nur Dummköpfe laufen noch mit echten Steinen herum.«

Charles gab ihm immer nur ein Stück zum Nacharbeiten, und wenn ein Falsifikat fertig war, tauschte er es gegen das echte Stück aus. Auf die kostbarsten Stücke nahm er Geld auf bei der Crédit Municipal, dem staatlichen Pfandhaus.

Die ganze Operation dauerte länger, als Charles angenommen hatte. Er kam nur an den Safe, wenn Hélène nicht zu Hause war, und beim Kopieren stellten sich unerwartete Verzögerungen ein. Doch endlich war der große Tag da, und Charles konnte seinem Freund René Duchamps verkünden: »Morgen bekommst du das Geld.«

Es war vollbracht. Er durfte sich als Halbeigentümer eines großen Weinbergs fühlen. Und Hélène hatte nicht die leiseste Ahnung von alledem.

Insgeheim hatte Charles angefangen, sich mit der Kunst des Weinanbaus vertraut zu machen. Warum auch nicht? War er doch jetzt ein richtiger Winzer. Er lernte, die verschiedenen Sorten zu unterscheiden: *cabernet sauvignon* vor allem, aber angebaut wurden auch *gros cabernet, merlot, malbec, petit verdot.* In seinem Büro waren die Schubladen voller Fachschriften über Bodenbeschaffenheit und Keltermethoden. Er lernte alles über Gärung, Beschneiden und Veredelung, erfuhr vor allem, daß die Nachfrage nach Wein in der Welt im stetigen Ansteigen begriffen war.

Regelmäßig traf er sich mit seinem Partner. »Die Sache

macht sich sogar noch besser, als ich glaubte«, eröffnete ihm René. »Die Weinpreise schnellen in die Höhe. Bei der ersten Lese müßten wir dreihunderttausend Francs pro Tonne rausschlagen können.«

Das war mehr, als sich Charles je erträumt hatte. Rotgolden leuchteten die Reben auf den Hügeln. Charles besorgte sich Reiseprospekte über die Südsee-Inseln, Venezuela und Brasilien. Allein die Namen hatten einen magischen Klang. Das Problem war nur: Es gab wenig Plätze auf der Welt, wo Roffe und Söhne keine Niederlassung besaßen, mit anderen Worten, wo er Hélènes Zugriff entzogen war. Und wenn sie ihn fand, brachte sie ihn um. Das stand für ihn unverrückbar fest. Es sei denn, er käme ihr damit zuvor. Das war eine seiner liebsten Phantasien. Immer und immer wieder brachte er Hélène in seinen Träumen auf tausenderlei köstliche Arten um.

So pervers es ihm selbst vorkam, machten ihm Hélènes Praktiken jetzt geradezu Spaß. Zwang sie ihn zu Dingen, die man gar nicht aussprechen konnte, dachte er immer nur: Bald, sehr bald bin ich über alle Berge, du alte Hure. Und ich mäste mich von deinem Geld, und du kannst nicht das geringste dagegen tun.

Und sie befahl: »Schneller jetzt« oder »Streng dich gefälligst an« oder »Jetzt nicht aufhören!« Er gehorchte beflissen.

Und freute sich insgeheim.

Beim Weinbau, das wußte Charles, waren die kritischen Monate im Frühling und Sommer. Denn wenn die Trauben im September gepflückt wurden, mußten sie eine ausgewogene Saison hinter sich haben, Sonne und Regen. Zuviel Sonne zerstört das Aroma, zuviel Regen ertränkt es. Der Juni begann großartig. Einmal, schließlich sogar zweimal täglich ließ sich Charles den Wetterbericht für Burgund geben. Vor Ungeduld lebte er wie im Fieber: Nur noch wenige Wochen bis zur Erfüllung seiner Träume. Nach langem Überlegen hatte er sich schließlich für Montego Bay entschieden. Roffe und Söhne hatten keine Niederlassung in Jamaika. Dort würde er sich leicht verbergen können. Natürlich würde er Round Hill meiden oder Ocho Rios samt Umgebung, dort könnte er allzuleicht Freunden von Hélène begegnen. Nein, er würde in den Hügeln ein kleines Haus kaufen. Das Leben war billig auf der Insel. Dort konnte er sich Hauspersonal leisten, gutes Essen, überhaupt den Luxus, der seiner bescheidenen Lebensart entsprach.

So war Charles Martel ein glücklicher Mann in jenen ersten Junitagen. Sein häusliches Leben verlief in Schmach und Schande, aber er lebte nicht in der Gegenwart, bewegte sich vielmehr längst in der Zukunft, lustwandelte auf einer tropischen sonnenüberfluteten und windliebkosten Insel in der Karibik.

Und das Juniwetter schien jeden Tag noch schöner zu werden. Es gab Sonne wie Regen, geradezu ideal für die zarten kleinen Reben. Und im gleichen Maße, wie sie wuchsen, vergrößerte sich auch Charles' Vermögen.

Am fünfzehnten Juni fing es in der Gegend von Burgund an zu nieseln. Dann wurde Regen daraus. Er regnete Tag für Tag, Woche für Woche. Schließlich brachte Charles es nicht länger über sich, die Wetterberichte zu verfolgen.

René Duchamps rief ihn an. »Wenn es bis Mitte Juli aufhört, können wir die Lese noch retten.«

Der Juli entpuppte sich als der regenreichste Monat in den Annalen des französichen Wetterdienstes. Am ersten August hatte Charles Martel jeden Centime von dem mühsam gestohlenen Geld verloren. Und er hatte eine solche Angst, wie er sie noch nie zuvor gefühlt hatte.

»Nächsten Monat fliegen wir nach Argentinien«, verkündete Hélène. »Ich hab dort für ein Autorennen gemeldet.«

Wie oft hatte er sie beobachtet, wenn sie im Ferrari über die verschiedensten Strecken gerast war. Und hatte sich des Gedankens nicht erwehren können: Wenn sie von der Bahn abkommt, gewinne ich meine Freiheit.

Aber er hatte es mit Hélène Roffe-Martel zu tun. Das Leben hatte ihr nur eine Rolle zugewiesen: die der Siegerin. Ebenso wie er der geborene Verlierer war.

Der Sieg beim großen Rennen hatte Hélènes üblichen Erregungszustand noch verstärkt. Sie waren in die City von Buenos Aires zurückgekehrt, und sobald sie ihre Hotel-Suite betreten hatten, mußte Charles sich ausziehen und bäuchlings auf den Teppich vor den Kamin legen. Sie bestieg ihn, und als er sah, was sie in der Hand hielt, konnte er nur wimmern: »Nein, bitte nicht!«

Es wurde an die Tür geklopft.

»Merde!« schimpfte Hélène. Sie verharrte ganz still, aber das Klopfen wiederholte sich.

»Señor Martel?« rief eine Stimme.

»Bleib so liegen!« kommandierte Hélène. Sie stand auf, warf eine Seidenrobe über ihren schlanken, festen Körper, schritt zur Tür und öffnete sie ungehalten. Draußen stand ein Mann in grauer Botenuniform mit einem versiegelten Geschäftsumschlag in der Hand.

»Eine Sonderzustellung für Señor und Señora Martel.«

Sie nahm ihm den Umschlag ab und schloß die Tür.

Sie riß das Couvert auf und las die Nachricht.

Dann noch einmal, ganz langsam.

»Was ist los?« fragte Charles.

»Sam Roffe ist tot.« Sie lächelte.

5. Kapitel

London
Montag, 7. September, 14 Uhr

White's Club lag im oberen Teil der St. James' Street, nahe Piccadilly. Im achtzehnten Jahrhundert als Etablissement für Glücksspiele erbaut, war er einer der ältesten Clubs in England, auf jeden Fall der exklusivste. Die Mitglieder ließen ihre Söhne schon bei deren Geburt auf die Anmeldeliste setzen; denn die Wartezeit betrug im allgemeinen dreißig Jahre.

White's Fassade verkörperte die Stein gewordene Diskretion. Die weiten Erkerfenster blickten auf die St. James' Street. Sie waren zur Erbauung derer drinnen gedacht, weniger für die Neugierde der Passanten. Zum Haupteingang führten ein paar Stufen, aber außer Mitgliedern und Gästen war es nur wenigen Menschen gelungen, die schwere Tür zu passieren. Die Räume waren groß, dunkel und eindrucksvoll, poliert vom Firnis der Jahrhunderte. Die Einrichtung war alt und bequem – Ledermöbel, Zeitungsständer, kostbare Antiquitäten, tief gepolsterte Sessel, in denen schon einige Premierminister gesessen hatten. Es gab ein Backgammon-Spielzimmer mit einem offenen Kamin hinter einem bronzenen Gitter, und eine schwere holzgeschnitzte Treppe führte ins Obergeschoß, in den Speisesaal. Dieses Allerheiligste nahm die ganze Breite des Hauses ein und barg einen gewaltigen Mahagonitisch mit Sitzgelegenheiten für dreißig Personen sowie fünf kleinere Ecktische. Zum Lunch oder zum Dinner hielten sich dort einige der einflußreichsten Männer dieser Erde auf.

An einem der kleinen Ecktische saß Sir Alec Nichols, Mitglied des Unterhauses. Er nahm den Lunch mit einem Gast ein, Jon Swinton. Sir Alecs Vater und davor dessen Vater und Großvater waren Baronets gewesen, und ihrer aller Namen war in den Mitgliedslisten von White's zu finden. Sir Alec war ein dünner, blasser Mann Ende Vierzig, dessen sensibles aristokratisches Gesicht durch ein freimütiges Lächeln einzunehmen wußte. Soeben mit dem Auto von seinem Landsitz in Gloucestershire eingetroffen, trug er noch die alte Tweedjacke und weite, schlabbrige Flanellhosen, dazu ausgetretene Slipper. Sein Gast dagegen hatte einen Nadelstreifenanzug an, darunter ein Hemd mit schreiend grellen Karos und einen blutroten Schlips. In der gediegenen, vornehmen Atmosphäre erwies sich der Mann auf den ersten Blick als Fremdkörper.

»Hier ham'ses wirklich schön.« Jon Swinton sprach mit vollem Mund, mit den Resten eines großen Kalbskoteletts beschäftigt.

Sir Alec nickte. »Ja. Die Dinge haben sich geändert seit Voltaires Rede: ›Die Briten haben hundert Religionen, aber nur eine Sauce.‹«

Jon Swinton sah auf. »Voltaire? Wer is'n das?«

Sir Alec war verlegen. »Ach, so . . . so ein Bursche aus Frankreich.«

»Aha.« Jon Swinton spülte den letzten Bissen mit einem kräftigen Schluck Wein hinunter, legte Messer und

Gabel hin und wischte sich mit der Serviette den Mund ab. »Also, dann, Sir Alec. Wir beide sollten jetzt mal ein bißchen übers Geschäft reden.«

Alec Nichols' Antwort kam gedämpft. »Mr. Swinton, ich habe Ihnen doch schon vor zwei Wochen erklärt, ich bin dabei, die Angelegenheit zu regeln. Dazu brauche ich aber etwas mehr Zeit.«

Ein Kellner trat an den Tisch, balancierte einen Stapel Zigarrenkisten und setzte ihn geschickt auf dem Tisch ab.

»Keine schlechte Idee.« Jon Swinton prüfte die Banderolen, pfiff anerkennend durch die Zähne, verstaute mehrere Zigarren in seiner Brusttasche und zündete sich schließlich eine an. Weder der Kellner noch Sir Alec quittierten diesen *faux pas* auch nur mit einem Wimperzukken. Der Kellner nickte Sir Alec zu und trug die Kisten zum nächsten Tisch.

»Meine Bosse sind Ihnen gegenüber sehr entgegenkommend gewesen, Sir Alec. Aber ich fürchte, jetzt werden sie langsam ungeduldig.« Er beugte sich vor, hob das abgebrannte Streichholz auf und ließ es in Sir Alecs Weinglas fallen. »Und zwischen uns beiden Klosterbrüdern, meine Bosse sind nicht gerade nette Leute, wenn man sie ärgert. Sie wollen sie doch nicht im Genick haben, oder? Sie wissen schon, was ich meine.«

»Ich hab einfach im Augenblick nicht das Geld.«

Jon Swinton lachte laut und vulgär. »Laß doch die Fisematenten, Kumpel. Deine Mutter war 'ne Roffe, stimmt's? Und haste nicht 'ne Farm von hundert Morgen, 'n schniekes Haus in Knightsbridge, einen Rolls-Royce und noch 'nen verdammten Bentley? Kann man doch wirklich nicht behaupten, daß du auf'm bloßen Hintern rumrutschst.«

Voller Pein sah sich Sir Alec um. Gedämpft erläuterte

er seinem Gegenüber: »Nichts davon ist flüssiges Kapital. Ich kann nicht einfach ...«

Swinton kniff neckisch ein Auge zu und unterbrach ihn. »Will wetten, deine süße kleine Frau Vivian is'n Kapital, sogar 'n sehr flüssiges. Was die für Titten vor sich herträgt!«

Sir Alec lief rot an. Vivians Name von den Lippen dieses vulgären Kerls bedeutete ein beispielloses Sakrileg. Er sah Vivian vor sich, so wie er sie heute morgen zurückgelassen hatte, friedlich schlafend. Sie hatten getrennte Schlafzimmer, und zu Alecs größten Freuden gehörten seine »Besuche« in Vivians Boudoir. Manchmal, wenn Alec früh erwachte, ging er zu ihr hinüber und betrachtete seine schlafende Frau. Ob wach oder im Schlummer, sie war das schönste Mädchen, dem er je begegnet war. Sie pflegte nackt zu schlafen, und ihr weicher, kurvenreicher Körper bot sich halb bedeckt seinem Blick dar, wenn sie sich in ihr Laken gerollt hatte. Sie war blond, mit großen hellblauen Augen und einer Haut wie Sahne. Als Alec ihr zum erstenmal begegnete, auf einem Wohltätigkeitsball, verdiente sie ihr Brot als drittklassige Schauspielerin. Er war hingerissen von ihrem Aussehen, aber vollends in Bann schlug ihn ihr natürliches, freundlich-lustiges Wesen. Sie war zwanzig Jahre jünger als er und voller Lebenshunger. War Alec scheu und introvertiert, so bestand Vivian von Kopf bis Fuß aus sprühendem Temperament und Lebenslust. Alec hatte sie sich einfach nicht mehr aus dem Kopf schlagen können, doch er brauchte zwei volle Wochen, um sich Mut für einen Anruf bei ihr zu machen. Zu seiner eigenen Überraschung und unaussprechlichen Freude nahm Vivian seine Einladung an. Alec ging mit ihr zu einer Aufführung ins Old Vic; dann aßen sie im Mirabelle. Vivian wohnte in einer kleinen feuchten Souterrainwohnung in

Notting Hill, und als Alec sie nach Hause brachte, fragte sie ihn: »Na, willst du noch mit rein?« Er war die Nacht über dageblieben, eine Nacht, die sein ganzes Leben verändern sollte. Zum erstenmal ließ eine Frau ihn den sexuellen Höhepunkt erleben. Einem Wesen wie Vivian war er nie zuvor begegnet. Sie war ganz samtweiche Zunge, wallendes goldenes Haar und feuchtforderndes Pulsieren. Alec trat eine Forschungsreise an, die ihn verausgabt und völlig erschöpft zurückließ. Seitdem brachte ihn allein der Gedanke daran in Wallung.

Aber das war nicht alles. Vivian lehrte ihn das Lachen, wenn sie ihn nicht überhaupt erst zum Leben erweckte. Sie machte sich über ihn lustig, weil er so schüchtern und unbeholfen war, und er betete sie dafür an. Sooft Vivian es nur zuließ, war er bei ihr. Wenn er mit ihr auf einer Party auftauchte, stand sie stets im Mittelpunkt des Interesses. Alec war stolz darauf, gleichzeitig aber eifersüchtig auf die jungen Männer, die sich um sie scharten, und im tiefsten Inneren konnte er sich die Frage nicht verkneifen, mit wie vielen von ihnen sie wohl schon im Bett gewesen war.

An Abenden, an denen Vivian eine andere Verabredung und keine Zeit für ihn hatte, war er rasend vor Eifersucht. Dann fuhr er zu ihrer Wohnung, parkte den Wagen an der nächsten Ecke und hielt Wache: wann sie nach Hause kam und mit wem. Dabei wußte er, daß er sich wie ein Idiot benahm, doch er konnte nicht anders. Alec befand sich im Würgegriff einer Leidenschaft, der er sich nicht entziehen konnte.

Im Grunde war ihm sehr wohl klar, daß Vivian nicht die Richtige für ihn war. Eine Ehe mit ihr kam überhaupt nicht in Frage. Schließlich war er ein Baronet, geachtetes Mitglied des Parlaments und hatte eine glänzende Zukunft vor sich. Er gehörte zur Dynastie der Roffes, saß im Direktorium des Konzerns. Vivian dagegen hatte nichts aufzuweisen, das sie für Sir Alecs Welt hätte akzeptabel machen können. Vater und Mutter waren zweitklassige Musical-Hall-Artisten gewesen, ständig auf Tournee in der tiefsten Provinz. Ihre Erziehung hatte Vivian auf der Straße aufgeschnappt, bestenfalls hinter der Bühne. Alec wußte, sie war oberflächlich und nahm es mit der Treue keineswegs genau. Eine gewisse Schläue wohnte ihr durchaus inne, von Intelligenz war dagegen kaum zu reden. Trotzdem war Alec von ihr besessen. Er kämpfte dagegen an, versuchte, den Stelldicheins mit ihr zu entsagen, aber es hatte keinen Zweck. Die Sache verhielt sich einfach so: War er mit ihr zusammen, lebte er auf, war er fern von ihr, fühlte er sich miserabel. Am Ende machte er ihr einen Heiratsantrag; es trieb ihn, er war machtlos dagegen. Und als sie einwilligte, schwelgte Alec in Ekstase.

Die junge Braut zog zu ihm ins Familienheim, ein schönes altes Gebäude in Gloucestershire, erbaut von Robert Adam, mit delphischen Säulen und einer großen Auffahrt. Das Haus stand inmitten von hundert Morgen saftigen Weide- und Ackerlandes, mit Privatjagd und fischreichen kleinen Flüssen. Hinter dem Haus erstreckte sich ein herrlicher, kunstvoll angelegter Park.

Auch das Innere konnte sich sehen lassen. Die weite Eingangshalle hatte einen Marmorfußboden und Wände aus gefirnißtem Holz. Alte Standlaternen, Marmortische und Stühle aus Mahagoni luden zum Verweilen ein. Die Bibliothek hatte eingebaute Bücherregale, original aus dem achtzehnten Jahrhundert, zwei Piedestal-Tische, entworfen von Henry Holland, sowie Stühle von Thomas Hope. Der Salon war eine Mischung aus Hepplewhite und Chippendale, dazu ein Wilton-Teppich und zwei Glaslüster von Waterford. Der gewaltige Speisesaal bot vierzig Gästen Platz, die sich nach dem Mahl im Rauchsalon ergehen konnten. Im ersten Stock gab es sechs Schlafzimmer, jedes mit einem echten Adam-Kamin, und im Geschoß darüber wohnte die Dienerschaft.

Nach sechs Wochen sagte Vivian: »Laß uns aus diesem Schuppen verduften, Alec.«

Er sah sie erstaunt an. »Du meinst, du möchtest gern für ein paar Tage nach London fahren?«

»Ich meine, ich will wieder ganz nach London ziehen.«

Alec sah aus dem Fenster. Sein Blick fiel auf die sattgrünen Wiesen, wo er als Kind gespielt hatte, auf die riesigen Eichen und Platanen. Zögernd sagte er: »Vivian, sieh doch mal, wie friedlich das hier ist, so herrlich ruhig, ich ...«

»Gerade die verdammte Ruhe raubt mir den letzten Nerv.«

Eine Woche später erfolgte der Umzug nach London.

Alec besaß ein äußerst elegantes viergeschossiges Stadthaus in Wilton Crescent, in der Nähe von Knightsbridge. Dort konnte er sich in einem hübschen Salon niederlassen, stand ihm ein großes Studierzimmer zur Verfügung, ein noch geräumigerer Speisesaal und nach hinten ein Panoramafenster mit Blick auf eine Grotte, einen kleinen Wasserfall, Skulpturen und weißgetünchte Bänke inmitten eines liebevoll angelegten Kunstgartens. Im ersten Stock lagen ein hochherrschaftliches Schlafgemach und vier kleinere Schlafzimmer.

Zwei Wochen lang teilten Vivian und Alec das Ehebett. Eines Morgens meinte Vivian: »Alec, ich liebe dich, aber du schnarchst, wie du weißt.« Alec hatte mitnichten davon gewußt. »Ich muß wirklich allein schlafen, Schatz. Du hast doch nichts dagegen, oder?«

Alec hatte sehr viel dagegen. Für ihn war es das höchste Glück, mit ihr im Bett zu liegen und ihren warmen Körper zu fühlen. Tief im Inneren wußte er aber auch, daß er nicht in der Lage war, sie sexuell zu stimulieren, so wie es andere Männer konnten. Und das war der eigentliche Grund, warum sie ihn nicht bei sich im Bett haben wollte. Also sagte er: »Natürlich nicht, Darling. Ich verstehe dich voll und ganz.«

Er bestand darauf, daß Vivian das große Schlafzimmer behielt. Er selbst bezog eines der kleineren Gästezimmer.

Anfangs war Vivian regelmäßig ins Unterhaus gegangen und hatte auf der Besuchertribüne gesessen, wenn Sir Alec auf der Rednerliste stand. Er sah zu ihr hinauf, und tiefer Stolz erfüllte ihn. Kein Zweifel, sie war wirklich die schönste Frau im ganzen Parlament. Dann kam der Tag, als Alec nach Beendigung seiner Rede wieder einmal Vivians Blick und ihre Anerkennung suchte und feststellen mußte, daß ihr Platz auf der Galerie leer war.

Alec gab sich selbst die Schuld an Vivians Rastlosigkeit. Seine Freunde waren viel älter als die ihren und für sie zu konservativ. Er ermutigte sie, gleichaltrige Kameraden nach Hause einzuladen, zusammen mit seinen Bekannten. Das Ergebnis war katastrophal.

Wenn Vivian nur ein Kind bekäme, sagte sich Alec immer wieder, würde sie zur Ruhe kommen, sich wahrscheinlich ändern. Doch eines Tages zog sie sich eine Vagina-Infektion zu – Alec konnte den Gedanken, wie und wo sie sich das geholt haben könnte, nicht ertragen – und mußte sich die Gebärmutter entfernen lassen. Alec hatte sich so sehr einen Sohn gewünscht. Die Umstände nahmen ihn stark mit, doch Vivian zeigte sich unbekümmert.

»Keine Sorge, Schätzchen«, war ihr Kommentar. »Das

Baby-Labor haben die rausgeholt, aber mit der Spielwiese ist nichts passiert.«

Er sah sie lange an, drehte sich dann wortlos um und ging.

Vivian liebte Einkaufsorgien. Wahllos und ohne Hemmungen warf sie das Geld für Kleider, Juwelen, Autos hinaus, und Alec hatte nicht das Herz, dem Einhalt zu gebieten. War sie nicht in Armut aufgewachsen? sagte er sich. Daher der verständliche Hunger nach schönen Dingen. Er wollte ihr die Welt zu Füßen legen. Zu seinem Unglück konnte er sich die Welt nicht leisten. Die Steuern fraßen sein Einkommen auf. Sein Vermögen war festgelegt: in den unveräußerbaren Anteilen an Roffe und Söhne. Er versuchte, Vivian das klarzumachen, aber sie hörte gar nicht zu. Für sie gab es nichts Langweiligeres als Reden über Geschäfte. Also ließ Alec sie gewähren.

Von ihrem Leichtsinn beim Glücksspiel erfuhr er zum erstenmal, als Tod Michaels bei ihm aufkreuzte. Er war Inhaber vom Tod's Club, einer zwielichtigen Spelunke in Soho.

»Ich habe hier Schuldscheine Ihrer Gattin über tausend Pfund, Sir Alec. Eine Pechsträhne im Roulette, Sie verstehen.«

Alec war aufs höchste schockiert. Er löste die Schuldscheine ein und führte am selben Abend eine Aussprache mit Vivian herbei. »Wir können uns das einfach nicht leisten, glaube mir«, beschwor er sie. »Du gibst mehr aus, als ich verdiene.«

Sie war die Reue in Person. »Es tut mir so leid, mein Engel.«

Und sie kam zu ihm, umarmte ihn, preßte ihren Körper an ihn, und sein Ärger war vergessen.

Alec verbrachte eine denkwürdige Nacht in ihrem Bett. Die Probleme waren ausgeräumt, da gab es keinen Zweifel.

Zwei Wochen später suchte Tod Michaels ihn abermals auf. Diesmal beliefen sich Vivians Schuldscheine auf viertausend Pfund. Alec schäumte. »Warum, zum Teufel, haben Sie ihr überhaupt Kredit eingeräumt?«

»Aber, Sir Alec, sie ist doch Ihre Gattin«, erwiderte Michaels ungerührt. »Was würden die Leute sagen, wenn wir ihr keinen Kredit gäben?«

»Ich – ich muß das Geld besorgen«, gestand Sir Alec. »So viel Bares hab ich momentan nicht zur Hand.«

»Aber ich bitte Sie! Betrachten Sie es als Darlehen, und zahlen Sie's zurück, wann immer es Ihnen beliebt.«

Außerordentlich erleichtert bedankte sich Alec. »Das ist sehr großzügig von Ihnen, Mr. Michaels.«

Erst einen Monat später erfuhr er Einzelheiten. Vivian hatte inzwischen weitere fünfundzwanzigtausend Pfund verspielt, und Alec bekam einen Zinssatz von zehn Prozent die Woche in Rechnung gestellt. Entsetzen packte ihn. Er sah keine Möglichkeit, soviel Bargeld aufzutreiben. Er besaß nichts, was er verkaufen konnte. Alles, die Häuser, die Antiquitäten, die Autos, seine ganze sogenannte Habe, gehörte Roffe und Söhne. Seine Wut jagte Vivian derartige Angst ein, daß sie hoch und heilig schwor, nie wieder zu spielen. Aber es war zu spät. Alec befand sich in den Klauen von Geldwucherern. Egal, wieviel er ihnen in den Rachen warf, er konnte die Schulden nicht zurückzahlen. Im Gegenteil stiegen sie von Monat zu Monat weiter an, der Berg wuchs, und das nun seit einem Jahr.

Als Tod Michaels' Eintreiber ihn zum erstenmal unter Druck zu setzen suchten, drohte er mit dem Polizeichef. »Ich habe Verbindungen zu den höchsten Kreisen«, behauptete Alec.

»Und ich zu den niedrigsten«, entgegnete der Kerl grinsend.

So kam es, daß Alec sich eines Mittags bei White's jenem fürchterlichen Individuum gegenübersah. Noch dazu mußte er seinen Stolz überwinden und um eine Galgenfrist betteln.

»Ich habe doch schon mehr zurückgezahlt, als die Kreditsumme ausmachte. Sie können doch nicht . . .«

»Das waren nur Zinsen, Sir Alec. Von der Grundsumme haben Sie noch nichts zurückgezahlt.«

Alec fuhr auf. »Das ist Erpressung!«

Ein Schleier legte sich vor Swintons Augen. »Ich werde das dem Boß ausrichten.« Er machte Anstalten aufzustehen.

»Nein, bitte, bleiben Sie«, bat Alec.

Langsam setzte sich Swinton wieder. »Sagen Sie so was nicht noch mal«, warnte er. »Der letzte Kerl, der so quatschte, kriegte seine Knie auf den Fußboden genagelt.«

Alec hatte davon gelesen. Die Gebrüder Kray hatten diese Methode zur »Bestrafung« ihrer Opfer erfunden. Und die Leute, mit denen Alec es zu tun hatte, waren genauso skrupellos. Er fühlte Bitteres in seinem Hals aufsteigen. »So habe ich das ja nicht gemeint«, lenkte er ein. »Es ist doch nur – ich hab einfach kein Bargeld mehr.«

Swinton schnippte die Asche von seiner Zigarre in Alecs Weinglas. »So, haste nich, Baby? Aber du hast doch einen fetten Brocken Aktien von Roffe und Söhne, oder?«

»Ja, natürlich. Aber die Anteile sind unverkäuflich und nicht übertragbar. Die nützen niemandem, solange Roffe und Söhne nicht auf den freien Aktienmarkt gehen.«

Swinton stieß dicke Rauchwolken aus. »Und? Tun sie das?«

»Das liegt ganz bei Sam Roffe. Ich – ich hab ja schon dauernd versucht, ihn dazu zu überreden.«

»Dann versuch's mal energischer.«

»Sagen Sie Mr. Michaels, er bekommt sein Geld«, beschwor ihn Alec. »Aber bitte, stellen Sie mir nicht länger nach.«

Swinton starrte ihn unschuldig an. »Nachstellen? Dir? Mann, du kleiner Schwanzlutscher, wenn wir anfangen, dir nachzustellen, dann werden dir die Augen aufgehen. Dann brennen deine verdammten Ställe ab, und du frißt geröstetes Pferdefleisch. Als nächstes ist dein Haus dran. Und vielleicht deine Frau.« Er grinste, ein widerliches Grinsen. »Haste schon mal gebratene Pussy verspeist?«

Alec war wachsbleich geworden. »Um Himmels willen ...«

Aber Swinton schaltete bereits eine Gangart zurück. »Mann, reg dich nicht auf, ich mach ja nur Spaß. Tod Michaels ist doch dein Freund, das weißte ja. Und Freunde helfen sich gegenseitig, stimmt's? Heute morgen erst, bei unserer Sitzung, da haben wir von dir geredet. Und weißte, was der Boß da gesagt hat? ›Sir Alec‹, hat er gesagt, ›auf den kann man sich verlassen. Wenn der das Geld nicht hat, fällt dem bestimmt was anderes ein, wie er uns schadlos halten kann.‹«

Alec legte die Stirn in Falten. »Was einfallen? Wieso?«

»Na, Mann, für ein helles Köpfchen wie dich ist es doch wohl nicht so schwer, darauf zu kommen, oder? Du bist doch einer der Obersten von der großen Drogenfirma, stimmt's? Und da habt ihr doch so'n Zeug wie zum Beispiel Kokain. Na, was? Zwischen uns beiden Hübschen: Wer würde rausbekommen, wenn dir aus Versehen hier und da mal 'ne Ladung abhanden käme?«

Alec konnte ihn nur anstarren. »Sie – Sie sind verrückt geworden«, brachte er schließlich heraus. »Ich – ich könnte das niemals tun.«

»So? Ist aber erstaunlich, was Leute alles tun können, wenn ihnen nichts anderes übrigbleibt.« Swinton stand auf. »Also, entweder hältst du das Geld für uns bereit, oder wir teilen dir mit, wo du die Ware abzuliefern hast.«

Er drückte die Zigarre auf Alecs Butterteller aus. »Viele Grüße an Vivian. Bis bald.«

Und Jon Swinton verschwand.

Da saß Sir Alec, allein und verlassen in einer Umgebung, die Teil seines Lebens gewesen war, eines Lebens, das er nun aufs höchste bedroht sah. Alles war wie sonst, mit Ausnahme des ekelhaften Zigarrenstummels auf dem Butterteller. Wie hatte er diese Kerle nur in sein Dasein eindringen lassen können? Da hatte er sich in eine Position manövrieren lassen, wo er Werkzeug in den Händen der Unterwelt war. Jetzt wußte er auch, daß sie mehr als nur Geld von ihm verlangten. Das Geld war lediglich ein Vorwand. In Wirklichkeit waren sie auf seine Verbindung zum Pharma-Konzern aus, wollten ihn dazu zwingen, für sie zu arbeiten. Sobald herauskam, daß er sich in der Gewalt von Verbrechern befand, würde die Opposition im Parlament es sich nicht nehmen lassen, Kapital daraus zu schlagen. Und die eigene Partei würde ihn mit Sicherheit zum Rücktritt zwingen. O ja, so was geschah sehr taktvoll und geräuschlos. Sie würden Druck auf ihn ausüben, sich für die sogenannten »Chiltern Hundreds« zu bewerben, einen Staatsposten, finanziert von der Krone, für den lediglich Nominalgehalt von hundert Pfund im Jahr ausgeworfen war. Als Parlamentarier durfte man aber nicht im Sold der Regierung oder der Krone stehen. Auf diese

Weise würde Alec sich gezwungen sehen, seinen Parlamentssitz aufzugeben. Natürlich konnte man auch den wahren Grund nicht auf ewig verschweigen, und Alec sah sich schon der öffentlichen Schande preisgegeben. Es sei denn, er brächte die fragliche Geldsumme auf. Immer wieder hatte er Sam Roffe zu überzeugen versucht, ihn gedrängt, Aktien von Roffe und Söhne zu veräußern.

»Vergiß es«, hatte Sam geantwortet. »In dem Augenblick wo wir Außenstehenden Anteile verkaufen, tauchen plötzlich lauter Freunde bei uns auf, die uns sagen wollen, wie wir unser Unternehmen zu führen hätten. Und ehe du's dich versiehst, haben die das Direktorium übernommen und dann das ganze Unternehmen. Warum bist du eigentlich so scharf darauf, Alec, wo liegt für dich der Vorteil? Du hast ein hohes Einkommen, ein unbegrenztes Spesenkonto und dergleichen mehr. Du brauchst das Geld doch gar nicht.«

Einen Moment lang war Alec in Versuchung gewesen, Sam die Wahrheit zu sagen. Und wie er das Geld brauchte! Aber er wußte, das hätte die Sache nur noch schlimmer gemacht. Sam Roffe war ein Geschäftsmann, ein Mensch ohne Sentimentalitäten. Erfuhr er, daß Alec auf so schändliche Weise Roffe und Söhne kompromittiert hatte, würde er ihn feuern, ohne auch nur einen Augenblick zu zögern. Nein, Sam Roffe war der allerletzte, den er um Hilfe bitten konnte.

Es gab keine Rettung mehr für ihn.

Der Empfangsportier von White's näherte sich respektvoll Sir Alecs Tisch im Speisesaal; in seiner Begleitung befand sich ein Mann in grauer Botenuniform, der einen versiegelten Geschäftsbrief trug.

»Verzeihung, Sir Alec«, sagte der Portier, »aber dieser

Mann hier besteht darauf, Ihnen das persönlich auszuhändigen.«

»Vielen Dank.« Sir Alec nahm den Umschlag in Empfang, und der Portier geleitete den Boten wieder hinaus.

Alec saß an seinem Tisch und starrte ins Leere. Erst nach langer Zeit öffnete er den Umschlag. Dreimal las er die Nachricht. Dann zerknüllte er das Papier in der Faust. Seine Augen standen voller Tränen.

6. Kapitel

New York
Montag, 7. September, 11 Uhr

Die Boeing 707-320 befand sich im Anflug auf Kennedy Airport. Sanft glitt das Flugzeug aus der ihm zugewiesenen Wartezone auf die Landebahn. Es war ein langer, anstrengender Flug gewesen, und Rhys Williams fühlte sich total erschöpft. Während der Nacht hatte er keinen Schlaf gefunden. Zu oft war er mit Sam Roffe in diesem Flugzeug unterwegs gewesen. Sams Gegenwart war übermächtig.

Elizabeth Roffe erwartete ihn. Aus Istanbul hatte Rhys ihr telegrafiert und dabei lediglich seine Ankunft für den folgenden Tag angekündigt. Er hätte ihr die Nachricht vom Tode ihres Vaters auch telefonisch übermitteln können, aber er wollte es ihr persönlich sagen.

Das Flugzeug war jetzt gelandet und rollte zum Empfangsgebäude. Da Rhys nur mit Handgepäck reiste, wurde er ohne Umstände durch den Zoll geschleust. Der Himmel war grau verhangen, Vorbote des Winters. Am Nebeneingang wartete eine Limousine auf ihn, die ihn zu Sam Roffes Anwesen auf Long Island bringen sollte, wo Elizabeth ihn erwartete.

Unterwegs versuchte Rhys sich die Worte zurechtzulegen, die er ihr sagen wollte, aber in dem Augenblick, da Elizabeth ihm gegenüberstand, war sein Kopf vollständig leer. Jedesmal, wenn er sie sah, überraschte ihn ihre Schönheit aufs neue. Sie hatte den Charme ihrer Mutter geerbt, besaß die gleichen aristokratischen Züge, die mitternachtsschwarzen Augen, eingerahmt von langen, schweren Wimpern. Ihre Haut war weich und makellos, das Haar leuchtend schwarz, die Figur üppig und doch schlank. Die cremefarbene Seidenbluse trug sie am Hals geöffnet, dazu einen grau plissierten Flanellrock und passende Schuhe. Nichts wies mehr auf den tapsigen Teenager hin, dem Rhys neun Jahre zuvor begegnet war. Sie war zur Frau herangereift, ein kluges, geistreiches Geschöpf voller Herzenswärme und völlig unbefangen. Jetzt lächelte sie Rhys an – die Wiedersehensfreude stand ihr auf dem Gesicht geschrieben. »Kommen Sie herein, Rhys.« Sie nahm seine Hand und führte ihn in die große eichengetäfelte Bibliothek. »Ist Sam mit Ihnen im Flugzeug gekommen?«

Rhys sah keine Möglichkeit, es ihr schonend beizubringen. Er holte tief Luft. »Liz, Sam hatte einen schlimmen, sehr schlimmen Unfall.« Er sah, wie die Farbe aus ihrem Gesicht wich. Sie sagte nichts. »Er ist dabei ums Leben gekommen.«

Wie versteinert stand sie da. Als sie endlich sprach, konnte Rhys ihre Worte kaum hören. »Was – was ist geschehen?«

»Einzelheiten sind uns noch nicht bekannt. Er war dabei, den Montblanc zu besteigen. Das Seil riß. Er fiel in eine Gletscherspalte.«

»Hat man – hat man ihn gefunden?«

»Der Spalt war ein bodenloser Abgrund.«

Sie schloß einen Moment die Augen, öffnete sie dann wieder. Angst durchfuhr Rhys. »Sind Sie okay?«

»Ich? Okay? Aber klar. Mir geht es blendend, vielen Dank. Hätten Sie gern eine Tasse Tee oder etwas zu essen?«

Konsterniert starrte er sie an. Gerade wollte er etwas sagen, als ihm die Erkenntnis kam: Sie stand unter Schock. Wahllos plapperte sie weiter, ohne Sinn und Verstand, die Augen unnatürlich glänzend, das Lächeln zur Grimasse gefroren.

»Sam war immer so sportlich, ein richtiger Athlet«, sagte sie. »Sie kennen ja seine Trophäen. Immer war er Sieger, nicht wahr? Wußten Sie, daß er schon mehrmals den Montblanc bestiegen hatte?«

»Liz ...«

»Natürlich wußten Sie das. Einmal waren Sie ja sogar dabei, oder irre ich mich, Rhys?«

Rhys ließ sie jetzt reden, wußte, daß ihre Sätze eine Narkose gegen den Schmerz waren, eine Mauer aus Worten, die sie vor dem Augenblick schützen sollte, da sie dem Verlust ins Auge blicken mußte. Als er ihr zuhörte, wurde er für einen Augenblick an das überempfindliche, verletzbare kleine Mädchen von damals erinnert, viel zu sensibel und schüchtern, um gegen die brutale Wirklichkeit gewappnet zu sein. Jetzt war sie wie eine zu weit aufgezogene Uhr, zum Zerreißen angespannt und plötzlich so zerbrechlich, daß Rhys es mit der Angst zu tun bekam.

»Lassen Sie mich einen Arzt rufen«, bat er. »Der kann Ihnen etwas geben, damit ...«

»Nein, nein. Es geht mir wirklich gut. Ich glaube, wenn Sie nichts dagegen hätten, würde ich mich gern etwas hinlegen. Ich bin müde.«

»Soll ich dableiben?«

»Vielen Dank. Das ist nicht nötig.«

Sie begleitete ihn zur Tür. Als er in den Wagen stieg, rief sie: »Rhys!«

Er drehte sich um.

»Danke für Ihr Kommen.«

Du lieber Himmel, dachte er.

Viele Stunden, nachdem Rhys Williams gegangen war, lag Elizabeth noch immer im Bett, starrte die Decke an, auf das wechselnde Muster, das eine bläßliche Septembersonne ins Zimmer warf.

Und jetzt stellte sich der Schmerz ein. Sie hatte auf ein Beruhigungsmittel verzichtet, wollte den Schmerz ertragen, soviel, fühlte sie, war sie Sam schuldig. Und weil sie seine Tochter war, würde sie die Pein aushalten können. So lag sie da, den Tag über, dann die Nacht, dachte an gar nichts, dachte an alles. Die Erinnerung übermannte sie, mehr noch, sie fühlte sich von der Vergangenheit überwältigt. Sie lachte, und sie weinte, diagnostizierte einen Zustand hochgradiger Hysterie, aber das machte nichts aus. Es war niemand da, der sie hätte hören können. Mitten in der Nacht überfiel sie ein Heißhunger. Sie ging nach unten in die Küche, verschlang ein riesiges Sandwich und erbrach es gleich darauf. Danach fühlte sie sich in keiner Weise besser. Nichts konnte den Schmerz lindern, der sie erfüllte. Es war, als stünden alle ihre Nervenenden in Flammen. Immer wieder wanderten ihre Gedanken zurück, in die Jahre mit ihrem Vater. Durch das Schlafzimmerfenster sah sie die Sonne aufgehen. Kurz darauf klopfte ein Hausmädchen an die Tür. Elizabeth schickte es fort. Einmal klingelte das Telefon. Ihr Herz machte einen Sprung, und sie griff nach dem Hörer. Das ist Sam! dachte sie. Dann fiel ihr alles wieder ein, und sie zog die Hand zurück.

Nie wieder würde er sie anrufen. Nie wieder würde sie seine Stimme hören, ihn nie wieder sehen.

Ein bodenloser Abgrund zwischen Gletschern.

Bodenlos.

Elizabeth lag still da, ließ sich von der Vergangenheit überspülen. Nur die Erinnerung zählte. Die Erinnerung an alles.

7. Kapitel

Der Tag, an dem Elizabeth Rowane Roffe geboren wurde, markierte eine doppelte Tragödie. Das kleinere Übel war, daß Elizabeths Mutter bei der Entbindung starb; das größere die Tatsache, daß ein Mädchen zur Welt gekommen war.

Neun Monate lang, bis sie aus der Dunkelheit des Mutterschoßes ans Licht gelangte, war sie das auf der Welt am sehnlichsten erwartete Kind: Erbe eines kolossalen Imperiums, des Multi-Milliarden-Dollar-Riesen Roffe und Söhne.

Sam Roffes Frau Patricia war eine dunkelhaarige Frau von ungewöhnlicher Schönheit. Viele Frauen hatten versucht, Sam einzufangen, begierig auf seine Stellung, sein Prestige und sein Vermögen. Patricia hatte ihn geheiratet, weil sie in ihn verliebt war. Wie es sich herausstellte, war das der schlechteste aller Gründe. Sam Roffe war auf ein rein geschäftliches Arrangement ausgewesen, und Patricia erschien ihm für seine Zwecke ideal. Sam besaß weder die Zeit, noch hegte er den Wunsch nach einem harmonischen Familienleben. In seinem Dasein gab es für nichts Platz außer fürs Geschäft. Geradezu fanatisch diente er dem Konzern, und nicht weniger erwartete er von den Menschen seiner Umgebung. Für ihn lag Patricias Bedeutung allein in dem Beitrag, den sie dem

Unternehmen zu leisten vermochte. Als ihr aufging, auf welche Art von Ehe sie sich eingelassen hatte, war es zu spät. Sam übertrug ihr eine Rolle, und sie spielte sie tadellos. Das hieß: Sie war eine perfekte Gastgeberin, die perfekte Ehefrau. Von ihrem Mann empfing Patricia keine Liebe, und mit der Zeit lernte sie, auch selbst keine zu geben. Statt dessen diente sie Sam und war ebenso eine Angestellte von Roffe und Söhne wie die kleinste Sekretärin. Allerdings hatte sie vierundzwanzig Stunden am Tag Bereitschaftsdienst, war jederzeit auf dem Sprung, an jeden Ort der Welt zu fliegen, wo immer Sam ihrer bedurfte, um überall, im großen wie im kleinen Kreis, die wichtigsten Persönlichkeiten dieser Erde zu bewirten oder in allerkürzester Zeit ein glänzendes Diner für mehrere Gäste auf die Beine zu stellen. Patricia war ein Aktivposten des Betriebskapitals der Firma, wenngleich sie in keiner Bilanz auftauchte. Viel Mühe investierte sie darein, ihre Schönheit zu konservieren. Sie trieb unermüdlich Gymnastik, lebte Diät. Ihre Kleider wurden eigens für sie entworfen von Norell in New York, Chanel in Paris, Hartnell in London und der jungen Sybil Connolly in Dublin. Ihre erlesenen Juwelen stammten von Jean Schlumberger und Bulgari. Ihr Leben war ständig mit Verrichtungen ausgefüllt, aber dennoch freudlos und leer. Das alles änderte sich mit ihrer Schwangerschaft.

Sam Roffe war der letzte männliche Erbe der Dynastie, und Patricia wußte genau, wie sehr er sich nach einem Sohn sehnte. Er setzte sein ganzes Vertrauen in sie. Patricia war von nun an die Königinmutter, ganz und gar mit dem Baby in ihrem Leib beschäftigt, dem jungen Prinzen, der eines Tages das Reich erben würde. Als man sie in den Kreißsaal fuhr, umklammerte Sam ihre Hand und sagte nur: »Danke.«

Eine halbe Stunde später war sie an einer Embolie gestorben. Der Tod ereilte sie, bevor sie erfahren mußte, daß sie die Erwartungen ihres Mannes enttäuscht hatte.

Für ein paar Stunden machte Sam Roffe sich von seinem unbarmherzigen Terminkalender frei, um seine Frau zu Grabe zu tragen. Dann wandte er sich dem Problem zu, was mit seiner Tochter geschehen sollte.

Eine Woche nach ihrer Geburt wurde Elizabeth nach Hause gebracht und einem Kindermädchen übergeben, der ersten in einer langen Reihe wechselnder Gouvernanten. In ihren ersten fünf Lebensjahren sah Elizabeth nur sehr wenig von ihrem Vater. Für sie war Sam Roffe kaum mehr als ein undeutlicher Fleck in der Landschaft, ein Fremder, der stets von irgendwoher kam oder irgendwohin fuhr. Er war ständig unterwegs, und Elizabeth bedeutete dabei nichts als ein Ärgernis, das man halt mitschleppte wie ein im Grunde überflüssiges Gepäckstück. Einen Monat lebte sie in ihrem Haus auf Long Island, mit Bowlingbahn, Tennisplatz, Schwimmbad und Squashanlage. Ein paar Wochen später würde ihre Nanny plötzlich Elizabeths Siebensachen packen und das Kind in die Biarritzer Villa verfrachten. Dort warteten vierzig Zimmer und ein Grundstück von ungefähr dreißig Morgen auf sie. Elizabeth verlief sich ständig.

Außerdem besaß Sam Roffe ein geräumiges zweistökkiges Penthouse am New Yorker Beekman Place sowie eine weitere Villa an der Costa Smeralda auf Sardinien. Elizabeth reiste überallhin, wurde von Anwesen zu Anwesen gehetzt und wuchs inmitten einer verschwenderischen Pracht auf. Doch stets fühlte sie sich wie eine Außenseiterin, die aus Versehen in eine Geburtstagsparty schneite, ein Fest, veranstaltet von lieblosen Fremden.

Als sie älter wurde, lernte sie, was es hieß, die Tochter

von Sam Roffe zu sein. Elizabeth ging es ähnlich wie ihrer Mutter, deren Seelenleben dem Konzern geopfert worden war. Wenn es für sie kein Familienleben gab, lag das daran, daß gar keine Familie existierte, nur bezahlte Ersatzkräfte und in undeutlicher Ferne der Mann, der sie gezeugt hatte und der an ihr keinerlei Interesse zu haben schien. Patricia hatte gelernt, sich der Situation anzupassen, aber für das Kind war es die reinste Hölle. Elizabeth fühlte sich unerwünscht und ungeliebt, und ihr war es nicht gegeben, mit der Hoffnungslosigkeit und inneren Leere fertigzuwerden. Schließlich gab sie sich selbst die Schuld, daß niemand sie liebte. Verzweifelt versuchte sie, die Zuneigung ihres Vaters zu gewinnen. Als sie alt genug war, die Schule zu besuchen, fertigte sie im Unterricht Kleinigkeiten für ihn an, malte mit Wasserfarben kindliche Bilder. Ihre Geschenke hütete sie wie eine Glucke ihre Küken, um ihren Vater damit zu überraschen, wenn er von einer seiner Reisen zurückkam. Sie wollte ihn so gerne erfreuen, sehnte sich danach, ihn sagen zu hören: »Das ist aber schön, Elizabeth! Du zeigst wirklich Talent.«

Kam er dann und präsentierte Elizabeth ihm ihr Liebesopfer, blickte er nur abwesend hoch, nickte oder schüttelte den Kopf und meinte: »Na ja, eine Künstlerin wird aus dir wohl nicht gerade.«

Zuweilen wachte Elizabeth mitten in der Nacht auf und stieg die lange Wendeltreppe im Penthouse am Beekman Place hinab, lief durch die große höhlenartige Halle, die zum Arbeitszimmer ihres Vaters führte. Ehrfürchtig betrat sie den leeren Raum, als wäre er ein Tempel. Das war *sein* Zimmer, wo er arbeitete, wichtige Dokumente unterschrieb, kurz: die Welt regierte. Dann schlich sie an den riesenhaften Schreibtisch mit der lederbeschlagenen Platte und fuhr sanft mit den Händen darüber hinweg. Schließlich trat sie hinter den Schreibtisch und nahm in dem großen Ledersessel Platz. Dort endlich fühlte sie sich ihrem Vater näher. Es war, als würde sie zu einem Stück von ihm. In ihrer Einbildung führten sie lange Gespräche, und er hörte aufmerksam zu, nahm Anteil an ihren Sorgen und Problemen, die sie vor ihm ausbreitete. Eines Nachts, als Elizabeth wieder einmal im Dunkeln an seinem Schreibtisch saß, flammten plötzlich die Lichter auf. In der Tür stand ihr Vater. Er blickte Elizabeth an, die, nur mit einem dünnen Nachthemd bekleidet, an seinem Schreibtisch saß. »Was, um Himmels willen, machst du hier allein im Dunkeln?« Er nahm sie in die Arme und trug sie nach oben, brachte sie zu Bett, und Elizabeth lag die ganze Nacht wach und dachte daran, wie ihr Vater sie im Arm gehalten hatte.

Nach diesem Erlebnis ging sie jede Nacht in sein Arbeitszimmer und wartete, daß er kam und sie holte, aber es geschah nie wieder.

Über ihre Mutter wurde niemals gesprochen, aber in der Eingangshalle hing ein wunderschönes Porträt von Patricia, das sie in ihrer ganzen Größe zeigte. Stundenlang konnte Elizabeth es betrachten. Dann stellte sie sich vor den Spiegel und verglich: häßlich. Ihre Zähne trugen Klammern, und der Mund sah aus wie ein Wasserspeier. Kein Wunder, daß ich meinem Vater gleichgültig bin, dachte sie.

Über Nacht entwickelte Elizabeth einen geradezu unstillbaren Appetit und setzte Fett an. Der Grund dafür war ganz einfach, das Ei des Kolumbus sozusagen: Solange sie dick und häßlich war, würde niemand von ihr erwarten, daß sie ihrer Mutter ähnelte.

Als Elizabeth zwölf war, schickte man sie in eine exklusive Privatschule in der East Side von Manhattan, oberhalb der Siebzigsten Straße. Jeden Morgen wurde sie vom Chauffeur im Rolls-Royce hingebracht, ging in ihre Klasse und saß dort still, ganz in sich gekehrt. Von nichts und niemandem um sie herum nahm sie Notiz. Sie meldete sich nie zu Wort, und wenn sie aufgerufen wurde, schien sie um eine Antwort verlegen. Bald gewöhnten sich ihre Lehrer an, sie einfach zu ignorieren. Wenn sie untereinander über Elizabeth sprachen, waren sie sich einig: Hier hatte man es mit einem der verzogensten Kinder zu tun, die einen jemals begegnet waren. In einem vertraulichen Jahresschlußbericht an die Schulleiterin konstatierte Elizabeths Klassenlehrerin:

»Elizabeth Roffe hat keinerlei Fortschritte gemacht. Sie hält sich von ihren Klassenkameradinnen fern und verweigert jede Gruppenaktivität. In der Schule hat sie keine einzige Freundin. Ihre Leistungen sind keineswegs zufriedenstellend, aber es ist schwer zu sagen, warum. Entweder gibt sie sich keine Mühe, oder sie ist geistig unfähig, den Stoff zu bewältigen. Außerdem benimmt sie sich arrogant und selbstsüchtig.

Handelte es sich bei ihrem Vater nicht um einen der wichtigsten Mäzene dieser Schule, würde ich energisch für ihren Ausschluß plädieren.«

Der Bericht verfehlte den eigentlichen Tatbestand um Lichtjahre. Die Wahrheit war ganz einfach: Elizabeth Roffe besaß keinen Schutzschild, keinen Panzer gegen die schreckliche, abgrundtiefe Einsamkeit, die ihr Leben umfing. Sie hatte ein derart stark ausgeprägtes Minderwertigkeitsgefühl, daß sie einfach davor zurückschreckte, sich mit jemandem anzufreunden, aus lauter Angst, die anderen könnten entdecken, daß sie gänzlich unnütz und der Liebe nicht wert sei. Sie war nicht arrogant, sondern auf fast pathologische Weise schüchtern. Ihr Gefühl sagte ihr, sie gehörte nicht in die Welt, in der sich ihr Vater bewegte. Im Grunde gehörte sie nirgendwohin. Sie verabscheute die tägliche Schulfahrt im Rolls-Royce in dem Bewußtsein, diesen Aufwand durch nichts verdient zu haben. Im Unterricht wußte sie sehr wohl alle Antworten auf die Fragen ihrer Lehrerinnen, aber sie wagte einfach nicht, das auch zu zeigen, die Aufmerksamkeit auf sich zu lenken. Sie war aufs Lesen versessen, lag bis tief in die Nacht wach und verschlang ein Buch nach dem anderen.

Großen Raum in ihrem Leben nahmen ihre Tagträume ein: herrliche Phantasiegebilde. Sie befand sich mit ihrem Vater in Paris, sie fuhren in der Pferdekutsche durch den Bois, und dann nahm er sie mit in sein Büro, einen riesigen Raum, so groß wie die St.-Patricks-Kathedrale an der Fifth Avenue. Immer wieder kamen Leute herein und brachten Dokumente zum Unterzeichnen, aber ihr Vater scheuchte sie alle ungeduldig fort und sagte: »Sehen Sie denn nicht, daß ich keine Zeit habe? Ich bin mit meiner Tochter Elizabeth beschäftigt.«

Der Vater und sie waren beim Skilaufen in der Schweiz, rasten Seite an Seite die Pisten hinab. Der eisige Wind peitschte ihnen ins Gesicht, und plötzlich stürzte ihr Vater, schrie vor Schmerz laut auf: Sein Bein war gebrochen. Und sie sagte: »Keine Angst, Papa! Ich sorge für dich.« Sie glitt auf ihren Skiern ins Tal, lief zum Krankenhaus. »Beeilen Sie sich, mein Vater hat sich verletzt.« Und ein Dutzend Männer in weißen Kitteln brachten ihn in einem Krankenwagen fort, und sie saß Tag und Nacht an seinem Bett und fütterte ihn (also hatte er sich wohl den Arm gebrochen, nicht das Bein), und ihre Mutter, seltsamerweise noch am Leben, kam ins Zimmer, und ihr Vater war ganz ungehalten: »Ich hab jetzt keine Zeit für dich, Patricia. Elizabeth und ich haben etwas zu bereden.«

Oder sie beide befanden sich in ihrer Villa auf Sardinien. Alle Hausangestellten hatten Ausgang, und Elizabeth bereitete ihm das Abendessen. Er nahm von jedem Gang zweimal und sagte: »Weißt du, Elizabeth, du bist eine viel bessere Köchin, als deine Mutter es je war.«

Diese Szenen mit ihrem Vater endeten immer gleich. Es klingelte an der Tür, und ein großer Mann, der ihren Vater beträchtlich überragte, kam herein und hielt um ihre Hand an. Ihr Vater aber flehte sie an: »Bitte, Elizabeth, verlaß mich nicht, ich brauche dich doch!«

Und Elizabeth wies den Freier ab und blieb bei ihrem Vater.

Von allen Häusern und Wohnungen, in denen Elizabeth aufwuchs, war ihr die Villa auf Sardinien die liebste. Sie war keineswegs die größte, aber die farbenprächtigste. Überhaupt fand Elizabeth Sardinien wundervoll, die Insel mit der dramatischen Felsenkulisse, dem herrlichen Panorama von Meer, Bergen und grünen Wiesen. Die riesigen Vulkan-Klippen waren vor Tausenden von Jahren aus dem Ur-Meer durch Eruption entstanden; die Küste schwang sich in einem gewaltigen Bogen, so weit das Auge reichte, und das Tyrrhenische Meer bildete den blauen Rahmen für das herrliche Stück Land.

Die Insel hatte für Elizabeth ihre eigenen, besonderen Düfte, den Geruch von Seebrise, den Wäldern, den herrlich leuchtenden Blumen und den übermannshohen Büschen, die zwischen den riesenhaften Korkeichen wuchsen, deren Borke auf das Festland verschifft wurde.

Stundenlang konnte Elizabeth den »singenden« Felsen lauschen, jenen geheimnisvollen Riesenbrocken mit dem Loch mittendrin. Wenn der Wind hindurchblies, drang ein gespenstisch schriller Laut heraus wie die Totenklagen verlorener Seelen.

Und die Winde wehten. Elizabeth kannte sie alle,

konnte sie mit der Zeit genau unterscheiden: *mistrale, ponente, tramontana, grecale* und *levante*, sanfte Winde und wilde Stürme. Und dann der gefürchtete Schirokko, der warm von der Sahara herüberwehte. Die Roffesche Villa lag an der Costa Smeralda, oberhalb von Port Cervo, auf einem Felsen hoch über dem Meer, abgeschieden durch Wacholderbüsche und wildwachsende sardische Olivenbäume. Von hier oben hatte man einen atemberaubenden Blick auf den Hafen weit, weit unten und die grünen Hügel rundum, bedeckt mit bunt durcheinandergewürfelten Häusern aus Stuck und Stein, farbig wie die Pastellzeichnung eines Kindes.

Die Villa war aus Stuck, innen mit gewaltigen Balken aus Wacholderstämmen. Sie war auf mehreren Ebenen erbaut, mit großen komfortablen Räumen, jeder mit Kamin und Balkon. Wohnhalle und Speisesaal waren mit Panoramafenstern ausgestattet, der Blick auf die Insel bot sich wie ein Breitwandgemälde dar. Eine freitragende Treppe führte zu den vier Schlafzimmern im Obergeschoß. Die Inneneinrichtung paßte sich hervorragend der Landschaft an. Da standen große ländliche Refektoriumstische mit Holzbänken, aber auch weiche Sessel. An den Fenstern waren Vorhänge aus grober weißer Wolle angebracht, handgewebtes Erzeugnis der Insel, und die Fußböden waren mit farbenprächtigen Kacheln aus Sardinien oder der Toscana ausgelegt. In den Bädern und Schlafzimmern lagen einheimische Wollteppiche, gefärbt nach den ländlichen Methoden der Inselbevölkerung. Das ganze Haus war mit Gemälden französischer Impressionisten, alter italienischer Meister und sardischer Primitiven ausgestattet. In der Diele hingen Porträts von Samuel Roffe und Terenia Roffe, Elizabeths Ur-Urgroßeltern.

Was sie jedoch am Haus am meisten liebte, war das

Turmzimmer unter dem steil abfallenden Ziegeldach. Man erreichte es über eine enge Treppe vom zweiten Stock aus. Sam Roffe benutzte es als Arbeitszimmer. Das Turmzimmer war mit einem großen Schreibtisch und einem bequem gepolsterten Drehsessel möbliert. Die Wände waren vollgestellt mit Bücherregalen, dazwischen hingen große Landkarten mit Hinweisen auf das Roffe-Imperium. Glastüren führten auf einen kleinen Balkon direkt über einer schroff zum Meer abfallenden Felswand. Der Blick von dort aus war einzigartig.

In diesem Haus entdeckte Elizabeth, dreizehnjährig, die Wurzeln ihrer Familie. Und zum erstenmal in ihrem Leben spürte sie, daß sie irgendwohin gehörte, daß sie Teil eines Ganzen war.

Es begann an dem Tag, als sie das Buch fand. Ihr Vater war nach Olbia gefahren, und Elizabeth kletterte in ihr geliebtes Turmzimmer. Die Bücher in den Regalen interessierten sie nicht, denn sie wußte längst, wovon die meisten handelten: von Pharmakologie, Heilkunde oder multinationalen Gesellschaften und Handelsrecht. Sie fand sie stumpfsinnig und langweilig. Ein paar seltene Manuskripte wurden hinter Glas aufbewahrt, ein medizinisches Werk auf lateinisch, betitelt »Circa Instans«, das aus dem Mittelalter stammte, und ein zweites, das »De Materia Medica« hieß. Weil Elizabeth Latein lernte und auf die alten Ausgaben neugierig war, öffnete sie den Glaskasten und nahm ein Buch heraus. Dahinter war ein zweites versteckt, wie sie zu ihrer Überraschung feststellte. Sie zog es hervor, es war umfangreich, in rotes Leder gebunden und trug keinen Titel.

Elizabeths Neugier war geweckt. Sie schlug den Band auf, und es schien, als hätte sie das Tor zu einer anderen Welt aufgestoßen. Was sie vor sich sah, war eine Biographie ihres Ur-Urgroßvaters Samuel Roffe, geschrieben in englischer Sprache und auf feinstem Pergament gedruckt, offensichtlich im Selbstverlag. Ein Autor war nicht genannt, ebensowenig ein Datum, aber Elizabeth war sicher, das Buch mußte über hundert Jahre alt sein. Die meisten Seiten waren verblaßt, andere vergilbt, vom Zahn der Zeit befallen. Aber das alles war unwichtig, nur der Inhalt zählte, eine Geschichte, die jene beiden Porträts in der Eingangshalle zum Leben erweckte. Hundertmal hatte Elizabeth die Bilder ihrer Ur-Urgroßeltern betrachtet: ein altmodisch wirkendes Paar in fremdartiger Kleidung. Der Mann war nicht hübsch, aber sein Gesicht drückte Stärke und Intelligenz aus. Er hatte blondes Haar, hohe slawische Backenknochen und lebhafte hellblaue Augen. Die Frau war eine Schönheit: dunkles Haar, makelloser Teint und Augen, so schwarz wie Kohle. Sie trug ein weißes Seidenkleid mit einem Überrock und einem Mieder aus Brokat.

Zwei Fremde, ohne Bedeutung für Elizabeth.

Aber jetzt, als sie allein im Turmzimmer saß und das Buch zu lesen begann, wurden Samuel und Terenia Roffe mit Leben erfüllt. Elizabeth war, als sei sie in eine andere Zeit versetzt. Sie lebte im Ghetto von Krakau, im Jahre 1853, bei den beiden. Als sie weiterlas und immer tiefer in das Geschehen eindrang, wurde ihr klar, daß ihr Ur-Urgroßvater, der Gründer von Roffe und Söhne, ein Romantiker gewesen war, zudem ein Abenteurer.

Und ein Mörder.

8. Kapitel

Samuel Roffes früheste Erinnerung, las Elizabeth, war der Tod seiner Mutter. Sie kam 1855 bei einem Pogrom ums Leben, als Samuel fünf Jahre alt war. Er selbst war im Keller des kleinen Holzhauses, das die Roffes im Ghetto von Krakau mit anderen Familien teilten, versteckt worden. Viele quälende Stunden später, als der blutige Terror endlich vorüber war und das einzig Vernehmbare das Wimmern der Überlebenden, verließ Samuel vorsichtig sein Versteck und suchte in den Straßen des Ghettos nach seiner Mutter. Dem kleinen Jungen kam es vor, als stünde die ganze Welt in Flammen. Überall brannten die Holzhäuser, der Himmel war glutrot von der Feuersbrunst, und über den Straßen lag schwarzer Qualm in dicken Wolken. Männer und Frauen suchten verzweifelt nach ihren Angehörigen oder mühten sich ab, ihre Läden, Wohnungen und überhaupt die wenige Habe zu retten. In der Mitte des neunzehnten Jahrhunderts gab es in Krakau zwar eine Feuerwehr, doch für Juden durfte sie nicht eingesetzt werden. Hier im Ghetto, am Rande der Stadt, mußten sie die Gluthölle aus eigener Kraft bekämpfen, mit Wasser, das sie mühsam aus ihren Brunnen holten. Dutzende von Menschen bildeten Eimerketten. Wohin Samuel auch blickte, begegnete er dem Tod, sah er verstümmelte Körper, nackte, vergewaltigte Frauen, Kinder, die blutend um Hilfe schrien.

Samuel fand seine Mutter auf der Straße liegen, nur halb bei Bewußtsein, das Gesicht voller Blut. Mit wild klopfendem Herzen kniete der Junge neben ihr nieder. »Mama!«

Sie öffnete die Augen, erkannte ihn, versuchte zu sprechen, und Samuel wußte, daß sie im Sterben lag. Er hatte den verzweifelten Wunsch, sie zu retten, aber keine Ahnung, wie er das anstellen sollte, und als er ihr sanft das Blut vom Gesicht wischte, war es schon vorbei.

Später stand Samuel stumm daneben, als der Beerdigungstrupp kam und behutsam den Boden unter der Leiche seiner Mutter aushob. Die Erde war mit ihrem Blut getränkt und mußte nach den Regeln der Schrift zusammen mit ihr begraben werden, damit sie Gott als Ganzes wiedergegeben wurde.

In jenem Augenblick faßte Samuel einen Entschluß: Er würde Arzt werden.

Zusammen mit acht anderen Familien bewohnten die Roffes ein schmales dreistöckiges Holzhaus. Der kleine Samuel hauste in einem engen Gemach zusammen mit seinem Vater und der Tante Rachel. Sein Leben lang hatte er nie ein eigenes Zimmer besessen oder allein gegessen oder geschlafen. Jeder Moment seines Daseins war mit dem Klang von Stimmen angefüllt, doch Samuel sehnte sich nicht nach Abgeschiedenheit; er hatte keine Ahnung, daß es so etwas überhaupt gab. Sein Leben vollzog sich in einem überfüllten Labyrinth.

Jeden Abend wurden Samuel, seine Verwandten und Freunde von den Nicht-Juden in das Ghetto eingesperrt, genauso, wie die Juden selbst ihre Ziegen, Kühe und Hühner in die Pferche trieben.

Bei Sonnenuntergang wurden die massiven hölzernen

Doppeltore des Ghettos geschlossen und mit einem großen Eisenschlüssel versperrt. Am folgenden Morgen, bei Sonnenaufgang, wurden die Tore wieder geöffnet, und die jüdischen Händler durften nach Krakau hinein und mit den Nicht-Juden Handel treiben, doch wenn es zu dämmern begann, mußten sie wieder innerhalb ihrer Mauern sein.

Samuels Vater stammte aus Rußland. Er hatte einem Pogrom in Kiew entkommen und sich nach Krakau durchschlagen können, wo er auch seine Frau kennenlernte. Samuel kannte seinen Vater nur als gebeugten grauhaarigen Mann mit tief gefurchtem Gesicht. Der alte Roffe war ein Hausierer, der mit seinem Karren voller Kurzwaren, Tand und Gebrauchsgegenständen durch die engen, gewundenen Straßen des Ghettos zog. Der kleine Samuel lief sehr gern durch das emsige Menschengewühl auf den Pflastersteinstraßen. Er liebte die Gerüche von frischgebackenem Brot, getrocknetem Fisch, Käse, reifenden Früchten, Sägespänen und Leder. Stundenlang konnte er zuhören, wie die Trödler im Singsang ihre Waren anpriesen und die Hausfrauen sich keifend mit ihnen um die Preise stritten. Es gab kaum etwas, das hier nicht feilgeboten wurde: Linnen, Spitzen, Stoffe, Nähgarn, Leder, Fleisch, Gemüse, Nadeln, Schmierseife, gerupfte Hühnchen, Bonbons, Knöpfe.

An Samuels zwölftem Geburtstag nahm sein Vater ihn zum erstenmal mit in die Stadt, nach Krakau. Schon die Aussicht auf den Ausflug erfüllte den Jungen mit großer Spannung: durch die verbotenen Tore zu gehen, Krakau kennenzulernen, zu sehen, wo die anderen Menschen wohnten, die Privilegierten, die Nicht-Juden.

Früh um sechs stand Samuel in seinem einzigen guten Anzug neben seinem Vater vor dem riesigen Tor zur Stadt, inmitten einer lauten Menge: Männer mit roh gezimmerten Hand- oder Schubkarren. Die Luft war schneidend kalt, und Samuel verkroch sich tief in seinen abgeschabten Mantel aus Schafwolle.

Es kam ihm vor, als seien Stunden vergangen, bis eine orangefarbene Sonne über dem östlichen Horizont erschien und erwartungsvolle Bewegung durch die Menge lief. Minuten später schwangen die gewaltigen Torflügel auf, und wie ein Heer emsiger Ameisen strömten die Händler der Stadt zu.

Als sie sich der wunderbaren, schrecklichen Stadt näherten, schlug Samuels Herz immer schneller. Vor sich sah er die klotzigen Festungsbauten, die sich über die Vistula türmten. Fester umklammerte er den Arm des Vaters. Ja, er war wirklich in Krakau, umgeben von den gefürchteten Gojim, jenen Leuten, die seinesgleichen jede Nacht einsperrten. Verstohlen warf er ängstliche Blicke auf die Gesichter der Passanten. Wie anders sie doch aussahen! Sie trugen keine langen schwarzen Gewänder wie seine Leute, und manche waren sogar glattrasiert. Samuel und sein Vater strebten dem Rynek zu, dem mit Menschen und Waren vollgepferchten Markt. Sie kamen am großen Tuchhaus vorbei, dann an der doppeltürmigen Marienkirche. Nie zuvor hatte Samuel solche Pracht gesehen. Die neue Welt steckte voller Wunder. Der mächtigste Eindruck war jedoch das aufregende Gefühl von Freiheit, von weitem, ausladendem Raum. Es nahm ihm den Atem. Die Häuser an den Straßen standen alle einzeln, nicht zusammengedrängt, und fast jedes hatte einen kleinen Vorgarten. Sicherlich, dachte Samuel, war jeder, der in Krakau lebte, ein reicher Mann. Sein Vater suchte ein halbes Dutzend Lieferanten auf, wo er Ware einkaufte, die er in den Wagen lud. Als der voll war, machten sich die beiden auf den Weg zurück zum Ghetto.

»Können wir nicht noch etwas bleiben?« bettelte Samuel.

»Nein, mein Sohn. Wir müssen heim.«

Doch Samuel wollte nicht heim. Zum erstenmal in seinem Leben hatte er die Welt jenseits der Mauern gesehen, und er war so überwältigt davon, daß ihm fast der Atem stockte. Daß Menschen so leben durften, die Freiheit besaßen, zu gehen, wohin immer sie wollten, zu tun, was immer ihnen beliebte . . . Warum war er nicht auch in Freiheit geboren? Sofort schämte er sich dieses Gedankens.

Doch an jenem Abend lag Samuel stundenlang wach. Er dachte an Krakau, die herrlichen Häuser mit ihren Blumen und Gärten. Auch für ihn mußte es einen Weg in die Freiheit geben, und er mußte ihn finden. Wie gern hätte er mit jemandem über die Gefühle gesprochen, die ihn bestürmten. Aber es gab weit und breit keine Menschenseele, die ihn verstanden hätte.

Elizabeth legte das Buch nieder. Sie lehnte sich zurück und schloß die Augen, fühlte sich in Samuels Einsamkeit versetzt, seine Aufregung und seine Frustration.

Und in diesem Moment begann Elizabeth, sich mit ihrem Vorfahren zu identifizieren, zu spüren, daß sie ein Teil von ihm war. Sein Blut floß in ihren Adern. Das Bewußtsein, irgendwo hinzugehören, war eine Offenbarung, berauschte sie.

Sie hörte das Auto ihres Vaters vorfahren, und schnell stellte sie das Buch an seinen Platz zurück. Während ihres Aufenthaltes in der Villa hatte sie keine Gelegenheit zum Weiterlesen, aber als sie nach New York zurückkehrte, lag das Buch ganz unten in ihrem Koffer versteckt.

9. Kapitel

Nach Sardiniens warmer Wintersonne kam ihr New York wie Sibirien vor. Die Straßen waren voll Schnee und Matsch, und vom East River fegte ein eiskalter Wind herüber. Elizabeth machte das nichts aus. Sie lebte in Polen, in einem anderen Jahrhundert, erlebte die Abenteuer ihres Ur-Urgroßvaters, teilte sein Schicksal. Jeden Nachmittag, gleich nach der Schule, eilte sie in ihr Zimmer, schloß sich ein und holte das Buch hervor. Ein paarmal hatte sie erwogen, mit ihrem Vater darüber zu sprechen, aber sie unterließ es, aus Angst, er könne ihr den Band wegnehmen.

Elizabeth merkte, ihr war ein herrliches, unerwartetes Wunder beschert worden: Der alte Samuel gab ihr Mut, half ihr, in der Welt zu bestehen. Wie sehr sie doch einander ähnelten! Samuel war ein Einzelgänger, hatte niemanden, dem er sich anvertrauen konnte. Ganz genau wie ich, dachte Elizabeth. Und weil sie fast im gleichen Alter waren, wenngleich ein Jahrhundert auseinander, konnte sie sich ganz mit ihm identifizieren.

Samuel wollte Arzt werden.

Im Ghetto von Krakau waren nur drei Ärzte zugelassen, für Tausende von Menschen, die in dem ungesunden, von Epidemien bedrohten Pferch leben mußten. Der wohlhabendste von den dreien war Dr. Zeno Wal. Aus der ärmlichen Umgebung ragte sein Haus hervor wie ein Königspalast inmitten eines Elendsviertels, drei Stockwerke hoch, die Fenster geschmückt mit frischgewaschenen, spitzenverzierten Gardinen; dahinter konnte man flüchtig den Glanz polierter Möbel erkennen. Samuel malte sich den Arzt in seinem prächtigen Heim aus, wie er seine Patienten versorgte, sie heilte, all das, was er selbst sich als Lebensinhalt ersehnte. Sicherlich könnte jemand wie Dr. Wal ihm helfen, Arzt zu werden, dachte Samuel, wenn er ihn nur für sich einnehmen konnte. Aber von Samuels Warte aus war Dr. Wal ebenso unerreichbar wie die Glücklichen, die außerhalb der Ghettomauern lebten.

Hin und wieder beobachtete Samuel aus gebührendem Abstand den großen Dr. Zeno Wal, wie er in ernster Unterhaltung mit einem Kollegen durch die Straßen wandelte. Als Samuel eines Tages am Walschen Haus vorbeikam, ging die Tür auf, und der Doktor trat mit seiner Tochter heraus. Sie war ungefähr in Samuels Alter und das liebreizendste Geschöpf, das er je gesehen hatte. Im selben Augenblick wußte er, sie würde seine Frau werden. Er hatte keine Ahnung, wie er das bewerkstelligen sollte, wußte nur, daß es geschehen würde.

Danach fand Samuel jeden Tag irgendeinen Vorwand, sich bei dem Haus von Dr. Wal aufzuhalten, immer in der Hoffnung, die Tochter für einen Augenblick zu Gesicht zu bekommen.

Eines Nachmittags, als ein Botengang Samuel an dem Haus vorbeiführte, hörte er Klaviermusik und wußte sofort: Das konnte nur sie sein. Er mußte sie sehen. Nachdem er sich vergewissert hatte, daß er unbeobachtet war, schlich Samuel sich an die Seite des Hauses. Die Musik kam vom oberen Stockwerk, aus einem Fenster direkt über seinem Kopf. Samuel trat zurück und betrachtete die Hauswand. Es gab Mauervorsprünge genug, wo er Halt finden konnte, und ohne einen Moment zu zögern, machte er sich an den Aufstieg. Doch der erste Stock war höher, als es von unten ausgesehen hatte, und bevor er das Fenster erreichte, war er schon über drei Meter vom Boden entfernt. Er blickte hinunter, und ein Schwindelgefühl erfaßte ihn. Aber die Musik klang lauter als vorher. Er spürte: Sie spielte für ihn. Also nahm er sich zusammen, klammerte sich an den nächsthöheren Halt und zog sich vollends aufs Fenstersims. Ganz langsam hob er den Kopf, um nach drinnen zu blicken. Durch die Scheibe sah er ein erlesen möbliertes Wohnzimmer. Das Mädchen saß an einem weiß-goldenen Klavier und spielte, und dahinter hatte es sich Dr. Wal in einem Sessel bequem gemacht, ein Buch vor den Augen. Samuel verschwendete kaum einen Blick an ihn, er konnte immer nur das schöne Mädchen dort, kaum ein paar Meter von ihm entfernt, anstarren. Er liebte sie! Er würde etwas unternehmen, etwas ganz Waghalsiges und Spektakuläres, damit sie ihm ihre Liebe schenkte. Er würde . . . So versunken war Samuel in seinen Tagtraum, daß er den Halt lockerte und unversehens die Reise in die Tiefe antrat. Er stieß einen Schrei aus, sah nur noch, wie ihn von drinnen zwei erschreckte Gesichter anstarrten . . .

Als er aufwachte, lag er auf einem Behandlungstisch in Dr. Wals Praxis, die mit zahlreichen Medizin- und Instrumentenschränken ausgestattet war. Dr. Wal hielt Samuel einen stinkenden Wattebausch unter die Nase. Samuel würgte und setzte sich auf.

»Na, das ist schon besser«, meinte der Arzt. »Eigentlich sollte ich dir das Gehirn herausoperieren, aber ich bezweifle, daß du eins hast. Also, Junge, was wolltest du stehlen?«

»Nichts.« Samuel war entrüstet.

»Wie heißt du?«

»Samuel Roffe.«

Der Arzt tastete das rechte Handgelenk ab, und der Junge schrie vor Schmerz laut auf.

»Hm. Du hast dir das Gelenk gebrochen, Samuel Roffe. Das Richten sollten wir vielleicht besser der Polizei überlassen.«

Samuel stöhnte, diesmal vor Angst. Er sah vor sich, was ihn erwartete, wenn die Polizei ihn wie einen Sünder zu Hause ablieferte. Seiner Tante Rachel würde auf der Stelle das Herz brechen, sein Vater ihn umbringen. Jedoch, was weit wichtiger war: Wie konnte er jetzt noch hoffen, jemals Dr. Wals Tochter zur Frau zu gewinnen? War er von nun an nicht ein Verbrecher, ein Gezeichneter? Samuel fühlte unvermutet einen stechenden Schmerz an seinem Handgelenk und sah voller Entsetzen zu Dr. Wal auf.

»Schon gut«, sagte dieser. »Das Gelenk ist wieder eingerenkt.« Und er machte sich daran, den Arm zu schienen. »Lebst du hier in der Nachbarschaft, Samuel?«

»Nein, Herr Doktor.«

»Aber ich hab dich doch schon hier herumlungern sehen.«

»Ja, das stimmt.«

»Warum?«

Warum? Wenn Samuel die Wahrheit sagte, würde ihn der Arzt auslachen.

»Ich will auch Arzt werden«, entfuhr es ihm; er hatte nicht an sich halten können.

Und plötzlich hörte Samuel seine eigene Stimme, hörte sich die ganze Geschichte preisgeben. Er erzählte, wie seine Mutter auf der Straße umgekommen war, berichtete von seinem Vater, über seinen ersten Besuch in Krakau und seine Verzweiflung darüber, jeden Abend wie ein Tier in das Ghetto eingesperrt zu werden. Er sprach von seinen Gefühlen für Dr. Wals Tochter, sagte alles, was sich in ihm angestaut hatte, und der Arzt hörte schweigend zu. Sein Bericht kam ihm selbst lachhaft und albern vor, und als er geendet hatte, fügte er schüchtern hinzu: »Ich – ich bitte um Entschuldigung. Es tut mir so leid.«

Dr. Wal sah ihn lange an. »Mir tut es auch leid«, sagte er schließlich. »Für dich und für mich, für uns alle. Jeder Mensch ist ein Gefangener, und die größte Ironie ist, Gefangener eines anderen Menschen zu sein.«

Samuel sah erstaunt zu ihm auf. »Das verstehe ich nicht.«

Der Doktor seufzte. »Eines Tages wirst du es verstehen.« Langsam erhob er sich, ging zu seinem Schreibtisch, wählte eine Pfeife aus und stopfte sie sorgfältig. »Ich fürchte, das ist ein rabenschwarzer Tag für dich, Samuel.«

Er zündete die Pfeife an, blies das Streichholz aus und wandte sich wieder dem Jungen zu. »Damit meine ich nicht dein gebrochenes Handgelenk. Das heilt schon wieder. Aber ich sehe mich gezwungen, dir etwas anzutun, was keineswegs so schnell heilen wird.« Samuel beobachtete ihn mit großen Augen. Dr. Wal trat zu ihm. Seine Stimme klang sanft und freundlich. »Sehr wenig Leute haben jemals einen Traum. Du, Samuel, hast zwei Träume. Ich fürchte, ich muß sie dir beide zerstören.«

»Ich ...«

»Hör mir einmal gut zu, Samuel. Du wirst nie Arzt werden können, nicht hier in unserer Welt. Im Ghetto dürfen nur drei von uns praktizieren. Und es gibt hier Dutzende hervorragender Ärzte, die nur darauf warten, unseren Platz einzunehmen, wenn einer von uns sich zur

Ruhe setzt oder stirbt. Du hast also keine Chance. Nicht die geringste. Du bist zur falschen Zeit und am falschen Ort geboren. Verstehst du, was ich damit sagen will?«

Samuel schluckte. »Jawohl, Herr Doktor.«

Nach kurzem Zögern fuhr der Arzt fort: »Und was deinen zweiten Traum betrifft, ich fürchte, der ist genauso unmöglich. Es ist undenkbar, daß du Terenia je zur Frau bekommst.«

»Warum?« brachte Samuel heraus.

Dr. Wal starrte ihn an. »Warum? Aus demselben Grund, der es dir verbietet, Arzt zu werden. Wir leben nach gesellschaftlichen Regeln, unseren Traditionen getreu. Meine Tochter wird jemanden aus ihrer eigenen Klasse heiraten, einen Mann, der ihr den Lebensstil bieten kann, den sie gewohnt ist, einen Rechtsanwalt zum Beispiel, einen Arzt oder einen Rabbi. Du aber – also, du mußt sie dir aus dem Kopf schlagen.«

»Aber ...«

Doch der Arzt drängte ihn schon sanft zur Tür. »Sieh zu, daß in einigen Tagen jemand nach deinem geschienten Arm schaut. Der Verband muß gewechselt werden.«

»Jawohl, Herr Doktor«, sagte Samuel. »Vielen Dank auch.«

Der Doktor sah den blonden Jungen mit dem aufgeweckten Gesicht noch einmal eindringlich an. »Viel Glück, Samuel.«

Am Nachmittag darauf, gleich nach der Essenszeit, klingelte Samuel an der Tür des Walschen Hauses. Dr. Wal beobachtete ihn durch das Fenster. Ihm war klar, daß er ihn eigentlich wegschicken mußte.

»Bringen Sie ihn herein«, sagte er zu dem Hausmädchen.

Danach kam Samuel zwei- bis dreimal pro Woche zu

Dr. Wal. Er erledigte Botengänge für den Arzt, und zur Entschädigung durfte er dabeisein, wenn Dr. Wal Patienten behandelte oder in seinem Laboratorium Arzneien herstellte. Der Junge beobachtete, lernte, vergaß nichts. Er war ein Naturtalent. In Dr. Wal wuchsen Schuldgefühle; denn er wußte, er machte Samuel Mut für einen Weg, den er niemals beschreiten konnte. Trotzdem brachte er es nicht über sich, dem Jungen die Tür zu weisen.

Ob Zufall oder Absicht: Terenia war fast immer zugegen, wenn Samuel ins Haus kam. Manchmal erhaschte er einen Blick auf sie, wenn sie am Labor vorbeiging oder das Haus verließ. Einmal lief er ihr in der Küche aus Versehen fast in die Arme, und sein Herz hämmerte so rasend, daß er meinte, er müsse in Ohnmacht fallen. Sie betrachtete ihn lange, ihr Blick hatte etwas Forschendes. Dann verschwand sie mit einem kühlen Nicken. Wenigstens hatte sie von ihm Notiz genommen! Das war der erste Schritt, der Rest nur noch eine Frage der Zeit. In Samuel kam auch nicht der geringste Zweifel auf. Der Weg war vom Schicksal vorgezeichnet. In seinen Tagträumen von der Zukunft spielte Terenia jetzt eine Hauptrolle. Hatte er früher nur für sich selbst geträumt, so tat er es nun für sie beide. Irgendwie würde er es schaffen, sie und sich aus dem Ghetto, diesem stinkenden, überfüllten Gefängnis, zu befreien. Er selbst, das wußte er, würde großen Erfolg im Leben haben. Aber dieser Erfolg war nicht auf ihn allein beschränkt, sondern galt ihnen beiden.

Obwohl das alles ganz unmöglich war.

Über der Geschichte des alten Samuel schlief Elizabeth ein. Als sie am Morgen danach aufwachte, verbarg sie das Buch sorgfältig, bevor sie sich für die Schule fertigmachte. Samuel ging ihr nicht mehr aus dem Sinn. Wie stellte er es an, Terenia zu heiraten, was tat er, um dem Ghetto zu entfliehen? Und wie wurde er berühmt? Die Geschichte hatte sie ganz in Besitz genommen, und sie war ärgerlich über jede Störung, die sich zwischen sie und das Buch drängte und sie wieder in das zwanzigste Jahrhundert trieb.

Zu Elizabeths Schulpensum gehörte Ballettunterricht, den sie verabscheute. Immer, wenn es soweit war, zwängte sie sich in ihr rosa Ballettröckchen, stellte sich vor den Spiegel und versuchte, sich einzureden, sie besäße einen reifen, sinnlichen Körper. Aber aus dem Glas blickte ihr die Wahrheit entgegen: Sie war fett. Eine Ballettänzerin würde aus ihr nie werden.

Kurz nach ihrem vierzehnten Geburtstag stand ihr wieder einmal die Tortur bevor. Ihre Tanzlehrerin, Mme. Netturova, verkündete, in zwei Wochen sei die alljährliche Ballettaufführung; zu diesem Anlaß würden die Eltern ins Auditorium geladen. Elizabeth geriet in Panik. Allein der Gedanke, sich vor Zuschauern auf der Bühne produzieren zu müssen, war ihr unerträglich. Da konnte sie nicht mitmachen.

Verzweifelt suchte sie nach Auswegen.

Ein Kind rannte über die Straße, direkt vor ein Auto. Elizabeth, Zeugin des Unfalls, sprang auf die Fahrbahn und rettete das Kind in letzter Sekunde aus den Klauen des Todes. Leider, meine Damen und Herren, streifte ein Rad ihren Fuß, und sie brach sich die Zehen. Deshalb kann Elizabeth Roffe heute abend nicht auftreten.

Ein Hausmädchen hatte achtlos ein Stück Seife oben an der Treppe liegenlassen. Elizabeth rutschte aus, fiel die Treppe hinunter und zog sich einen Beckenbruch zu. Keine komplizierte Angelegenheit, sagte der Arzt. In drei Wochen ist alles verheilt.

Aber das wahre Leben bot keinen Ausweg. Am Tag der Vorstellung war Elizabeth bei bester Gesundheit, aber hochgradig hysterisch. Wieder half ihr der alte Samuel. Ihr fiel ein, welche Angst er ausgestanden hatte. Und trotzdem hatte er es gewagt, Dr. Wal unter die Augen zu treten. Nein, sie würde nichts tun, um Samuel Schande zu bereiten. Das Schicksal sollte sie auf ihrem Platz finden.

Ihrem Vater gegenüber hatte Elizabeth die bevorstehende Aufführung nicht einmal erwähnt. Verschiedene Male hatte sie ihn gebeten, sie zu Schulfeiern zu begleiten oder zu Partys, bei denen die Anwesenheit der Eltern erwünscht war, aber nie hatte er Zeit gehabt.

Am Abend selbst, als Elizabeth sich gerade für die Aufführung fertigmachte, kam ihr Vater von einer zehntägigen Reise zurück.

Er ging an ihrem Schlafzimmer vorbei, sah sie und sagte: »Guten Abend, Elizabeth«, und dann, nach kurzer Musterung: »Du hast zugenommen.«

Elizabeth bekam einen roten Kopf und versuchte, den Bauch einzuziehen. »Ja, Vater.«

Er wollte etwas hinzufügen, besann sich aber anders. »Wie geht's in der Schule?«

»Danke, sehr gut.«

»Irgendwelche Probleme?«

»Nein, Vater.«

»Na bestens.«

Der Dialog, all die Jahre über hundertmal praktiziert, war eine bedeutungslose Litanei, offenbar aber ihre einzige Kommunikationsform. Wie-geht's-in-der-Schule-danke-sehr-gut-irgendwelche-Probleme-nein-Vater-na-bestens. Zwei Fremde beim Gespräch über das Wetter, keiner hörte zu, keinem lag an der Meinung des anderen. Doch, einem von uns schon, dachte Elizabeth.

Diesmal aber blieb Sam Roffe stehen und betrachtete seine Tochter mit nachdenklichem Gesicht. Er war es gewohnt, mit handfesten Dingen fertig zu werden, doch obwohl er spürte, daß es hier Probleme gab, hatte er keine Ahnung, worum es ging. Und hätte es ihm jemand gesagt, hätte er geantwortet: »Was für ein Blödsinn. Elizabeth hat alles, was sie sich nur wünschen kann.«

Ihr Vater wollte gerade wieder gehen, als Elizabeth sich sagen hörte: »Wir ... meine Ballettklasse hat heute abend eine Aufführung. Ich mache auch mit. Du willst doch nicht kommen, oder?«

Die Worte waren noch nicht heraus, da griff es ihr eiskalt ans Herz. Sie wollte ihn nicht zum Zeugen ihrer Tolpatschigkeit haben. Warum, um alles in der Welt, hatte sie davon gesprochen? Aber sie wußte genau, warum. Weil sie nämlich das einzige Mädchen der Klasse war, deren Eltern nicht im Zuschauerraum sitzen würden. Macht nichts, beruhigte sie sich. Er sagt sowieso nein. Wütend über sich selbst schüttelte sie den Kopf und wandte sich ab. Und traute ihren Ohren nicht, als sie hinter sich ihren Vater sagen hörte: »Aber ja, ich komme.«

Das Auditorium war überfüllt mit Eltern, Freunden und Verwandten, die den von Klaviermusik begleiteten Darbietungen der jungen Ballettratten bewundernd folgten. Die ganze Zeit über war Mme. Netturova auf der Bühne zu sehen. Sie zählte laut den Takt mit, um so ihren bedeutenden Anteil an diesen Darbietungen zu unterstreichen.

Ein paar Kinder waren ungemein graziös und zeigten echtes Talent. Die anderen ersetzten Können durch Begeisterung. Das hektographierte Programm kündigte drei Musikstücke an: Auszüge aus Coppélia, Cinderella und, natürlich, Schwanensee. Im *pièce de résistance* wurde jedem Kind die Gelegenheit geboten, sich in einer Solopartie zu präsentieren.

Hinter der Bühne verging Elizabeth fast vor Angst. Das Lampenfieber hatte sie gepackt. Immer wieder lugte sie durch den Vorhang, und jedesmal, wenn sie ihren Vater vorn, in der Mitte der zweiten Reihe, erblickte, hätte sie sich ohrfeigen können. Wie hatte sie nur auf die Idee kommen können, ihn einzuladen! Bis dahin war es ihr nicht schwergefallen, sich bei den Gruppendarbietungen im Hintergrund zu halten, versteckt hinter dem Rücken der Kameradinnen. Aber jetzt stand ihr eine Solopartie bevor. Sie fühlte sich dick und unbeholfen in ihrem Röckchen, wie ein Fettwanst im Zirkus. Wenn sie die Bühne betrat, würden bestimmt alle in helles Gelächter ausbrechen. Und sie selbst hatte ihren Vater dazu bewogen, ihrer Demütigung beizuwohnen. Ihr einziger Trost war: Es würde schnell vorbei sein. Ihr Solo dauerte nur sechzig Sekunden. Mme. Netturova war schließlich nicht auf den Kopf gefallen. In Wirklichkeit ging das so fix, daß niemand sie richtig wahrnehmen würde, sagte sich Elizabeth. Und ihr Vater brauchte nur einen Augenblick den Kopf wegzudrehen, dann war alles ausgestanden.

Als Elizabeth die anderen Mädchen beobachtete, wie sie nacheinander über die Bühne hüpften, kamen sie ihr alle vor wie die Markova, die Maximova und die Fonteyn. Eine kalte Hand legte sich auf ihren Arm. Mme. Netturova zischelte: »Auf die Bühne, Elizabeth, du bist dran!«

Elizabeth versuchte ein artiges »Oui, Madame«, aber ihre Kehle war wie zugeschnürt. Die beiden Pianisten stimmten die vertrauten Eingangstakte ihres Solos an. Sie stand da wie angewurzelt, keiner Bewegung fähig.

»Mach, daß du rauskommst!« preßte Mme. Netturova zwischen den Zähnen hervor. Elizabeth spürte einen derben Schubs im Rücken, und da stand sie allein auf der Bühne, halb nackt, vor hundert unfreundlichen Fremden. Ihren Vater wagte sie gar nicht anzusehen. Sie wollte nur das Drama so schnell wie möglich hinter sich bringen und das Weite suchen. Ihre Darbietung war denkbar einfach, ein paar Schritte, Drehungen und Sprünge. Sie machte die ersten Tanzschritte, versuchte, im Takt der Musik zu bleiben und sich selbst als eine schlanke, hochgewachsene und biegsame Tänzerin vorzustellen. Als sie fertig war, tröpfelte höflicher Beifall. Elizabeth sah hinab in die zweite Reihe, und da saß ihr Vater, ein stolzes Lächeln auf den Lippen. Er applaudierte lebhaft – applaudierte ihr, Elizabeth! In diesem Augenblick ging etwas in ihr vor. Die Musik hatte aufgehört. Aber Elizabeth setzte ihren Tanz fort, tanzte und tanzte, drehte sich, hüpfte, schwebte in einer anderen Welt, hatte ihren plumpen Körper weit hinter sich gelassen. Die verwirrten Musiker fingen wieder zu spielen an, versuchten, ihren Takt zu erhaschen, erst der eine, dann der andere. Im Hintergrund der Bühne führte Mme. Netturova wahre Veitstänze auf, das Gesicht wutverzerrt. Aber Elizabeth nahm sie überhaupt nicht wahr. Worauf es allein ankam: Sie hatte die Bühne für sich erobert und tanzte – tanzte für ihren Vater.

»Mr. Roffe, Sie verstehen doch sicher, daß die Schule ein derartiges Benehmen einfach nicht dulden kann!« Mme. Netturovas Stimme zitterte vor Zorn. »Ihre Tochter hat sich in ihrem Egoismus über die Interessen ihrer Kameradinnen hinweggesetzt und die Bühne für sich okkupiert, als ob – als ob sie was Besonderes wäre. Das waren ja Starallüren!«

Elizabeth fühlte, wie ihr Vater sie ansah, und hatte Angst, seinen Augen zu begegnen. Sie wußte, ihr Benehmen war unverzeihlich, aber sie hatte einfach nicht aufhören können. Für ein paar unendlich kostbare Augenblicke da oben auf der kleinen Bühne hatte sie versucht, ihrem Vater ein Wunder vorzuzaubern, ihn zu beeindrucken. Damit er Notiz von ihr nahm, stolz auf sie war. Damit er sie liebte.

Jetzt hörte sie seine Stimme. »Sie haben ganz recht, Madame. Ich werde dafür sorgen, daß Elizabeth die angemessene Strafe bekommt.«

Mme. Netturova sah Elizabeth triumphierend an. »Verbindlichen Dank, Mr. Roffe. Ich überlasse die Angelegenheit selbstverständlich Ihnen.«

Dann standen Elizabeth und ihr Vater draußen auf der Straße. Seitdem sie die Schule verlassen hatten, war zwischen ihnen kein Wort gefallen. Elizabeth legte sich eine Entschuldigung zurecht – aber was konnte sie schon sagen? Wie konnte sie ihrem Vater zu verstehen geben, was sie getrieben hatte? Neben ihr stand ein Fremder, und sie hatte Angst vor ihm. Häufig war sie Zeuge gewesen, wenn er seinen Zorn an Leuten ausließ, die Fehler gemacht oder es gewagt hatten, ihm nicht zu gehorchen. Sie stand ergeben da, in Erwartung des Unvermeidlichen.

Er wandte sich ihr zu. »Elizabeth, weißt du, was? Wir machen einen Abstecher zu Rumpelmayer und essen Schokoladeneis.«

Elizabeth brach in Tränen aus.

In jener Nacht lag sie hellwach in ihrem Bett, zum Schlafen viel zu aufgeregt. Immer wieder ließ sie den Abend an sich vorbeiziehen. Sie konnte ihre Erregung nicht unterdrücken. Denn das war kein gewöhnlicher Tagtraum.

Das war Wirklichkeit. Sie sah sich und ihren Vater bei Rumpelmayer, umgeben von den vielen farbenprächtigen ausgestopften Tieren: Bären, Elefanten, Löwen, Zebras. Elizabeth hatte sich ein Bananen-Split bestellt, das sich als zu riesig für sie erwies, aber ihr Vater hatte kein Wort der Kritik geäußert. Er unterhielt sich ganz zwanglos mit ihr. Nicht auf die übliche Weise: Wie-geht's-in-der-Schule-danke-sehr-gut-usw. Nein, er sprach ganz vernünftig mit ihr. Er erzählte von seiner jüngsten Reise nach Tokio und wie sein Gastgeber ihm Heuschrecken mit Schokoladensauce und Ameisen als besondere Delikatesse servierte und er sie hatte kosten müssen, um sein Gesicht nicht zu verlieren.

Als Elizabeth das Eis aufgegessen hatte, fragte ihr Vater plötzlich: »Warum hast du das vorhin getan, Liz?«

Sie wußte, jetzt war alles vorbei, nun kam doch noch die große Schelte, und sie würde hören, wie sehr sie ihn enttäuscht hatte.

Ihre Antwort hieß: »Ich wollte besser sein als die anderen.« Was sie gern hinzugesetzt hätte, brachte sie nicht über die Lippen: für dich, Vater.

Er sah sie prüfend an; es schien ihr wie eine Ewigkeit. Dann lachte er plötzlich. »Du warst wirklich die Sensation des Abends.« Und in seiner Stimme schwang hörbar Stolz mit.

Elizabeth fühlte, wie ihr das Blut in die Wangen schoß. »Du bist also nicht böse auf mich?«

In seinem Blick lag etwas, das sie nie zuvor bemerkt hatte. »Böse? Weil du die Beste sein wolltest? Das ist der Stoff, aus dem die Roffes gemacht sind.« Er tätschelte ihre Hand.

Und als Elizabeth langsam in Schlaf versank, waren ihre letzten Gedanken: Mein Vater mag mich, er mag mich wirklich. Jetzt werden wir immer zusammen sein.

Er wird mich auf seine Reisen mitnehmen. Wir reden über alles und werden dicke Freunde.

Am nächsten Vormittag rief die Sekretärin ihres Vaters an. Alle Vorbereitungen waren getroffen: Elizabeth wurde in ein Schweizer Internat geschickt.

10. Kapitel

Elizabeth fand Aufnahme im Château Lemand, einer Schule für Mädchen, oberhalb des Neuenburger Sees, im Dorf Sainte-Blaise gelegen. Die jungen Damen waren zwischen vierzehn und achtzehn Jahre alt. Es handelte sich um eine der besten Internatsschulen, die das vielgepriesene Schweizer Erziehungssystem aufzuweisen hat.

Jede Minute ihres Aufenthalts dort war Elizabeth ein Greuel.

Sie fühlte sich im Exil. Man hatte sie von zu Hause vertrieben, und ihr kam das wie eine drakonische Strafe vor für ein Verbrechen, das sie gar nicht begangen hatte. An jenem himmlischen Abend in New York hatte sie geglaubt, an der Schwelle einer neuen, wundervollen Zeit zu stehen, endlich mit ihrem Vater vereint zu sein und es erreicht zu haben, daß sie beide Freunde wurden. Nun aber war er weiter von ihr entfernt als je zuvor.

Seine Spuren kreuz und quer durch die Welt konnte sie in den Zeitungen verfolgen. Nur allzuoft erschienen Berichte über ihn oder Fotos, die ihn mit einem Premierminister oder Präsidenten zeigten oder bei der Eröffnung einer neuen Pharma-Fabrik in Bombay, beim Bergsteigen und beim Galadiner mit dem Schah von Persien. Elizabeth schnitt alle Berichte aus und klebte sie in ein

Album, über dem sie stundenlang sitzen konnte. Das Album teilte sein Versteck mit dem Buch über Samuel.

Von den anderen Schülerinnen hielt sie sich nach Möglichkeit fern. Einige Mädchen schliefen zu dritt oder viert in einem Raum, Elizabeth aber hatte gleich um ein Einzelzimmer gebeten. Dort schrieb sie lange Briefe an ihren Vater und zerriß sie sofort, wenn sie zuviel von ihren Gefühlen preisgaben. Hin und wieder bekam sie eine kurze Nachricht von ihm, und an ihren Geburtstagen brachte die Post hübsche Päckchen aus exklusiven Läden, abgeschickt von der Sekretärin ihres Vaters. Sie vermißte ihn entsetzlich.

Weihnachten sollte sie mit ihm zusammen in der Villa auf Sardinien feiern. Je näher das Fest rückte, desto unerträglicher erschien ihr das Warten. Vor Aufregung wurde ihr schlecht. Sie dachte sich eine Art Verhaltenskodex für ihr Zusammensein aus und brachte ihre Entschlüsse gewissenhaft zu Papier:

Aufdringlichkeit vermeiden.
Als Gesprächspartnerin interessant machen.
Über nichts beklagen, vor allem nicht über die Schule.
Nicht merken lassen, wie einsam ich mich fühle.
Ihn nicht beim Reden unterbrechen.
Auf gute Manieren achten, auch beim Frühstück.
Viel lachen, damit er sieht, wie glücklich ich bin.

Die Notizen waren wie ein Gebet, eine Litanei, ihr persönliches Opfer an die Götter. Wenn sie all das beachtete, vielleicht vielleicht ... Elizabeths Vorsätze mündeten in bunte Phantasien. Sie würde treffende, kluge Bemerkungen über die Dritte Welt und die Entwicklungsländer machen. Dann würde ihr Vater sagen: »Ich wußte gar nicht, wie interessant man sich mit dir unterhalten kann.« (Regel Nummer zwei.) »Du hast ein helles Köpfchen, Elizabeth, wirklich.« Dann würde er sich an seine Sekretärin wenden und sagen: »Eigentlich ist es völlig überflüssig, Elizabeth weiter in die Schule zu schicken. Ich behalte sie lieber hier bei mir.«

Elizabeths Vorweihnachtsgebet.

Ein konzerneigener Learjet nahm sie in Zürich an Bord und brachte sie nach Olbia auf Sardinien. Am Flughafen wurde sie von einer Limousine abgeholt. Elizabeth saß im Fond, ganz still, mit zusammengepreßten Knien, damit ihre Beine nicht zitterten. Was auch immer geschieht, nahm sie sich vor, er soll mich nicht heulen sehen. Er darf nie erfahren, wie sehr ich mich nach ihm sehne.

Der Wagen fuhr die lange, kurvenreiche Bergstraße zur Costa Smeralda hinauf, bog dann ab in die enge Gipfelstraße. Hier hatte Elizabeth immer Angst gehabt. Die Straße war sehr schmal und mit Haarnadelkurven gespickt. Auf der einen Seite ragte eine steile Felswand, auf der anderen Seite, unmittelbar am Straßenrand, gähnte der tiefe Abgrund.

Schließlich hielt die Limousine vor dem Haus. Elizabeth stieg aus und eilte zur Tür, so schnell sie konnte. Vor ihr öffnete sich die Haustür. Auf der Schwelle stand lächelnd Margherita, die sardische Haushälterin. »Willkommen, Miss Elizabeth!«

»Wo ist mein Vater?«

»Er mußte ganz plötzlich nach Australien, eine dringende Angelegenheit. Aber er hat viele schöne Geschenke für Sie dagelassen. Ach, Miss Elizabeth, das wird ein wunderschönes Weihnachtsfest!«

11. Kapitel

Elizabeth hatte das Buch mitgebracht. Sie stand in der Eingangshalle der Villa und betrachtete die Gemälde von Samuel und Terenia Roffe. So intensiv spürte sie die beiden, daß sie meinte, sie wären aus dem Rahmen getreten und zum Leben erwacht. Erst nach langer Zeit konnte sie sich losreißen. Mit dem Buch unter dem Arm kletterte sie die steile Treppe ins Turmzimmer hinauf. Von nun an verbrachte sie täglich viele Stunden dort oben, las weiter und weiter, und jedesmal fühlte sie sich enger verwachsen mit Samuel und Terenia.

Während der nächsten Jahre, las Elizabeth, verbrachte Samuel viele Stunden in Dr. Wals Laboratorium. Er half ihm bei der Herstellung von Salben und Arzneien, lernte alles über ihre Anwendung und Wirkung. Und immer war im Hintergrund Terenia zugegen, das überirdisch schöne Wesen, das ihn bis in seine Träume verfolgte. Allein ihr Anblick genügte, um Samuels Wunschbild am Leben zu erhalten, daß sie eines Tages ihm gehören würde. Mit Dr. Wal kam Samuel gut aus, zu Terenias Mutter hingegen war sein Verhältnis getrübt. Sie war ein scharfzüngiger Drachen, voller Snobismus, und Samuel war ihr ein Dorn im Auge. Er hielt sich deshalb nach Möglichkeit von ihr fern.

Samuel war fasziniert von der Vielzahl von Arzneien, mit denen man Menschen heilen konnte. Eine Papyrusrolle der alten Ägypter aus dem Jahr 1550 vor Christus zählt 811 verschiedene Mittel auf. Damals betrug die durchschnittliche Lebenserwartung fünfzehn Jahre, und Samuel brauchte sich nur ein paar der genannten Mittel anzusehen, um zu begreifen, warum. Da war die Rede von Krokodildung, Eidechsenfleisch, dem Blut von Fledermäusen, Kamelspucke, Löwenleber, Froschzehen und Einhornpulver. Das Zeichen RX an jedem Mittel bedeutete ein Gebet aus uralter Zeit an Hor, den ägyptischen Gott, der die neues Leben spendende Sonne verkörperte.

Die Apotheken im Ghetto wie auch in Krakau selbst waren äußerst primitiv. Flaschen und Töpfchen waren meist mit willkürlich zusammengemischten und unerprobten Heilmitteln gefüllt, einige davon völlig nutzlos, andere sogar schädlich. Samuel lernte sie alle kennen: Rizinusöl, Kalomel, Rhabarber, Jod-Mixturen, Codein und Brechwurz. Es gab Universalmittel zu kaufen gegen Keuchhusten, Koliken und Typhus. Da keinerlei sanitäre Vorkehrungen üblich waren, steckten die Salben und Gurgelwässer voller toter Insekten, Schaben, Rattendreck, kleiner Federn und Pelzhaare. Die meisten Patienten, die derlei Mittel einnahmen, starben entweder an ihren Krankheiten oder an den Arzneien.

Mehrere Zeitschriften waren im Umlauf, die sich mit Arzneimittelkunde befaßten, und Samuel verschlang sie alle. Seine Theorien erörterte er mit Dr. Wal.

»Es ist doch logisch anzunehmen«, sagte er im Brustton der Überzeugung, »daß es für jede Krankheit eine Heilung geben muß. Gesundheit ist ein natürlicher, Krankheit ein unnatürlicher Zustand.«

»Schon möglich«, entgegnete Dr. Wal. »Aber die meisten von meinen Patienten lassen nicht mal zu, daß ich neue Heilmittel bei ihnen anwende.« Und trocken fügte er hinzu: »Womit sie wohl auch nicht unrecht haben.«

Dr. Wals kleine pharmakologische Bibliothek kannte Samuel bald in- und auswendig. Und obwohl er die Bücher wieder und immer wieder gelesen hatte, nahmen die ungeklärten Fragen zu, und er fühlte sich frustriert.

Samuel war von der medizinischen und pharmazeutischen Revolution geradezu besessen. Gab es doch tatsächlich Wissenschaftler, die glaubten, Krankheitsursachen könnten beseitigt werden, indem man Widerstandskraft erzeugte, die den Keim des Übels erstickte. Auch Dr. Wal versuchte sich einmal daran. Er entnahm einem Diphtheriekranken Blut und injizierte es einem Pferd. Als das Pferd starb, gab er die Experimente auf. Aber der junge Samuel war überzeugt davon, daß sich Dr. Wal auf dem richtigen Weg befunden hatte.

»Sie können doch jetzt nicht einfach aufhören«, beschwor er ihn. »Ich weiß, daß es die richtige Methode ist.«

Aber Dr. Wal schüttelte den Kopf. »Das kommt, weil du erst siebzehn bist, Samuel. Hast du erst mal mein Alter erreicht, bist du dir deines Wissens nicht mehr so sicher. Vergessen wir die Sache.«

Aber Samuel vergaß weder, noch war er überzeugt. Er wollte unbedingt die Experimente fortsetzen. Doch dafür brauchte er Tiere, und die Auswahl war nicht groß, nur streunende Katzen und Ratten, die er sich fangen konnte. So gering die Dosen auch waren, die Samuel ihnen injizierte, die Tiere starben ihm unter der Hand weg. Sie sind zu klein, dachte Samuel. Ich brauche ein größeres Tier, ein Pferd, eine Kuh oder ein Schaf. Aber wie sollte er daran kommen?

An einem Spätnachmittag, als Samuel nach Hause kam, stand vor dem Haus ein altes Pferd mit einem klapprigen Wagen. Auf dem Wagen war mit groben Buchstaben aufgemalt: ROFFE & SOHN. Samuel starrte ihn ungläubig an, rannte ins Haus, auf der Suche nach seinem Vater. »Das – das Pferd da draußen«, keuchte er. »Wo hast du's her?«

Der Vater lächelte voller Stolz. »Hab ein Geschäft gemacht. Mit dem Pferd können wir längere Wege zurücklegen, mehr verdienen. Und in vier oder fünf Jahren, wer weiß, vielleicht reicht's dann zu einem zweiten. Stell dir vor, dann haben wir zwei Pferde.«

Seines Vaters Ehrgeiz zielte also auf zwei Pferde, alte, klapprige Gäule, die ihre Karren durch die schmutzigen, engen Straßen des Ghettos zogen. Samuel hätte am liebsten geheult.

In jener Nacht, als alles schlief, schlich er in den Stall und untersuchte das Pferd. Sie hatten es auf den Namen »Ferdl« getauft. Zweifellos gehörte Ferdl zu den elendsten seiner Gattung. Es war uralt, hatte ein hohles Kreuz und lahmte. Samuel kam es äußerst zweifelhaft vor, ob sich der Karren mit dem Pferd schneller vorwärtsbewegen ließ als mit dem Vater. Aber das alles spielte keine Rolle. Einzig wichtig war für Samuel, daß er jetzt sein Versuchstier hatte. Von nun an konnte er experimentieren, ohne sich erst mühsam Ratten oder Katzen zu beschaffen. Selbstverständlich mußte er vorsichtig zu Werke gehen. Sein Vater durfte nie dahinterkommen. Samuel streichelte dem Pferd den Kopf. »Von nun an bist du im Arzneigeschäft tätig«, informierte er Ferdl.

In einer Stallecke, dicht neben dem Pferd, richtete Samuel sich provisorisch ein Labor ein.

In einer Schüssel mit fetter Brühe züchtete er Diphtheriebakterien. Als die Brühe wolkig-trüb wurde, goß er etwas davon in einen anderen Behälter und schwächte die Mischung ab, indem er die Brühe erst verdünnte und dann leicht erhitzte. Darauf füllte er eine hypodermische Spritze mit der Flüssigkeit und trat an das Pferd heran. »Weißt du noch, was ich dir vorausgesagt habe?« flüsterte er. »Also, das ist heute dein großer Tag.«

Und er spritzte den Inhalt unter die schlaffe Pferdehaut, dicht an der Schulter,wie er es bei Dr. Wal gesehen hatte. Ferdl drehte den Kopf, sah ihn vorwurfsvoll an und rächte sich mit einer Urindusche.

Nach Samuels Berechnungen würde es etwa zweiundsiebzig Stunden dauern, bis sich die Kultur im Tier entwickelt hatte. Am Ende dieser Zeitspanne würde er ihm eine größere Dosis verabreichen. Dann noch eine. Wenn die Antikörper-Theorie stimmte, würde mit jeder Dosis ein stärkerer Blutwiderstand gegen die Krankheit aufgebaut. Und Samuel hatte seinen Impfstoff. Später mußte er ihn dann auch an einem Menschen ausprobieren, aber da sah er kein Problem. Jedes Opfer der gefürchteten Krankheit würde nur zu gern ein Mittel ausprobieren, das ihm das Leben retten konnte.

Die nächsten beiden Tage verbrachte Samuel fast ununterbrochen im Stall bei Ferdl.

»So eine Tierliebe hab ich noch nie gesehen«, bemerkte sein Vater. »Kannst dich wohl gar nicht von ihm trennen, was?«

Samuel murmelte etwas Unverständliches. Sein heimliches Tun bereitete ihm Schuldgefühle, aber er wußte, was fällig war, wenn er seinem Vater auch nur eine Silbe davon verriet. Außerdem war es auch gar nicht nötig, seinen Vater einzuweihen. Alles, was Samuel haben wollte, war etwas Blut von Ferdl für ein oder zwei Röhrchen Serum, und niemand brauchte je dahinterzukommen.

Am Morgen des dritten und entscheidenden Tages wachte Samuel von einem fürchterlichen Geschrei auf.

Es war die Stimme seines Vaters. Hastig stand Samuel auf und sah aus dem Fenster. Da stand sein Vater mit dem Wagen und zeterte, was die Lungen hergaben. Vom Pferd war weit und breit nichts zu sehen. Samuel warf sich ein paar Kleidungsstücke über und lief auf die Straße.

»Verbrecher!« kreischte der Vater. »Betrüger! Lügner! Dieb!«

Um ihn herum sammelte sich eine Menschenmenge an. Samuel bahnte sich einen Weg.

»Wo ist Ferdl?« wollte er wissen.

»Gute Frage, prächtige Frage!« jammerte der Vater. »Wo kann er schon sein? Tot ist er. Auf der Straße verreckt wie ein Hund.«

Samuels Herz sank.

Sein Vater setzte die laute Klage fort. »Da sind wir unterwegs, ganz gemächlich, bitte sehr. Ich mach meine Geschäfte wie jeden Tag, nichts Besonderes. Nein, wirklich, ich hab ihn nicht getriezt oder mit der Peitsche geschlagen wie andere Trödler, deren Namen ich nennen könnte, wenn du mich fragst. Nichts da, bin ich doch wie ein Vater zu dem Gaul. Und womit dankt er's mir? Fällt um und ist tot. Wenn ich den Kerl fasse, der ihn mir verhökert hat, den bring ich um!«

Samuel wandte sich ab; es zerriß ihm das Herz. Er hatte mehr verloren als einen Gaul. Seine Träume waren gestorben. Der Tod des Pferdes bereitete allem ein Ende: der Flucht aus dem Ghetto, der Freiheit, dem schönen Haus für Terenia und die Kinder.

Aber das Schicksal schlug noch härter zu.

Am Tag nach Ferdls Tod erfuhr Samuel, daß Terenias Heirat mit einem Rabbi beschlossene Sache sei. Samuel konnte es nicht glauben. Terenia gehörte ihm! Er rannte zum Walschen Haus. Dr. Wal und seine Frau hielten sich im Wohnzimmer auf. Samuel trat vor sie hin, holte tief Luft und verkündete: »Hier muß ein Irrtum vorliegen. Terenia wird *mich* heiraten.«

In wortlosem Erstaunen starrten sie ihn an.

»Ja, ja, ich weiß, ich bin nicht gut genug für sie«, fuhr Samuel hastig fort. »Aber sie wird mit keinem anderen glücklich als mit mir. Der Rabbi ist viel zu alt für . . .«

»Nebbich! Raus hier! Raus, raus!« Terenias Mutter war der Ohnmacht nahe.

Und eine Minute später fand sich Samuel auf der Straße wieder, belegt mit striktestem Hausverbot für alle Zeiten.

Diese Nacht hielt er lange Zwiesprache mit Gottvater.

»Was hast du dir eigentlich gedacht, was willst du von mir? Wenn ich Terenia nicht für mich haben kann, warum hast du dann gemacht, daß ich sie liebe? Hast du denn gar kein Herz?« Voller Verzweiflung hob er die Stimme und rief: »Hörst du mich?«

»Wir hören dich alle, Samuel«, klang es vielstimmig durch die dünnen Wände zurück. »Um Gottes willen, halt das Maul und laß uns schlafen.«

Am darauffolgenden Nachmittag ließ Dr. Wal nach Samuel schicken. Der Junge wurde ins Wohnzimmer geführt, wo sich der Arzt, seine Frau und Terenia befanden.

»Da hat sich ein Problem ergeben«, eröffnete ihm der Arzt. »Unsere Tochter kann, wenn es ihr beliebt, äußerst hartnäckig sein. Aus unerfindlichen Gründen hat sie einen Narren an dir gefressen, Samuel. Von Liebe kann man da wohl nicht reden, weil ich nicht glaube, daß junge Damen wissen, was das eigentlich ist. Wie dem auch sei, sie weigert sich, Rabbi Rabinowitz zu ehelichen. Sie bildet sich ein, sie will nur dich.«

Samuel wagte einen Seitenblick auf Terenia. Sie lächelte ihm zu, und er glaubte, sein Herz müßte vor

Freude zerspringen. Aber es war ein kurzlebiges Glücksgefühl.

Denn Dr. Wal fuhr fort: »Du hast gesagt, du liebst meine Tochter.«

»J-j-ja, Herr Doktor«, stammelte Samuel. Er versuchte es noch mal, diesmal ging es ihm glatter von der Zunge. »Jawohl.«

»Dann will ich dich etwas fragen, Samuel. Möchtest du, daß Terenia für den Rest ihres Lebens die Frau eines Trödlers ist?«

Samuel erkannte die Falle sofort, aber es gab keinen Weg an ihr vorbei. Noch einmal sah er Terenia an, dann sagte er bestimmt: »Nein, Dr. Wal.«

»Aha. Also bist du dir des Problems bewußt. Niemand von uns will Terenia mit einem Trödler verheiratet sehen. Du aber bist ein Trödler, Samuel.«

»Doch ich werde nicht immer einer sein, Dr. Wal.« Samuels Stimme war von Überzeugungskraft getragen.

»Und was wirste dann sein wollen?« fauchte Madame Wal. »Kommste aus einer Trödlerfamilie, wirste immer einer bleiben. So einer kommt für meine Tochter nicht in Frage, das laß ich nicht zu.«

Samuel sah die drei an; in seinem Kopf drehte sich alles. Gekommen war er in Angst und tiefster Verzweiflung, war auf höchste Gipfel der Freuden emporgehoben worden, um dann um so tiefer in den Abgrund gestoßen zu werden. Was wollten sie eigentlich von ihm?

Er sollte nicht lange im unklaren bleiben. »Wir haben uns auf einen Kompromiß geeinigt«, verkündete Dr. Wal. »Wir geben dir sechs Monate. So lange hast du Zeit, zu beweisen, daß mehr in dir steckt als nur ein Trödler. Wenn du nach Ablauf dieser Frist Terenia nicht das Leben bieten kannst, das ihrem Stand angemessen ist, wird sie Rabbi Rabinowitz heiraten.«

Samuel konnte ihn nur anstarren. »Sechs Monate!«

In sechs Monaten konnte niemand das Schicksal besiegen. Und schon gar nicht einer, der im Ghetto von Krakau lebte.

»Hast du verstanden?« fragte Dr. Wal.

»Jawohl.« Samuel verstand nur zu gut. Er fühlte sich, als hätte er den Bauch voll Blei. Was er brauchte, war nicht die Lösung für ein Problem, sondern ein schieres Wunder. Die Wals, soviel war ihm klar, würden nur einen Schwiegersohn akzeptieren, der eine von drei Bedingungen erfüllte: Arzt zu sein oder ein Rabbi oder reich. Im Geist ging Samuel alle drei Möglichkeiten durch.

Arzt zu werden war ihm gesetzlich verwehrt.

Rabbi? Das Studium zur Erlangung der Rabbinerwürde begann mit dreizehn. Samuel war schon fast achtzehn.

Reich? Das lag noch weniger im Rahmen seiner Möglichkeiten. Selbst wenn er vierundzwanzig Stunden pro Tag schuftete, seine Waren in den Ghetto-Straßen feilhielt, auch noch mit neunzig, würde er ein armer Mann bleiben. Nein, die Wals hatten ihm eine unmögliche Aufgabe gestellt. Scheinbar waren sie zwar auf Terenias Willen eingegangen, hatten die Heirat mit dem Rabbi aber in Wahrheit nur aufgeschoben, indem sie ihm, Samuel, Bedingungen stellten, die er nie erfüllen konnte. Einzig Terenia glaubte an ihn. Sie baute auf ihn, hatte die Zuversicht, daß es ihm binnen sechs Monaten auf irgendeine Weise gelingen konnte, zu Ruhm und Reichtum zu gelangen. Eigentlich ist sie noch verrückter als ich, dachte Sam, aber das linderte seine Verzweiflung auch nicht.

Die Sechsmonatsfrist begann, und von nun an verflog die Zeit geradezu. Das Trödlergeschäft nahm ihn von morgens bis abends in Anspruch. Aber sobald die Schatten der sinkenden Sonne auf die Ghettomauern fielen, lief er nach Hause. Er nahm sich kaum Zeit, einen Bissen herunterzuschlingen, dann begann das Experimentieren in seinem Laboratorium. Er züchtete Serumkulturen zu Hunderten, impfte Kaninchen, Katzen, Hunde und Vögel, und alle Tiere starben. Die sind zu klein, dachte Samuel voller Verzweiflung. Ich brauche ein größeres Tier.

Aber er hatte keines, und die Zeit flog dahin.

Zweimal in der Woche zog Samuel mit dem Wagen nach Krakau, um Waren einzukaufen. Vor Sonnenaufgang stand er bereits vor dem verschlossenen Tor, inmitten der anderen Trödler, aber er nahm sie nicht wahr. Sein Geist befand sich in einer anderen Welt.

Als Samuel eines frühen Morgens wieder einmal dort stand und seinen Tagträumen nachhing, wurde er angeherrscht: »He, du! Jude, beweg dich!«

Samuel fuhr hoch. Die Tore waren bereits geöffnet, und sein Karren blockierte den Weg. Einer der Wächter gestikulierte wütend, er solle weiterziehen. Vor dem Tor standen immer zwei Mann Wache. Sie hatten grüne Uniformen mit speziellen Abzeichen und waren mit Pistolen und schweren Prügeln bewaffnet. An einer Kette um die Taille trug einer der Wächter einen großen Schlüssel, mit dem das Tor auf- und zugeschlossen wurde. Parallel zum Ghetto strömte ein kleiner Fluß. Eine alte Holzbrücke führte zur anderen Seite, wo die Polizeikaserne lag und die Ghettowächter stationiert waren. Mehr als einmal war Samuel Zeuge geworden, wie ein unglücklicher Jude über die Brücke geschleift wurde. Das war jedesmal eine Reise ohne Wiederkehr. Die Juden hatten bei Sonnenuntergang im Ghetto zurück zu sein, und jeder, der nach Einbruch der Dunkelheit draußen erwischt wurde, kam unter Arrest und wurde in ein Arbeitslager deportiert.

Der Alptraum eines jeden Juden war es, nach Sonnenuntergang außerhalb des Ghettos gefaßt zu werden.

Das Reglement sah vor, daß beide Wächter ständig auf Posten zu sein hatten und die ganze Nacht vor dem Tor patrouillierten. Doch jedermann wußte: Sobald sie die Juden eingeschlossen hatten, machte sich einer davon und kehrte erst frühmorgens, nach einer Nacht voll Saus und Braus in der Stadt, zurück, um seinem Kameraden beim Öffnen zu helfen.

Die beiden Wächter, die in der Regel dort Dienst taten, hießen Paul und Aram. Paul war ein freundlicher Typ und umgänglich. Ganz anders Aram: ein Kerl wie ein Herkules, dunkel und derb, mit gewaltigen Armen und einem Körper wie ein Bierfaß, ein Judenschinder vom Scheitel bis zur Sohle. Wenn er Dienst tat, waren die Juden besonders bedacht, pünktlich zu sein, denn nichts bereitete Aram mehr Spaß, als einen Juden auszusperren. Dann schlug er ihn mit seinem Prügel bewußtlos und zerrte ihn über die Brücke in die von allen gefürchtete Polizeikaserne.

Aram war es, der Samuel anbrüllte, er solle sich gefälligst mit seinem Wagen wegscheren. Und als der Jüngling sich eilends durch das Tor und auf den Weg zur Stadt machte, spürte er Arams bohrenden Blick im Rücken.

Samuels sechs Monate schmolzen schnell dahin. Es wurden fünf, dann vier, dann drei. Es gab keinen Tag, keine Stunde, da Samuel nicht über seinem Problem brütete oder in dem kleinen schäbigen Labor fieberhaft an seinen Versuchen arbeitete. Zuweilen unternahm er es, einige der wohlhabenden Händler aus dem Ghetto anzusprechen, aber kaum jemand nahm sich überhaupt die Zeit, ihn anzuhören, und die es taten, hatten ihm nur wenig hilfreiche Ratschläge zu geben.

»Du willst Geld verdienen? Spare jeden Pfennig, mein Junge, und eines Tages kannst du dir so 'n schönes Geschäft kaufen, wie ich eins habe.«

Die hatten leicht reden. Die meisten waren in wohlhabende Familien hineingeboren worden.

Samuel faßte den Gedanken, mit Terenia durchzubrennen. Aber wohin? Am Ende ihrer Reise würden sie in einem neuen Ghetto landen, er selbst immer noch ein mittelloser Nebbich. Nein, er hatte Terenia viel zu lieb, um ihr das anzutun.

Und die Uhr lief gnadenlos weiter. Die drei Monate schmolzen auf zwei zusammen, dann auf einen. Samuels einziger Trost lag in der Erlaubnis, während dieser ganzen Zeit seine geliebte Terenia dreimal die Woche sehen zu dürfen, unter Aufsicht, versteht sich. Und bei jedem Zusammentreffen fühlte Samuel, wie seine Liebe noch tiefer wurde. Es war ein bitter-süßes Gefühl, denn je öfter er sie sah, desto näher rückte der Zeitpunkt, da er sie unwiderruflich verlieren würde. »Du findest einen Weg«, ermutigte Terenia ihn dann stets.

Aber schließlich waren es nur noch drei Wochen, und Samuel stand der Lösung nicht näher als zu Anfang.

Eines späten Abends tauchte Terenia bei Samuel im Stall auf. Sie legte ihm die Arme um den Hals und flüsterte: »Laß uns weglaufen, Samuel.«

Nie hatte er sie so sehr geliebt wie in diesem Augenblick. Sie war bereit, die Schande auf sich zu nehmen, Vater und Mutter und ihrem bequemen Leben zu entsagen. Und das alles nur für ihn.

Er preßte sie an sich. »Es geht nicht, mein Liebes. Wo wir auch immer hingehen, ich bin nur ein Trödler.«

»Mir macht das nichts aus.«

Samuel dachte an ihr schönes Heim mit den vielen Zimmern, dem Personal und dem ganzen Komfort. Und dann dachte er an das enge, schäbige Gelaß, das er mit seinem Vater und seiner Tante teilte, und er sagte: »Aber mir macht es etwas aus, Terenia.«

Sie drehte sich um und ging.

Am nächsten Morgen begegnete Samuel auf der Straße einem früheren Schulfreund namens Isaac. Der führte ein Pferd am Zügel. Das Tier hatte nur ein Auge, litt an akuter Kolik, lahmte und war taub.

»Guten Morgen, Samuel.«

»Guten Morgen, Isaac. Ich weiß ja nicht, wohin du mit dem armen Gaul da willst, aber du solltest dich beeilen. Der sieht nicht so aus, als ob er es noch lange macht.«

»Braucht er auch nicht. Das ist Lottie, und ich bringe sie in die Abdeckerei.«

Samuel beäugte die alte Pferdedame mit plötzlich erwachtem Interesse. »Na, glaub ja nicht, daß die dir viel für sie geben.«

»Weiß ich selbst. Will ja nur zwei Gulden, um einen Karren zu kaufen.«

Samuels Herz fing schneller zu schlagen an. »Schätze, ich kann dir den Weg ersparen. Ich gebe dir meinen Karren für dein Pferd.«

Die beiden brauchten nicht einmal fünf Minuten, um handelseinig zu werden.

Nun mußte Samuel nur noch einen neuen Karren zimmern und seinem Vater eine Geschichte auftischen, wie er den alten losgeworden und an ein Pferd gekommen war, das lahmte und fast blind war.

Samuel führte Lottie in die Scheune. Bei näherer Untersuchung sah die alte Mähre noch desolater aus als ihr Vorgänger. Samuel klopfte dem Tier den Rücken. »Nur keine Angst, Lottie. Du wirst in die Geschichte der Medizin eingehen.«

Und ein paar Minuten später hatte Samuel bereits ein neues Serum in Arbeit.

Die aufs äußerste beengten und völlig unhygienischen Verhältnisse im Ghetto führten immer wieder zu Epidemien. Die neueste Heimsuchung war ein Fieber besonderer Art. Es brachte quälenden Husten, geschwollene Drüsen und einen elenden Tod. Die Seuche verbreitete sich schnell, und die Ärzte kannten weder den Erreger noch einen Wirkstoff dagegen. Isaacs Vater wurde von der Krankheit befallen. Als Samuel davon hörte, eilte er zu ihm.

»Der Doktor ist dagewesen«, berichtete Isaac weinend. »Er sagt, man kann nichts mehr tun.«

Von oben hörte Samuel ein furchtbares Krächzen.

»Du mußt was für mich tun«, bat Samuel. »Hol mir ein Taschentuch von deinem Vater.«

Isaac starrte ihn an. »Ein Taschentuch?«

»Ja, und zwar ein gebrauchtes. Und geh vorsichtig damit um. Es wird voller Bakterien stecken.«

Eine Stunde später war Samuel wieder im Stall. Vorsichtig kratzte er das Sputum in eine kleine Schüssel voll Brühe.

Er arbeitete die ganze Nacht, den nächsten und den darauffolgenden Tag, injizierte der geduldigen Lottie zunächst kleine Dosen der Substanz, dann größere. Er kämpfte gegen die Zeit und um das Leben von Isaacs Vater.

Gleichzeitig kämpfte Samuel um sein eigenes Leben.

Er wurde sich auch später nie darüber klar, ob der liebe Gott das alte Pferd oder ihn hatte retten wollen. Auf jeden Fall überlebte Lottie die Injektionen, und schließlich hatte Samuel sein erstes Quantum Antitoxin. Seine nächste Aufgabe bestand darin, Isaacs Vater zur Anwendung zu überreden.

Doch wie sich herausstellte, bedurfte es dazu keiner großen Anstrengung. Als Samuel in Isaacs Haus kam, fand er dort die ganze Verwandtschaft, die den Sterbenden beweinte.

»Es geht bald zu Ende«, berichtete ihm Isaac.

»Kann ich ihn sehen?«

Die beiden Jungen gingen nach oben. Isaacs Vater lag im Bett, das Gesicht vom Fieber gerötet. Jeder seiner heftigen Hustenanfälle schüttelte mehr Substanz aus dem ausgemergelten Körper. Er lag ganz offensichtlich im Sterben.

Samuel holte tief Luft. »Ich möchte mit dir und deiner Mutter etwas bereden.«

Keiner der beiden setzte auch nur die geringste Zuversicht in die kleine Glasröhre, die Samuel mitgebracht hatte, aber die Alternative lautete: Tod. Und weil es ohnehin nichts zu verlieren gab, gingen sie das Risiko ein.

Samuel injizierte Isaacs Vater das Serum. Drei Stunden harrte er neben dem Bett aus, aber der Zustand blieb unverändert. Das Serum zeigte keine Wirkung. Im Gegenteil, die Hustenanfälle wurden eher schlimmer und kamen in schnellerer Folge. Schließlich ging Samuel und versuchte, Isaacs Blick zu meiden.

Am nächsten Morgen, in der Dämmerung, mußte Samuel nach Krakau, um Waren einzukaufen. Er selbst fühlte sich wie im Fieber, so ungeduldig war er, wieder zurückzukehren und zu erkunden, ob Isaacs Vater noch lebte.

Die Märkte waren überfüllt, und es erschien Samuel wie eine Ewigkeit, bis er seine Waren zusammenhatte. Als der Karren schließlich beladen war und er sich auf den Weg ins Ghetto machte, stand die Nachmittagssonne schon tief am Himmel.

Samuel war noch gut drei Kilometer vom Tor entfernt, da schlug das Schicksal zu. Ohne Vorankündigung zerbrach eines der Wagenräder, das Gefährt kippte um, und die Ladung ergoß sich auf die Straße. Samuel sah sich in einem bösen Dilemma: Er mußte ein anderes Rad auftreiben, wagte aber nicht, den Wagen unbewacht zurückzulassen. Schon sammelte sich eine Menschenmenge an; begehrliche Blicke galten den Gegenständen auf dem Pflaster. Samuel sah einen uniformierten Polizisten näher kommen, und er wußte sich verloren. Jetzt würden sie ihm alles wegnehmen, der Polizist war kein Jude. Majestätisch schob sich der Ordnungshüter durch die Menge. Er baute sich vor dem verängstigten Jungen auf. »Dein Karren braucht ein neues Rad, wie ich sehe.«

»Ja-jawohl, mein Herr.«

»Weißt du, wo du eins bekommst?«

»Nein, mein Herr.«

Der Polizist kritzelte etwas auf ein Stück Papier. »Da geh hin. Sag dem Mann, was du brauchst.«

»Ich kann den Wagen doch nicht allein lassen«, wandte Samuel ein.

»Doch, das kannst du.« Der Polizist warf den Umstehenden einen strengen Blick zu. »Ich werde ihn bewachen, keine Sorge. Beeil dich aber.«

Samuel rannte den ganzen Weg. Den Anweisungen auf dem Zettel folgend, landete er schließlich bei einem Schmied. Nachdem Samuel ihm seine Lage geschildert hatte, suchte der Mann ein Rad in passender Größe heraus. Samuel zahlte aus der kleinen Barschaft, die er bei sich trug. Es blieb nur noch ein halbes Dutzend Gulden übrig.

Das Rad vor sich her rollend, rannte er zum Karren zurück. Dort stand immer noch der Polizist; die Menge hatte sich verlaufen. Mit Hilfe des Ordnungshüters montierte er das neue Rad an. Sie brauchten eine halbe Stunde dazu. Dann endlich konnte sich Samuel auf den unterbrochenen Heimweg machen. Seine Gedanken waren einzig und allein bei Isaacs Vater. Würde er ihn tot vorfinden, oder lebte er noch? Samuel meinte, die Spannung nicht einen Augenblick länger ertragen zu können.

Inzwischen war er nur noch gut anderthalb Kilometer vom Ghetto entfernt. Schon sah er die hohe Mauer sich gegen den Himmel abzeichnen. Und als er sie noch anblickte, ging die Sonne am westlichen Horizont unter; die ihm fremden Straßen wurden in Dunkelheit gehüllt. In der ganzen Aufregung hatte Samuel völlig die Zeit vergessen. Es war nach Sonnenuntergang, und er befand sich noch draußen auf den Straßen! Er fing zu rennen an, stieß den schweren Karren vor sich her. Schließlich schien ihm das Herz zu zerspringen, und das nicht allein vor Anstrengung. Bestimmt waren die Tore des Ghettos bereits geschlossen. Nur zu gut kannte Samuel all die schlimmen Geschichten über jene Juden, die abends ausgesperrt waren. Er rannte noch schneller. Wahrscheinlich war jetzt, wie meistens, nur noch ein Wächter am Tor. Handelte es sich um Paul, den Netteren, hatte Samuel eine hauchdünne Chance. Stand dort aber Aram – Samuel wagte gar nicht, sich auszudenken, was dann geschah. Die Dunkelheit wurde immer dichter, umfing ihn wie ein schwarzes Tuch, und es begann leicht zu regnen. Samuel näherte sich den Ghettomauern, noch zwei Straßenecken, dann ragte das riesige Tor vor ihm auf. Es war verschlossen.

Noch nie hatte Samuel das geschlossene Tor von außen gesehen. Es war, als hätte sich sein Leben plötzlich umgestülpt, und die Angst ließ ihn zittern. Er bewegte sich jetzt ganz langsam vorwärts, näherte sich dem Tor mit äußerster Vorsicht. Dabei hielt er Ausschau nach den Wächtern. Sie waren nicht zu sehen. Vielleicht war aus irgendeinem Grund Alarm gegeben worden, und die beiden hatten fortgemußt. Dann würde er einen Weg finden, das Tor zu öffnen oder ungesehen über die Mauer zu klettern. Als er bis auf wenige Meter heran war, trat ein Wächter aus dem Schatten.

»Komm nur näher!« befahl er.

In der Finsternis konnte Samuel das Gesicht nicht sehen. Aber er erkannte die Stimme. Es war Aram.

»Näher! Hierher!«

Aram sah Samuel entgegen, ein Grinsen auf dem Gesicht. Der Junge zögerte.

»Nichts da!« rief der Wächter. »Immer schön weitermarschiert!«

Als sich Samuel langsam dem Riesen näherte, drehte sich ihm der Magen um. In seinem Kopf hämmerte es wie wild. »Bitte ...«, stammelte er. »Bitte lassen Sie mich erklären. Ich hatte einen Unfall. Mein Wagen ...«

Eine Hand, groß wie ein Schinken, kam hervorgeschossen, packte Samuel am Kragen und hob ihn hoch. Seine Füße baumelten in der Luft. »Du dummer kleiner Judenlümmel!« Seine Stimme hatte einen genüßlichen Tonfall angenommen. »Meinst du, mich interessiert, warum du noch draußen bist? Du stehst auf der falschen Seite des Tores, das ist alles, was zählt. Weißt du, was jetzt mit dir geschieht?«

Das Entsetzen schnürte Samuel die Kehle zu. Er schüttelte den Kopf.

»Dann will ich es dir sagen. Letzte Woche erst ist ein neues Edikt erlassen worden. Alle Juden, die nach Sonnenuntergang vor den Toren aufgegriffen werden, kommen in einen Transport nach Schlesien. Zehn Jahre Zwangsarbeit. Na, wie schmeckt dir das?«

Samuel konnte nicht glauben, was er gehört hatte. »Aber ich – ich hab' doch gar nichts getan. Ich ...«

Mit der rechten Hand schlug ihm Aram hart ins Gesicht, ließ ihn dann auf den Boden fallen. »Auf geht's!«

»Wo-wohin?« Samuels Stimme klang vor Angst wie erstickt.

»In die Polizeikaserne. Morgen früh gehst du auf die Reise. Mit dem anderen Pack. Los, steh auf!«

Samuel lag auf dem Boden, unfähig, auch nur einen klaren Gedanken zu fassen. »Ich – ich muß mich von meiner Familie verabschieden.«

Aram grinste nur. »Die werden dich nicht mal vermissen.«

»Bitte ...«, bettelte Samuel. »Lassen Sie mich doch wenigstens eine Nachricht schicken.«

Das Grinsen verschwand aus Arams Gesicht. Drohend türmte sich seine Gestalt über Samuel auf. Als er sprach, klang seine Stimme gefährlich leise. »Ich sagte, steh auf, Scheißjude! Wenn ich das noch einmal sagen muß, trete ich dir in den Bauch.«

Langsam raffte sich Samuel auf. Mit eisernem Griff packte Aram seinen Arm und schob ihn vor sich her in Richtung Polizeikaserne. Zehn Jahre Zwangsarbeit in Schlesien! Von dort war noch keiner zurückgekommen. Er sah zu dem Mann auf, der ihn gepackt hatte und ihn gnadenlos zur Brücke schleppte, hinter der die Polizeistation lag.

»Bitte, tun Sie das nicht«, flehte er. »Lassen Sie mich gehen.«

Aber Aram drückte nur noch fester zu; in Samuels Arm staute sich das Blut. »Bettel nur weiter«, sagte Aram. »Ich genieße es, wenn Juden betteln. Hast du schon mal von Schlesien gehört? Du kommst gerade zurecht zur Winterszeit. Aber keine Angst, unter Tage, in den Minen ist es schön warm. Und wenn deine Lungen schwarz vor Kohle werden und du sie dir aus dem Leib hustest, dann lassen sie dich im Schnee liegen. Da kannst du dann krepieren.«

Vor ihnen, jenseits der Brücke, in Regen und Dunkelheit kaum auszumachen, ragten die schroffen Mauern der Kaserne auf.

»Schneller«, drängte Aram.

Und plötzlich war Samuel klar: Er durfte einfach nicht zulassen, daß ihm derartiges geschah. Er dachte an Terenia, seine Familie, Isaacs Vater. Nein, sein Leben gehörte ihm, das würde ihm niemand entreißen. Er mußte entkommen, sich retten. Sie waren jetzt auf der schmalen Brücke. Unter ihnen gurgelte der Fluß; die winterlichen Regenfälle hatten ihn anschwellen lassen. Nun waren nur noch dreißig Meter zurückzulegen. Was immer zu tun war, mußte auf der Stelle getan werden. Aber wie konnte er entkommen? Aram besaß eine Waffe, und sogar ohne Pistole hätte der Hüne ihn leicht umbringen können, war er doch fast zweimal so groß wie Samuel und wesentlich stärker. Inzwischen hatten sie die Brücke überquert; die Kaserne lag unmittelbar vor ihnen.

»Los, nun mach schon«, drängte Aram und stieß ihn vorwärts. »Ich hab noch mehr zu tun.«

Sie waren jetzt so nahe an dem Gebäude, daß Samuel von drinnen das Gelächter der Posten hören konnte. Arams Hände schlossen sich wieder fester um seinen Arm, und der Riese begann, den Jungen über den gepflasterten Hof zu zerren, der zur Wache führte. Samuel blieben nur noch Sekunden. Mit der Rechten langte er in die Tasche und fühlte den Geldbeutel mit dem halben Dutzend Gulden. Seine Finger schlossen sich um ihn, sein Blut kochte. Vorsichtig zog er mit der freien Hand den Beutel aus der Tasche, löste die Schnur und ließ ihn auf die Erde fallen. Mit lautem Klimpern rollten die Geldstücke über das Pflaster.

Aram blieb stehen. »Was war das?«

»Nichts«, antwortete Samuel schnell.

Aram blickte den Jungen an und grinste. Ohne den Griff zu lockern, trat er einen Schritt zurück und sah den Geldbeutel.

»Da, wo du hingehst, brauchst du kein Geld mehr.«

Er bückte sich, um den Beutel aufzuheben; gleichzeitig langte Samuel nach unten. Aram riß ihm den Geldbeutel unter der Hand weg. Aber Samuel hatte es gar nicht auf den Beutel abgesehen. Seine Hand schloß sich um einen der großen Pflastersteine, die dort herumlagen, und im Aufrichten schmetterte er Aram den Stein mit aller Wucht auf das linke Auge, das sich sofort in eine blutige Masse verwandelte. Und Samuel fuhr fort, auf ihn einzuschlagen, wieder und immer wieder. Die Nase des Riesen wurde plattgedrückt, bis Lippen und Mund eine offene Wunde, das ganze Gesicht nur noch eine blutrote Maske war. Immer noch stand Aram auf den Füßen wie ein blindes Monster. Krank vor Angst, starrte Samuel ihn an, unfähig, weiter zuzuschlagen. Dann sackte der schwere Körper ganz langsam in sich zusammen. Samuel beugte sich über den toten Wächter und konnte nicht glauben, was er getan hatte. Plötzlich drangen die Stimmen aus der Wache in sein Bewußtsein und damit zugleich die Erkenntnis, in welcher Gefahr er sich befand. Wenn sie ihn jetzt zu fassen bekamen, würden sie ihn nicht mehr nach Schlesien schicken, sondern ihm die Haut bei lebendigem Leibe abziehen und ihn auf dem Marktplatz erhängen. Allein auf das Schlagen eines Polizisten stand die Todesstrafe. Samuel aber hatte einen umgebracht. Er mußte weg, so schnell wie möglich. Aber was tun? Er konnte versuchen, über die Grenze zu fliehen, aber dann war er für den Rest seines Lebens ein gehetzter Flüchtling. Nein, es mußte eine andere Lösung geben. Er starrte die gesichtslose Leiche an, und auf einmal erkannte er den einzigen Ausweg, den es gab. Er tastete den Toten nach dem großen Schlüssel für das Ghetto-Tor ab. Dann überwand er seinen Widerwillen, packte Aram an den Stiefeln und zog ihn zum Flußufer. Der Tote schien eine Tonne zu wiegen. Samuel zog und zog, angetrieben von dem Lärm aus der Wache. Endlich erreichte er das Ufer. Einen Moment des Atemholens gestattete er sich, dann schob er die Leiche über die Böschung ins aufgewühlte Wasser. Der tote Aram wurde langsam stromabwärts getrieben und verschwand aus seiner Sicht. Samuel stand stocksteif da, gelähmt vor Entsetzen über seine Tat. Er hob den blutigen Stein auf und warf ihn hinterher. Immer noch schwebte er in höchster Gefahr. Er drehte sich um und rannte zurück zum verschlossenen und verriegelten Tor des Ghettos. Niemand war zu sehen. Mit zitternden Fingern steckte Samuel den riesigen Schlüssel in das Schloß. Dann versuchte er, die schweren hölzernen Torflügel aufzuziehen. Vergebens: Sie bewegten sich nicht, waren zu schwer für ihn. In dieser Nacht war für Samuel jedoch nichts mehr unmöglich. Ihn durchströmte eine übernatürliche Kraft. Die Torflügel gaben nach, gingen auf. Er schob den Karren hinein, ließ die Tür ins Schloß fallen und eilte nach Hause. Die Familie war im Wohnzimmer versammelt. Als Samuel hereinkam, starrten sie ihn wie einen Geist an.

»Sie haben dich durchgelassen?«

»Wieso – ich – ich verstehe nicht«, stammelte sein Vater. »Wir dachten, du . . .«

Schnell berichtete Samuel, was geschehen war, und ihre Sorgen wichen blanker Angst.

»Oh, du mein Gott!« stöhnte sein Vater. »Jetzt bringen sie uns alle um!«

»Nicht, wenn ihr auf mich hört«, sagte Samuel. Er erklärte seinen Plan.

Eine Viertelstunde später standen Samuel, sein Vater und zwei Nachbarn vor dem Tor.

»Und wenn nun der andere Posten wiederkommt?« flüsterte sein Vater.

»Das Risiko müssen wir eingehen. Wenn er auftaucht, nehme ich die ganze Schuld auf mich.«

Samuel stieß das riesige Tor auf. Allein schlüpfte er hinaus, in der Erwartung, jeden Moment aus dem Dunkel gepackt zu werden. Aber nichts geschah. Er steckte den Schlüssel ins Schloß und drehte ihn um. Nun war das Ghetto-Tor von außen verriegelt. Samuel band sich den Schlüssel um die Taille und ging ein paar Schritte um die Mauer nach links. Einen Moment später wurde ein Seil für ihn herabgelassen. Samuel klammerte sich fest, und sein Vater und die anderen zogen ihn herüber.

»Oh, mein Gott«, murmelte sein Vater. »Was wird geschehen bei Sonnenaufgang?«

Samuel sah ihn an. »Bei Sonnenaufgang stehen wir alle hier drinnen vor dem Tor, trommeln und schreien, sie sollen uns endlich aufmachen.«

In der Morgendämmerung wimmelte das Ghetto von Uniformierten, Polizisten wie Soldaten. Bei Sonnenaufgang, als die Krämer und Händler drinnen zu toben anfingen, hatte die Obrigkeit mühsam erst einen Ersatzschlüssel auftreiben müssen. Paul, der zweite Posten, hatte gestanden, die ganze Nacht in Krakau verbracht zu haben, und war in Arrest genommen worden. Aber damit war das Rätsel um Aram nicht gelöst. Verschwand ein Wachtposten in unmittelbarer Nähe des Ghettos, so gab das schon Vorwand genug, um ein Pogrom zu entfachen und blutige Rache an den Juden zu nehmen. Diesmal aber kam die Obrigkeit an der Tatsache des verschlossenen Tores nicht vorbei. Da es sicher und fest von außen verriegelt war und die Juden sich drinnen befanden, konnten sie offensichtlich mit dem Verschwinden des Postens nichts zu tun haben. Schließlich kam man zu dem Schluß, Aram müßte mit einer seiner vielen Freundinnen durchgebrannt sein. Wahrscheinlich hatte er, vermutete man, den hinderlichen Schlüssel einfach weggeworfen. Man suchte überall danach, aber vergebens. Das konnte auch gar nicht anders sein; denn in Wahrheit lag der Schlüssel tief in der Erde vergraben unter dem Keller von Samuels Haus.

Körperlich und seelisch total erschöpft, war Samuel in sein Bett gefallen und sofort eingeschlafen. Plötzlich spürte er, wie jemand ihn wachrüttelte, und hörte eine gellende Stimme. Sein erster Gedanke war: Sie haben Arams Leiche gefunden. Jetzt holen sie mich.

Auf alles gefaßt, schlug er die Augen auf. Neben seinem Bett stand Isaac, ganz aus dem Häuschen. »Das Fieber ist gefallen!« schrie er immer wieder. »Der Husten ist weg! Ein Wunder ist geschehen, komm mit, sieh selbst!«

Isaacs Vater saß aufrecht im Bett, Husten und Fieber waren verschwunden.

Als Samuel an das Bett trat, sagte der alte Mann: »Ich habe Hunger. Bringt mir denn niemand eine Tasse Hühnersuppe?« Samuel brach in Schluchzen aus.

Innerhalb eines Tages hatte er ein Leben vernichtet und eines gerettet.

Wie ein Lauffeuer verbreitete sich die Kunde von der Genesung im Ghetto. Die Familien sterbender Kranker versetzten das Roffesche Haus in regelrechten Belagerungszustand, flehten Samuel an, er möge einen Tropfen seines magischen Serums spenden. Es war ihm unmöglich, der Vielzahl der Anforderungen nachzukommen. Er ging zu Dr. Wal. Der Arzt hatte von seiner Tat gehört, zeigte sich aber skeptisch.

»Ich muß das mit eigenen Augen sehen«, meinte er. »Gib mir ein Quantum von deinem Serum, und ich probier es an einem meiner Patienten aus.«

Die Anzahl der Anwärter war nur allzu groß, und Dr. Wal wählte einen Kranken, der seiner Ansicht nach dem Tod am nächsten stand. Vierundzwanzig Stunden später befand sich der Patient auf dem Weg der Besserung.

Dr. Wal begab sich in den Stall, wo Samuel Tag und Nacht mit der Herstellung von Serum beschäftigt gewesen war. »Es wirkt, Samuel. Du hast es vollbracht. Was wünschst du dir als Aussteuer?«

Samuel konnte vor Müdigkeit kaum die Augen offenhalten. Seine Antwort lautete: »Noch ein Pferd.«

Das war 1868: das Geburtsjahr von Roffe und Söhne.

Samuel und Terenia heirateten. Die Mitgift bestand aus sechs Pferden und einem kleinen, exzellent eingerichteten Laboratorium. Sofort dehnte Samuel seine Experimente aus. Er destillierte Heilmittel aus Kräutern. Bald kamen die Nachbarn und kauften Arzneien gegen alle Gebrechen, von denen sie gerade heimgesucht wurden. Die Mittel wirkten, und Samuels Ruhm nahm zu. Wenn jemand nicht zahlen konnte, pflegte er zu sagen: »Macht nichts, nehmen Sie's halt so mit.« Und zu Terenia: »Medizin ist zum Heilen da, nicht zum Geldverdienen.«

Aber sein Geschäft wuchs und wuchs, und nach kurzer Zeit konnte er Terenia eröffnen: »Meiner Meinung nach ist es an der Zeit, eine kleine Apotheke aufzumachen. Da können wir neben der Medizin Salben und Pülverchen verkaufen.«

Von Anfang an war der Laden ein Erfolg. Die Reichen, die Samuel früher ihre Hilfe verweigert hatten, kamen nun mit großzügigen Geldangeboten.

»Laß uns Partner sein«, sagten sie. »Wir bauen eine Kette von Geschäften auf.«

Samuel besprach die Offerten mit Terenia. »Ich habe Angst vor Partnern. Das ist *unser* Geschäft. Kein Fremder soll einen Teil unseres Lebens besitzen.«

Terenia stimmte zu.

Als das Geschäft immer weiter wuchs und neue Läden aus dem Boden schossen, vergrößerten sich auch die Geldangebote. Samuel wies alle Bewerber ab.

Sein Schwiegervater fragte nach dem Grund, und Samuel antwortete: »Laß nie einen freundlichen Fuchs in deinen Hühnerstall. Eines Tages bekommt er doch Hunger.«

Ebenso wie das Geschäft gedieh Samuels und Terenias Ehe. Sie gebar ihm fünf Söhne: Abraham, Joseph, Anton, Jan und Pitor. Und mit der Geburt eines jeden Sohnes eröffnete Samuel eine neue Apotheke, eine größer als die andere. Zuerst hatte Samuel einen Gehilfen eingestellt, dann den zweiten, und bald beschäftigte er mehr als zwei Dutzend Angestellte.

Eines Tages bekam er Besuch von einem Regierungsbeamten. »Wir heben einige Restriktionen für Juden auf«, erklärte er ihm. »Unser Wunsch ist, daß Sie eine Apotheke in Krakau eröffnen.«

Samuel kam der Aufforderung nach. Drei Jahre später konnte er in der Innenstadt von Krakau sein eigenes Geschäftshaus bauen und für Terenia ein elegantes Stadthaus. Endlich hatte Samuel seinen Traum wahrgemacht. Er war dem Ghetto entkommen.

Doch hegte er Träume, die weit über Krakau hinausreichten.

Als die Knaben älter wurden, engagierte er ihnen Hauslehrer, und jeder Sohn lernte eine andere Fremdsprache.

»Jetzt ist er komplett verrückt!« keifte seine Schwiegermutter. »Das Gespött aller Nachbarn! Da läßt er Abraham und Jan Englisch lernen, Joseph Deutsch, Anton Französisch und Pitor Italienisch. Keiner hier spricht auch nur eine dieser barbarischen Sprachen. Die Jungen werden nicht einmal miteinander reden können!«

Aber Samuel lächelte nur. »Das ist Teil ihrer Ausbildung.« Er wußte sehr wohl, mit wem seine Söhne sprechen würden.

Bis zur Mitte ihres zweiten Lebensjahrzehnts hatten alle Jungen mit ihrem Vater die verschiedensten Länder besucht. Auf jeder Reise legte Samuel den Grundstock für seine Zukunftspläne. Als Abraham einundzwanzig war, rief Samuel die Familie zusammen und verkündete: »Abraham wird nach Amerika auswandern.«

»Amerika!« schrie Terenias Mutter. »Da laufen doch lauter Wilde herum. Das laß ich mit meinem Enkel nicht machen. Der Junge bleibt hier, wo er sicher ist.«

Sicher. Samuel dachte an die Pogrome, an das blutige Ende seiner Mutter.

»Er wandert aus«, erklärte er. Und er wandte sich an Abraham: »Du wirst in New York eine Fabrik eröffnen und für das dortige Geschäft verantwortlich sein.«

»Jawohl, Vater«, erwiderte Abraham stolz.

Samuel wandte sich Joseph zu. »An deinem einundzwanzigsten Geburtstag gehst du nach Berlin.« Joseph nickte.

Anton fiel ein: »Und ich? Mich schickst du doch hoffentlich nach Frankreich, nach Paris.«

»Paß bloß auf«, brummte Samuel. »Manche von den Gojim sind sehr schön.«

Er wandte sich zu Jan: »Du gehst nach England.«

Der Jüngste, Pitor, rief aufgeregt: »Und ich reise nach Italien, Papa. Wann kann ich losfahren?«

Samuel lachte. »Heute abend nicht mehr, Pitor. Du mußt schon warten, bis du einundzwanzig bist.«

Und genauso kam es. Samuel begleitete seine Söhne ins Ausland und half ihnen, Geschäfte und Fabriken einzurichten. Im Laufe der folgenden sieben Jahre kam die Familie Roffe zu Niederlassungen in fünf fremden Ländern. Aus dem Geschäft war inzwischen eine Dynastie geworden, und Samuel ließ seinen Rechtsanwalt das vertraglich absichern. Jedes Unternehmen sollte selbständig arbeiten, zugleich aber dem Mutterhaus verantwortlich sein.

»Vor allem keine Fremden«, warnte Samuel immer wieder. »Alle Anteile müssen im Familienbesitz bleiben.«

»Werden sie auch«, beruhigte ihn der Anwalt. »Aber wenn deine Söhne ihre Anteile nicht veräußern können, Samuel, sag mir, wie sollen sie dann ihr Auskommen finden? Du willst sie doch sicher bequem leben lassen.«

Samuel nickte. »Wir werden es so einrichten, daß sie schöne Häuser haben. Und ein großzügiges Gehalt und ein Konto für notwendige Ausgaben. Aber darüber hinaus muß alles wieder ins Geschäft fließen. Wenn sie jemals Anteile verkaufen wollen, muß das einstimmig beschlossen werden. Die Mehrheit der Anteile geht später auf meinen ältesten Sohn und dessen Erben über. Wir werden groß sein. Größer als die Rothschilds.«

Über die Jahre hinweg wurde Samuels Prophezeiung in die Tat umgesetzt. Das Geschäft wuchs und gedieh. Obwohl die Familie jetzt über die halbe Welt verstreut war, achteten Samuel und Terenia darauf, daß der Zusammenhalt gewahrt blieb. Zu Geburts- und hohen Festtagen kehrten die Söhne heim. Doch ihre Besuche waren mehr als ein Familienwiedersehen. Die Jungen zogen sich mit ihrem Vater zurück und erörterten das Geschäftliche. Sie hatten ihr eigenes privates Spionagenetz. Jedesmal, wenn ein Sohn in einem Land von einer pharmazeutischen Neuentwicklung hörte, gab er die Nachricht an die Brüder weiter, und sogleich fingen alle an, den neuen Wirkstoff selbst zu produzieren. So waren sie der Konkurrenz immer einen Schritt voraus.

Das Rad des Jahrhunderts drehte sich. Die Söhne heirateten, hatten Kinder, und Samuel kam zu Enkelkindern. Abraham war an seinem einundzwanzigsten Geburtstag, im Jahr 1891, wie geplant, nach Amerika übergesiedelt. Sieben Jahre später heiratete er ein amerikanisches Mädchen, das im Jahr 1905 Samuels erstem Enkelkind, Woodrow, das Leben schenkte, der seinerseits einen Sohn zeugte und ihn Sam nannte. Joseph hatte eine Deutsche geheiratet, die einen Sohn und eine Tochter bekam. Der Sohn heiratete ein Mädchen, das wiederum von einer Tochter entbunden wurde: Anna. Diese Anna heiratete einen Deutschen, Walther Gassner. In Frankreich hatte Anton eine Französin geehelicht, mit der er zwei Söhne hatte. Einer beging Selbstmord, der andere heiratete und wurde Vater einer Tochter, Hélène, die ihrerseits mehrmals heiratete, aber kinderlos blieb. Jan hatte in London eine Engländerin zur Frau genommen, und ihrer beider einzige Tochter war von einem Baronet zur Gattin erkoren worden, der Nichols hieß. Die beiden wiederum bekamen einen Sohn, den sie Alec tauften. Pitor, in Italien, heiratete ebenfalls eine Einheimische. Sie bekamen einen Sohn und eine Tochter. Als zu gegebener Zeit der Sohn eine Frau nahm, gebar diese ihm eine Tochter, Simonetta, die sich im angemessenen Alter in einen jungen Architekten, Ivo Palazzi, verliebte und ihn heiratete.

Dies also waren die Nachkommen von Samuel und Terenia Roffe.

Samuel erlebte noch die großen Neuerungen, durch die sich die Welt veränderte. Marconi erfand die drahtlose Telegraphie, und die Gebrüder Wright brachten in Kitty Hawk das erste Flugzeug in die Lüfte. Die Affäre Dreyfus eroberte die Schlagzeilen, und Admiral Peary erreichte den Nordpol. Das Automodell T von Ford ging in die Massenproduktion; es gab elektrisches Licht und das Telefon. In der Medizin wurden die Erreger von Tuberkulose, Typhus und Malaria gefunden und isoliert.

Und nicht einmal ein halbes Jahrhundert nach seiner Gründung war Roffe und Söhne ein multinationaler Mammutkonzern, eine weltumspannende Dynastie.

Samuel und seine klapprige Pferdedame Lottie hatten ein Imperium aus der Taufe gehoben.

Nachdem Elizabeth das Buch wohl zum fünftenmal gelesen hatte, stellte sie es heimlich an seinen Platz in der Glasvitrine zurück. Sie brauchte es nicht länger. Sie war jetzt ein Teil von ihm, genauso wie das Buch ein Teil von ihr war.

Zum erstenmal in ihrem Leben wußte Elizabeth, wer sie war und woher sie kam.

12. Kapitel

An ihrem fünfzehnten Geburtstag, im zweiten Halbjahr des ersten Jahres im Internat, hatte Elizabeth die erste Begegnung mit Rhys Williams. Er kam vorbei, um ihr ein Geburtstagsgeschenk ihres Vaters zu überbringen.

»Er wollte selbst kommen«, erklärte Rhys, »aber er konnte sich nicht frei machen.« Elizabeth verbarg ihre Enttäuschung, aber Rhys spürte sofort, was in ihr vorging. Das junge Mädchen vor ihm wirkte seltsam verloren, war der Härte des Lebens ungeschützt ausgesetzt wie ein kleiner nackter Vogel. Das rührte ihn ganz seltsam an. »Warum gehen wir zwei nicht zusammen essen?« fragte er impulsiv.

Schrecklicher Gedanke, fuhr es Elizabeth durch den Kopf. Sie sah es richtig vor sich, wie sie gemeinsam ein Restaurant betraten: Er mit seinem blendenden Aussehen, weltmännisch gewandt, und sie, ein dickes Pummelchen mit Zahnspangen. »Vielen Dank, aber lieber nicht«, erwiderte sie förmlich. »Ich – ich muß dringend Schularbeiten machen.«

Doch Rhys Williams weigerte sich, ein Nein als Antwort zu akzeptieren. Er dachte an die lange Reihe eigener einsamer Geburtstage. Von der Schulleiterin holte er sich die Erlaubnis ein, Elizabeth zum Essen auszuführen. Sie stiegen in Rhys' Auto und fuhren los, Richtung Flughafen.

»Neuchâtel liegt dort.« Elizabeth wies nach hinten.

Rhys sah sie unschuldig an. »Wer spricht denn von Neuchâtel?«

»Wo wollen Sie denn hin?«

»Ins Maxim's, natürlich. Nur da kann man einen fünfzehnten Geburtstag gebührend feiern.«

Mit dem Privatjet flogen sie nach Paris. Das Abendessen war exquisit. Pâté de foie gras mit Trüffeln, Hummercocktail, Ente à l'orange, dazu Maxim's Spezialsalat, darauf schließlich Champagner und eine tolle Geburtstagstorte. Hinterher fuhr Rhys mit Elizabeth die Champs-Elysées entlang. Spätabends flogen sie in die Schweiz zurück.

Elizabeth hatte den herrlichsten Abend ihres Lebens verbracht. Auf irgendeine wundersame Art hatte Rhys es fertiggebracht, daß sie sich interessant und attraktiv vorkam, ein Erlebnis, das sie berauschte, mindestens so sehr wie der Champagner. Als Rhys sie vor dem Internat absetzte, sagte sie: »Ich weiß gar nicht, wie ich Ihnen danken soll. Soviel Spaß habe ich noch nie gehabt.«

»Bedanken Sie sich bei Ihrem Vater.« Rhys grinste. »Das war ganz allein seine Idee.«

Doch Elizabeth wußte genau, daß es nicht stimmte.

Rhys Williams, entschied sie, war der tollste Mann, der ihr je begegnet war. Und auf jeden Fall der attraktivste. Noch beim Zubettgehen kam er ihr nicht aus dem Sinn. Plötzlich stand sie wieder auf und ging zu ihrem kleinen Schreibtisch am Fenster. Sie nahm ein Stück Papier und den Kugelschreiber und schrieb »Mrs. Rhys Williams«.

Dann blickte sie die Worte lange an.

Rhys kam mit vierundzwanzigstündiger Verspätung zu seinem Rendezvous mit einer reizenden französischen

Schauspielerin, doch das machte ihm nichts aus. Zum Schluß landeten sie im Maxim's, und Rhys konnte sich des Gedankens nicht erwehren: Der Abend mit Elizabeth war amüsanter gewesen.

Das war ein Geschöpf, mit dem man zu rechnen hatte. Über kurz oder lang.

Später war sich Elizabeth nie sicher, wen sie für die Verwandlung verantwortlich machen sollte, die in ihr vorging: Samuel oder Rhys Williams. Jedenfalls sah sie sich jetzt mit anderen Augen und entdeckte, vor allem, ihren Stolz. Sie hörte auf, in sich hineinzufuttern, und wurde wieder schlank. Auf einmal machte ihr sportliche Betätigung Spaß, und sie fing an, sich für die Dinge in der Schule zu interessieren. Schließlich gab sie sich sogar Mühe, mit den anderen Mädchen in Kontakt zu kommen. Die wollten ihren Augen nicht trauen. Wie oft hatten sie Elizabeth zu ihren Pyjama-Partys eingeladen und sich immer einen Korb geholt. Doch zu ihrer aller Überraschung tauchte sie plötzlich bei einer dieser Feten auf.

Schauplatz war ein Vierbettzimmer, und als Elizabeth hereinschneite, drängelten sich mindestens zwei Dutzend Schülerinnen in dem Raum, alle in Pyjamas oder Nachthemden. Eine sah überrascht auf und rief: »Seht mal, wer da kommt! Dabei haben wir gewettet, du würdest dich nicht blicken lassen.«

»Na schön, aber nun bin ich da.«

Die Luft war zum Schneiden. Süßer, durchdringender Zigarettenqualm schlug Elizabeth entgegen. Sie wußte, viele Mädchen rauchten Marihuana, doch sie selbst hatte es nie versucht. Die Gastgeberin, eine junge Französin namens Renée Tocar, kam mit einem bräunlichen Glimmstengel auf sie zu. Nach einem tiefen Zug reichte sie ihn an Elizabeth weiter. »Möchtest du?«

»Klar«, log Elizabeth. Sie nahm den Stummel, zögerte nur einen winzigen Moment, steckte ihn zwischen die Lippen und inhalierte tief. Sofort lief ihr Gesicht grün an, sie spürte es förmlich, und die Lungen rebellierten. Aber sie brachte ein Grinsen zuwege. »Klasse.«

Sobald Renée ihr den Rücken kehrte, ließ Elizabeth sich auf ein Sofa sinken. In ihrem Kopf drehte sich alles, aber das ging im Nu vorbei. Sie zog noch einmal an der Kippe, nur so zur Probe. Alsbald wurde ihr ganz leicht. Die Wirkung von Marihuana war ihr bekannt, vom Lesen und Hörensagen. Der Stoff, hieß es, nahm einem die Hemmungen, ließ einen aus sich herausgehen. Noch einmal zog sie, diesmal tiefer, und ein herrliches Schwebegefühl stellte sich ein, als näherte sie sich einem neuen Planeten. Zwar nahm sie die anderen Mädchen noch wahr, hörte sie auch reden, aber alles wirkte verschwommen, die Geräusche gedämpft und wie von weit her. Dafür schien das Licht außerordentlich grell, und sie schloß die Augen. Im selben Moment fühlte sie sich davongetragen, weg in den freien Raum. Ein wunderbares Gefühl. Sie schwebte über das Dach, höher, immer höher, zu den schneebedeckten Bergen und dann in ein Meer weißer Wolken. Irgend jemand rief ihren Namen, holte sie jäh zur Erde zurück. Widerwillig schlug Elizabeth die Augen auf. Renée beugte sich besorgt über sie.

»Was nicht in Ordnung, Liz?«

Elizabeth lächelte. Ein genüßliches, seliges Lächeln. Ihre Worte kamen stockend. »Doch, doch, ich fühle mich großartig.« Und in ihrer ungewohnten Euphorie entschlüpfte ihr das Eingeständnis: »Weißt du, ich hab noch nie Marihuana geraucht.«

Renée starrte sie ungläubig an. »Marihuana? Das war eine Gauloise.«

Am anderen Ende von Neuchâtel lag ein Jungeninternat. Bei jeder sich bietenden Gelegenheit schlichen Elizabeths Schulkameradinnen sich zu Stelldicheins davon. Die Jungen waren ein Dauergesprächsthema der Mädchen. Sie tuschelten über ihre Körper und deren Beschaffenheit, auch über intime Dinge, was sich mit ihnen alles anstellen ließ. Manchmal schien es Elizabeth, als sei sie in eine Meute hemmungsloser Nymphomaninnen geraten. Sex war das einzige Thema. Eins ihrer geheimen Lieblingsspiele nannte sich *frôlage*. Ein Mädchen mußte sich nackt ausziehen und aufs Bett legen, auf den Rücken, während eine Freundin sie langsam von den Brüsten bis zu den Schenkeln streichelte. Der Lohn für diesen Liebesdienst bestand aus einem Kuchen aus der nahegelegenen Konditorei. Zehn Minuten *frôlage* entsprachen einem Stück Gebäck. Innerhalb dieser Zeit erreichte die Betreffende in den meisten Fällen einen Orgasmus, wenn nicht, mußte die Gefährtin weitermachen und bekam dafür den doppelten Lohn.

Ein anderer Favorit der schulischen Sexspiele konnte im Bad genossen werden. Die Schule war mit großen altmodischen Badewannen ausgestattet, und die Handduschen befanden sich an einem längeren Schlauch. Die Mädchen setzten sich in die Wanne, drehten die Dusche auf, und sobald das warme Wasser sprudelte, schoben sie sich die Dusche zwischen die Beine und befriedigten sich.

Zwar beteiligte sich Elizabeth weder beim *frôlage* noch an den Wasserspielen, doch spürte sie, wie ihr sexuelles Verlangen sich regte. Um diese Zeit etwa machte sie eine bestürzende Entdeckung.

Eine ihrer Lehrerinnen war Chantal Harriot, eine kleine schlanke Frau Ende Zwanzig, selbst fast noch ein Schulmädchen. Ihr Gesicht war hübsch, wirkte beim Lächeln sogar schön. Elizabeth fand in ihr ein mitfühlendes Wesen, empfindsamer als alle anderen im Internat, und entwickelte eine starke Zuneigung zu ihr. Immer wenn sie sich unglücklich fühlte, ging Elizabeth zu Mlle. Harriot und sprach sich aus. Mlle. Harriot war eine verständnisvolle Zuhörerin. Bei solch einem Anlaß pflegte sie Elizabeths Hand zu nehmen und sie sanft zu streicheln. Stets hatte sie guten Zuspruch parat sowie eine Tasse heiße Schokolade nebst Plätzchen, und Elizabeth fühlte sich alsbald getröstet.

Mlle. Harriot unterrichtete Französisch und außerdem das Fach Mode. Dabei legte sie vor allem Wert auf Stil, Harmonie der Farben und Accessoires: die Requisiten, wie sie sich ausdrückte.

»Eins dürft ihr nie vergessen, Mädels«, pflegte sie zu sagen. »Die erlesensten Kleider der Welt sehen nach nichts aus, wenn man die dazu passenden Requisiten vergißt.«

Immer wenn Elizabeth in ihrer warmen Badewanne lag, überraschte sie sich dabei, wie ihre Gedanken um Mlle. Harriot kreisten. Vor sich sah sie ihr Gesicht, wenn sie miteinander sprachen, spürte sie ihre warme, zärtliche Hand.

Auch in den anderen Stunden mußte sie stets an Mlle. Harriot denken. Immer wieder erlebte sie nach, wie die Lehrerin ihre Arme um sie gelegt hatte, spürte ihre Tröstung, die leichte Berührung an den Brüsten. Und wie ein gewaltiger Schock kam Elizabeth die Erkenntnis.

Sie war lesbisch.

Jungen interessierten sie deshalb nicht, weil sie sich zu Mädchen hingezogen fühlte. Nicht zu den kleinen dummen Gänsen, ihren Klassenkameradinnen, nein, sie sehnte sich nach einem mitfühlenden, verständnisvollen Wesen, wie Mlle. Harriot es war.

Über Lesbierinnen hatte Elizabeth genug gelesen und gehört, um zu wissen, wie schwierig das Leben sich für sie gestaltete, ausgestoßen von der Gesellschaft. Aber, fragte sich Elizabeth: Was konnte falsch daran sein, wenn man sich tief und innig liebte? Mann oder Frau, spielte das dann noch eine Rolle? Kam es nicht einzig und allein auf das Gefühl an?

Elizabeth mußte an ihren Vater denken, an sein Entsetzen, wenn er die Wahrheit über die Veranlagung seiner Tochter erfahren würde. Na schön, dem mußte sie eben ins Auge sehen. Und es galt, die ganze Zukunft neu zu ordnen. Vor ihr lag nicht das sogenannte normale Leben der anderen jungen Mädchen, mit Ehemann und Kindern. Wohin sie sich auch wandte, sie war eine Andersgeartete, eine Rebellin, die die Zwänge der Gesellschaft abgestreift hatte. Und wenn schon! Elizabeth stellte sich in Gedanken ihr gemeinsames Heim in zarten Pastellfarben und mit passenden Requisiten vor. Sie sah erlesene französische Möbel und schöne Gemälde.

Dann überdachte Elizabeth ihr eigenes Aussehen, ihre Garderobe. Mochte sie auch eine Lesbierin sein, so war sie auf jeden Fall entschlossen, sich nicht wie eine solche zu kleiden. Nein, alles andere als das, nur nicht den schrecklichen Tweed, weite Hosen, strenge Schneiderkostüme oder die vulgären Herrenhüte. Waren das nicht geradezu die Glöckchen der Aussätzigen? Nein, sie selbst hatte sich immer für fraulich gehalten, und dabei würde es bleiben.

Und sie beschloß, eine hervorragende Köchin zu werden. Dann konnte sie Mlle. Harriot – oder vielmehr: Chantal – mit Leckerbissen überraschen. Sie sah die Szene schon vor sich: Sie beide in ihrem gemütlichen Heim, Abendessen bei Kerzenlicht, das Mahl von ihr selbst zubereitet. Zuerst eine Vorspeise, dann Salat, vielleicht Krabben oder Hummer, dann ein Chateaubriand, und als Nachspeise Eissorbet. Nach dem Essen würden sie auf dem Boden vor dem flackernden Kaminfeuer ihren Mocca trinken, während draußen die Schneeflocken rieselten. Schneeflocken? Also war es Winter. Schnell stellte Elizabeth das Menü um. Vielleicht eine herzhaft duftende Zwiebelsuppe, dann wohl am besten ein Fondue. Zum Dessert ein Soufflé. Und nach dem Essen, vor dem Kaminfeuer, lasen sie sich gegenseitig Gedichte vor, T. S. Eliot womöglich oder V. C. Rajadhon.

> Die Zeit ist aller Liebe ärgster Feind,
> der Dieb, der uns die gold'nen Stunden stiehlt.
> Drum hab' ich stets die Torheit laut beklagt,
> daß Liebende ihr Glück allein im Takt
> der Tage, Nächte, Jahre wähnen.
> Wo doch der wahren Liebe einzig Maß
> sind uns're Seligkeit, die Seufzer und die Tränen.

O ja, Elizabeth konnte sich das nur zu gut ausmalen, die Jahre ihrer Gemeinsamkeit, und der Lauf der Zeit zerschmolz für sie in einem Strom von Zärtlichkeit und Wärme.

Ein Glücksschimmer, der sie in den Schlaf hinübergleiten ließ.

Elizabeth hatte darauf gewartet. Dennoch – als es geschah, traf es sie völlig unvorbereitet. Eines Nachts wachte sie auf. Jemand hatte ihr Zimmer betreten. Elizabeth riß die Augen auf. Ein Schatten bewegte sich durch den Raum, und plötzlich fiel der Mondschein auf Mlle. Harriot. Wie wild fing Elizabeths Herz zu klopfen an.

»Elizabeth . . .«, hörte sie Chantal flüstern. Und dann stand sie vor ihr, ließ ihren Hausmantel von den Schultern gleiten. Darunter war sie nackt. Elizabeth wurde der Mund trocken. Wie oft hatte sie von diesem Augenblick geträumt, und nun, da er Wirklichkeit wurde, überfiel sie Panik. Sie war sich nicht einmal sicher, was ihre Rolle jetzt von ihr verlangte, was zu tun war – und wie. Und vor der Frau, die sie liebte, wollte sie sich nicht blamieren.

»Sieh mich an!« Chantals Stimme hatte einen heiseren Unterton. Elizabeth gehorchte. Mit den Augen verschlang sie die nackte Gestalt. Als sie so dastand, erschien sie ihr weit weniger attraktiv. Chantal Harriot entsprach in ihrer Nacktheit nicht mehr ihrem Traumbild. Ihre Brüste hingen schlaff, der Bauch wölbte sich ein wenig, Hüften und Gesäß waren zu stark ausgebildet.

Doch was zählte das schon? Was unter der Haut lag, darauf kam es an, auf die Seele der Freundin, ihre Kraft und ihren Mut, anders zu sein als die anderen, der Welt die Stirn zu bieten, und, das Wichtigste, ihre Bereitschaft, den Rest ihres Lebens mit Elizabeth zu verbringen.

»Rück mal rüber, *mon petit ange*«, flüsterte Chantal Harriot.

Elizabeth kam der Aufforderung nach, und die Lehrerin schlüpfte zu ihr unter die Decke. Sie verströmte einen starken Geruch, wie ein brünftiges Wild. Sie schloß die Arme um Elizabeth. »Oh, *chérie*, wie habe ich diesen Augenblick herbeigesehnt.« Sie küßte Elizabeth auf den Mund und stöhnte wollüstig.

Die Erfüllung ihrer Träume entpuppte sich für Elizabeth zweifellos als das ekelhafteste Erlebnis, das ihr je zuteil wurde. Verkrampft lag sie da, wie im Schock. Chantals Hände glitten über ihren Körper, streichelten ihre Brüste, fuhren langsam abwärts über Bauch und

Schenkel. Dabei hielt sie ständig ihre Lippen auf Elizabeths Mund gepreßt.

Mlle. Harriots Hände waren in den unteren Bereichen angekommen, liebkosten Elizabeths Schenkel, tasteten sich zwischen ihre Beine. Verzweifelt versuchte Elizabeth, die schönen Bilder von einst zu beschwören: Diner bei Kerzenschein, das Soufflé, die Abende vor dem Kamin und all die langen, herrlichen Jahre, die sie gemeinsam verbringen wollten. Aber es nützte nichts. Elizabeth fühlte sich angewidert, seelisch wie körperlich. Ihr Fleisch rebellierte, es war, als würde ihrem Leib Gewalt angetan.

Am Tag darauf versuchte Elizabeth es im Bad mit der Brause.

13. Kapitel

Als Elizabeth achtzehn war und ihr letztes Schuljahr absolvierte, verbrachte sie ihre zehntägigen Osterferien in der Villa auf Sardinien. Inzwischen hatte sie Autofahren gelernt, und so konnte sie sich zum erstenmal auf der Insel frei bewegen und sie nach Herzenslust erforschen. Sie machte lange Fahrten an der Küste entlang und besuchte die kleinen Fischerdörfer. Am Privatstrand der Villa schwamm sie ins Meer hinaus, und nachts im Bett lauschte sie den traurigen Klängen der »singenden« Felsen, wenn der Wind sie zum Erklingen brachte. In Tempio erlebte sie den örtlichen Karneval, an dem sich die ganze Dorfbevölkerung im Nationalkostüm beteiligte. Versteckt hinter der Anonymität von Masken forderten die Mädchen die Jungen zum Tanz auf, und es geschahen Dinge, die sonst tabu waren. Mancher junge Mann mochte glauben, er wisse genau, mit wem er den Abend und die Nacht verbrachte, doch am nächsten Morgen war er sich dessen nicht mehr so sicher. Es war, dachte Elizabeth, als spielte ein ganzes Dorf Blindekuh.

Sie fuhr zur Punta Murra und sah den Sarden zu, wie sie kleine Lämmer auf offenem Feuer brieten. Die Bevölkerung lud sie zum *seada* ein, Ziegenkäse in Teig gehüllt und mit heißem Honig bestrichen. Und sie trank den köstlichen Selememont, den örtlichen Weißwein, den es nirgends sonst auf der Welt gibt, weil er zu empfindlich für den Transport ist.

Eins ihrer Lieblingsziele war der »Red Lion«, eine Kellerkneipe im englischen Stil in Porto Cervo mit nur zehn Tischen und einer altmodischen kleinen Bar.

Elizabeth betitelte diese Ferien als »Zeit der balzenden Knaben«. Die Söhne der Reichen stellten ihr in hellen Scharen nach. Sie luden Elizabeth zum Schwimmen ein und zum Reiten. Eigentlich hätte sie mit ihnen den ganzen Tag im Wasser und auf dem Pferderücken verbringen sollen. Es war die Eröffnung des großen Brunft-Spiels.

»Das sind alles annehmbare Freier«, bemerkte ihr Vater.

Für Elizabeth waren sie allesamt alberne Tölpel. Sie tranken zuviel, sprachen zu laut und tratschten ständig. Sie war sich da völlig sicher: Nicht um ihrer selbst willen wurde sie begehrt, weil sie so ein nettes, intelligentes Mädchen von angenehmem Wesen war, sondern weil sie Geld besaß. Im Grunde waren sie alle nur hinter dem Namen Roffe her, der Erbin der Roffe-Dynastie. Elizabeth war sich nicht bewußt, welche Wandlung inzwischen mit ihr vorgegangen war, wie sie sich zu ihrem Vorteil verändert hatte. Ihr stand immer noch das alte Spiegelbild vor Augen: das häßliche kleine Entlein.

Die jungen Männer versorgten sie mit Wein und Speisen und versuchten sämtlich, sie ins Bett zu bekommen. Alle schienen Elizabeths Jungfräulichkeit zu wittern, und ihre männliche Selbstüberschätzung verführte sie zu glauben, daß sie mit der Entjungferung auch Elizabeths Herz und eine Sklavin für ewig erobert haben würden. Und sie weigerten sich, ihre Nachstellungen aufzugeben. Egal, wohin sie sie auch führten, jeder Abend endete gleich. »Komm, schlaf mit mir.« Und immer erteilte sie ihnen höflich, aber bestimmt eine Abfuhr.

Sie wußten nicht, was sie davon halten sollten. Daß Elizabeth attraktiv war, stand außer Zweifel. Also mußte sie eine dumme Gans sein, weil sie nichts mit sich anstellen ließ. Daß sie viel intelligenter sein könnte als ihre zahlreichen Verehrer, kam niemandem in den Sinn. Wer hatte auch je von einem Mädchen gehört, das gleichermaßen schön und klug war?

Immerhin ließ sich Elizabeth geduldig den Hof machen, um ihrem Vater einen Gefallen zu tun. Aber es langweilte sie grenzenlos.

Eines Tages tauchte Rhys Williams in der Villa auf, und Elizabeth war selbst erstaunt, wie erregt sie war und wie sehr sie sich freute, ihn wiederzusehen. Er war noch weit attraktiver als in ihrer Erinnerung.

Auch Rhys schien sich über das Wiedersehen zu freuen. »Wie haben Sie denn das angestellt?« fragte er.

»Was meinen Sie?«

»Haben Sie in letzter Zeit mal in den Spiegel geschaut?«

Sie lief rot an. »Nein.«

Er wandte sich an Sam. »Wenn die Jungens nicht alle taub, stumm und blind sind, hab ich das Gefühl, wir werden Liz nicht mehr lange bei uns haben.«

Bei uns! Elizabeth war vor Freude fast schwindlig, ihn das sagen zu hören. Sie hielt sich, soweit es möglich war, bei den beiden Männern auf, brachte ihnen Drinks, erledigte Aufträge und war glücklich, wenn sie Rhys nur anschauen konnte. Manchmal saß sie im Hintergrund und hörte zu, wenn die beiden Geschäftliches erörterten. Das schlug sie völlig in Bann. Die Männer sprachen von Fusionen, neuen Fabriken, Produkten, die auf dem Markt erfolgreich waren, und solchen, die sich nicht durchsetzen konnten, und diskutierten die Gründe. Elizabeth hörte von den Konkurrenten, von Marktstrategien und

Gegenmaßnahmen. Ihr kam das alles sehr verwirrend vor.

An einem Tag, als Sam im Turmzimmer arbeitete, lud Rhys sie zum Lunch ein. Sie führte ihn in den »Red Lion« und sah zu, wie er sich mit den Männern an der Bar am Pfeilspiel beteiligte. Sie bewunderte, wie leicht er sich seiner Umgebung anpaßte und überall gleich zu Hause war. Sich in seiner Haut wohl fühlen: Rhys demonstrierte ihr die Bedeutung dieser Redensart.

Sie saßen an einem kleinen Ecktisch mit rot-weiß karierter Decke, aßen *Shepherd's pie*, tranken Ale dazu und unterhielten sich. Rhys fragte sie über die Schule aus.

»Eigentlich geht's ganz gut«, gestand Elizabeth. »Langsam komme ich dahinter, wie wenig ich weiß.«

Rhys lächelte. »Dann haben Sie mehr gelernt als die meisten anderen. Im Juni ist es geschafft, nicht wahr?«

»Ja.« Elizabeth überlegte, woher ihm das bekannt war.

»Wissen Sie schon, was Sie dann machen wollen?«

»Nein, noch nicht.«

»Wie wär's mit Heiraten?«

Ihr Herz setzte einen Schlag aus, dann ging ihr auf, daß die Frage ganz allgemein gestellt war. »Ich hab noch niemanden gefunden.« Sie mußte plötzlich an Mlle. Harriot denken und lachte verlegen.

»Was gibt's«, erkundigte sich Rhys, »ein Geheimnis?«

»Stimmt.« Gern hätte sie es mit ihm geteilt, doch sie spürte, dafür kannte sie ihn noch nicht gut genug. In Wahrheit, ging ihr auf, kannte sie ihn so gut wie gar nicht. Er war für sie nur ein charmanter, gutaussehender Fremder, der ihr aus Mitleid einmal ein Geburtstagsessen in Paris spendiert hatte. Sie wußte, daß er in geschäftlichen Dingen beschlagen war und ihr Vater sich ganz auf ihn verließ. Aber über sein Privatleben, den eigentlichen

Rhys Williams, wußte sie gar nichts. Als sie ihn so betrachtete, glaubte Elizabeth neben einem Mann mit vielen Gesichtern zu sitzen, der *ein* Gefühl zeigte, um andere damit zu verdecken. Kannte ihn überhaupt jemand? fragte sie sich.

Rhys Williams war es auch, der für den Verlust ihrer Jungfräulichkeit verantwortlich war.

Der Gedanke, mit einem Mann zu schlafen, kam Elizabeth immer öfter in den Sinn. Das entsprang zum Teil dem starken physischen Bedürfnis, das sie manchmal unvermittelt packte und schüttelte wie ein Sturm, geradezu ein physischer Schmerz, den sie nicht los wurde. Dazu kam eine kaum bezähmbare Neugierde, der Drang, zu wissen, was Liebe eigentlich ist. Natürlich konnte sie nicht mit dem ersten besten ins Bett steigen. Es mußte jemand Besonderes sein, ein Mann, den sie lieben und achten konnte, so wie er sie.

An einem Samstagabend gab ihr Vater einen Galaempfang in der Villa.

»Ziehen Sie Ihr schönstes Kleid an«, empfahl Rhys Elizabeth. »Ich möchte mit Ihnen angeben können.«

Elizabeth war vor Freude außer sich. Natürlich glaubte sie, Rhys hätte sie für den Abend als seine Partnerin erkoren. Als er dann kam, hatte er eine schöne blonde Italienerin im Schlepptau, eine römische Prinzessin. Elizabeth war so wütend und enttäuscht, daß sie die Party um Mitternacht mit einem bärtigen russischen Maler verließ und sich dem Mann, der nicht mehr nüchtern war, hingab.

Das kurze Abenteuer entpuppte sich als eine Katastrophe. Elizabeth war so nervös und Wassilow, der Maler, so betrunken, daß es eine riesige Enttäuschung wurde. Das Vorspiel erschöpfte sich darin, daß Wassilow die

Hosen fallen ließ und ins Bett plumpste. Da war Elizabeth bereits kurz davor, die Flucht zu ergreifen, aber sie bezwang sich. Schließlich mußte Rhys für seine Untreue bestraft werden. Also zog sie sich aus und kroch in des Künstlers Bett. Im nächsten Moment, ohne daß Zärtlichkeiten vorausgingen, drang Wassilow in sie ein. Ein merkwürdiges Gefühl beschlich Elizabeth. Nicht gerade unangenehm, doch sie konnte beim besten Willen auch nicht behaupten, die Erde hätte gebebt. Wassilows Körper zuckte ein paarmal schnell hintereinander, und Sekunden später war sein lautes Schnarchen zu hören. Da lag sie nun, von tiefer Selbstverachtung ergriffen. Das war es also, wovon die Lieder, Bücher und Gedichte handelten. Sie mußte an Rhys denken und hätte am liebsten geheult. Leise zog sie sich an und ging nach Hause. Als der Maler sie am nächsten Morgen anrief, ließ Elizabeth ausrichten, sie sei nicht da. Am darauffolgenden Tag mußte sie ins Internat zurück.

Sie flog mit dem konzerneigenen Flugzeug in die Schweiz. Auch ihr Vater und Rhys Williams waren an Bord. Die Maschine, eine normale Ausführung und für den Transport von hundert Passagieren geeignet, war in einen Luxuskreuzer verwandelt worden. Im Heck lagen zwei große, elegant ausgestattete Schlafzimmer, komplett mit Bädern, im Mittelteil Büro und behaglicher Wohnraum mit Gemälden an den Wänden, schließlich im Bug, hinter dem Cockpit, eine Bordküche mit allen Schikanen. Für Elizabeth war dieses Flugzeug der fliegende Teppich ihres Vaters.

Die meiste Zeit unterhielten sich die beiden Männer über Geschäfte. Als Rhys Zeit hatte, spielte er mit Elizabeth eine Partie Schach. Sie rang ihm ein Unentschieden ab, und er lobte ihre Klugheit. Sie errötete vor Freude.

Wie im Flug vergingen die letzten Schulmonate. Langsam wurde es für Elizabeth Zeit, an die Zukunft zu denken. Ihr fiel Rhys' Frage ein: *Wissen Sie schon, was Sie machen wollen?* Sie war sich noch nicht im klaren. Der alte Samuel hatte es fertiggebracht, daß das Familienunternehmen sie faszinierte. Sie wußte jetzt, sie würde gern darin mitarbeiten. Aber wie das bewerkstelligen? Zu Beginn konnte sie vielleicht ihrem Vater assistieren. Ihr fielen all die Geschichten über ihre Mutter ein, was für eine hervorragende Gastgeberin sie gewesen war und wie Sam nicht mehr auf sie verzichten konnte. Ja, sie würde versuchen, den Platz ihrer Mutter einzunehmen.

Ein Anfang war es auf jeden Fall.

14. Kapitel

Mit der freien Hand kniff der schwedische Botschafter Elizabeth sanft ins Hinterteil. Sie tanzten über das Parkett, und Elizabeth versuchte, den Annäherungsversuch zu ignorieren. Ihrem Lächeln war nichts anzumerken. Ihr erfahrener Blick nahm das glanzvolle Treiben um sie herum wahr, die elegant gekleideten Gäste, das Orchester, Diener in Livrée, das Buffet, beladen mit exotischen Köstlichkeiten und erlesenen Weinen. Zufrieden stellte sie fest: eine gelungene Party.

Schauplatz war der Ballsaal ihres Hauses auf Long Island, zweihundert Gäste, jeder einzelne wichtig für Roffe und Söhne. Elizabeths Tanzpartner machte sich wieder bemerkbar: Der schwedische Botschafter preßte seine elegante Gestalt immer fester an ihren Körper, jetzt ganz eindeutig auf Eroberung aus. Als nächstes fühlte sie seine Zungenspitze in ihrem Ohr und vernahm sein Flüstern: »Sie sind eine wundervolle Tänzerin ...«

»Und Sie sind auch nicht ohne«, gab Elizabeth zurück. Im selben Moment improvisierte sie einen tänzerischen Fehltritt, und ihr spitzer Absatz landete auf dem großen Zeh des Botschafters. Der stieß einen kleinen Schmerzensschrei aus. Elizabeth war die leibhaftige Reue. »Es tut mir so leid, Exzellenz! Lassen Sie mich Ihnen einen Drink besorgen.«

Schon war sie in Richtung Bar entschwunden. Gewandt schlängelte sie sich durch die Schar der Gäste, ließ ihre Blicke zugleich über den ganzen Ballsaal schweifen, um festzustellen, ob auch alles perfekt war.

Perfektion – das war es, was ihr Vater verlangte. Mittlerweile hatte Elizabeth auf mindestens hundert Partys für ihren Vater die Honneurs gemacht, aber immer noch nicht gelernt, die Dinge auf sich zukommen und an sich vorbeirauschen zu lassen. Jeder Empfang war ein Ereignis, eine Premiere, bei der hunderterlei schiefgehen konnte. Trotzdem war sie nie so glücklich gewesen. Ihre Mädchenträume hatten sich erfüllt: Sie befand sich in der Nähe ihres Vaters, er wollte sie um sich haben, brauchte sie. Sie hatte sich an den Umstand gewöhnt, daß seine Bedürfnisse ganz unpersönlicher Art waren und ihr Wert für ihn allein darauf beruhte, was sie für den Konzern zu leisten vermochte. Das war nun einmal Sam Roffes einziger Maßstab in der Beurteilung von Menschen. Und Elizabeth hatte es vollbracht, die nach dem Tod ihrer Mutter entstandene Lücke zu schließen. Für ihren Vater war sie zu einer perfekten Gastgeberin geworden. Aber da sie außerdem hochintelligent war, bedeutete sie für Sam weit mehr als das. Sie begleitete ihn auf Geschäftsreisen und zu Konferenzen in Flugzeugen, Fabriken, in Botschaften und Palästen. Stets war Elizabeth an seiner Seite. Sie beobachtete, wie ihr Vater seine Macht einsetzte, das Milliardenvermögen, wie er kaufte, verkaufte, Unternehmen stürzen ließ und neue hervorzauberte. Roffe und Söhne war wie ein Füllhorn, und Elizabeth sah, wie ihr Vater Freunde verwöhnte und Feinde am ausgestreckten Arm verhungern ließ. Sie fand diese neue Welt ungeheuer faszinierend, voller interessanter Leute, und Sam Roffe war der unumstrittene Herrscher.

Als sich Elizabeth jetzt im Ballsaal umsah, suchte ihr Blick Sam. Er stand an der Bar, plauderte mit Rhys, einem Premierminister und einem Senator aus Kalifornien. Sam entdeckte seine Tochter und winkte sie zu sich. Auf dem Weg zu ihm durch die festliche Menge dachte sie an die Zeit von damals, vor drei Jahren, als alles begann.

Am Tag ihrer Examensfeier noch war Elizabeth nach Hause geflogen. Ihr Zuhause war zu der Zeit gerade das Apartment am Beekman Place in Manhattan. Rhys war bei ihrem Vater, und irgendwie hatte sie das vorausgeahnt. In den geheimen Ecken ihrer Gedanken hatte sie die Bilder von ihm verwahrt, und immer, wenn sie sich einsam und niedergeschlagen fühlte oder entmutigt war, holte sie die Erinnerung hervor und wärmte sich an ihr. Am Anfang war ihr alles hoffnungslos vorgekommen: ein fünfzehnjähriges Schulmädchen und ein Mann von fünfundzwanzig. Statt zehn hätte der Unterschied genausogut hundert Jahre betragen können. Aber irgendwie schien mathematische Magie im Spiel zu sein: Mit achtzehn erschien ihr die Lücke schon weit weniger groß. Es war, als altere sie schneller als Rhys bei dem Versuch, ihn einzuholen.

Als Elizabeth die Bibliothek betrat, wo sie gerade Geschäftliches besprachen, standen beide Männer auf. »Ach, Elizabeth«, sagte ihr Vater, als sei ihr Erscheinen etwas ganz Alltägliches. »Eben angekommen?«

»Ja.«

»Die Schule liegt also hinter dir.«

»Ja.«

»Na, fein.«

Und das war ihr ganzer Willkommensgruß. Doch Rhys kam lächelnd auf sie zu, schien aufrichtig erfreut, ihr wieder zu begegnen. »Sie sehen fabelhaft aus, Liz.

Wie lief's mit der Matura? Sam wollte ursprünglich zur Feier kommen, aber er konnte einfach nicht weg.«

Er sagte all die Worte, die eigentlich von ihrem Vater hätten kommen müssen.

Elizabeth fühlte sich verletzt und ärgerte sich gleichzeitig darüber. Es war ja nicht so, daß ihr Vater sie nicht liebte, sagte sie sich. Er hatte sich eben nur einer Welt verschrieben, in der ein Mädchen nicht vorkam. Ein Sohn hätte dort sofort Zugang gefunden, aber mit einer Tochter konnte er nichts anfangen. Sie paßte nicht in das Organisationsschema.

»Ich glaube, ich störe.« Elizabeth ging zur Tür.

»Moment mal«, kam ihr Rhys zuvor. Er wandte sich an Sam. »Liz ist gerade zum richtigen Zeitpunkt gekommen. Da kann sie uns doch bei der Party am Samstagabend behilflich sein.«

Sam blickte sie prüfend an, als gelte es, über eine Neubewerbung zu entscheiden. Jawohl, sie sah ihrer Mutter sehr ähnlich, war ebenso schön, hatte dieselbe natürliche Art. In Sams Augen blitzte Interesse auf. Daß seine Tochter eine Bereicherung für Roffe und Söhne darstellen könnte, war ihm noch nie in den Sinn gekommen. »Hast du ein Abendkleid?«

Elizabeth sah ihn konsterniert an. »Ich ...«

»Das macht nichts. Geh und kauf dir eins. Weißt du, wie man eine Party veranstaltet?«

Elizabeth schluckte. »Natürlich.« Gehörte das nicht zum Stundenplan eines jeden exklusiven Schweizer Internats? Da bekam man den letzten gesellschaftlichen Schliff, wurde auf Grazie getrimmt. »Selbstverständlich weiß ich, wie man eine Party gibt.«

»Ausgezeichnet. Ich habe eine Gruppe aus Saudi-Arabien eingeladen. Es sind ungefähr ...« Er sah Rhys an.

Rhys lächelte Elizabeth ermunternd zu und ergänzte: »Vierzig, vielleicht ein paar mehr oder weniger.«

»Überlaß nur alles mir«, verkündete Elizabeth.

Das Abendessen wurde ein komplettes Fiasko.

Elizabeth hatte dem Koch die Speisefolge diktiert: Hummercocktail, als nächstes Cassoulet, dazu Spitzenweine. Unglückseligerweise enthielt das Cassoulet Schweinefleisch, was die Araber ebensowenig anrühren wie Schellfisch. Und alkoholische Getränke sind ihnen ohnehin untersagt. Stumm starrten die Gäste auf die südfranzösische Spezialität und nahmen keinen Bissen. Elizabeth saß ihrem Vater gegenüber an der Spitze der langen Tafel und verging vor Scham, starb innerlich einen langsamen Tod.

Wieder einmal war es Rhys Williams, der ihr zu Hilfe eilte und den Abend rettete. Für wenige Minuten verschwand er im Arbeitszimmer, um zu telefonieren. Schon war er wieder zurück und unterhielt die Gäste mit amüsantem Geplauder, während das Personal den Tisch abräumte.

Die Araber kamen gar nicht dazu, sich ungemütlich zu fühlen, denn innerhalb kürzester Zeit fuhr vor dem Portal eine Flotte von Lieferwagen vor, und wie von Zauberhand wurden die erlesensten Speisen hereingetragen: Kuskus und Lamm am Spieß, Reis, Platten mit gebackenen Hähnchen und Fischgerichte, danach Süßspeisen, Käse und frisches Obst. Alle schwelgten, mit Ausnahme von Elizabeth. Sie brachte keinen Bissen herunter. Jedesmal wenn sie aufzusehen wagte, bemerkte sie, wie Rhys sie beobachtete. Mit Verschwörermiene zwinkerte er ihr zu. Warum, wußte sie selbst nicht, aber Elizabeth empfand ihre Niederlage um so schlimmer, da ausgerechnet Rhys nicht nur Zeuge ihrer Blamage war, sondern auch noch als ihr Retter auftrat. Als die Party endlich zu Ende war und die letzten Gäste in den frühen Morgenstunden widerstrebend gingen, blieben Elizabeth, Sam und Rhys noch im Salon. Rhys schenkte Brandy ein.

Elizabeth holte tief Luft und wandte sich an ihren Vater. »Tut mir leid wegen des Dinners. Wenn Rhys nicht gewessen wäre, dann ...«

Aber Sam zeigte keinerlei Gemütsbewegung. »Nächstes Mal gelingt es dir bestimmt besser.«

Und er behielt recht. Von da an ging nichts mehr schief, wenn Elizabeth eine Party organisierte, sei es für vier Personen oder für hundert. Sie betrieb regelrechte Gästeforschung, stellte Vorlieben und Abneigungen fest, wußte, was jeder gerne aß und trank, welche Art von Unterhaltung bevorzugt wurde. Sie legte sich eine Kartei über ihre Gäste an. Und die Freunde und Bekannten fühlten sich geschmeichelt, wenn sie merkten, daß ihr Lieblingswhisky oder die bevorzugte Weinsorte oder Zigarrenmarke eigens für sie bereitgehalten wurde und daß Elizabeth mit ihrem Metier vertraut war und sich angeregt darüber zu unterhalten wußte.

Bei den meisten Gesellschaften war Rhys zugegen, und stets mit dem hübschesten Mädchen am Arm. Elizabeth haßte sie alle. Sie bemühte sich, ihnen zu gleichen. Trug eine von Rhys' Begleiterinnen die Haare aufgesteckt, tat sie es ihr nach. Sie versuchte, sich wie seine Freundinnen anzuziehen und ihr Benehmen nachzuahmen. Doch was Rhys betraf, schien das verschwendete Liebesmüh. Er bemerkte es wohl nicht einmal. Frustriert gab Elizabeth es auf und beschloß, von nun an nur noch sie selbst zu sein.

Als sie am Morgen ihres einundzwanzigsten Geburtstages zum Frühstück hinunterkam, sah Sam auf. »Bitte bestell doch Theaterkarten für heute abend. Hinterher ein Souper im ›Twenty-One‹.«

Er hat also daran gedacht, glaubte Elizabeth freudig erregt. Sie hätte jubeln können.

Doch dann fügte ihr Vater hinzu: »Wir werden zu zwölft sein. Es geht um die neuen Bolivien-Verträge.«

Sie verlor kein Wort über ihren Geburtstag. Im Laufe des Tages gingen ein paar Telegramme früherer Schulfreundinnen ein, und damit hatte es sich. Jedenfalls bis abends um sechs. Da wurde für sie ein riesiges Blumenbukett abgeliefert. Natürlich von ihrem Vater, sagte sich Elizabeth. Aber die beigefügte Karte belehrte sie eines Besseren: »Was für ein wunderschöner Tag für eine wunderschöne Lady.« Unterschrieben war mit »Rhys«.

Als ihr Vater um sieben ins Theater aufbrach, bemerkte er die Blumen. »Ein Verehrer?« meinte er fast geistesabwesend.

Einen Moment lang fühlte Elizabeth sich versucht zu sagen: »Nein, ein Geburtstagsgeschenk.« Aber, dachte sie, was soll's. Wenn man jemanden an seinen Geburtstag erinnern mußte, konnte man es genausogut sein lassen.

Sie sah ihrem Vater nach und überlegte, was sie mit dem langen Abend anfangen sollte. Einundzwanzig Jahre: Das war ihr immer wie ein Meilenstein vorgekommen. Das hieß, erwachsen sein, sich als Frau fühlen, die Freiheit gewinnen. Also gut, das war nun der magische Tag, und sie spürte nicht den geringsten Unterschied im Vergleich zu den Jahren zuvor. Warum hatte der Vater ihren Geburtstag vergessen? Wäre sie sein Sohn, ob er dann wohl daran gedacht hätte?

Der Butler kam und fragte, ob er anrichten lassen dürfe. Elizabeth hatte keinen Appetit. Sie fühlte sich einsam und verlassen. Sie wußte, es war Selbstmitleid, aber dahinter steckte mehr als die Enttäuschung über einen vergessenen Geburtstag. Es war die lange Reihe einsamer Geburtstage, die ihr Kummer bereitete, das Aufwachsen ohne Mutter, ohne eine mitfühlende Seele.

Um zehn saß sie im Negligé vor dem Wohnzimmerkamin, im Dunkeln, in Gedanken versunken, als plötzlich hinter ihr jemand sagte: »Happy birthday to you!«

Die Lichter flammten auf, und Rhys Williams stand in der Tür. Er kam langsam näher und sagte tadelnd: »Das ist doch keine Art, seinen Geburtstag zu feiern. Wie oft wird denn ein Mädchen einundzwanzig?«

»Ich – ich dachte, Sie sind heute abend mit meinem Vater unterwegs«, stammelte Elizabeth verwirrt.

»War ich auch. Er erwähnte, daß Sie hier allein sitzen. Los, ziehen Sie sich an, Liz. Wir gehen aus zum Dinner.«

Elizabeth schüttelte den Kopf. Sein Mitleid wollte sie nicht. »Vielen Dank, Rhys, sehr lieb von Ihnen, aber ich – ich hab wirklich keinen Hunger.«

»Aber ich, und ich hasse nichts mehr, als allein zu essen. Ich gebe Ihnen genau fünf Minuten zum Ankleiden. Sonst schleife ich Sie raus, so, wie Sie sind.«

Sie aßen eine Kleinigkeit in einer Imbißstube auf Long Island: Hamburger mit Chili und Zwiebeln, Pommes frites und Ingwerbier. Und sie redeten und redeten. Für Elizabeth war es ein noch schöneres Geburtstagsessen als der Abend damals im Maxim's. Rhys' ganze Aufmerksamkeit gehörte ihr, und sie begann zu verstehen, worin sein besonderer Charme lag. Es war beileibe nicht nur sein gutes Aussehen, vielmehr der Umstand, daß er Frauen so zugetan war und ihre Gegenwart genoß. Auch Elizabeth vermittelte er das Gefühl, etwas ganz Besonderes zu sein, daß er mit niemandem auf der Welt lieber zusammen war als mit ihr. Kein Wunder, dachte sie, in so einen Mann mußten sich ja alle Frauen verlieben.

Rhys sprach über seine Kindheit in Wales, und er stellte seine Erinnerungen wie ein einziges fröhlich-buntes Abenteuer dar. Doch dann schilderte er, warum er von zu Hause weggelaufen war. »Weil in mir der Hunger saß, alles zu sehen und alles zu tun. Ich wollte jeden kopieren, der mir begegnete. Ich war mir eben selbst nicht genug. Können Sie das verstehen?«

O ja, Elizabeth verstand nur zu gut.

»Ich arbeitete auf Rummelplätzen, am Strand, und in einem Sommer hatte ich einen Job, da mußte ich Touristen in Coracles den Rhosili runterfahren, und ...«

»Moment mal«, unterbrach ihn Elizabeth. »Was bedeutet Rhosili, und was ist ein Coracle?«

»Ach so, der Rhosili ist ein reißender Fluß mit starkem Gefälle, Strudeln und Stromschnellen. Und Coracle nennt man ein altertümliches Kanu aus Weidengeflecht, mit wasserdichten Häuten bespannt. Die gehen zurück bis in vorrömische Zeiten. In Wales sind Sie offenbar nie gewesen, was?« Sie schüttelte den Kopf. »Oh, das wäre was für Sie, Liz. Sie würden sich in meine Heimat verlieben.« Sie wußte, er hatte recht. »Im Vale of Neath gibt es einen Wasserfall, eine der schönsten Sehenswürdigkeiten dieser Welt. Und was es da noch alles gibt: Aber-Eiddi, Caerbwdi und Porthclais und Kilgetty und Llangwm ...« Die Namen sprudelten aus ihm heraus wie eine fremde Musik. »Ein wildes, ungezähmtes Land, voller magischer Überraschungen.«

»Und trotzdem haben Sie Wales den Rücken gekehrt.«

Rhys lächelte. »Das war der Hunger in mir. Ich wollte die Welt erobern.«

Was er nicht sagte, war: Der gleiche Hunger fraß noch immer in ihm.

Im Verlauf der nächsten drei Jahre machte sich Elizabeth ihrem Vater vollends unentbehrlich. Ihre Hauptaufgabe bestand darin, ihm das Leben angenehm zu gestalten, damit er sich auf das konzentrieren konnte, was allein für ihn zählte: das Geschäft. Wie sie es bewerkstelligte, blieb ihr überlassen. Sie engagierte das Personal oder entließ es, sie richtete die verschiedenen Häuser und Wohnungen her, ganz wie es den Bedürfnissen ihres Vater entsprach. Und sie machte für ihn die Honneurs.

Vor allem aber wurde sie zu seinen Augen und Ohren. Nach einer Konferenz pflegte Sam seine Tochter um ihr Urteil über einen Gesprächspartner zu bitten, oder er erläuterte ihr, warum er gerade so und nicht anders gehandelt hatte. Sie sah zu, wie er Entscheidungen traf, die das Leben Tausender von Menschen beeinflußten und Hunderte von Millionen Dollar bewegten. Sie war anwesend, wenn Staatsoberhäupter ihrem Vater nahelegten, eine Fabrik zu bauen, oder ihn baten, von einer Schließung abzusehen.

Nach einer dieser Konferenzen konnte Elizabeth nicht mehr an sich halten. »Es ist unglaublich. Mir kommt es vor, als ob du ein Land regierst.«

Ihr Vater lachte. »Roffe und Söhne haben ein größeres Einkommen als drei Viertel der Staaten dieser Erde.«

Auf ihren Reisen mit Sam lernte Elizabeth die anderen Mitglieder der Familie Roffe besser kennen, ihre Kusinen und Vettern, deren Männer oder Frauen.

Als junges Mädchen war sie ihnen gelegentlich in den Ferien begegnet, wenn der eine oder andere in eines der Häuser ihres Vaters zu Besuch kam oder sie selbst einen kurzen Gegenbesuch abstattete.

Am meisten Spaß hatte es ihr immer bei Simonetta und Ivo Palazzi in Rom gemacht. Die beiden waren freundlich und ungekünstelt, und Ivo hatte Elizabeth schon immer als Frau behandelt. Er leitete den italienischen Zweig des Unternehmens, und er tat dies ganz ausgezeichnet. Man hatte gern mit Ivo Palazzi zu tun.

Elizabeth erinnerte sich an das Urteil einer Schulfreundin, die ihm begegnet war. »Weißt du, was ich an ihm mag? Er hat Herz und Charme.«

Herz und Charme, ja, das traf auf Ivo zu.

Dann Hélène Roffe-Martel und ihr Mann Charles in Paris. Elizabeth war aus Hélène nie so recht klug und auch nicht warm mit ihr geworden. Zwar war diese ihr immer zuvorkommend begegnet, doch Elizabeth hatte nie die Mauer kühler Reserve durchdringen können, mit der Hélène sich umgab. Charles war Chef des französischen Zweigs der Firma. Er war kompetent, aber aus Bemerkungen ihres Vaters schloß Elizabeth, daß es ihm an Energie und Elan fehlte. Er konnte zwar Anordnungen befolgen, zeigte selbst aber keine Initiative. Sam hatte ihn nie durch jemand anderen ersetzt, denn die französische Niederlassung entwickelte sich hervorragend. Nach Elizabeths Mutmaßungen trug Hélène heimlich den entscheidenden Anteil am Erfolg.

Ihre deutsche Kusine, Anna Roffe-Gassner, und deren Mann Walther mochte Elizabeth gern. Sie erinnerte sich an Familienklatsch, wonach Anna unter ihrem Stand geheiratet hatte. Walther Gassner, so hieß es, war das schwarze Schaf der Familie, ein Glücksritter, der sich eine unansehnliche ältere Frau um ihres Geldes willen geangelt hatte. Elizabeth allerdings hielt ihre Kusine nicht für häßlich. Anna war ein scheues, sensibles Wesen, in sich zurückgezogen und nicht frei von Lebensangst. Walther wiederum hatte sie auf den ersten Blick gemocht. Er hatte das klassische Aussehen eines Filmhelden, war aber weder arrogant noch oberflächlich. Außerdem schien er Anna in aufrichtiger Liebe verbunden zu sein, und Elizabeth dachte nicht daran, den schrecklichen Geschichten über ihn Glauben zu schenken.

Doch von all ihren Vettern und Kusinen war Alec Nichols ihr der liebste. Seine Mutter, eine Roffe, hatte Sir George Nichols geheiratet, den dritten Baronet seines Stammes. Alec war es, an den sich Elizabeth stets wandte, wenn sie ein Problem hatte. Vielleicht lag es an Alecs ausgeprägter Sensibilität und seinem sanften Wesen, daß Elizabeth als Kind in ihm noch am ehesten eine Vertrauensperson fand, und nun wurde ihr bewußt, welch großes Kompliment sie Alec damit gezollt hatte. Er hatte sie immer als Gleichgestellte behandelt, war stets hilfsbereit gewesen. Elizabeth erinnerte sich, wie sie einmal, in einem Augenblick tiefster Verzweiflung, den Entschluß zum Durchbrennen gefaßt hatte. Ihr Koffer war bereits gepackt, und dann, getrieben von einem plötzlichen Impuls, hatte sie Alec in London angerufen, um ihm auf Wiedersehen zu sagen. Alec war mitten in einer Konferenz gewesen, aber er eilte sofort ans Telefon und redete über eine Stunde lang mit ihr. Und als er aufgelegt hatte, entschloß sich Elizabeth, ihrem Vater zu verzeihen und ihm eine letzte Chance zu geben. Derart war ihre Verbindung zu Sir Alec Nichols. Zu seiner Frau Vivian stand sie ganz anders. War Alec großzügig und rücksichtsvoll, so erschien Vivian ihr selbstsüchtig und oberflächlich. Sie war die egoistischste Frau, der Elizabeth jemals begegnet war.

Jahre zuvor, als Elizabeth ein Wochenende bei den Nichols auf deren Landsitz in Gloucestershire verbrachte, hatte sie sich allein zu einem Picknick aufgemacht. Doch es fing zu regnen an, und Elizabeth kehrte früher als erwartet zurück. Sie kam durch die Gartentür, und als sie die Halle durchqueren wollte, hörte sie laute Stimmen aus dem Arbeitszimmer, wurde Zeugin eines Streits.

»Ich hab die Nase voll vom Kindermädchenspielen.« Das war Vivians Stimme. »Du kannst dir deine süße kleine Kusine unter den Arm klemmen und sie heute abend allein unterhalten. Ich fahre nach London, hab eine Verabredung.«

»Aber Viv, die kannst du doch absagen. Das Kind bleibt nur noch einen Tag bei uns, und ...«

»Tut mir leid, Alec, kommt nicht in Frage. Ich hab Lust auf 'nen guten Fick, und heute abend verschaff' ich ihn mir, da kannst du Gift drauf nehmen.«

»Vivian, bitte, um Gottes willen!«

»Ach, Mann, steck ihn dir doch in den Arsch. Versuch nicht dauernd, mich zu kommandieren.«

Im selben Augenblick, ehe Elizabeth sich von der Stelle bewegen konnte, kam Vivian aus dem Zimmer gestürmt. Sie warf nur einen flüchtigen Blick auf Elizabeths vor Entsetzen versteinertes Gesicht und rief ihr fröhlich zu: »Schon wieder da, Baby?« Und damit verschwand sie in die oberen Gemächer.

In der Tür zum Arbeitszimmer stand Alec. Er sagte ganz sanft: »Komm herein, Elizabeth.«

Zögernd kam sie näher. Alecs Gesicht war vor Scham hochrot. Wie gern hätte Elizabeth ihn getröstet, aber sie wußte nicht, wie. Alec trat an einen großen Refektoriumstisch, nahm eine Pfeife, stopfte sie und zündete sie an. Seine Bewegungen schienen eine halbe Ewigkeit zu dauern.

Schließlich sprach Alec. »Du mußt Verständnis für Vivian haben.«

»Aber Alec, das geht mich doch gar nichts an«, stammelte sie. »Ich ...«

»Doch, irgendwie schon. Wir sind alle eine Familie. Und ich möchte nicht, daß du vorschnell über sie urteilst.«

Elizabeth traute ihren Ohren nicht. Nach der unglaublichen Szene, die sie soeben mit angehört hatte, verteidigte Alec seine Frau noch.

»Manchmal«, fuhr Alec fort, »ist das so in einer Ehe. Ein Mann und eine Frau mit unterschiedlichen Wünschen und Bedürfnissen.« In einer Verlegenheitspause suchte er nach den rechten Worten. »Und ich möchte nicht, daß du Vivian die Schuld dafür gibst, daß – daß ich einige ihrer Bedürfnisse nicht erfüllen kann. Das kann man ihr nicht anlasten, verstehst du?«

Elizabeth hatte nicht an sich halten können. »Hat sie das – ich meine, geht sie oft mit anderen Männern aus?«

»Ich fürchte, das tut sie.«

Vor Entsetzen konnte Elizabeth zuerst keine Worte finden. Dann sagte sie: »Warum trennst du dich nicht von ihr?«

Sie sah nur sein mildes Lächeln. »Das kann ich nicht, mein Kind. Versteh doch, schließlich liebe ich sie.«

Am Tag darauf war Elizabeth in die Schweiz zurückgekehrt. Von da an fühlte sie sich Alec näher verbunden als allen anderen.

In jüngster Zeit hatte sich Elizabeth zunehmend Sorgen um ihren Vater gemacht. Er schien häufig in Gedanken versunken. Irgend etwas beschäftigte ihn stark, aber Elizabeth hatte keine Ahnung, worum es ging. Als sie ihn eines Tages rundheraus fragte, bekam sie zur Antwort: »Nur ein kleines Problem, für das ich eine Lösung finden muß. Ich erkläre es dir später.«

Er zeigte sich in letzter Zeit verschlossen, und Elizabeth bekam keinen Zugang mehr zu vertraulichen Unterlagen. Als er ihr eröffnete: »Morgen fahre ich nach Chamonix, will endlich mal wieder ein bißchen Bewegung haben«, war Elizabeth erleichtert. Sie fühlte, er brauchte Entspannung. Er hatte an Gewicht verloren und sah abgespannt aus.

»Ich werde gleich für dich buchen«, hatte sie geantwortet.

»Mach dir keine Mühe, ist bereits geschehen.«

Auch das sah ihm gar nicht ähnlich. Am Morgen darauf war er abgereist. Und Elizabeth hatte ihn zum letztenmal gesehen.

Jetzt wußte sie: Es war ein Abschied für immer gewesen.

Sie lag in ihrem abgedunkelten Schlafzimmer, und ihre Gedanken wanderten in die Vergangenheit zurück. Der Tod ihres Vaters war für sie um so unwirklicher, weil sie Sam so unglaublich lebendig in Erinnerung hatte.

Als letzter männlicher Erbe trug er den Namen Roffe. Was würde jetzt aus dem Konzern werden? Ihr Vater war Hauptanteilseigner gewesen. Wem er wohl seine Aktien vererbt hatte?

Die Antwort erhielt sie am späten Nachmittag des folgenden Tages. Sams Anwalt war in dem Haus auf Long Island erschienen. »Ich habe eine Kopie des Testaments Ihres Vaters mitgebracht. Ich behellige Sie nur ungern in Ihrem Schmerz, aber ich meine, Sie sollten sofort Bescheid wissen. Ihres Vaters einziger Erbe sind Sie. Mit anderen Worten: In Ihren Händen liegt jetzt die Aktienmehrheit von Roffe und Söhne.«

Elizabeth konnte es nicht glauben. Das sollte doch sicher nicht heißen, daß sie von nun an das Familienunternehmen leiten mußte? »Aber warum?« fragte sie immer wieder. »Warum gerade ich?«

Nach einigem Zögern sagte der Anwalt: »Darf ich ganz aufrichtig sein, Miss Roffe? Ihr Herr Vater war noch verhältnismäßig jung. Seinen Tod hat er bestimmt noch in weiter Ferne gesehen. Ich bin sicher, zu angemessener Zeit hätte er ein neues Testament aufgesetzt und jemanden dazu bestimmt, den Konzern zu übernehmen. Wahrscheinlich war er sich noch nicht schlüssig, wer das sein sollte.« Er zuckte die Schultern. »Das alles ist jetzt nur von akademischem Interesse. Tatsache ist, die Zukunft des Unternehmens, seine Führung liegen von nun an in Ihren Händen. Und Sie allein haben zu entscheiden, was zu tun ist und was nicht und wen Sie an Ihrer Seite haben wollen.« Er sah sie einen Moment forschend an. »Noch nie hat eine Frau die Geschicke von Roffe und Söhne gelenkt, aber – na ja, jedenfalls treten Sie fürs erste an Ihres Vaters Stelle. An diesem Freitag findet in Zürich eine Direktoriumssitzung statt. Können Sie daran teilnehmen?«

Sam hätte es von ihr erwartet. Ebenso der alte Samuel.

»Ja, ich werde dort sein«, verkündete Elizabeth.

Zweites Buch

15. Kapitel

Portugal
Mittwoch, 9. September, Mitternacht

Im Schlafzimmer einer kleinen Mietwohnung liefen die letzten Vorbereitungen für eine Filmszene. Das Appartement lag in einer der engen, finsteren Seitengassen von Alto Estoril. Vier Menschen befanden sich in dem Raum: außer dem Kameramann die beiden Darsteller auf dem Bett – ein Mann in den Dreißigern und ein junges Mädchen, blond, mit atemberaubender Figur. Sie trug nichts außer einem grellroten Band um den Hals. Der Mann wirkte wie ein junger Herkules, hatte die Schultern eines Ringkämpfers und einen gewaltigen Brustkorb mit ungewöhnlich glatter, unbehaarter Haut. Sein Phallus zeigte sogar in Ruhestellung ein enormes Ausmaß. Der vierte Anwesende war ein Zuschauer. Er saß im Hintergrund, trug einen schwarzen breitkrempigen Hut und eine große dunkle Sonnenbrille.

Mit fragendem Blick wandte sich der Kameramann an den Zuschauer. Der nickte. Daraufhin begann die Kamera zu surren, und die Darsteller erhielten das Kommando: »Okay, Kamera läuft.«

Der Mann kniete über dem Mädchen. Sie nahm seinen Penis in den Mund, bis er hart wurde. Dann ließ sie davon ab. »Du meine Güte, ist das Ding riesig!«

»Stech ihn ihr rein!« befahl der Kameramann.

Der Mann ließ sich auf die Frau hinabgleiten, und sein Penis verschwand zwischen ihren Beinen.

»Nun mal langsam, Schatz.« Sie hatte eine hohe, quengelige Stimme.

»Tu so, als ob's dir Spaß macht.«

»Wie kann ich denn? Der ist doch so groß wie eine verdammte Wassermelone.«

Der Zuschauer lehnte sich vor, beobachtete jede Bewegung, als der Mann in sie eindrang. »Oh, mein Gott!« rief das Mädchen. »Das fühlt sich wunderbar an! Mach nur weiter so, Baby!«

Der Zuschauer atmete schneller. Er starrte unverwandt auf die Szene im Bett. Das Mädchen dort war bereits die dritte und noch schöner als die anderen zuvor. Sie wand sich jetzt unter dem Riesen, stöhnte laut. »Ja, ja«, keuchte sie. »Nicht aufhören!« Sie umklammerte die Hüften des Mannes und zog ihn dichter an sie heran. Ihr Partner wurde jetzt schneller, bewegte sich in einem besessenen, hämmernden Rhythmus. Ihre Fingernägel gruben sich in seinen nackten Rücken. »O ja«, stöhnte sie, »ja, ja, ja.«

Der Kameramann sah zu dem Zuschauer hinüber. Seine Augen blitzten hinter den dunklen Gläsern. Er nickte.

»Jetzt!« rief der Kameramann dem Riesen auf dem Bett zu.

Das Mädchen hörte die Worte nicht einmal. Als ihr Gesicht sich in Ekstase verzerrte und ihr Körper konvulsivisch zu zucken begann, schlossen sich die gewaltigen Hände des Mannes um ihre Kehle. Er drückte zu, schnürte ihr den Atem ab. Voller Verwunderung starrte sie ihn an, Unverständnis, dann Panik im Blick.

Den Zuschauer überkam es: Das ist der Moment.

Jetzt! Du lieber Gott! Diese von Entsetzen geweiteten Augen. Mit aller Kraft versuchte sie, das eiserne Band um ihre Kehle zu lösen, doch es war zwecklos. Es kam ihr immer noch, und die Verzückung im Orgasmus verschmolz mit den hektischen Bewegungen ihres Todeskampfes.

Der Zuschauer war in Schweiß gebadet; seine Erregung schien unerträglich. Mitten in der herrlichsten Erfüllung, die das Leben zu bieten hat, mußte das Mädchen sterben. Ihre Augen starrten in die Augen des Todes. Es war einfach wundervoll.

Und dann war alles vorbei. Völlig erschöpft lehnte sich der Zuschauer zurück, sein Körper war von den konvulsivischen Zuckungen völlig ausgelaugt, der Atem kam stoßweise.

Das Mädchen hatte seine Strafe bekommen.

Der Zuschauer fühlte sich wie Gott.

16. Kapitel

Zürich
Freitag, 11. September, Mittag

Die Zentrale von Roffe und Söhne lag in einem riesigen Areal am Sprettenbach im Westen von Zürich. Der Verwaltungsbau, ein moderner Glaspalast, ragte zwölf Stockwerke hoch, daneben die Forschungslaboratorien und Fabrikationsanlagen, außerdem die Büros von Werbung, Vertrieb und Versand mit einem eigenen Eisenbahnanschluß. Hier war das Nervenzentrum des Imperiums, das sich Roffe und Söhne nannte.

Die Empfangshalle spiegelte nackte Modernität wider, in Grün und Weiß, mit dänischem Mobiliar ausgestattet. Hinter einem Glastisch saß die Empfangsdame, und nur wer von ihr in die inneren Gefilde eingelassen wurde, durfte sich dort unter den Argusaugen eines Führers bewegen. Rechts vom Empfang lagen die Fahrstühle, darunter ein Expreß-Lift nur für den Konzernchef.

An diesem Morgen hatte der Privatfahrstuhl die Mitglieder des Direktoriums nach oben befördert, die in den Stunden zuvor aus verschiedenen Teilen der Welt eingetroffen waren, per Flugzeug, Eisenbahn, Hubschrauber oder Limousine. Jetzt waren sie alle in dem großen Konferenzsaal mit der hohen Decke und kostbaren Eichentäfelung versammelt: Sir Alec Nichols, Walther Gassner, Ivo Palazzi und Charles Martel. Als einziges Nicht-Mitglied des Direktoriums war Rhys Williams zugegen. Auf einer Anrichte waren Appetithappen und Getränke aufgebaut, aber keiner zeigte Hunger. Die Atmosphäre war angespannt, nervös; jeder hing seinen Gedanken nach.

Kate Erling, eine tüchtige Schweizerin in den späten Vierzigern, kam herein und meldete: »Miss Roffes Wagen ist soeben vorgefahren.«

Ein letztes Mal prüfte sie, ob auch alles in Ordnung war: Kugelschreiber, Notizblöcke, eine Silberkaraffe mit Wasser vor jedem Platz, Zigarren und Zigaretten, Aschenbecher und Streichhölzer. Fünfzehn Jahre lang war Kate Erling Sam Roffes Chefsekretärin gewesen, und daß er jetzt tot war, gab ihr nicht im mindesten Anlaß, ihre Pflichten zu vernachlässigen. Schließlich nickte sie zufrieden und zog sich zurück.

Vor dem Hauptgebäude stieg Elizabeth Roffe aus der Limousine. Sie trug ein schwarzes Kostüm mit weißer Bluse, kein Make-up. Sie sah bedeutend jünger aus als ihre vierundzwanzig Jahre, wirkte blaß und verwundbar.

Sie wurde bereits von der Presse erwartet. Schon nach wenigen Schritten war sie von Reportern umringt, von Funk und Fernsehen mit Kameras und Mikrofonen belagert.

»Ich bin von *L'Europe*, Miss Roffe. Wir hätten gern eine Stellungnahme. Wer übernimmt jetzt den Konzern ...«

»Bitte hierhersehen, Miss Roffe. Schenken Sie unseren Zuschauern ein Lächeln.«

»*Associated Press*. Miss Roffe, was ist mit dem Testament Ihres Vaters?«

»Ich vertrete die New Yorker *Daily News*. War Ihr Vater nicht ein versierter Bergsteiger? Weiß man, wie ...«

»*Wall Street Journal.* Können Sie uns etwas über die Konzernfinanzen ...«

»Ich komme von der *Times*, London. Wir wollen einen Artikel über Roffe und ...«

Eskortiert von drei Leibwächtern kämpfte sich Elizabeth zur Eingangshalle vor; es war, als müßte sie ein aufgewühltes Meer von Menschen durchqueren.

»Bitte, noch ein Foto, Miss Roffe ...«

Endlich war sie im Fahrstuhl, und die Türen schlossen sich. Sie holte tief Atem. Ihr schauderte. Sam war tot. Warum konnten die Leute sie nicht in Ruhe lassen?

Wenige Minuten später betrat sie den Konferenzsaal. Alec Nichols begrüßte sie als erster. Er legte die Arme um sie und sagte: »Es tut mir so furchtbar leid, Elizabeth. Für uns alle war es ein solcher Schock. Vivian und ich haben versucht, dich anzurufen, aber ...«

»Ich weiß, Alec. Vielen Dank. Auch für deinen Brief.«

Dann trat Ivo Palazzi vor und küßte sie auf beide Wangen. »*Cara* – was kann ich sagen? Geht es dir wenigstens einigermaßen?«

»Ja, ausgezeichnet. Vielen Dank, Ivo.« Sie drehte sich um. »Hallo, Charles.«

»Ach, Elizabeth, Hélène und ich waren völlig am Boden zerstört. Wenn wir irgendwas ...«

»Danke, vielen Dank.«

Walther Gassner trat auf sie zu. Er wirkte linkisch und verlegen. »Anna und ich möchten dir sagen, wie leid uns das mit deinem Vater tut.«

Elizabeth nickte. Sie hielt den Kopf hoch erhoben, als hätte sie Angst, unterzugehen. »Danke, Walther.«

Sie strebte weg von dem allem, den Erinnerungen an ihren Vater. Sie hatte nur den Wunsch, zu entfliehen, sich in die Einsamkeit zu verkriechen.

Etwas abseits stand Rhys Williams. Er beobachtete

Elizabeth und dachte: Wenn sie nicht gleich aufhören, klappt sie zusammen. Er bahnte sich einen Weg durch die anderen, schob sie zur Seite und streckte die Hand aus. »Tag, Liz.«

»Ach, Rhys!« Das letztemal hatte sie ihn gesehen, als er ihr die Nachricht von Sams Tod überbrachte. Das schien Jahre zurückzuliegen. Oder Sekunden. Tatsächlich war nur eine Woche vergangen.

Rhys merkte, welche Mühe es Elizabeth kostete, Haltung zu bewahren. Darum sagte er bestimmt: »Nun, da wir alle versammelt sind, sollten wir beginnen.« Er lächelte ihr aufmunternd zu. »Es wird nicht lange dauern.«

Sie erwiderte sein Lächeln dankbar. Die Männer nahmen ihre gewohnten Plätze an dem großen rechteckigen Eichentisch ein. Rhys führte Elizabeth an das Kopfende und schob ihr den Stuhl zurecht. Meines Vaters Stuhl, dachte sie. Hier hatte Sam gesessen, wenn er die Sitzungen leitete.

Wie aus der Ferne hörte sie Charles' Stimme. »Da wir keinen ...« Er unterbrach sich rechtzeitig und wandte sich an Alec. »Warum übernimmst du nicht einfach den Vorsitz?«

Alec blickte in die Runde. Die anderen murmelten Zustimmung. »Also gut.«

Er drückte auf einen Knopf, und Kate Erling erschien wieder, einen Notizblock in der Hand. Sie rückte sich einen Stuhl heran und nahm Platz.

»Ich glaube«, hob Alec an, »unter den obwaltenden Umständen können wir auf Formalitäten verzichten. Wir alle haben einen schrecklichen Verlust erlitten. Aber« – seine Augen baten Elizabeth um Vergebung – »jetzt kommt es vor allem darauf an, in der Öffentlichkeit Entschlossenheit zu demonstrieren.«

»D'accord«, brummte Charles. »Die Presse ist in letzter Zeit schon mehr als genug über uns hergefallen.«

Elizabeth blickte ihn erstaunt an. »Warum?«

Rhys erläuterte: »Das ist so, Liz, der Konzern hat gerade jetzt eine Menge außergewöhnlicher Probleme. Wir sind in enorme Schadensersatzklagen verwickelt, Regierungen ermitteln gegen uns, und die Banken, jedenfalls ein paar, setzen uns ganz schön unter Druck. Das schadet vor allem unserem Ansehen in der Öffentlichkeit, und von unserem Renommee hängt alles ab. Die Leute kaufen Arzneimittel, weil sie Vertrauen zu den Herstellern haben. Wenn wir dieses Vertrauen einbüßen, verlieren wir auch unsere Kunden.«

Ivo fiel beschwichtigend ein. »Alle Probleme lassen sich lösen, das ist halb so schlimm. Wichtig ist nur die sofortige Reorganisation des Konzerns.«

»Wie?« wollte Elizabeth wissen.

Die Antwort kam von Walther. »Indem wir unsere Anteile auf dem freien Aktienmarkt einbringen.«

Und Charles fügte hinzu: »So können wir unsere Bankschulden tilgen und haben noch genügend Geld übrig...« Die letzten Worte verloren sich zu einem Gemurmel.

Elizabeth sah Alec an. »Und du? Meinst du das auch?«

»Ich glaube, wir stimmen hier alle überein, Elizabeth.«

Nachdenklich lehnte sie sich zurück.

Rhys sammelte ein paar Papiere zusammen, stand auf und kam zu ihr. »Ich habe alle notwendigen Dokumente hier. Sie brauchen nur zu unterschreiben.«

Elizabeth sah auf die Unterlagen vor sich. »Und wenn ich unterschreibe, was passiert dann?«

Charles machte sich zum Sprecher. »Ein Dutzend internationaler Maklerfirmen ist bereit, die Aktien auf den Markt zu bringen, und zwar zu einem vorher vereinbarten Garantiepreis. Bei einem derart großen Angebot melden sich natürlich nicht nur Privataktionäre, sondern auch Institutionen.«

»Mit anderen Worten: Banken und Versicherungsgesellschaften?« fragte Elizabeth.

Charles nickte. »Genau.«

»Und die entsenden dann ihre Leute in den Vorstand?«

»Das ist so üblich.«

»Was bedeutet, daß sie die Kontrolle über Roffe und Söhne übernehmen.«

Schnell fiel Ivo ein: »Wir bleiben doch weiterhin im Direktorium.«

Elizabeth wandte sich an Charles. »Du hast gesagt, einige Maklerfirmen stehen parat.«

Charles nickte. »Ja.«

»Warum ist es dann nicht schon vorher geschehen?«

Er sah sie erstaunt an. »Ich verstehe nicht, was ...«

»Wenn allgemeine Übereinstimmung besteht, es wäre das beste, den Familienbesitz aufzulösen und Anteile in die Hände von Außenstehenden zu legen, wenn das so ist, warum hat man es dann nicht schon längst getan?«

Unbehagliches Schweigen senkte sich über die Runde. Schließlich meldete sich Ivo. »Die Entscheidung muß einstimmig erfolgen, *cara*.«

»Und wer hat nicht zugestimmt?« fragte Elizabeth.

Diesmal war das Schweigen noch beredter.

Schließlich sagte Rhys: »Sam.«

Und auf einmal war Elizabeth klar, was sie so eigenartig berührte, als sie den Raum betreten hatte. Alle hatten ihr Beileid bekundet, Trauer und Schock über den Tod ihres Vaters gezeigt. Gleichzeitig aber war eine Atmosphäre von unterdrückter Erregung merkbar, etwas wie – Elizabeth fand kein anderes Wort dafür – Siegesstimmung. Da hatten sie alle Papiere fein säuberlich vorbereitet, alles war parat. *Sie brauchen nur zu unterschreiben, Liz.* Aber wenn sie alle das Richtige im Sinn hatten, warum hatte ihr Vater sich dagegen gesträubt?

Sie wiederholte die Frage laut.

»Sam hatte seine eigenen Ansichten«, erläuterte Walther. »Dein Vater konnte sehr dickköpfig sein.«

Genau wie der alte Samuel, schoß es Elizabeth durch den Sinn. ›Laß niemals einen freundlichen Fuchs in deinen Hühnerstall. Eines Tages bekommt er doch Hunger.‹ Sam hatte nicht verkaufen wollen. Dafür mußte er einen guten Grund gehabt haben.

Ivo sagte gerade: »Glaube mir, *cara,* du überläßt das alles am besten uns. Von diesen Dingen verstehst du nichts.«

»Das würde ich aber gern«, entgegnete Elizabeth ruhig.

»Warum willst du dir unnötige Mühe machen?« hielt ihr Walther entgegen. »Sobald dein Anteil verkauft ist, schwimmst du geradezu in Geld, hast mehr, als du je ausgeben könntest. Du kannst gehen, wohin du willst, und das Leben in vollen Zügen genießen.«

Hatte Walther nicht vollkommen recht? Warum sollte sie sich eigentlich in diese schwierigen Angelegenheiten einlassen? Sie brauchte nur ihren Namen unter die Papiere zu setzen, und ein Leben in Freiheit lag vor ihr.

Charles war ungeduldig geworden. »Elizabeth, du verschwendest doch jetzt nur Zeit. In Wirklichkeit hast du gar keine andere Wahl.«

Und im selben Moment wußte Elizabeth: Sie hatte sehr wohl die Wahl. Genau wie ihr Vater die Wahl gehabt hatte. Sie konnte das Feld räumen und die anderen mit dem Konzern machen lassen, was ihnen beliebte. Oder sie konnte bleiben und herausfinden, warum sie alle so darauf versessen waren, ihre Anteile so schnell wie möglich zu versilbern. Und warum sie hier derart unter Druck gesetzt wurde. Ja, Druck – das war das richtige Wort. Er war so stark, daß sie ihn fast körperlich spürte. Jeder im Raum wollte sie geradezu hypnotisieren, damit sie unterschrieb.

Sie warf Rhys einen Blick zu. Was der wohl in Wirklichkeit dachte? Aus seiner Miene war nichts abzulesen. Dann sah sie Kate Erling an. Die hatte ihrem Vater so lange als Sekretärin gedient. Wie gern hätte Elizabeth sie für kurze Zeit allein gesprochen. Aber alle blickten sie an, warteten auf ihre Einwilligung.

»Ich werde nicht unterschreiben«, hörte sie sich sagen. »Jetzt nicht.«

Einen Augenblick lang hätte man die sprichwörtliche Stecknadel fallen hören können. Es war, als stünden alle plötzlich unter Schockwirkung. Walther fand als erster Worte. »Ich verstehe dich nicht, Elizabeth.« Sein Gesicht war plötzlich aschgrau geworden. »Natürlich mußt du unterschreiben. Alles ist in die Wege geleitet.«

Charles konnte seinen Zorn kaum unterdrücken. »Walther hat ganz recht. Du mußt unterschreiben!«

Und dann redeten alle auf einmal: Ein Orkan von Worten prasselte auf sie nieder.

»Warum willst du nicht unterschreiben?« forderte Ivo Auskunft.

Was sollte sie erwidern? Weil mein Vater es nicht unterschreiben wollte? Nein, das ging nicht. Weil ihr mich so drängt? Instinktiv fühlte sie: Irgend etwas stimmte nicht. Und sie war entschlossen, dahinterzukommen. Laut sagte sie nur: »Ich brauche noch etwas Zeit zum Nachdenken.«

Die Männer sahen sich an.

»Wieviel Zeit, *cara?*« fragte Ivo.

»Wie soll ich das jetzt schon wissen? Ich möchte erst mal verstehen lernen, um was es hier überhaupt geht.«

Walther explodierte. »Verdammt noch mal, können wir denn nicht ...«

Energisch brachte Rhys ihn zum Schweigen. »Für mein Gefühl hat Elizabeth vollkommen recht.«

Alle drehten ihm den Kopf zu. »Man muß ihr die Chance geben«, fuhr Rhys fort, »sich ein klares Bild von den Problemen des Konzerns zu verschaffen, bevor sie sich entscheidet.«

Sie verdauten, was er gesagt hatte.

»Ja, ich stimme dem zu«, sagte Alec dann.

Charles konnte sich den bitteren Hinweis nicht verkneifen: »Liebe Leute, es kommt gar nicht darauf an, ob wir zustimmen oder nicht. Elizabeth hat das Sagen.«

Ivo sah seine Kusine an. »*Cara* – wir brauchen bald eine Entscheidung.«

»Und ihr sollt sie haben«, versprach Elizabeth.

Alle sahen sie an. Die Gedanken schwirrten durch den Raum. Einer davon hieß: Mein Gott! Dann muß also auch sie sterben.

17. Kapitel

Elizabeth kam sich ganz klein vor.

Schon oft war sie im Züricher Hauptquartier gewesen, aber stets nur in Begleitung ihres Vaters. Der Mächtige war er. Und nun lag alle Macht bei ihr. Fast ängstlich sah sie sich in dem gewaltigen Büro um und fühlte sich wie eine Hochstaplerin. Der Raum, von Ernst Hohl ausgestattet, war von erlesener Eleganz, mit antikem Mobiliar und kostbaren Ölgemälden versehen. Vor dem Marmorkamin luden eine Ledercouch, ein großer Couchtisch und vier weiche Sessel zum Verweilen ein. An den Wänden hingen echte Renoirs, Chagalls, Klees und zwei frühe Courbets. Der Schreibtisch war aus massivem schwarzen Mahagoni. Gleich daneben stand eine Konsole mit den diffizilsten Kommunikationseinrichtungen. Eine Batterie von Telefonen verband das Hauptquartier über Direktleitungen mit den Zweigstellen in der ganzen Welt. Außerdem standen zwei rote Apparate mit automatischem Wortzerhacker zur Verfügung, ferner eine ausgeklügelte Gegensprechanlage, ein Fernschreiber und zahlreiche andere Installationen. Hinter dem Schreibtisch hing ein Porträt des alten Samuel Roffe.

Eine Seitentür führte in ein geräumiges Ruhezimmer mit eingebauten Schränken aus Zedernholz. Sams Kleidungsstücke waren bereits entfernt worden, und Elizabeth war dankbar dafür. Sie betrat ein gekacheltes Bad. Auf den Wärmegestellen hingen frische Handtücher. Der Medizinschrank war ausgeräumt. Überhaupt fehlten sämtliche persönlichen Gegenstände von Sam. Kate Erling hatte dafür gesorgt. Ob sie wohl in Sam verliebt gewesen war? fragte Elizabeth sich.

Zur Direktions-Suite gehörten eine Sauna, ein komplett ausgestatteter Trimm-Raum, ein Friseursalon und ein Speisesaal für etwa hundert Personen. Wurden ausländische Gäste bewirtet, befanden sich in den Blumengestecken auf der Tischmitte kleine Fähnchen mit den jeweiligen Landesfarben.

Außerdem stand Sam ein exquisit eingerichteter privater kleiner Eßraum zur Verfügung.

Kate Erling hatte Elizabeth mit den gastronomischen Details vertraut gemacht. »Tagsüber stehen immer zwei Köche zur Verfügung, nachts nur einer. Sofern Sie mehr als zwölf Gäste bewirten, zum Lunch oder Souper, muß die Küche zwei Stunden vorher benachrichtigt werden.«

Jetzt saß Elizabeth am Schreibtisch ihres Vaters. Vor ihr türmten sich Papiere auf, Memoranden, Statistiken, Berichte, und sie hatte keine Ahnung, wo sie anfangen sollte. Sie dachte daran, wie ihr Vater hier, auf diesem Stuhl, gesessen hatte, hinter diesem Schreibtisch. Und wieder überkam sie das Gefühl eines schmerzlichen Verlusts. Sam war so tüchtig gewesen, so brillant. Wie sehr sie ihn jetzt gebraucht hätte!

Vor Alecs Rückkehr nach London hatte Elizabeth ein paar Worte mit ihm wechseln können.

»Laß dir Zeit«, hatte sein Rat gelautet. »Niemand soll dich drängen.«

Also hatte er ihre Gedanken erraten.

»Alec, was meinst du? Soll ich der Umwandlung des Konzerns zustimmen?«

Er hatte sie scheu angelächelt. Seine Stimme klang verlegen. »Ich fürchte, ich bin auch dafür, altes Mädchen. Aber natürlich bin ich ebenso voreingenommen wie die anderen. Unsere Anteile sind kaum das Papier wert, solange wir sie nicht verkaufen können. Aber das ist jetzt allein deine Entscheidung.«

Als sie verloren im riesigen Büro ihres Vaters saß, fiel ihr diese Unterhaltung wieder ein. Fast übermächtig wuchs der Drang, Alec anzurufen. Sie brauchte nur zu sagen: »Ich hab's mir anders überlegt.« Dann konnte sie von der Bildfläche verschwinden, war frei. Sie gehörte nicht hierher. Sie war dieser Rolle einfach nicht gewachsen.

Sie probierte die Knöpfe der Gegensprechanlage auf der Konsole aus. An einem stand der Name Rhys Williams. Nach kurzem Zögern drückte sie auf den Knopf.

Rhys saß ihr gegenüber, beobachtete sie. Elizabeth wußte genau, was er dachte, was alle dachten. Daß sie hier nichts zu suchen hatte.

»Sie haben heute morgen eine schöne Bombe platzen lassen«, stellte er fest.

»Tut mir leid, wenn ich allen auf die Zehen getreten bin.«

»Auf die Zehen getreten ist gar kein Ausdruck. Alle waren regelrecht geschockt. Dabei sollte es so glatt über die Bühne gehen. Die Presseverlautbarung war bereits formuliert.« Er sah sie forschend an. »Was hat Sie veranlaßt, die Unterschrift zu verweigern, Liz?«

Wie sollte sie ihm klarmachen, daß es nichts war als ein Gefühl, eine Art Eingebung? Er würde sie nur auslachen. Trotzdem: Sam hatte sich geweigert, Konzernaktien auf den Markt zu werfen. Und sie mußte den Grund dafür herausfinden.

Es war, als hätte Rhys ihre Gedanken gelesen. »Ihr Ur-Ur-großvater hat das Geschäft als Familienunternehmen gegründet, um Außenstehende fernzuhalten. Aber damals war es im Vergleich zu heute eine kleine Klitsche. Alles hat sich geändert. Wir gehören nun zu den größten Pharmaproduzenten der Welt. Wer immer auf dem Stuhl Ihres Vaters sitzen wird, bei dem liegen die Entscheidungen. Das ist eine verdammt große Verantwortung.«

Sie sah ihn an. Bedeutete er ihr damit auf seine Art, sie solle gefälligst von hier verschwinden? »Werden Sie mir behilflich sein?«

»Natürlich, Liz, das wissen Sie doch.«

Erleichtert atmete sie auf. Jetzt erst wurde ihr bewußt, wie sehr sie auf ihn gebaut hatte.

»Am besten«, hörte sie Rhys sagen, »fangen wir mit einer Tour durch das Haus hier an. Ist Ihnen eigentlich die Struktur des Unternehmens bekannt?«

»Kaum.«

Damit sagte sie nicht ganz die Wahrheit. Elizabeth hatte ihrem Vater in all den Jahren oft assistiert und so einen ungefähren Überblick gewonnen. Aber sie wollte mehr darüber erfahren, und zwar aus der Sicht von Rhys Williams.

»Also, zunächst einmal, Liz, wir produzieren weit mehr als nur Arzneimittel. Wir stellen Chemikalien, Parfüms, Vitamine, Haarsprays, Pflanzenschutzmittel her, aber auch Kosmetika und bio-elektronische Instrumente. Wir haben eine Nahrungsmittelabteilung und eine für tierische Produkte.« Elizabeth war das alles nicht unbekannt, aber sie ließ ihn reden. »Wir geben Ärztezeitschriften heraus, produzieren Klebstoffe, Bautenschutzmittel und Sprengstoffe.«

Elizabeth spürte, wie ihn die Aufzählung selbst in Bann schlug. Sie konnte in seiner Stimme Stolz mitschwingen hören und fühlte sich merkwürdig an ihren Vater erinnert.

»Roffe und Söhne haben Fabriken und Holding-Gesellschaften in mehr als hundert Ländern. Jede ist dem Hauptquartier verantwortlich und hat hier Rechenschaft abzulegen.« Er schwieg einen Moment, wohl um die Bedeutung seiner Worte zu unterstreichen. »Der alte Samuel fing mit einem Pferd und einem Teströhrchen an. Daraus sind inzwischen sechzig über die Welt verstreute Fabriken geworden, außerdem zehn Forschungszentren und ein dichtes Vertriebsnetz mit Tausenden von Vertretern und Reisenden, die Ärzte und Krankenhäuser besuchen und sie mit den neuesten Produkten vertraut machen.« Das war Elizabeth bekannt. »Letztes Jahr wurden in den Vereinigten Staaten allein über vierzehn Milliarden Dollar für Pharmaka ausgegeben, und an diesem Markt haben wir einen beträchtlichen Anteil.«

Und trotz alledem, dachte Elizabeth, waren Roffe und Söhne in finanziellen Schwierigkeiten. Irgend etwas war faul.

Rhys unternahm mit Elizabeth eine Exkursion durch die Anlagen des Hauptquartiers. In Wirklichkeit handelte es sich bei dem Züricher Unternehmenszweig um ein Dutzend Fabriken und insgesamt fünfundsiebzig Gebäude auf dem sechzig Morgen großen Konzerngelände. Es war wie eine Welt für sich, nach außen hin abgeschlossen und völlig autark. Sie besuchten die Herstellungsbetriebe, Forschungsabteilungen und Lagerhallen. Rhys führte Elizabeth in ein großes Atelier, wo Filme für Forschungs- und Werbezwecke hergestellt wurden. »Hier verbrauchen wir mehr Filmmaterial«, erläuterte Rhys, »als die großen Studios in Hollywood.«

Sie besuchten die Abteilung für biologische Untersuchungen und die Abfüllanlage, wo fünfzig gigantische Tanks aus Stahl und Glas von der Decke herabhingen, mit Flüssigkeiten, die nur noch auf Flaschen gezogen werden mußten. Sie beobachteten die Tablettenfertigung, wo Pillen geformt, mit Aufklebern »Roffe und Söhne« versehen, verpackt und etikettiert wurden, ohne daß auch nur eine menschliche Hand sie berührte. Manche Tabletten unterlagen der Rezeptpflicht, andere wiederum waren frei verkäuflich.

Etwas abseits vom Hauptgebäude standen ein paar kleinere Häuser. Dort waren die Wissenschaftler am Werk: Chemiker und Biologen, mit der Grundlagenforschung befaßt.

»Über dreihundert Wissenschaftler sind hier tätig«, erläuterte Rhys. »Die meisten sind Professoren. Möchten Sie mal unsere ›Hundert-Millionen-Dollar-Krypta‹ sehen?«

Elizabeth nickte gespannt.

Sie gingen zu einem isoliert stehenden, von einem bewaffneten Posten bewachten Backsteinbau. Rhys zeigte seinen Hausausweis vor, und sie durften einen langen Korridor betreten, der am Ende von einer schweren Stahltür versperrt war. Zum Öffnen benötigte der Wärter zwei Schlüssel. Elizabeth und Rhys traten ein. Der Raum hatte keine Fenster. Die Wände waren vom Boden bis zur Decke mit Gestellen versehen, gefüllt mit ganzen Batterien von Flaschen, Töpfen und Tuben in allen nur erdenklichen Größen und Formen.

»Warum heißt das ›Hundert-Millionen-Dollar-Krypta‹?« erkundigte sich Elizabeth.

»Weil das, was Sie hier sehen, soviel gekostet hat. Schauen Sie sich doch bloß mal die Sachen auf den Regalen an. Keines dieser Produkte trägt einen Namen; es gibt nur Nummern. Das sind unsere Versager, wenn Sie so wollen. Pharmazeutische Erzeugnisse, die nicht verkäuflich waren.«

»Aber hundert Millionen ...«

»Auf jedes neue Heilmittel, das beim Verbraucher ankommt, entfallen ungefähr tausend Versuchsballons. An manchen Mitteln wird bis zu zehn Jahren gearbeitet, bevor man es auf den Markt bringt. Ein einziges Medikament kann fünf, ja sogar zehn Millionen Dollar für Forschung und Erprobung verschlingen, bis wir feststellen, ob die Produktion einen Sinn hat oder ob vielleicht sogar jemand anders uns zuvorgekommen ist. Wir werfen grundsätzlich nichts weg. Ab und an kommt einer unserer jungen Genies auf die Idee, ein längst vergessenes Produkt aus dem Bau hier hervorzukramen, er entwickelt es weiter und entdeckt plötzlich eine Goldmine.«

Dennoch ließ der hohe Betrag Elizabeth erschauern.

»Kommen Sie«, mahnte Rhys. »Jetzt zeige ich Ihnen den ›Verlust-Bunker‹.«

Das war wieder ein anderes Gebäude, diesmal unbewacht. Auch dort waren nur Gestelle mit Flaschen, Töpfen und Tuben zu sehen.

»Hier geht uns ebenfalls ein Vermögen durch die Lappen«, sagte Rhys. »Allerdings ist das so beabsichtigt.«

»Das versteh ich nicht«, warf Elizabeth ein.

Rhys ging an ein Regal und nahm eine Flasche in die Hand. Auf dem Etikett stand: Botulismus. »Wissen Sie, wie viele Fälle von Fleischvergiftung im letzten Jahr in den Vereinigten Staaten aufgetreten sind? Ganze fünfundzwanzig. Uns aber kostet es Millionen von Dollar, um dieses Gegenmittel in Produktion zu halten.« Wahllos griff er einen anderen Behälter heraus. »Das ist ein Mittel gegen Tollwut. Der ganze Raum hier ist voller Medikamente gegen selten auftretende Krankheiten, Schlangenbisse, giftige Pflanzen und ähnliches. Wir liefern sie kostenlos an die Streitkräfte, Krankenhäuser und an staatliche Institutionen.«

»Das gefällt mir«, fiel Elizabeth ein. Dem alten Samuel hätte es gleichfalls gefallen, dachte sie.

Rhys führte Elizabeth in einen anderen Raum. Leere Flaschen wurden auf einem riesigen Fließband transportiert. Ehe sie den Raum am anderen Ende wieder verließen, waren alle sterilisiert, mit Kapseln gefüllt, etikettiert, am Hals mit Watte abgedichtet und verschlossen worden, und das völlig automatisch.

Ferner gab es eine Glasbläserei, ein Architekturbüro für die Planung neuer Bauten und eine Liegenschaftsabteilung für die notwendige Grund-und-Boden-Beschaffung. In einem Haus waren Dutzende von Textern mit Werbebroschüren beschäftigt, die in fünfzig verschiedenen Sprachen veröffentlicht wurden; in einem anderen befanden sich die dafür notwendigen Druckmaschinen.

Einige Abteilungen ließen Elizabeth an George Orwells »1984« denken. Die sterilen Säle waren in geisterhaftes Ultraviolettlicht getaucht, die Nebenräume verschiedenfarbig angemalt: weiß, grün, blau, und die dort Beschäftigten trugen jeweils farblich abgestimmte Kittel. Wenn einer den Raum verließ oder betrat, mußte er jedesmal eine Sterilisationsschleuse passieren. Die Blauen waren den ganzen Tag über eingeschlossen. Wenn sie essen gehen, sich ausruhen oder zur Toilette wollten, mußten sie sich entkleiden, eine neutrale grüne Zone passieren und andere Kleidung anlegen. Auf dem Rückweg war es dann umgekehrt.

»Hier ist noch etwas, das Sie bestimmt interessieren wird«, sagte Rhys. Sie gingen einen grauen Korridor in einem Forschungsgebäude entlang und kamen an eine Tür mit der Warnung: Eintritt verboten! Rhys stieß sie auf, und sie traten ein. Sie kamen durch eine zweite Tür, und dann fand Elizabeth sich in einem schwach beleuchteten Raum, der Hunderte von Käfigen mit den verschiedensten Tieren beherbergte. Es war heiß und unangenehm feucht, und Elizabeth meinte, plötzlich in einen Dschungel versetzt zu sein. Als sich ihre Augen an das Dämmerlicht gewöhnten, konnte sie Affen, Hamster, Katzen und weiße Mäuse erkennen. Viele der Tiere waren von obszön anmutenden Geschwüren an den verschiedensten Körperteilen befallen. Einige hatten rasierte Köpfe und trugen Kronen aus Elektroden, die ihnen ins Hirn gepflanzt worden waren. Manche Tiere kreischten und winselten, rasten wie verrückt in ihren Käfigen umher, andere lagen wie im Koma oder lethargisch da. Der Krach und der Gestank waren unerträglich. Elizabeth trat an einen Käfig heran, in dem sich ein einzelnes weißes Kätzchen befand. Das Gehirn des Jungtiers war offengelegt; statt der Schädeldecke hatte es auf dem Kopf nur eine durchsichtige Plastikhülle, durchbohrt von einem halben Dutzend Drähten.

»Was – was geschieht denn hier?« Elizabeth war entsetzt.

Ein hochgewachsener, bärtiger junger Mann, der vor einem Käfig stand und sich Notizen machte, antwortete ihr. »Wir testen hier ein neues Beruhigungsmittel.«

»Hoffentlich wirkt es«, brachte Elizabeth heraus. »Schätze, genau das könnte ich jetzt gebrauchen.« Ehe ihr vollends schlecht wurde, verließ sie fluchtartig den Raum.

Im Flur holte Rhys sie ein. »Sind Sie okay?«

Sie holte tief Luft. »Ja, es geht mir besser. Sind diese Experimente wirklich nötig?«

Rhys sah sie an. »Diese Versuche retten unzähligen Menschen das Leben. Mehr als ein Drittel aller Menschen, die nach 1950 geboren wurden, verdanken der modernen Pharmakologie ihr Leben. Das müssen Sie sich einmal vorstellen.«

Elizabeth versuchte es.

Allein für die Besichtigung der wichtigsten Gebäude und Anlagen benötigte sie sechs volle Tage. Danach war sie völlig fertig und meinte, der Kopf müßte ihr platzen. Und bei alledem wußte sie: Das war nur eine der Roffe-Niederlassungen. Es gab noch Dutzende anderer rund um den Globus.

Fakten und Zahlen waren imponierend. »Man braucht mindestens fünf bis zehn Jahre, um ein neues Mittel zu entwickeln und auf den Markt zu bringen, und von jeweils zweitausend getesteten bleiben im Durchschnitt nur drei übrig«, hatte man ihr erklärt.

Und: »Bei Roffe und Söhne sind allein dreihundert Menschen mit der Qualitätskontrolle beschäftigt.«

Und: »Weltweit arbeiten bei Roffe und Söhne über eine halbe Million Angestellte.«

Und: »Unser Gesamtumsatz betrug im letzten Jahr ...«

Elizabeth hatte aufmerksam zugehört, hatte versucht, die unvorstellbaren Zahlen zu verdauen, mit denen Rhys sie fütterte. Sie hatte gewußt, daß der Konzern groß war, aber dieses »groß« war ihr immer als anonymer Begriff erschienen. Nun wurde das Wort in Menschen und Geld umgesetzt, und das Ergebnis war überwältigend.

In dieser Nacht nach dem sechsten Tag, als Elizabeth schlaflos im Bett lag und alles noch einmal durchdachte, überkam sie das Gefühl hilfloser Unzulänglichkeit.

Ivo: »Glaube mir, *cara,* du überläßt das alles am besten uns. Von diesen Dingen verstehst du nichts.«

Alec: »Ich fürchte, ich bin auch dafür, altes Mädchen.«

Walther: »Warum willst du dir unnötige Mühe machen? Du kannst gehen, wohin du willst, und das Leben in vollen Zügen genießen.«

Und sie hatten recht. Alle hatten recht. Davon war Elizabeth jetzt überzeugt. Ich verschwinde, beschloß sie. Und die können mit dem Konzern machen, was sie wollen. Ich gehöre einfach nicht hierher, nicht in diese Position.

Da sie nun den Entschluß gefaßt hatte, überfiel sie unendliche Erleichterung. Und auf der Stelle schlief sie ein.

Am nächsten Tag, einem Freitag, stand ein verlängertes Feiertagswochenende bevor. Sobald Elizabeth im Büro war, ließ sie nach Rhys schicken, um ihm ihren Entschluß mitzuteilen.

»Mr. Williams mußte gestern abend plötzlich nach Nairobi fliegen«, informierte Kate Erling sie. »Er ist Dienstag zurück, soll ich Ihnen ausrichten. Kann Ihnen sonst jemand behilflich sein?«

Elizabeth zögerte. »Stellen Sie doch bitte eine Verbindung mit Sir Alec her.«

»Sofort, Miss Roffe.« Und nach leichtem Zögern: »Von der Polizei wurde heute morgen ein Paket für Sie abgegeben. Es enthält die persönliche Habe, die Ihr Herr Vater in Chamonix bei sich hatte.«

Bei der Erwähnung von Sam spürte sie ihren Verlust erneut wie einen scharfen Schmerz.

Kate Erling war noch nicht fertig. »Die Polizei entschuldigte sich auch, daß sie die Sachen Ihrem Beauftragten nicht mehr aushändigen konnte. Sie waren zu der Zeit schon unterwegs.«

Elizabeth zog die Augenbrauen hoch. »Welchem Beauftragten?«

»Dem Mann, den Sie nach Chamonix geschickt haben, damit er die Sachen abholt.«

»Ich habe niemanden nach Chamonix geschickt.« Offenbar handelte es sich um ein Mißverständnis. »Wo ist das Paket?«

»Ich habe es in Ihren Schrank gelegt.«

Elizabeth fand einen Vuitton-Koffer mit Sams Kleidungsstücken und einen verschlossenen Aktenkoffer. Der Schlüssel war mit Klebeband an der Seite befestigt worden. Offenbar Geschäftsunterlagen, dachte Elizabeth. Die sollte Rhys durchsehen. Dann fiel ihr ein, daß Rhys verreist war. Na schön, sie selbst würde das Wochenende über auch verreisen. Sie betrachtete den Aktenkoffer. Vielleicht enthält er persönliche Papiere von Sam, dachte sie. Ich gehe sie lieber erst selber durch.

Kate Erling meldete sich über die Sprechanlage. »Tut mir leid, Miss Roffe, Sir Alec ist nicht im Büro.«

»Hinterlassen Sie ihm bitte, er möchte mich zurückrufen. Ich werde in der Villa auf Sardinien zu erreichen sein. Und dieselbe Nachricht geben Sie bitte weiter an die Herren Palazzi, Gassner und Martel.«

Sie würde ihnen erklären, daß sie aufgab, daß sie ihre Anteile veräußern und mit dem Konzern machen konnten, was ihnen beliebte.

Auf das lange Wochenende freute sie sich ganz besonders. Die Villa war ihre Fluchtburg, ein Kokon, in den sie sich verkriechen konnte. Da war sie allein, konnte über sich und die Zukunft nachdenken. Die Ereignisse hatten sie einfach überrollt und ihr keine Gelegenheit gegeben, die Dinge in die richtigen Proportionen zu bringen. Sams Unfall – Elizabeth konnte sich immer noch nicht an das endgültige Wort »Tod« gewöhnen –, ihre Erbschaft der Mehrheitsanteile und damit die Schlüsselposition in der Firma, der Druck seitens der Familie, die Konzernaktien auf den Markt zu bringen. Und dann der Konzern selbst, der furchteinflößende Herzschlag eines Giganten, dessen Kraft die ganze Welt umspannte. Das alles war zuviel.

Als Elizabeth am späten Nachmittag nach Sardinien flog, hatte sie den Aktenkoffer bei sich.

18. Kapitel

Vom Flughafen nahm sie ein Taxi. In der Villa war niemand. Sie war schon seit längerer Zeit unbewohnt, und Elizabeth hatte niemanden von ihrer Ankunft verständigt. Sie schloß auf und ging langsam durch die großen, ihr so wohlbekannten Räume, und es kam ihr vor, als sei sie gar nicht fort gewesen. Ihr war nie bewußt geworden, wie sehr sie diesen Ort vermißt hatte. Die wenigen glücklichen Kindheitserinnerungen schienen ihr jetzt mit diesem Haus verbunden zu sein. Es mutete sie ganz seltsam an, so allein durch das Labyrinth von Räumen zu gehen, wo sonst immer ein halbes Dutzend Diener bereitstand, Personal, das kochte, saubermachte, zu Diensten war. Und jetzt befand sie sich ganz allein hier, umgeben von dem Echo früher Kindheitstage.

Sie ließ Sams Aktenkoffer in der Halle und brachte ihr Gepäck nach oben. Aus Gewohnheit betrat sie ihr altes Schlafzimmer. Dann blieb sie plötzlich stehen. Das Zimmer ihres Vaters lag am Ende des Korridors. Sie drehte sich um, ging auf die Tür zu und öffnete sie behutsam. Zwar war sie sich der Tatsache seines Todes bewußt, doch ein tiefverwurzelter atavistischer Instinkt ließ sie halb und halb darauf gefaßt sein, hier ihrem Vater zu begegnen, seine Stimme zu hören.

Natürlich war das Zimmer leer. Seit Elizabeth es zum

letztenmal betreten hatte, war nichts verändert worden. Möbliert war es mit einem großen Doppelbett, einer schönen alten Kommode, einem Toilettentisch, zwei bequemen, wenn auch zu weich gepolsterten Sesseln und einer Couch vor dem Kamin. Elizabeth stellte ihren Koffer ab und trat ans Fenster. Die Läden waren geschlossen und sperrten die tiefstehende Septembersonne aus. Außerdem waren noch die Vorhänge zugezogen. Elizabeth machte alles weit auf und ließ die frische Bergluft herein. Die Brise strich ihr weich und kühl übers Gesicht und trug die Vorboten des Herbstes in das Haus. Elizabeth beschloß, in diesem Zimmer zu schlafen.

Nach einer Weile ging sie wieder nach unten und in die Bibliothek. Dort nahm sie in einem der komfortablen Ledersessel Platz. Hier saß Rhys immer, wenn es mit ihrem Vater etwas zu besprechen gab.

Damit waren ihre Gedanken bei Rhys, und sie wünschte, er wäre bei ihr. Sie erinnerte sich an die Nacht, als er sie nach dem phantastischen Souper in Paris in die Schweiz zurückgebracht hatte, und wie sie in ihr Zimmer gelaufen war und immer wieder zur Probe geschrieben hatte: »Mrs. Rhys Williams.« Von einem Impuls getrieben, stand sie auf und trat an den Schreibtisch. Sie nahm einen Kugelschreiber und schrieb bedächtig »Mrs. Rhys Williams«. Dann mußte sie lachen. »Möchte mal wissen«, fragte sie sich laut, »wie viele dumme Gänse in diesem Augenblick dasselbe tun.«

Sie versuchte, Rhys aus ihren Gedanken zu verbannen, aber es gelang ihr nicht, und er übte weiterhin eine beruhigende Wirkung auf sie aus. Sie stand auf und wanderte durch das Haus. Dabei inspizierte sie die große, altmodische Küche mit dem Holzfeuerherd und den beiden Backöfen.

Der Kühlschrank erwies sich als leer. Das war zu erwarten gewesen, da das Haus schon seit längerem nicht mehr bewohnt wurde. Aber eben weil der Kühlschrank leer war, spürte sie plötzlich Hunger. Sie durchstöberte die Schränke und Regale. Ihre Ausbeute bestand aus zwei kleinen Dosen Thunfisch, einem halbvollen Glas Nescafé und einem Paket Crackers. Wenn sie das lange Wochenende hier verbringen wollte, überlegte sich Elizabeth, dann wurde es Zeit, ans Einkaufen zu denken. Statt zu jeder Mahlzeit in den Ort zu fahren, wollte sie lieber auf einem der kleinen Märkte in Cala di Volpe Vorräte für mehrere Tage einkaufen. Früher stand immer ein Jeep zur Verfügung, und sie fragte sich, ob den wohl jemand weggebracht hatte. Sie lief durch die Hintertür zur Garage, und dort stand der Jeep. Elizabeth ging in die Küche zurück. An einem Brett neben dem Schrank hingen Schlüssel, jeder mit einem Schild versehen. Sie fand den Jeepschlüssel und kehrte in die Garage zurück. Ob Benzin im Tank war? Sie startete den Motor. Er sprang sofort an. Hier gab es also kein Problem. Morgen früh würde sie in den Ort fahren und sich alles besorgen, was sie an Lebensmitteln brauchte.

Sie ging wieder ins Haus. Als sie über den Marmorboden der Eingangshalle lief, vernahm sie das Echo ihrer Schritte, einen hohlen Klang, tönendes Symbol der Einsamkeit. Wenn Alec doch nur anrufen würde, dachte sie, und im gleichen Augenblick klingelte das Telefon. Sie fuhr zusammen. Schnell ging sie auf den Apparat zu und nahm den Hörer ab. »Hallo?«

»Elizabeth. Ich bin's, Alec.«

Elizabeth mußte lachen.

»Was ist denn so komisch?«

»Du würdest es nicht glauben, wenn ich es dir sagte. Wo steckst du?«

»In Gloucester.« Elizabeth fühlte plötzlich einen unwiderstehlichen Drang: Sie mußte Alec sehen, mußte ihm von Angesicht zu Angesicht ihre Entscheidung über den Konzern eröffnen. Auf keinen Fall per Telefon. »Würdest du mir einen Riesengefallen tun, Alec?«

»Ist doch keine Frage.«

»Könntest du übers Wochenende herüberkommen? Ich möchte gern etwas mit dir besprechen.«

Sie spürte nur den Bruchteil eines Zögerns am anderen Ende, dann kam Alecs Stimme: »Aber klar.«

Kein Wort über ein verpatztes Wochenende, von Unbequemlichkeit oder Verabredungen, die er nun nicht einhalten konnte. Einfach: Aber klar. Das war typisch Alec.

Elizabeth zwang sich zu sagen: »Und bring Vivian mit.«

»Ich fürchte, sie wird nicht können. Sie ist äh – gerade in London sehr beschäftigt. Ich bin morgen früh bei dir. Paßt dir das?«

»Großartig. Laß mich die Ankunftszeit wissen, dann hol ich dich am Flughafen ab.«

»Es ist einfacher, ich nehme mir ein Taxi.«

»Wie du willst, Alec. Ich danke dir. Tausend Dank!«

Als Elizabeth den Hörer auflegte, fühlte sie sich erleichtert. Sie wußte, sie hatte die richtige Entscheidung getroffen. Schließlich befand sie sich in der prekären Situation nur durch Sams Tod und weil er keinen Nachfolger bestimmt hatte.

Wer würde wohl der nächste Präsident von Roffe und Söhne sein? überlegte Elizabeth. Der Vorstand hatte das zu entscheiden. Sie versuchte, eine Wahl aus Sams Sicht zu treffen, und sofort kam ihr Rhys Williams in den Sinn. Zwar waren die anderen in ihren Bereichen äußerst kompetent, aber der einzige mit profunder Kenntnis über die weltumspannenden Aktivitäten des Unternehmens war Rhys. Außerdem war er hervorragend für den Posten geeignet. Der Haken war nur: Rhys konnte nicht zum Präsidenten gewählt werden. Weil er kein Roffe war und auch nicht mit einer Roffe verehelicht, durfte er nicht einmal dem Direktorium angehören.

Nachdenklich ging sie in die Halle. Dort fiel ihr Blick auf den Aktenkoffer. Sie zögerte. Eigentlich hatte es wenig Sinn, sich die Papiere jetzt noch vorzunehmen. Sie konnte ihn am nächsten Morgen Alec übergeben. Immerhin, vielleicht enthielt er auch persönliche Dinge ... Sie brachte ihn in die Bibliothek, stellte ihn auf den Schreibtisch, löste den Schlüssel vom Klebeband und öffnete die kleinen Schlösser an beiden Seiten. Der Koffer enthielt einen großen dicken Geschäftsumschlag. Elizabeth öffnete ihn und holte ein Bündel Dokumente hervor, die in einem Aktendeckel steckten, auf dem stand:

Mr. Sam Roffe
Vertraulich
Keine Kopien.

Offensichtlich handelte es sich um einen Bericht, aber da der Verfasser nicht vermerkt war, wußte Elizabeth nicht, von wem er stammte und worum es ging. Sie fing an, die Seiten flüchtig durchzublättern. Sie blätterte immer langsamer, sah genauer hin. Was sie da las, wollte ihr einfach nicht in den Kopf. Sie nahm in einem Sessel Platz, streifte die Schuhe ab, zog die Beine hoch und fing noch einmal von vorne an.

Diesmal aber las sie Wort für Wort. Und beim Lesen spürte sie, wie Entsetzen sie packte.

Es handelte sich um ein verblüffendes Dokument, den vertraulichen Bericht über die Untersuchung einer Reihe von Vorfällen aus dem vergangenen Jahr.

In Chile war eine chemische Fabrik von Roffe und Söhne in die Luft geflogen, wobei sich Tonnen giftiger Gase über ein Gebiet von fast dreißig Quadratkilometern verbreiteten. Es gab Dutzende von Toten, Hunderte mußten in Krankenhäuser gebracht werden. Sämtliches Vieh war eingegangen, die Vegetation durch Gift verseucht. Schließlich mußte die Bevölkerung evakuiert werden. Die Schadensersatzklagen gegen Roffe und Söhne beliefen sich auf Hunderte Millionen Dollar. Doch das Schlimmste war: Die Explosion war vorsätzlich herbeigeführt worden. In dem Bericht hieß es: »Die Untersuchung des Unglücks seitens der chilenischen Regierungsbehörden wurde sehr oberflächlich durchgeführt. Die offizielle Haltung läßt sich wie folgt charakterisieren: Der Konzern ist reich, das Volk ist arm, also soll der Konzern zahlen. Unsere eigenen Untersuchungsbeauftragten haben nicht den geringsten Zweifel, daß es sich um einen Sabotageakt handelte, bei dem eine oder mehrere unbekannte Personen Plastiksprengstoff benutzten. Doch wegen der abweisenden Haltung der offiziellen Stellen hier ist es unmöglich, den Beweis dafür zu erbringen.«

Nur zu gut erinnerte sich Elizabeth an das Unglück. Die Zeitungen waren voll mit Horrorgeschichten und den Fotos der Opfer gewesen, und die Weltöffentlichkeit hatte den Konzern scharf verurteilt, weil er angeblich leichtfertig Menschenleben und die Umwelt gefährdete. Das Image der Gesellschaft hatte einen häßlichen Kratzer abbekommen.

Der nächste Teil des Berichts befaßte sich mit wesentlichen Forschungsprojekten, an denen Wissenschaftler des Konzerns jahrelang gearbeitet hatte. Insgesamt wurden vier Projekte aufgeführt, jedes davon von unschätzbarem Wert. Zusammengenommen hatten die Entwicklungskosten über fünfzig Millionen Dollar betragen.

Und in jedem Fall hatte eine Konkurrenzfirma Roffe und Söhne um Haaresbreite überflügelt und ein nahezu identisches Produkt zum Patent angemeldet. Der Bericht fuhr fort: »In einem isolierten Fall könnte das als Zufall abgetan werden. Wenn Dutzende von Firmen ähnliche Forschungen betreiben, läßt sich gar nicht immer verhindern, daß mehrere gleichzeitig an gleichartigen Präparaten arbeiten. Aber vier derartige Vorfälle in einem Zeitraum von wenigen Monaten zwingen uns zu der Annahme, daß jemand aus der obersten Spitze von Roffe und Söhne Forschungsunterlagen an die Konkurrenz weitergeleitet hat, gratis oder gegen Entgelt. Da die Experimente streng geheim laufen, voneinander völlig getrennt, an verschiedenen Orten und in verschiedenen Laboratorien, jeweils unter schärfsten Sicherheitsvorkehrungen, führt unsere Untersuchung zu dem Ergebnis: Die betreffende Person – oder die Personen? – muß Zugang zur höchsten Sicherheitsstufe haben. Daher folgern wir, daß sie Mitglied der höchsten Ebene des Konzerns sein muß.«

Und es ging noch weiter.

Eine große Ladung Giftstoffe war vor dem Versand falsch etikettiert worden. Bevor das festgestellt wurde, hatten sich mehrere Todesfälle ereignet, und wieder nahm das Ansehen des Konzerns großen Schaden. Niemand brachte in Erfahrung, wie es zu der falschen Etikettierung gekommen war.

Aus einem schwerbewachten Laboratorium war ein tödliches Toxin verschwunden. Binnen Stundenfrist war ein anonymer Hinweis an die Presse erfolgt und der Skandal da.

Der Nachmittag war längst in den Abend übergegangen, und von draußen kam die Kälte herein. Elizabeth nahm von ihrer Umwelt nichts wahr, die Dokumente schlugen sie völlig in Bann. Als es im Zimmer dunkel wurde, knipste sie eine Lampe an und las weiter, erfuhr ein Schrekkensereignis nach dem anderen.

Selbst der trockene, geschäftsmäßige Ton des Berichts konnte das Drama nicht unterdrücken. Soviel war sicher: Irgend jemand war methodisch darauf aus, der Firma schweren Schaden zuzufügen oder das Unternehmen sogar zu vernichten.

Irgend jemand in der höchsten Ebene, wie der Bericht es formulierte. Auf der letzten Seite entdeckte Elizabeth eine handschriftliche Notiz ihres Vaters: »Zusätzliche Pression auf mich, Anteile auf den Markt zu werfen? Den Hund kriege ich!«

Jetzt fiel ihr ein, wie ihr Vater in der letzten Zeit vor seinem Tod offensichtlich von Sorgen gepeinigt war – und dann dachte sie auch an seine Heimlichtuerei. Er wußte nicht mehr, wem er trauen durfte.

Elizabeth betrachtete noch einmal den Deckel des Berichts. »Keine Kopien.«

Mit Sicherheit stammte er von einer konzernfremden Stelle, einer Detektei womöglich. Also wußte wahrscheinlich nur Sam davon. Und jetzt sie. Die schuldige Person hatte keine Ahnung, daß sich das Netz zuzog. Hatte Sam gewußt, um wen es sich handelte? Hatte er die Person vor seinem Unfall mit diesen Erkenntnissen konfrontiert? Elizabeth konnte die Fragen nicht beantworten. Sie wußte nur eins: Es gab einen Verräter.

Auf höchster Ebene.

Niemand anders hätte die Möglichkeit, das Können oder die Übersicht, so viel Zerstörung auf so verschiedenen Gebieten anzurichten. Hatte sich Sam deshalb geweigert, Aktien herzugeben? Wollte er erst den Schuldigen entlarven? Wenn es konzernfremde Aktienbesitzer gäbe, wäre eine diskrete Untersuchung nicht mehr möglich. Dann würde jeder Schritt auch Fremden zur Kenntnis gelangen.

Elizabeth dachte an die Direktoriumssitzung. Wie ihre Verwandten sie zum Verkauf gedrängt hatten – und zwar alle!

Plötzlich fühlte sie sich sehr allein in der Villa. Verschreckt zuckte sie zusammen, als das Telefon klingelte. Sie ging zum Apparat und nahm ab. »Hallo?«

»Liz? Rhys hier. Ich habe gerade Ihre Nachricht erhalten.«

Sie war froh, seine Stimme zu hören. Dann fiel ihr ein, warum sie versucht hatte, ihn zu erreichen. Um ihm mitzuteilen, daß sie bereit wäre, die Verkaufsdokumente zu unterschreiben und das Familienunternehmen aufzulösen. Doch in wenigen Stunden hatte sich die Situation völlig verändert. Elizabeth sah durch die offene Tür in die Halle auf das Bild des alten Samuel. Er hatte dieses Unternehmen gegründet und dafür gekämpft. Elizabeths Vater hatte den Konzern ausgebaut, hatte ihn zu einem weltumspannenden Unternehmen gemacht. Und er hatte nur für ihn gelebt, sich ihm völlig verschrieben.

»Rhys«, sagte Elizabeth ins Telefon. »Ich möchte eine Direktoriumssitzung einberufen. Für Dienstag, zwei Uhr. Würden Sie bitte alle benachrichtigen?«

»Dienstag, zwei Uhr«, wiederholte Rhys. »Gibt's sonst noch etwas?«

Sie zögerte. Dann: »Nein, das ist alles. Vielen Dank.«

Langsam legte sie auf. Ihr Entschluß stand fest. Sie würde kämpfen – wenn nötig, gegen alle.

Sie befand sich hoch auf dem Berg, zusammen mit ihrem Vater, kletterte an seiner Seite. Sieh nicht nach unten, sagte Sam immer wieder, aber Elizabeth tat es doch, und unter ihr war nichts als viele tausend Meter Leere. Sie hörte einen lauten Donnerschlag, sah einen grellen Blitz. Er traf Sams Seil und steckte es in Brand, und Sam wirbelte hilflos im freien Raum. Elizabeth sah seinen Körper, wie er sich drehte und drehte. Sie fing zu schreien an, aber ihre Schreie wurden vom Tosen des Donners verschluckt.

Plötzlich wachte sie auf. Ihr Herz hämmerte wild; das Nachthemd war durchschwitzt. Wieder war krachender Donner zu hören. Sie sah zum Fenster hinaus und bemerkte, daß es in Strömen goß. Durch die offene Balkontür peitschte der Wind den Regen ins Zimmer. Schnell stand sie auf und drückte die Türflügel fest zu. Durch die Scheibe sah sie auf die Sturmwolken, die am Himmel trieben, auf die zuckenden Blitze am Horizont. Aber sie nahm sie nicht wahr.

Ihre Gedanken waren bei ihrem Traum.

Am Morgen war der Sturm weitergezogen. Es nieselte nur noch leicht. Elizabeth hoffte, daß sich Alecs Ankunft durch das Unwetter nicht verzögerte. Nachdem sie den Bericht gelesen hatte, brauchte sie dringend jemanden, mit dem sie reden konnte. Einstweilen, dachte sie, wäre es bestimmt besser, das Dokument an einem sicheren Platz aufzubewahren. Oben im Turmzimmer war ein Safe. Dort konnte sie ihn einschließen. Elizabeth badete, zog lange Hosen und einen Pullover an und ging nach unten in die Bibliothek, um den Bericht zu holen.

Er war verschwunden.

19. Kapitel

Das Zimmer sah aus, als wäre es einem Hurrikan zum Opfer gefallen. Der Sturm hatte über Nacht die Verandatüren aufgestoßen, Wind und Regen waren als Verbündete am Werk gewesen. Alles lag wild verstreut. Auf dem nassen Teppich fand Elizabeth ein paar lose Blätter des Berichts, aber der Rest war offenbar durch die Tür davongeweht, buchstäblich in alle Winde.

Elizabeth betrat die Veranda und sah hinaus. Auch auf dem Rasen konnte sie die Papiere nicht entdecken, wahrscheinlich hatte der Sturm seine Beute über das Kliff gefegt. Ja, dachte Elizabeth, so mußte es gewesen sein.

Keine Kopien. Sie mußte den Namen der von Sam beauftragten Detektei herausfinden. Möglicherweise wußte Kate Erling Bescheid. Aber Elizabeth konnte nicht sicher sein, ob Sam ihr das anvertraut hatte. Das Ganze war zu einem makabren Spiel geworden, bei dem jeder jeden verdächtigte. Elizabeth wußte nur eins: Sie mußte ungeheuer vorsichtig ans Werk gehen.

Plötzlich fiel ihr ein, daß es im Haus keine Lebensmittel gab. Noch konnte sie nach Cala di Volpe zum Einkaufen fahren und rechtzeitig vor Alecs Ankunft zurück sein. Aus dem Dielenschrank holte sie einen Regenmantel und ein Tuch fürs Haar. In der Küche nahm sie den Jeepschlüssel vom Brett und ging zur Garage.

Sie startete den Motor und setzte den Jeep vorsichtig rückwärts ins Freie. Dann wendete sie und fuhr über die Privatauffahrt davon. Schon nach wenigen Metern bremste sie ab; der Weg war durch die Nässe glitschig. Am Tor bog sie rechts in die schmale Bergstraße ein, die nach Cala di Volpe führte, in das kleine Dorf tief unten am Fuß des Berges. Um diese Stunde war kein Verkehr auf der Straße, viel war hier ohnehin nie los, denn so weit oben standen nur wenige Häuser. Elizabeth blickte linker Hand nach unten. Das Meer sah fast schwarz aus, aufgepeitscht vom nächtlichen Sturm.

Sie fuhr sehr langsam. Dieser Teil der Straße war tükkisch. Die beiden engen Fahrspuren waren in den Fels geschlagen worden, parallel zu den senkrecht abfallenden Klippen. Auf der Innenseite ragte solides Gestein auf, außen ein schroffes Gefälle von weit über hundert Metern bis zum Meeresspiegel. Elizabeth hielt sich, so gut es ging, auf der Innenspur und bremste ständig, um die Geschwindigkeit auf der steilen Straße zu drosseln.

Der Jeep näherte sich einer scharfen Kurve. Automatisch trat Elizabeth das Bremspedal herunter.

Ihr Fuß fand keinen Widerstand. Die Bremse funktionierte nicht.

Sekunden vergingen, bevor Elizabeth die Wahrheit dämmerte. Sie trat noch einmal das Pedal durch, dann noch mal: Nicht die geringste Wirkung. Elizabeths Herz fing wild zu hämmern an, als der Jeep immer schneller und schneller wurde, erst in der Kurve, dann die steile Bergstraße hinab – die Geschwindigkeit nahm stetig zu. Noch einmal versuchte Elizabeth zu bremsen. Vergeblich.

Vor ihr lag wieder eine Kurve. Elizabeth hatte Angst, den Blick von der Straße zu wenden und auf den Tachometer zu schauen. Aber aus den Augenwinkeln sah sie die Nadel immer höher klettern. Angst griff ihr mit eisigen Händen an die Kehle. Schlingernd kam der Jeep um die Kurve: viel zu schnell! Die Hinterräder rutschten gefährlich dicht an die Kliffkante, gerade noch rechtzeitig fand das Reifenprofil wieder Halt auf der Straße, und der Jeep machte einen Satz nach vorn, stürzte sich wie ein wütender Stier die steil abfallende Strecke hinunter. Jetzt gab es nichts mehr, was den Wagen zum Halten bringen konnte, keine Barrieren oder sonstige Hindernisse. Vor ihr lag nur freie Strecke für die Sturzfahrt, warteten die todbringenden Kurven.

Elizabeths Gedanken rasten, suchten einen Ausweg. Sie dachte daran abzuspringen. Ein schneller Blick auf den Tacho zeigte: Mehr als hundertzehn Kilometer pro Stunde, und immer noch steigerte sich die Geschwindigkeit – ein rasender Todestrip am Abhang entlang. Sie wußte, das war das Ende. Sie würde sterben, jetzt gleich. Und blitzschnell kam ihr die Erkenntnis: Das war Mord. Und auch ihr Vater war ermordet worden. Sam hatte den Bericht gelesen und mußte sterben. Genauso, wie man sie umbringen würde. Und sie hatte keine Ahnung, wer der Mörder war, wer sie so tief haßte, um ihnen beiden, Sam und ihr, Leid anzutun. Sie hätte ihr Schicksal leichter ertragen, wenn ihr Mörder ein Fremder gewesen wäre. Aber sie kannte ihren Mörder, und der Mörder kannte sie. Blitzartig zogen Gesichter an ihrem inneren Auge vorbei. Alec ... Ivo ... Walther ... Charles ... einer von ihnen mußte es sein. Jemand auf höchster Konzernebene.

Ihr Tod würde als Unfall in die Akten eingehen, genau wie der von Sam. Elizabeth weinte jetzt, ein stilles Weinen; ihre Tränen mischten sich mit dem feinen Regen, und sie war sich dessen nicht einmal bewußt. Nun fing der Jeep auf der nassen Straße zu schlingern an, geriet zunehmend außer Kontrolle. Elizabeth kämpfte mit dem Lenkrad. Sie wußte, es war nur noch eine Frage von Sekunden, bis sie über die Kliffkante schoß und ins ewige Dunkel abstürzte. Ihr Körper hatte sich verkrampft, die Hände waren taub vom Umklammern des Lenkrades. Im ganzen Universum gab es jetzt nur noch sie, auf der Sturzfahrt in den Abgrund, mit dem röhrenden Wind, der an ihr zerrte und ihr in die Ohren flüsterte: Komm her zu mir! Der Wind, der am Wagen rüttelte, versuchte, ihn über die Klippe zu stoßen. Abermals begann der Jeep zu schlingern, wieder kämpfte Elizabeth verzweifelt dagegen an. Alte Fahrschulweisheiten drängten sich ihr auf: Nicht gegensteuern ... Und die Hinterräder faßten wieder Spur ... Aber der Jeep raste weiter abwärts auf seiner Höllenfahrt. Wieder wagte sie einen Blick auf den Tachometer: Hundertsechzig! Sie wurde einer spitzen Haarnadelkurve entgegengeschleudert. Direkt vor ihr, das wußte sie, lag das Nichts, da kam niemand heil durch.

Irgend etwas in ihrem Hirn schien zu gefrieren, und es war, als schöbe sich ein dünner Schleier zwischen sie und die Wirklichkeit. Sie hörte ihres Vaters Stimme: *Was machst du denn hier allein im Dunkeln?* Und er nahm sie in die Arme und trug sie in ihr Bett, und sie stand auf der Bühne, tanzte, drehte sich, wirbelte um die eigene Achse, konnte nicht mehr aufhören, und Mme. Netturova kreischte ihr in die Ohren – oder war es der Wind? ... Und da war plötzlich Rhys und fragte: *Wie oft wird ein Mädchen einundzwanzig?* Und Elizabeth dachte: Ich werde Rhys nie wiedersehen; sie schrie seinen Namen in den Wind, und der Schleier riß, aber der Alptraum war nicht gewichen. Ganz nah drohte jetzt die Haarnadelkurve. Der Jeep flog wie ein Geschoß darauf zu. Da vorn würde sie in den Abgrund schießen. Laß es schnell vorbei sein, betete sie leise.

In diesem Moment fing ihr Blick eine Veränderung im Straßenrand ein, rechts, unmittelbar vor der Kurve. Durch die Felswand war eine schmale Feuerschneise geschlagen, ein enger Pfad, der den Berg hinaufführte. In Sekundenbruchteilen mußte sie sich entscheiden. Sie hatte keine Ahnung, wohin der Pfad führte. Sie wußte nur: Dort ging es bergauf, das hieß Bremswirkung, hieß, vielleicht, die letzte hauchdünne Chance. Sie entschied sich. Im allerletzten Augenblick riß sie das Lenkrad hart nach rechts. Die Hinterräder brachen aus, aber vorn hatten die Reifen durch den Druck der Geschwindigkeit auf dem feuchten Kies Halt gefunden. Der Jeep rüttelte bergauf. Elizabeth kämpfte mit dem Lenkrad, versuchte, den Wagen auf dem Pfad zu halten. Auf beiden Seiten standen Bäume, und im Vorbeirasen peitschten die Zweige Hände und Gesicht. Sie zwang den Blick nach vorn, und zu ihrem Entsetzen tauchte dort das Tyrrhenische Meer auf, direkt vor ihr, tief unten. Der Pfad hatte nur auf die andere Bergseite geführt, und an der tödlichen Gefahr hatte sich nichts geändert.

Näher und näher kam der Abgrund; der Jeep hatte noch immer zu hohe Geschwindigkeit, als daß sie hätte abspringen können. Die Felskante lag jetzt nur noch wenige Meter entfernt und dann, über hundert Meter tief, das Meer. Der Jeep geriet ins Schleudern, und das letzte, an das Elizabeth sich erinnern konnte, war ein Baum, der unmittelbar vor ihr aufragte. Dann kam eine Explosion, die das Weltall aus den Angeln zu heben schien.

Danach stand die Erde still, und um sie herum wurde alles weiß, friedlich und ruhig.

20. Kapitel

Sie schlug die Augen auf und lag in einem Krankenhausbett. Ihr erster Blick fiel auf Alec Nichols.

»Im Haus ist nichts für dich zu essen«, flüsterte sie. Und brach in Tränen aus.

Alecs Blick war schmerzerfüllt. Er umarmte sie und drückte sie an sich. »Elizabeth!«

»Ist schon gut, Alec«, murmelte sie. »Alles in Ordnung.«

Und seltsam genug: Das war die Wahrheit. Jeder Zentimeter ihres Körpers tat ihr weh, und sie fühlte sich wie durch hundert Mangeln gedreht, aber sie lebte und konnte es kaum fassen. Sie erinnerte sich an den Schrecken der rasenden Talfahrt, und es wurde ihr eiskalt.

»Wie lange liege ich hier schon?« Ihre Stimme war schwach und heiser.

»Seit zwei Tagen, da haben sie dich gefunden. Seitdem bist du bewußtlos gewesen. Der Arzt meint, es ist überhaupt ein Wunder, daß du lebst. Jeder, der den Unfallort gesehen hat, sagt, du müßtest eigentlich tot sein. Einige Leute von der Forstverwaltung haben dich entdeckt und im Eiltempo hierher gebracht. Du hast eine Gehirnerschütterung und bist von oben bis unten mit Beulen und blauen Flecken übersät, aber Gott sei Dank ist nichts gebrochen.« Er sah sie fragend an. »Sag mal, was hast du denn eigentlich da oben in der Feuerschneise gewollt?«

Elizabeth erzählte ihm alles. Sie sah das Entsetzen auf seinem Gesicht, als er die grauenvolle Fahrt miterlebte. »Oh, mein Gott!« entfuhr es ihm immer wieder. Am Schluß war Alec leichenblaß. »Was für ein verdammt blöder, furchtbarer Unfall.«

»Das war kein Unfall, Alec.«

Verständnislos sah er sie an. »Was sagst du da?«

Wie konnte er das auch verstehen? Schließlich hatte er den Bericht nicht gelesen. Elizabeth eröffnete ihm: »Jemand hat die Bremsen manipuliert.«

Er schüttelte ungläubig den Kopf. »Wer sollte das tun – und warum?«

»Weil . . .« Nein, sie konnte es ihm nicht sagen. Jedenfalls jetzt noch nicht. Sie vertraute Alec mehr als irgend jemandem sonst, aber noch war es nicht an der Zeit, zu reden. Erst mußte sie zu Kräften kommen, mußte Zeit zum Nachdenken haben.

»Ich weiß auch nicht«, wich sie aus. »Ich bin mir nur sicher, daß jemand dafür verantwortlich ist.«

Sie beobachtete ihn, registrierte aufmerksam den Wechsel seines Gesichtsausdrucks – von Ungläubigkeit über Verwirrung zu Zorn.

»Also, das bekommen wir raus, da hab keine Angst.« Seine Stimme klang entschlossen.

Er nahm den Telefonhörer ab, und wenige Minuten später war er mit dem Polizeichef von Olbia verbunden. »Hier spricht Alec Nichols. Ich – ja, es geht ihr gut, den Umständen entsprechend. Vielen Dank . . . Ja, danke. Ich werd's ausrichten. Ich rufe an wegen des Jeeps, mit dem sie gefahren ist. Können Sie mir sagen, wo der sich befindet? . . . Ach ja? Würden Sie ihn bitte dortbehalten? Und tun Sie mir einen Gefallen, besorgen Sie einen guten

Mechaniker. Ich bin in einer halben Stunde da.« Er legte auf. »Der Jeep steht in der Polizeigarage. Ich fahre rüber.«

»Ich komme mit.«

Er sah sie völlig entgeistert an. »Aber Elizabeth! Der Arzt hat dir doch ein, zwei Tage strikte Bettruhe verordnet. Du kannst doch nicht einfach . . .«

Aber sie konnte. Eine Dreiviertelstunde später war Elizabeth gegen den lauten Protest des Arztes aus dem Krankenhaus entlassen und befand sich mit Alec Nichols auf dem Weg zur Polizeigarage.

Luigi Ferraro, Polizeichef von Olbia, war ein dunkelhäutiger Sarde mittleren Alters, krummbeinig und mit Hängebauch. Der Kriminalbeamte Bruno Campagna, ein Muskelprotz in den Fünfzigern, überragte seinen Chef beträchtlich. Campagna stand neben Elizabeth und Alec, als sie den Mechaniker beobachteten. Er prüfte den Unterboden eines Jeeps, der auf einer hydraulischen Hebebühne hochgefahren worden war. Kühler und linke Vorderachse waren vollkommen demoliert und klebten vom Harz der Bäume, die den Wagen aufgehalten hatten. Beim Anblick des Wracks überkam Elizabeth ein Schwächegefühl, und sie mußte sich auf Alec stützen. Er sah sie besorgt an. »Ist das nicht ein bißchen viel für dich?«

»Es geht schon«, übertrieb sie. Sie fühlte sich sehr schwach und entsetzlich müde. Aber sie mußte es mit eigenen Augen sehen.

Der Mechaniker wischte sich die Hände an einem öligen Lappen ab und kam auf die Gruppe zu. »So wie der da werden Autos heute gar nicht mehr gebaut.«

Gott sei Dank, betete Elizabeth im stillen.

»Jede andere Kiste wär in Stücke geflogen.«

»Was ist mit den Bremsen?« wollte Alec wissen.

»Die Bremsen? Die sind tipptopp.«

Elizabeth hatte plötzlich ein irreales Gefühl. »Wie? Was sagen Sie da?«

»Genau das. Die sind prima in Schuß, funktionieren tadellos. Trotz des Unfalls sind sie einwandfrei, wirklich. Darum sag ich ja, so was Grundsolides gibt es heute nicht mehr.«

»Das ist doch unmöglich«, unterbrach ihn Elizabeth. »In diesem Jeep funktionierten die Bremsen ganz und gar nicht.«

»Miss Roffe ist der Ansicht, jemand hätte sich mutwillig daran zu schaffen gemacht«, erklärte der Polizeichef.

Der Mechaniker schüttelte den Kopf. »Nein, unmöglich.« Er deutete auf den Unterboden. *»Fregare ...«* Er wandte sich an Elizabeth: »Verzeihung, Signorina, wollte sagen, die Bremsen kaputtmachen kann man beim Jeep nur auf zwei Arten. Man kann die Bremsleitungen durchschneiden oder diesen Verschluß hier aufschrauben.« Er zeigte auf eine Stelle an der Jeepunterseite. »Und dann die Bremsflüssigkeit rauslaufen lassen. Da, sehen Sie selbst. Die Schläuche sind intakt, und ich hab die Bremsflüssigkeit geprüft. Es ist genug vorhanden.«

Ferraro sprach beruhigend auf Elizabeth ein. »In dem Zustand, in dem Sie sich befanden, versteh ich sehr gut, daß ...«

»Moment mal«, unterbrach ihn Alec. Er wandte sich an den Mechaniker. »Kann es denn nicht sein, daß die Schläuche zerschnitten und später ausgewechselt wurden oder daß jemand Bremsflüssigkeit nachgefüllt hat?«

Doch der Mechaniker verneinte. »Mister, an diesen Schläuchen hat sich niemand zu schaffen gemacht. Und, hier ...« Er griff wieder zu seinem Lappen und wischte vorsichtig das Öl von der Verschlußkappe ab. »Sehen Sie selbst. Wenn jemand die losgeschraubt hätte, dann wären doch Spuren vom Schraubenschlüssel zu erkennen, das können Sie mir glauben. Ich versichere Ihnen, die hat im letzten halben Jahr niemand angefaßt. Mit den Bremsen hier ist nichts los, absolut nichts. Und das werd ich Ihnen beweisen.«

Er ging zur Wand und drückte einen Hebel herunter. Ein surrendes Geräusch war zu hören, und die Hebebühne mit dem Jeep senkte sich. Sie sahen zu, wie der Mechaniker Platz nahm, den Motor startete und bis an die hintere Wand zurücksetzte. Dann legte er den ersten Gang ein und gab plötzlich Gas. Der Jeep raste direkt auf Campagna zu. Elizabeth öffnete den Mund vor Erstaunen, wollte schreien, aber im selben Moment gab es einen Ruck, und das Auto bremste scharf, keine fünf Zentimeter von dem Polizisten entfernt. Der Mechaniker übersah geflissentlich dessen Gesichtsausdruck und sagte triumphierend: »Sehen Sie? Die Bremsen hier sind Superklasse.«

Jetzt blickten alle Elizabeth an, und sie wußte, was in ihren Köpfen vorging. Aber das änderte nichts an dem Grauen ihrer Talfahrt. Sie fühlte noch, wie ihr Fuß auf die Bremse trat und diese nicht ansprach. Dennoch hatte der Polizeimechaniker den Beweis geliefert, daß diese Bremsen in Ordnung waren ... Es sei denn, er steckte mit im Komplott. Und dann wahrscheinlich auch der Polizeichef. Ich leide an Verfolgungswahn, dachte Elizabeth.

Alec war hilflos. »Elizabeth ...«

Aber sie ließ sich nicht davon abbringen. »Als ich diesen Jeep fuhr, funktionierten die Bremsen nicht.«

Alec sah sie nachdenklich an, wandte sich dann an den Mechaniker. »Nehmen wir mal an, jemand hat wirklich dafür gesorgt, daß die Bremsen dieses Autos nicht funktionierten. Wie hätte man das sonst noch bewerkstelligen können?«

Campagna machte sich bemerkbar. »Man hätte den Bremsbelag naß machen können.«

Elizabeth spürte eine Erregung in sich aufsteigen. »Wenn man das täte, was passierte dann?« fragte sie schnell.

»Dann sprechen die Bremsen nicht an«, erwiderte der Mechaniker. »Nur« – und er wandte sich Elizabeth zu –, »wie war denn das, als Sie losgefahren sind? Haben sie da funktioniert?«

Elizabeth dachte nach. Ja, da waren sie in Ordnung, als sie rückwärts aus der Garage setzte, und auch später, als sie vom Grundstück auf die Straße einbog, und auch noch an den ersten Kurven.

»Ja«, sagte sie, »sie haben funktioniert.«

»Da haben Sie auch Ihre Antwort«, triumphierte der Mechaniker. »Ihre Bremsen sind erst unterwegs im Regen naß geworden.«

»Augenblick mal«, warf Alec ein. »Wieso konnte sie nicht jemand naß gemacht haben, bevor sie überhaupt losfuhr?«

Der Mechaniker sprach übertrieben geduldig: »Wenn jemand die Bremsen naß gemacht hätte, ehe sie losfuhr, hätten sie von Anfang an nicht funktioniert.«

Der Polizeichef wandte sich an Elizabeth. »Der Regen kann sehr gefährlich sein, Miss Roffe. Besonders hier auf den engen Bergstraßen. So was passiert leider nur zu oft.«

Alec betrachtete Elizabeth, wußte offensichtlich nicht, was jetzt zu geschehen hatte. Sie kam sich wie eine Idiotin vor. Also war es doch ein Unfall gewesen. Sie wollte nichts wie weg hier. Sie sah den Polizeichef an. »Es tut mir leid, daß ich Ihnen so viel Mühe gemacht habe.«

»Aber ich bitte Sie, Signorina, war mir ein Vergnügen, äh, ich meine, ich bedauere die Umstände außerordentlich, aber es ist mir immer ein Vergnügen, Ihnen behilflich sein zu dürfen. Mein Kollege Campagna wird Sie in Ihre Villa zurückbegleiten.«

»Wenn du mir die Bemerkung nicht verübelst, altes Mädchen«, meine Alec besorgt, »du siehst aus wie ein Gespenst. Jetzt gibt's nur noch eins: Marsch ins Bett, und da bleibst du die nächsten Tage. Ich werde telefonisch Lebensmittel bestellen.«

»Und wer soll kochen, wenn ich im Bett liege?«

»Ich natürlich«, verkündete Alec.

Und am Abend bereitete er das Essen und servierte es Elizabeth am Bett.

»Ich fürchte, ich bin als Koch nicht gerade überwältigend«, meinte er fröhlich, als er das Tablett vor Elizabeth absetzte.

Das war die Untertreibung des Jahres, dachte sie. Alec als Koch war eine Katastrophe. Die Speisen waren entweder angebrannt oder halb gar oder völlig versalzen. Aber sie brachte etliches davon herunter, teils weil sie Hunger hatte, aber auch, um Alecs Gefühle nicht zu verletzen. Er leistete ihr Gesellschaft, versuchte, sie mit belanglosem Geplauder aufzuheitern. Kein Wort verlor er über ihre Blamage bei der Polizei. Ja, Alec war ein Schatz. Elizabeth liebte ihn sehr.

Die nächsten Tage verbrachten beide ganz ruhig in der Villa. Elizabeth blieb im Bett. Alec benahm sich wie eine besorgte Glucke, kochte für sie, las ihr vor. Die ganze Zeit schien es Elizabeth, als hörte das Telefon überhaupt nicht auf zu klingeln. Ivo und Simonetta riefen jeden Tag an, um sich nach ihrem Befinden zu erkundigen, ebenso

Hélène und Charles und auch Walther. Sogar Vivian meldete sich. Alle boten an, sofort zu kommen und sich um Elizabeth zu kümmern.

»Wirklich nicht nötig«, erklärte sie. »Es geht mir ganz ausgezeichnet. In ein paar Tagen bin ich wieder in Zürich.«

Auch Rhys Williams rief an. Bis sie seine Stimme hörte, war sich Elizabeth überhaupt nicht bewußt gewesen, wie sehr sie ihn vermißte.

»Wie ich höre, haben Sie sich entschlossen, Hélène Konkurrenz zu machen.« Aber in seiner Stimme lag echte Besorgnis.

»Ganz verkehrt. Meine Autorennen finden nur auf steilen Bergstraßen statt, und zwar abwärts«, gab sie zurück. Sie traute ihren Ohren kaum, als sie sich selbst über das Schrecknis scherzen hörte.

»Bin ich froh, daß Sie okay sind, Liz!«

Seine Worte und der Ton überfluteten sie mit Wärme. Ob er wohl gerade bei einer anderen Frau war? Und wer konnte es sein? Jemand ganz besonders Hübsches, versteht sich.

Der Teufel sollte sie holen!

»Wußten Sie, daß Sie Schlagzeilen machen?« fragte Rhys.

»Nein. Wieso?«

»Erbin entgeht knapp dem Tod durch Autounfall«, zitierte Rhys. »Nur wenige Wochen nach dem Ableben ihres Vaters wäre die bekannte – na ja, den Rest können Sie sich denken.«

Sie telefonierten eine halbe Stunde miteinander, und als Elizabeth auflegte, fühlte sie sich wesentlich besser. Rhys hatte so echte Anteilnahme gezeigt. Ob er wohl jeder Frau dieses Gefühl zu vermitteln wußte? Das gehörte einfach zu seinem Charme. Sie erinnerte sich, wie sie gemeinsam ihren Geburtstag gefeiert hatten. *Mrs. Rhys Williams.*

Vielleicht sollte sie ihm von dem geheimen Bericht erzählen.

Alec arrangierte ihren Rückflug nach Zürich in einem Konzern-Jet.

»Ich find's selber scheußlich, dich schon zurückzuhetzen«, entschuldigte er sich. »Aber da gibt es ein paar sehr dringende Entscheidungen zu treffen.«

Der Flug selbst war ereignislos. Auf dem Flughafen warteten die Reporter. Elizabeth gab eine kurze Erklärung über ihren Unfall ab. Dann hatte Alec sie entschlossen in die Limousine verfrachtet, die sie zum Konzern-Hauptquartier bringen sollte.

Im Konferenzsaal waren alle Mitglieder des Direktoriums versammelt. Die Sitzung dauerte schon drei Stunden, und die Luft war zum Schneiden. Elizabeth fühlte sich nach ihrem Erlebnis immer noch nicht ganz auf der Höhe und hatte scheußliches Kopfweh. »Darüber brauchen Sie sich keine Sorgen zu machen, Miss Roffe«, hatte der Arzt gesagt. »Wenn erst die Gehirnerschütterung geheilt ist, verschwinden auch die Kopfschmerzen.«

Sie ließ den Blick durch den Raum schweifen, musterte die angespannten, verärgerten Mienen. »Ich habe mich entschieden: Es wird nicht verkauft«, hatte sie ihnen eröffnet. Sie hielten sie für eigensinnig und dickschädelig. Wenn sie wüßten, dachte Elizabeth, wie kurz ich vor dem Nachgeben gestanden habe. Aber nun war das nicht mehr möglich. Jemand in diesem Raum war der Feind. Und wenn sie jetzt aufgab, würde er der Sieger sein.

Alle hatten versucht, sie umzustimmen, jeder auf seine Weise.

Alec sagte ruhig und vernünftig: »Das Unternehmen braucht einen erfahrenen Präsidenten, Elizabeth. Vor allem jetzt. In deinem eigenen Interesse, aber auch zum Besten aller Beteiligten solltest du die Hände davon lassen.«

Ivo setzte seinen Charme ein. »Du bist doch eine schöne Frau, *carissima*! Dir gehört die ganze Welt. Warum willst du dich zur Sklavin langweiliger Geschäfte machen? Du könntest das Leben genießen, könntest reisen ...«

»Gereist bin ich schon mehr als genug«, fiel ihm Elizabeth ins Wort.

Charles nahm gallische Logik zu Hilfe. »Du besitzt die Aktienmajorität. Das ist einem tragischen Unglück zu verdanken. Aber es bedeutet noch lange nicht, daß du dich jetzt auch zur Konzernführung berufen fühlen kannst. Wir haben ernste Probleme. Und du wirst sie nur gravierender machen.«

Walther suchte sein Heil in der Holzhammermethode. »Die Gesellschaft ist schlimm genug dran. Du hast keine Ahnung, wie schlimm. Wenn du jetzt nicht verkaufst, ist es zu spät.«

Elizabeth fühlte sich regelrecht belagert. Sie hörte alle an, beobachtete sie, wog ihre Argumente ab. Jeder gab vor, das Wohl des Konzerns im Auge zu haben. Einer jedoch arbeitete an dessen Untergang.

Alle aber wollten Elizabeth los sein, wollten unbedingt ihre Einwilligung, die Anteile zu verkaufen und Roffe und Söhne damit in die Hände von Fremden zu legen. Elizabeth wußte, sobald sie nachgab, bedeutete das den Schlußstrich unter ihr Vorhaben, den Schuldigen zu finden. Solange sie ihren Platz behauptete, gab es zumindest die Chance, dem Saboteur auf die Spur zu kommen. Und sie würde nur so lange bleiben, wie es unbedingt nötig war. In den vorangegangenen drei Jahren war sie Sam nahe genug gewesen, um von ihm einiges über das komplizierte Räderwerk des Unternehmens zu lernen. Und Sam hatte ein tüchtiges und erfahrenes Management aufgebaut, mit dessen Hilfe sie die Geschäftspolitik ihres Vaters weiterverfolgen konnte. Das Drängen der Direktoriumsmitglieder, die Finger davon zu lassen, bestärkte sie nur in ihrem Vorhaben. Sie würde bleiben.

Und jetzt, so meinte sie, hatte die Konferenz lange genug gedauert.

»Ich habe meine Entscheidung getroffen«, verkündete Elizabeth. »Im übrigen schwebt mir nicht vor, das Unternehmen im Alleingang zu führen. Ich weiß genau, wieviel ich noch lernen muß, und auch, daß ich mich auf euch alle verlassen kann. Wir werden die Probleme der Reihe nach angehen.«

Da saß sie, am Kopfende des Tisches, noch ganz blaß von ihrem Unfall, wirkte klein und hilflos.

Ivo warf verzweifelt die Hände in die Luft. »Kann ihr denn niemand Vernunft beibringen?«

Rhys wandte sich Elizabeth zu. Er lächelte. »Ich glaube, es bleibt uns keine andere Wahl, als der Lady ihren Willen zu lassen.«

»Danke, Rhys.« Elizabeth sah die anderen an. »Und da wäre noch etwas. Da ich den Platz meines Vaters einnehmen möchte, wäre es gut, wenn man es auch offiziell verkündete.«

Charles starrte sie ungläubig an. »Das heißt – du willst doch nicht sagen, daß du als Präsident fungieren wirst?«

»In der Tat«, erklärte Alec trocken, »ist Elizabeth es bereits. Sie ist nur höflich genug, uns die Gelegenheit zu geben, das auch amtlich zu machen.«

Charles zögerte. Dann fügte er sich in das Unvermeidliche. »Na schön. Ich beantrage, Elizabeth Roffe zum Vorsitzenden und Präsidenten von Roffe und Söhne zu nominieren.«

»Ich unterstütze den Antrag«, kam es von Walther.

Der Antrag wurde angenommen.

Dabei herrschten so schlechte Zeiten für Präsidenten, dachte er betrübt. Wie viele mußten ihr Leben lassen!

21. Kapitel

Keiner spürte mehr als Elizabeth die enorme Last der Verantwortung, die sie sich aufgeladen hatte. Solange sie den Konzern führte, waren Tausende von Arbeitnehmern von ihr abhängig. Sie brauchte Hilfe, aber woher nehmen? Wem konnte sie trauen? Elizabeth hatte keine Ahnung. In der Reihe derer, denen sie sich anvertraut hätte, standen Alec, Rhys und Ivo vornean. Aber dazu war es noch zu früh. Sie ließ Kate Erling kommen.

»Ja, Miss Roffe?«

Elizabeth zögerte, wußte nicht, wie und wo sie beginnen sollte. Kate Erling hatte viele Jahre lang ihrem Vater treu gedient. Wenn jemand ein Gespür für die Strömungen unter der trügerisch glatten Oberfläche hatte, dann sie. Sie wußte über alles Bescheid, kannte das Räderwerk der Firma, Sams Seelenleben, seine Pläne. Kate Erling, dachte Elizabeth, könnte eine starke Verbündete abgeben.

Schließlich sagte sie: »Kate, mein Vater hat sich da einen vertraulichen Bericht anfertigen lassen. Wissen Sie etwas davon?«

In Kate Erlings Kopf arbeitete es. Elizabeth sah förmlich, wie sie ihr Gedächtnis quälte. Dann schüttelte sie den Kopf. »Mit mir hat er nie darüber gesprochen, Miss Roffe.«

Elizabeth versuchte es auf andere Weise. »Wenn mein Vater eine streng vertrauliche Untersuchung wünschte, an wen hätte er sich da gewandt?«

Diesmal kam die Antwort, wie aus der Pistole geschossen. »An unsere Sicherheitsabteilung.«

Genau dahin hätte sich Sam zuallerletzt gewandt, dachte Elizabeth. »Vielen Dank«, sagte sie laut.

Also gab es niemanden, mit dem sie offen reden konnte.

Auf ihrem Tisch lag der neueste Finanzbericht des Unternehmens. Beim Lesen bekam Elizabeth eine Gänsehaut. Sofort ließ sie den Leiter des Rechnungswesen rufen. Er hieß Wilton Kraus, war jünger, als Elizabeth erwartet hatte, wirkte intelligent und eifrig und strömte eine leichte Aura von Überlegenheit aus. Typisch Wharton School, dachte Elizabeth. Möglicherweise auch Harvard.

Sie kam ohne Umschweife zum Thema. »Wie kann ein Konzern von unseren Ausmaßen in finanzielle Schwierigkeiten geraten?«

Kraus sah sie an, zuckte die Achseln. Offensichtlich war er es nicht gewohnt, einer Frau Bericht zu erstatten. Herablassend hob er an: »Also, um es möglichst simpel ...«

»Beginnen Sie mit den Fakten«, schnitt Elizabeth ihm das Wort ab. »Bis vor zwei Jahren hatten Roffe und Söhne genug eigene Finanzreserven.«

Sie beobachtete, wie sich seine Miene veränderte. Er versuchte, sich anzupassen. »Also, ja – ja, Ma'am, das stimmt.«

»Warum sind wir dann heute bei den Banken so hoch verschuldet?«

Er schluckte. »Vor ein paar Jahren haben wir eine Phase außergewöhnlicher Expansion durchgemacht. Ihr

Herr Vater und die anderen Direktoren hielten es für richtig, das Geld durch kurzfristige Bankkredite zu beschaffen. Unsere gegenwärtigen Obligationen belaufen sich auf sechshundertfünfzig Millionen Dollar. Etliche dieser Darlehen sind jetzt fällig.«

»Überfällig«, verbesserte ihn Elizabeth.

»Jawohl, Ma'am, überfällig.«

»Wir zahlen den üblichen Zinssatz plus ein Prozent plus Verzugszinen. Wir haben weder die überfälligen Darlehen abbezahlt noch die Kredite reduziert. Warum nicht?«

Ihn konnte jetzt nichts mehr überraschen. »Wegen – na ja, weil es da in jüngster Zeit bestimmte unglückselige Vorkommnisse gab, deshalb ist die Liquidität des Konzerns erheblich geringer als erwartet. Unter normalen Umständen würden wir einfach an die Banken herantreten und um Kreditverlängerung bitten. Aber bei unseren gegenwärtigen Schwierigkeiten, den vielen Schadensersatzleistungen, den Verlusten bei unserer Forschungsarbeit und ...« Er brach ab.

Elizabeth sah ihn forschend an. Auf wessen Seite stand er wohl? Dann blickte sie wieder auf die Bilanz auf ihrem Schreibtisch, versuchte herauszufinden, wo der Zug aus den Gleisen geraten war. Die Bilanz zeigte einen rapiden Abfall vor allem in den vergangenen drei Quartalen, hauptsächlich wegen der hohen Schadensersatzzahlungen, die unter »Sonderausgaben (einmalig)« geführt wurden. Vor ihrem inneren Auge sah sie die gewaltige Explosion in Chile, die Giftwolke, die in die Luft schoß. Sie meinte, die Schreie der Opfer zu hören. Ein Dutzend Tote, Hunderte in den Krankenhäusern. Und am Ende hatten sich alle Schmerzen, alles menschliche Leid auf den Begriff Geld reduziert, *Sonderausgaben (einmalig)*.

Sie sah zu Wilton Kraus hoch. »Ihrem Bericht gemäß,

Mr. Kraus, sind unsere Schwierigkeiten temporärer Natur. Schließlich sind wir Roffe und Söhne. Und für jede Bank der Welt kreditwürdig.«

Jetzt war es umgekehrt: Er sah sie forschend an. Alle Überheblichkeit war gewichen, dafür schien er jetzt sehr auf der Hut zu sein.

»Sie müssen sich klarmachen, Miss Roffe«, fuhr er vorsichtig fort, »daß es bei einem pharmazeutischen Unternehmen ebensosehr auf den Ruf ankommt wie auf die Qualität der Präparate.«

Hatte sie das nicht schon einmal gehört? Von ihrem Vater? Alec? Dann fiel es ihr ein. Von Rhys.

»Ja, und weiter?«

»Unsere Schwierigkeiten werden langsam zu publik. Die Geschäftswelt ist wie ein Dschungel. Wenn Ihre Konkurrenten nur Wind davon bekommen, daß Sie verwundet sind, dann schwärmen sie aus, um einen aufzufressen.« Er zögerte. »Sie sind schon im Kommen, bereit zum Todesstoß.«

»Mit anderen Worten«, entgegnete Elizabeth, »unsere Konkurrenten arbeiten mit unseren Banken zusammen.«

Er schenkte ihr ein anerkennendes Lächeln. »Genau. Die Banken haben für Darlehen begrenztes Kapital. Wenn sie davon überzeugt sind, daß A ein lohnenderes Anlageobjekt ist als B, dann ...«

»Und? Glauben Sie das in unserem Fall?«

Leicht nervös fuhr er sich mit den Fingern durch das Haar. »Seit dem Tode Ihres Vaters hat mich ein gewisser Julius Badrutt mehrmals angerufen. Er steht dem Bankenkonsortium vor, mit dem wir verhandeln.«

»Und was wollte Herr Badrutt?« Sie wußte genau, was jetzt kam.

»Er wollte wissen, wer der neue Präsident von Roffe und Söhne sein wird.«

»Wissen Sie denn, wer der neue Präsident ist?« erkundigte sich Elizabeth.

»Nein, Ma'am.«

»Ich bin's.« Sie beobachtete amüsiert, wie er sein Erstaunen zu verbergen suchte. »Was wird Ihrer Meinung nach geschehen, wenn Herr Badrutt diese Neuigkeit erfährt?«

»Dann zieht er uns den Stöpsel aus der Wanne«, entfuhr es Wilton Kraus.

»Ich werde mit ihm reden«, verkündete Elizabeth. Sie lehnte sich zurück. »Hätten Sie gern eine Tasse Kaffee?«

»Das ist sehr freundlich von Ihnen, ja, danke, sehr gern.«

Elizabeth konnte genau beobachten, wie die Spannung von ihm wich. Er hatte gespürt, daß er auf dem Prüfstand saß, und meinte, den Test bestanden zu haben.

»Ich würde gern Ihren Rat hören«, fuhr Elizabeth fort. »An meiner Stelle, Mr. Kraus, was täten Sie da?«

Die leicht überlegene Miene war wieder da. »Na ja«, meinte er ohne Zögern. »Das ist ganz einfach. Roffe und Söhne besitzen enorme Vermögenswerte. Wenn wir einen substantiellen Anteil veräußern, könnten wir spielend die Mittel zur Tilgung aller unserer Bankverbindlichkeiten aufbringen.«

Jetzt wußte Elizabeth, auf welcher Seite er stand.

22. Kapitel

Hamburg
Freitag, 1. Oktober, 02 Uhr

Der Wind kam vom Meer, die Nachtluft war kalt und feucht. In Sankt Pauli waren die Straßen zum Bersten voll von Touristen, die nach den Freuden des Sündenbabels gierten. Der Kameramann schlenderte langsam die Reeperbahn hinab, war Zielscheibe für Dutzende von Mädchen und grellgeschminkten Knaben. Er schenkte niemandem Beachtung, bis er zu einem Mädchen kam, das nicht älter als achtzehn aussah. Ihr Haar war blond. Sie lehnte an einer Hauswand und unterhielt sich mit einer Freundin. Als der Mann auf sie zukam, drehte sie sich lächelnd zu ihm um. »Wie wär's mit 'ner Party, Schatz? Meine Freundin und ich, wir hätten was zu bieten.«

Der Mann sah das Mädchen an und erklärte: »Nur du.«

Die Freundin zuckte die Achseln und ging davon.

»Wie heißt du?«

»Hilde.«

»Würdest du gern beim Film mitmachen, Hilde?« fragte der Kameramann.

Das Mädchen hatte plötzlich verächtlich glitzernde

Augen. »Du lieber Gott! Du kommst mir doch wohl nicht mit der alten Masche von wegen Hollywood und so?«

Er lächelte sie aufmunternd an. »Nein, nein. Das Angebot ist reell. Es geht um einen Pornofilm. Den drehe ich für einen Freund.«

»Das kostet dich fünfhundert, und zwar im voraus.«

»Gemacht.«

Sofort bereute sie, nicht mehr verlangt zu haben. Na schön, irgendwie würde sie bei dem noch einen Bonus herausschlagen. »Was muß ich denn tun?« erkundigte sie sich.

Sie war nervös.

In der kleinen, schäbig möblierten Wohnung lag sie nackt auf dem Bett ausgestreckt. Sie beobachtete die drei anderen Anwesenden, dachte, irgend etwas stimmt hier nicht. Die Straßen von Berlin, München und Hamburg hatten ihre Instinkte geschärft, und sie war es gewohnt, auf ihren sechsten Sinn zu achten. Irgend etwas an den dreien weckte ihr Mißtrauen. Gern wäre sie abgehauen, aber sie hatten immerhin schon die fünfhundert geblecht und hatten ihr weitere fünfhundert versprochen, wenn sie gut arbeitete. Sie würde gut arbeiten, die sollten sich wundern. Schließlich war sie keine Amateurin in dem Beruf, und man hatte ja seinen Stolz. Sie wandte den Blick zu dem nackten Mann neben sich auf dem Bett. Er war stark und gut gebaut, hatte einen völlig unbehaarten Körper. Was Hilde abstieß, war sein Gesicht. Er war einfach zu alt für diese Art Film. Aber am meisten störte sie der Zuschauer im Hintergrund. Der saß ganz still da, trug einen langen Mantel, einen großen Hut und Sonnenbrille. Genau besehen, konnte Hilde sich nicht einmal klarwerden, ob es ein Mann oder eine Frau war.

Alles paßte nicht so richtig zusammen, dachte sie. Sie fummelte an dem roten Band um ihren Hals. Warum die bloß verlangt hatten, sie sollte es umbinden? Der Kameramann sagte: »Okay, wir sind soweit. Jetzt Action, wenn ich bitten darf.«

Die Kamera begann zu surren. Hilde hatte ihre Regieanweisungen bekommen. Der Mann lag auf dem Rükken, Hilde auf ihm drauf.

Als erstes machte sie mit ihm eine »Reise um die Welt«, zeigte, was Zunge und Lippen hergaben, an Ohren und Hals, dann abwärts über Brust und Bauch, leckte ihm mit schnellen Zungenbewegungen Hoden und Penis, darauf jedes Bein, bis zu den Zehen. Dann rollte sie ihn auf den Bauch und begann dieselbe Reise von rückwärts. Ihre Zunge bewegte sich flink und routiniert, fand alle erogenen Zonen. Der Mann war jetzt voll da, steinhart.

»Zur Sache«, mahnte der Kameramann. Der Mann wälzte sich herum und legte sich auf sie drauf, schob ihre Schenkel auseinander. Sein Penis war zu unglaublichen Ausmaßen angeschwollen, und als er ihn einführte, vergaß Hilde ihre düsteren Ahnungen. Es war einfach herrlich.

»Steck ihn tiefer rein, Schatz«, stöhnte sie.

Sie fühlte ihn noch tiefer in sich, und sie fiel in seinen Rhythmus, ihre Hüften bewegten sich immer schneller.

Im Hintergrund lehnte sich der Zuschauer vor, ließ sich keine Bewegung entgehen. Das Mädchen auf dem Bett schloß die Augen.

Die verdarb ja alles!

»Augen auf!« befahl der Zuschauer.

Sofort wiederholte der Kameramann: »Mach die Augen auf!«

Erschrocken gehorchte Hilde. Sie betrachtete den

Mann über sich. Er war Klasse, einsame Spitze. Das war die Art Sex, die sie mochte, hart und mit Wucht. Er bewegte sich jetzt immer schneller, und sie reagierte entsprechend. Normalerweise bekam sie nie einen Orgasmus, außer mit ihrer Freundin. Ihren Kunden spielte sie immer nur etwas vor, aber die hätten den Unterschied sowieso nicht gemerkt. Doch diesmal hatte der Kameramann sie gewarnt: Ohne Orgasmus keinen Bonus. Deshalb entspannte sie sich jetzt und dachte an all die schönen Sachen, die sie sich von dem Geld kaufen wollte. Und sie fühlte sich dem Ziel nahe.

»Schneller!« rief sie. »Schneller!«

Schauder rannen durch ihren Körper. Ihre Stimme kreischte fast: »Es kommt, es kommt!«

Der Zuschauer nickte, und der Kameramann befahl: »Jetzt!«

Der Mann auf dem Bett legte die Hände um den Hals des Mädchens. Seine Riesenfinger drückten ihr die Luftröhre zu. Sie blickte ihn an, direkt in die Augen. Dort las sie, was ihr bevorstand, und Todesangst erfüllte sie. Sie wollte schreien, aber sie bekam keine Luft. Verzweifelt versuchte sie, sich zu befreien. Ihr Körper bewegte sich in rasenden Zuckungen, aber der Mann hielt sie fest im Griff. Es gab kein Entrinnen.

Der Zuschauer verschlang die Szene mit den Augen. Es war das Fest aller Feste. Er sah dem sterbenden Mädchen in die Augen, sah, wie sie ihre Strafe bekam.

Noch einmal zuckte Hildes Körper, dann sackte er in sich zusammen.

23. Kapitel

Zürich
Montag, 4. Oktober, 10 Uhr

Als Elizabeth in ihr Büro kam, lag auf dem Schreibtisch ein versiegelter Umschlag mit ihrem Namen darauf und dem Aufdruck: Vertraulich. Sie riß ihn auf und fand einen Bericht aus dem chemischen Labor, unterschrieben von Emil Joeppli. Der Bericht war mit Fachausdrücken gespickt, und Elizabeth verstand so gut wie kein Wort. Sie las ihn noch einmal. Und ein weiteres Mal, jedesmal langsamer und gründlicher. Endlich hatte sie die Bedeutung der Information begriffen. Sie stand auf und informierte Kate Erling: »Ich bin in einer Stunde zurück.« Dann machte sie sich auf die Suche nach Emil Joeppli.

Er war ein hochgewachsener Mann um die Fünfunddreißig, mit einem schmalen Sommersprossengesicht und einem fast kahlen Schädel, der nur noch wenige Büschel leuchtend roter Haare aufwies. Er rutschte unruhig auf seinem Stuhl hin und her. Offensichtlich war ihm Besuch in seinem kleinen Labor ungewohnt.

»Ich habe Ihren Bericht gelesen«, eröffnete ihm Elizabeth. »Da ist vieles, was ich noch nicht verstehe. Ob Sie mir wohl freundlicherweise auf die Sprünge helfen könnten?«

Auf der Stelle war Joepplis Nervosität verschwunden. Er lehnte sich vor und sprach schnell, voller Selbstsicherheit. »Ich experimentiere an einer Methode, wie man die rapide Veränderung von Kollagen hemmen kann, und zwar durch die Anwendung von Schleim-Polysacchariden und ferment-blockierenden Methoden. Kollagen, also Knorpelleim, ist, wie Sie wissen werden, die fundamentale Proteinbasis aller Bindegewebe.«

»Natürlich«, sagte Elizabeth unerschüttert.

Sie versuchte gar nicht erst, den fachmännischen Teil von Joepplis Ausführungen zu verstehen. Was sie sehr wohl begriff, war die Bedeutung des Projekts: Es konnte dazu geeignet sein, den Alterungsprozeß aufzuhalten. Ein geradezu atemberaubender Gedanke, eine bahnbrechende Idee!

Sie saß ganz still da, hörte zu, dachte daran, in welchem ungeheuren Ausmaß dies das Leben von Männern und Frauen in der ganzen Welt revolutionieren würde. Folgte man Joeppli, gab es keinen Grund, warum nicht jedermann hundert Jahre werden konnte, vielleicht hundertfünfzig, am Ende sogar zweihundert.

»Man müßte das Mittel nicht einmal injizieren«, erklärte ihr Joeppli. »Nach dieser Formel könnten die Wirkstoffe oral eingenommen werden, als Pille oder Kapsel.«

Die Möglichkeiten waren kaum auszudenken. Was Joeppli ihr da vor Augen führte, bedeutete nicht weniger als eine gewaltige soziale Revolution. Und unzählige Milliarden für Roffe und Söhne! Sie würden das Mittel selbst herstellen, gleichzeitig Lizenzen an andere Firmen vergeben. Und es würde niemanden über fünfzig Jahre geben, der nicht täglich eine Pille brauchte, um sich jung zu halten, Männlein wie Weiblein. Elizabeth hatte Mühe, ihre Erregung zu verbergen.

»Wie weit ist das Projekt schon gediehen?«

»Wie ich in meinem Bericht darlegte, habe ich jetzt vier Jahre lang an Tieren experimentiert. In letzter Zeit sind alle Befunde positiv ausgefallen. Wir stehen unmittelbar vor dem Beginn von Experimenten an Menschen.« Elizabeth fühlte sich von seinem Enthusiasmus angesteckt.

»Wer weiß sonst noch von dieser Sache?« erkundigte sie sich.

»Ihr Herr Vater kannte das Projekt natürlich. Es gehört zur Sicherheitsstufe Rot. Höchste Geheimhaltungsstufe also. Das bedeutet, ich berichte allein dem Konzernchef und einem Direktoriumsmitglied.«

Elizabeth fühlte plötzlich ein kaltes Prickeln im Nakken. »Welchem Mitglied?«

»Herrn Walther Gassner.«

Sie schwieg einen Moment, befand dann: »Von nun an möchte ich, daß Sie nur mir allein berichten, ausschließlich mir.«

Joeppli sah sie erstaunt an. »Jawohl, Miss Roffe.«

»Wann können wir das Produkt auf den Markt bringen?«

»Wenn alles gutgeht, in achtzehn Monaten bis zwei Jahren.«

»Ausgezeichnet. Wenn Sie irgend etwas brauchen – Geld, mehr Personal, neue Geräte –, lassen Sie es mich bitte wissen. Ich möchte, daß Sie so schnell wie möglich vorankommen.«

»Gut, Miss Roffe.«

Elizabeth erhob sich, und sofort sprang auch Joeppli auf.

»Es war mir eine Freude, Sie kennenzulernen.« Er lächelte und fügte etwas verlegen hinzu: »Ich habe Ihren Herrn Vater sehr verehrt.«

»Danke Ihnen«, erwiderte Elizabeth. Sam hatte also

dieses Projekt gekannt, von seiner immensen Bedeutung gewußt. War das ein weiterer Grund, warum er den Konzern nicht verkaufen wollte?

Joeppli öffnete ihr die Tür und sagte zum Abschied: »Es wird wirken. Auch beim Menschen.«

»Natürlich wird es das«, erwiderte Elizabeth.

Es mußte einfach.

»Wie ist eigentlich die Prozedur bei einem Projekt der Stufe Rot?«

»Von Anfang an?« fragte Kate Erling zurück.

»Von Anfang an.«

»Also, wie Sie wissen, haben wir mehrere hundert Produkte in verschiedenen Versuchsstadien. Sie . . .«

»Wer autorisiert die Versuche?«

»Bis zu einem gewissen Geldbetrag tun das die Chefs der jeweiligen Abteilungen.«

»Wo liegt die Grenze?«

»Bei fünfzigtausend Dollar.«

»Und darüber?«

»Dann muß das Direktorium zustimmen. Natürlich gelangt ein Projekt erst nach den verschiedenen Versuchsstadien in die Stufe Rot.«

»Mit anderen Worten, wenn es sich als erfolgversprechend erweist?«

»Genauso ist es«, sagte Kate Erling.

»Und wie wird es geschützt?«

»Handelt es sich um ein wichtiges Projekt, erfolgen alle Arbeiten in den Labors unter höchster Sicherheitsstufe. Sämtliche Unterlagen werden aus der allgemeinen Registratur entfernt und in die Sonderabteilung eingeordnet. Dazu haben nur drei Leute Zugang: der Wissenschaftler, dem das Projekt untersteht, der Präsident und jeweils ein Direktoriumsmitglied.«

»Wer entscheidet, welches Mitglied das sein soll?«

»Ihr Vater hat Walther Gassner beauftragt.«

Sobald der Name heraus war, bemerkte Kate Erling ihren Fehler.

Die beiden Frauen sahen sich an.

»Danke, Kate, das wäre fürs erste alles«, beendete Elizabeth die Unterhaltung.

Sie hatte Joepplis Projekt überhaupt nicht erwähnt. Trotzdem wußte Kate Erling, wovon sie sprach. Es gab zwei Möglichkeiten. Entweder hatte Sam ihr vertraut und ihr von Joepplis Forschungen erzählt – oder sie hatte es auf eigene Faust herausgebracht. Dann natürlich für jemand anderen.

Die Sache war viel zu wichtig, als daß auch nur das Geringste schiefgehen durfte. Sie würde die Sicherheitsvorkehrungen selbst überprüfen. Und sie mußte unbedingt mit Walther Gassner reden.

Am selben Nachmittag noch saß Elizabeth in einem Linienflugzeug nach Berlin.

Walther Gassner benahm sich auffällig nervös.

Sie saßen an einem Ecktisch im oberen Teil des Restaurants *Papillon* und blickten auf den Kurfürstendamm. Bei allen früheren Gelegenheiten, wenn Elizabeth Berlin besuchte, hatte Walther stets darauf bestanden, sie bei sich zu Hause zu bewirten. Diesmal war das überhaupt nicht erwähnt worden. Statt dessen hatte er als Treffpunkt das Restaurant vorgeschlagen.

Walther Gassner hatte noch immer das frische, jungenhafte Aussehen eines Filmstars, doch der Firnis schien abzublättern. In sein Gesicht hatten sich tiefe Falten eingegraben, und seine Hände bewegten sich ständig. Es sah aus, als stünde er unter einerm außergewöhnlichen Druck. Als sich Elizabeth nach Anna erkundigte, antwortete Walther ausweichend. »Sie fühlt sich nicht wohl und konnte nicht mitkommen.«

»Irgend etwas Ernstes?«

»Nein, nein, gar nicht. Nur vorübergehend. Sie liegt zu Hause und ruht sich aus.«

»Ich werde sie anrufen und ...«

»Ach, stör sie lieber nicht.«

Elizabeth empfand die Unterhaltung als recht merkwürdig und gar nicht typisch für Walther, der sonst überaus herzlich und offen war.

Sie schnitt das Thema Emil Joeppli an. »Wir brauchen das Präparat, woran er arbeitet, sehr, sehr dringend.«

Walther nickte. »Das wird eine ganz große Sache.«

»Ich hab ihm gesagt, er soll seine Berichte nicht länger an dich schicken.«

Plötzlich und zum erstenmal blieben Walthers Hände ganz still auf dem Tisch. Es war wie ein stummer Schrei. Er sah Elizabeth an. »Warum hast du das getan?«

»Das hat überhaupt nichts mit dir zu tun, Walther. Genau dasselbe hätte ich bei jedem anderen Direktoriumsmitglied verfügt. Es ist nur, ich will die Sache auf meine eigene Art handhaben.«

Er nickte. »Verstehe.« Aber seine Hände rührten sich noch immer nicht. »Dazu hast du das Recht, natürlich.« Er rang sich ein Lächeln ab, und sie sah, welche Anstrengung es ihn kostete. »Elizabeth«, brachte er schließlich heraus, »Anna besitzt ein sehr großes Aktienpaket. Ohne deine Zustimmung kann sie es nicht verkaufen. Es – es ist unbeschreiblich wichtig. Ich ...«

»Es tut mir leid, Walther. Ich kann jetzt nicht zulassen, daß Aktien auf den Markt kommen.«

Plötzlich bewegten sich seine Hände wieder.

24. Kapitel

Julius Badrutt war ein dünner, spröder Mann, der aussah wie ein antiker Gottesanbeter in einem modernen schwarzen Geschäftsanzug. Wie das unbeholfen gezeichnete Strichmännchen eines Kindes mit eckigen Armen und Beinen und obendrauf einem unfertigen Gesicht: so sah der Bankier Julius Badrutt aus. Steif saß er im Konferenzsaal von Roffe und Söhne, das Gesicht Elizabeth zugekehrt. In seiner Gesellschaft befanden sich fünf weitere Bankiers. Alle trugen schwarze Anzüge mit Westen, weiße Hemden, dunkle Krawatten. Elizabeth dachte, sie wirkten nicht angezogen wie normale Leute, sondern wie Soldaten in Uniform. Der Reihe nach betrachtete sie die Gesichter am Tisch, kalte, passive Mienen, und sie bekam ungute Gefühle. Vor Beginn der Sitzung hatte Kate ein Tablett hereingebracht: Kaffee und köstliches frisches Gebäck. Die Besucher hatten alle abgelehnt. Ebenso, wie sie vorher Elizabeths Einladung zum Lunch zurückgewiesen hatten. Das war ein schlechtes Zeichen, stellte sie für sich fest. Die suchten hier nur eins: das Geld, das man ihnen schuldete.

Elizabeth eröffnete die Sitzung mit ausgesuchter Höflichkeit. »Zunächst einmal möchte ich Ihnen danken, daß Sie sich heute hierher bemüht haben.«

Die Antwort bestand aus einem höflichen Gemurmel.

Elizabeth holte tief Luft. »Ich habe Sie hergebeten, um mit Ihnen eine Fristverlängerung der Darlehen zu erörtern, die Sie Roffe und Söhne gewährt haben.«

Julius Badrutt schüttelte den Kopf, eine kleine energische Bewegung. »Es tut mir außerordentlich leid, Miss Roffe. Unsere Entscheidung ist bereits Ihrem ...«

»Ich bin noch nicht fertig«, unterbrach ihn Elizabeth. Sie blickte demonstrativ in die Runde. »An Ihrer Stelle, meine Herren, würde ich ablehnen.«

Einen Moment lang waren sie verwundert, dann suchten sie sich untereinander mit Blicken zu verständigen; ihre Mienen spiegelten Verwirrung wider.

Elizabeth fuhr fort: »Wenn Sie schon Angst um Ihr Geld hatten, als mein Vater noch lebte, und der war als zuverlässiger, vertrauenswürdiger Geschäftsmann bekannt, warum sollten Sie dann Ihr Geld einer Frau anvertrauen, die in dem Geschäft völlig unerfahren ist?«

Julius Badrutt fiel trocken ein: »Damit haben Sie, möchte ich meinen, den Nagel auf den Kopf getroffen, Miss Roffe. Wir haben nicht die Absicht, die ...«

Wieder unterbrach ihn Elizabeth. »Ich bin noch nicht zu Ende.«

Sie beäugten sie jetzt argwöhnisch, offensichtlich keineswegs mehr so sicher, woran sie mit ihr waren. Sie wiederum sah jeden einzelnen an, versicherte sich ihrer vollen Aufmerksamkeit. Das also waren die Schweizer Bankiers, bewundert, geachtet und beneidet von den Kollegen in der Finanzwelt. Alle saßen jetzt nach vorn gebeugt, hörten genau zu. Die Langeweile und Ungeduld auf ihren Mienen hatte sich in reine Neugier verwandelt.

»Für Sie alle hier sind Roffe und Söhne ein Begriff, seit vielen Jahren«, fuhr Elizabeth fort. »Ich bin sicher, die meisten von Ihnen kannten meinen Vater persönlich, und in diesem Fall haben Sie ihm bestimmt Respekt entgegengebracht.«

Von einigen kam zustimmendes Nicken.

»Und ich kann mir vorstellen, daß Ihnen, meine Herren, übel wurde, als Sie erfuhren, ich würde hier seinen Platz einnehmen.«

Einer der Bankiers lächelte, brach dann in lautes Lachen aus und sagte: »Da haben Sie vollkommen recht, Miss Roffe. Ich möchte nicht ungalant sein, aber ich denke, ich spreche für uns alle hier, wenn ich feststelle, daß – wie waren doch Ihre Worte? – uns das übel aufgestoßen ist.«

Elizabeth brachte ein bezauberndes Lächeln zustande. »Und ich kann Ihnen das gar nicht verübeln. Im Gegenteil, mir wäre es an Ihrer Stelle ähnlich ergangen.«

Ein anderer Bankier ließ sich vernehmen. »Eins macht mich neugierig, Miss Roffe. Da wir uns alle über das Ergebnis dieses Treffens einig zu sein scheinen« – er breitete die Hände vielsagend aus –, »warum sind wir dann überhaupt hier?«

Elizabeth sah ihn an. »Sie sind hier, meine Herren, weil in diesem Raum in diesem Augenblick einige der größten Bankiers der Welt versammelt sind. Ich kann einfach nicht glauben, daß Sie alle Ihre außergewöhnlichen Erfolge damit errungen haben, immer nur auf Dollars und Cents erpicht zu sein. Wenn dem so wäre, könnte jeder beliebige Buchhalter das Geschäft für Sie führen, was bedeutet, daß zum großen Bankier viel mehr gehört.«

»Natürlich tut es das, Miss Roffe«, murmelte einer der Bankiers, »aber wir sind nun einmal Geschäftsleute, und . . .«

»Und Roffe und Söhne ist ein Geschäft. Und was für eins! Ein gigantisches Unternehmen, meine Herren. Ich habe das selbst erst ganz begriffen, als ich den Platz meines Vaters einnahm. Bis dahin hatte ich keine Ahnung, wie viele Menschen in allen Ländern der Erde diesem Konzern ihr Leben verdanken. Ich wußte nichts von dem enormen Beitrag, den wir für die moderne Medizin geleistet haben. Oder davon, wie viele Existenzen von dem Konzern abhängen. Wenn ...«

Julius Badrutt verlor die Geduld. »Das ist alles sehr lobenswert, aber wir scheinen vom Thema abzukommen. Soviel ich weiß, ist Ihnen empfohlen worden, Geschäftsanteile zu veräußern, um dadurch Geldmittel flüssigzumachen, das heißt, um allen unseren Forderungen nachzukommen.«

Sein erster Fehler, dachte Elizabeth: *Soviel ich weiß, ist Ihnen empfohlen worden ...*

Der Vorschlag war in einer Direktoriumssitzung gemacht worden, wo alle zur Vertraulichkeit verpflichtet sind. Jemand aus der Runde mußte geplaudert haben. Und zwar jemand, der versuchte, sie unter Druck zu setzen. Sie hatte fest vor, die Person zu entlarven, aber das mußte warten.

»Ich möchte Ihnen eine Frage stellen«, fuhr Elizabeth fort. »Wenn Ihre Forderungen befriedigt werden, würde es Ihnen dann etwas ausmachen, woher das Geld käme?«

Julius Badrutt betrachtete sie aufmerksam, ließ sich ihre Frage durch den Kopf gehen, suchte nach einer Falle. Schließlich antwortete er: »Nein. Nicht, solange wir bekommen, was uns zusteht.«

Elizabeth lehnte sich vor. Sie sprach sehr bedächtig, legte alle Überzeugungskraft in ihre Worte. »Es spielt also keine Rolle, ob Ihre Forderungen aus dem Erlös von Aktienverkäufen beglichen werden oder aus konzerneigenen Mitteln? Sie alle hier wissen, daß Roffe und

Söhne die Tore nicht zumachen werden. Nicht heute, auch morgen nicht, nie. Und ich bitte Sie nur um das Entgegenkommen, dem Konzern ein wenig mehr Zeit einzuräumen.«

Julius Badrutt verursachte mit seinen dünnen, trockenen Lippen ein schmatzendes Geräusch. »Glauben Sie mir, Miss Roffe, wir alle hegen Ihnen gegenüber die größten Sympathien. Wir wissen, welchem Streß Sie ausgesetzt sind, aber wir können nicht ...«

»Drei Monate«, warf Elizabeth ein. »Neunzig Tage. Wobei Sie selbstverständlich noch einmal zusätzliche Verzugszinsen bekommen.«

Schweigen herrschte in der Runde. Ablehnendes Schweigen. Elizabeth sah in die kalten, feindseligen Gesichter. Sie entschied sich zu einem letzten, verzweifelten Versuch.

»Ich weiß nicht, ob ich Ihnen dies überhaupt enthüllen darf«, hob sie mit gewolltem Zögern an, »und ich muß Sie bitten, absolutes Stillschweigen zu bewahren.«

Sie sah sich in der Runde um und bemerkte, daß sie wieder die volle Aufmerksamkeit besaß. »Roffe und Söhne stehen unmittelbar vor einem Durchbruch, der die gesamte pharmazeutische Industrie revolutionieren wird.« Sie legte eine Pause ein, der höheren Spannung wegen. »Unser Konzern ist dabei, ein neues Präparat auf den Markt zu bringen, das nach unseren Vorstellungen den Umsatz jedes anderen Mittels, das heute existiert, bei weitem übertreffen wird.«

Sie fühlte förmlich, wie sich die Atmosphäre wandelte.

Und es war Julius Badrutt, der als erster nach dem Köder schnappte. »Was – äh – worum – was für eine Art Mittel –«

Elizabeth schüttelte den Kopf. »Tut mir leid, Herr Badrutt. Wahrscheinlich habe ich ohnehin schon zuviel gesagt. Ich kann Ihnen lediglich versichern, daß es sich um die größte Errungenschaft in der Geschichte dieses Unternehmens handelt. Es wird eine gewaltige Ausdehnung unserer Produktionsanlagen mit sich bringen. Wir werden sie verdoppeln, möglicherweise verdreifachen müssen. Selbstverständlich werden wir dann in großem Umfang neue Finanzierungen benötigen.«

Die Bankiers tauschten stumme Blicke aus. Das Schweigen wurde schließlich von Badrutt gebrochen. »Gesetzt den Fall, wir gewähren Ihnen eine Fristverlängerung um neunzig Tage, dann erwarten wir aber auch die erste Option auf alle künftigen finanziellen Transaktionen von Roffe und Söhne.«

»Selbstverständlich.«

Wieder der Austausch vielsagender Blicke.

»Und wir hätten Ihre Zusicherung«, fuhr Badrutt fort, »daß mit Ablauf der neunzig Tage alle unsere offenstehenden Forderungen voll befriedigt werden?«

»Ja.«

Badrutt saß ganz still und starrte ins Leere. Dann sah er Elizabeth an, danach seine Kollegen. »Also«, meinte er schließlich, »ich für meinen Teil bin bereit, diese Abmachung zu akzeptieren. Ich glaube, einem Aufschub, mit zusätzlichen Säumniszinsen, versteht sich, könnten wir zustimmen.«

Einer der anderen Bankiers nickte. »Wenn Sie meinen, wir sollten mitmachen, Julius . . .«

Und es war geschafft. Elizabeth lehnte sich in ihrem Stuhl zurück, war bemüht, sich nichts von der enormen Erleichterung anmerken zu lassen, die sie empfand. Sie hatte neunzig Tage Aufschub gewonnen.

Und davon würde sie jede Minute brauchen.

25. Kapitel

Sie kam sich vor wie im Auge eines Hurrikans.

Alles floß über ihren Tisch: Es kamen Berichte über neue Präparate, Verkaufsziffern, Statistiken, Reklamekampagnen, Forschungsprogramme von den Abteilungen des Hauptquartiers, aus den Fabriken in Zaire, den Laboratorien in Grönland, Niederlassungen in Australien und Thailand, kurz, aus allen vier Ecken der Welt.

Und dann waren Entscheidungen zu treffen: Es ging um den Bau neuer Fabriken, das Abstoßen alter, die Übernahme von Fremdfirmen, um die Einstellung oder Entlassung von Mitarbeitern. In jeder Phase konnte Elizabeth auf Rat und Beistand vieler Experten zurückgreifen, doch alle endgültigen Entscheidungen lagen allein bei ihr, so wie sie vorher bei Sam gelegen hatten. Jetzt war sie dankbar für die drei Jahre, die sie so eng mit ihrem Vater zusammengearbeitet hatte. Sie wußte mehr, viel mehr über den Konzern, als ihr vorher bewußt gewesen war, auf der anderen Seite aber noch viel zuwenig. Die kaum vorstellbare Reichweite der Firma war furchteinflößend. Elizabeth hatte den Konzern früher immer als eine Art Königreich angesehen, in Wahrheit aber bestand er aus einer Reihe von Königreichen, in denen Vizekönige regierten. Und der Thronsaal war das Büro des Präsidenten. Jeder ihrer Vettern war Herr seiner eigenen

Domäne, aber darüber hinaus hatten sie die überseeischen Niederlassungen zu kontrollieren, so daß alle dauernd unterwegs waren.

Sehr schnell wurde Elizabeth mit einem Spezialproblem konfrontiert. Sie bewegte sich als Frau in einer Männerwelt, und das erwies sich als Hemmnis. Eigentlich hatte sie nie so richtig glauben wollen, daß die Männer dem Mythos von der Minderwertigkeit der Frau huldigten. Nun aber wurde sie schnell eines Besseren belehrt. Natürlich sprach es niemand offen aus oder ließ es sie direkt fühlen, aber Elizabeth sah sich jeden Tag diesem Problem gegenüber. Es war eine aus uralten Vorurteilen entstandene Haltung, und man kam einfach nicht daran vorbei. Den Männern ging es gegen den Strich, Anweisungen von einer Frau entgegenzunehmen. Sie haßten schon den Gedanken, daß eine Frau ihre Urteilskraft in Frage stellen könnte oder versuchte, ihre Ideen und Vorstellungen zu verbessern. Daß Elizabeth jung und hübsch war, machte die Sache nur noch schlimmer. Sie versuchten, ihr das Gefühl einzugeben, eine Frau gehöre ins Haus, zu Kindern und Küche und ins Bett; für ernsthafte Gespräche sei sie nicht geschaffen. Das solle sie gefälligst den Männern überlassen.

Jeden Tag beraumte Elizabeth Sitzungen mit den verschiedenen Abteilungsleitern an. Nicht alle verhielten sich feindselig oder abweisend. Einige benahmen sich wie Raubtiere. Ein hübsches Mädchen auf dem Stuhl des Konzernchefs: Das war eine Herausforderung für ihr männliches Ego. Ihre Gedanken waren leicht zu lesen: Wenn ich sie vögeln könnte, hätte ich hier auch das Sagen.

Wie die Jünglinge von Sardinien, nur erwachsen.

Die Männer sahen nur das schöne Äußere. Statt um ihren Körper hätten sie sich um ihren Verstand kümmern sollen. Denn der hatte sie an die Leine gelegt. Sie unterschätzten ihre Intelligenz, und das war ihr Fehler.

Ein weiterer Irrtum lag in der Fehleinschätzung ihrer Fähigkeit, Autorität auszuüben.

Und sie rechneten nicht mit ihrer inneren Kraft, was der allergrößte Fehler war. Sie war eine Roffe, in ihr floß das Blut des alten Samuel ebenso wie das ihres Vaters, und deren Wille und Geist waren als Erbgut auf sie übergegangen.

Die Männer ihrer Umgebung versuchten, sie sich zunutze zu machen. In Wahrheit benutzte Elizabeth die Männer. Sie machte sich ihr Können und ihre Erfahrung zu eigen und die Einsichten, die sie im Lauf der Zeit gewonnen hatten. Sie ließ sie alle reden und hörte zu. Sie stellte Fragen und merkte sich die Antworten.

Mit einem Wort: Sie lernte.

Jeden Abend nahm sie zwei schwere Aktentaschen voll Unterlagen mit nach Hause. Manchmal arbeitete sie bis vier Uhr morgens. Eines Abends erwischte ein Zeitungsfotograf sie, als sie aus dem Gebäude kam, im Schlepptau einen Sekretär, der die beiden Aktenkoffer trug. Am nächsten Morgen erschien das Foto in der Presse unter der Überschrift: Die arbeitende Erbin.

Über Nacht war Elizabeth eine internationale Berühmtheit geworden. Die Story vom schönen jungen Mädchen, das einen Multi-Milliarden-Konzern erbte und sich zu dessen Chefin erhob, machte Schlagzeilen. Die Gazetten stürzten sich nur so darauf. Elizabeth war hübsch, gescheit und natürlich, was im Jet-set-Zeitalter höchst selten anzutreffen ist. Sie stand immer den Journalisten zur Verfügung, versuchte, das angeschlagene Image des Konzerns zu verbessern, und die Medien verhielten sich wohlwollend. Wenn sie auf die Frage eines

Reporters nicht sofort eine Antwort wußte, scheute sie sich nicht, zum Telefon zu greifen und sich die Auskunft zu verschaffen. Einmal pro Woche kamen ihre Vettern nach Zürich, und Elizabeth widmete sich ihnen, so ausgiebig sie konnte. Sie sprach einzeln mit jedem und in der Runde, unterhielt sich mit ihnen und beobachtete sie genau, immer auf der Suche nach einem Hinweis, wer der Verräter sein könnte, wer unschuldige Menschen in einer Explosion hatte sterben lassen, wer Geheimnisse an die Konkurrenz verriet und darauf aus war, Roffe und Söhne ins Verderben zu stürzen. Einer ihrer Vettern.

Ivo Palazzi, der Unwiderstehliche, mit dem überwältigenden Charme.

Alec Nichols, der immer korrekte Gentleman, sanft, gutmütig und stets an Elizabeths Seite, wenn sie ihn brauchte.

Charles Martel, der verängstigte Pantoffelheld. Und Ängstliche konnten äußerst gefährlich sein, wenn man sie in die Enge trieb.

Walther Gassner. Die ehrliche deutsche Haut. Blendendes Äußeres, immer freundlich. Aber wie sah es in seinem Inneren aus? Er hatte Anna geheiratet, die dreizehn Jahre ältere Erbin. Des Geldes oder der Liebe wegen?

Wenn Elizabeth mit ihnen zusammen war, fuhr sie ihre Antenne ganz weit aus, horchte und tastete sich vor. Sie brachte das Gespräch auf die Explosion in Chile und beobachtete ihre Reaktionen. Sie sprach über Patente, die Roffe und Söhne an die Konkurrenz verloren hatte, und über die drohenden Regierungsklagen.

Das Ergebnis war gleich Null. Um wen es sich auch handelte: Er war viel zu schlau, um sich eine Blöße zu geben. Nur eine Falle konnte ihn zur Strecke bringen. Elizabeth erinnerte sich an Sams Notiz auf dem Bericht: *Den Hund kriege ich*. Jetzt lag es an ihr, ihn zur Strecke zu bringen.

Sie mußte es herausfinden.

An sich selbst stellte Elizabeth fest, daß sie mehr und mehr von den Besonderheiten des Pharmageschäfts in Bann geschlagen wurde.

Hier herrschten ganz eigene Gesetze. Schlechte Nachrichten wurden absichtlich breitgetreten. Sobald jemand in Erfahrung brachte, daß ein Patient durch das Fabrikat eines Konkurrenzunternehmens gestorben war, griffen Dutzende von Leuten zum Telefon.

»Übrigens, haben Sie schön gehört ...«

Doch nach außen hin standen alle Firmen miteinander auf bestem Fuß. Die Chefs der großen Konzerne kamen regelmäßig ganz informell zusammen, und bald wurde auch Elizabeth zu einer dieser Zusammenkünfte eingeladen. Sie war die einzige Frau in der Runde. Man tauschte gegenseitig Sorgen und Probleme aus.

Der Vorstandsvorsitzende einer großen Firma, nicht mehr der Jüngste, jedoch ein aufgeblasener Kerl mit arrogantem Gehabe, war Elizabeth schon den ganzen Abend auf den Fersen. Jetzt wandte er sich an sie. »Die Regierungen werden jeden Tag unvernünftiger«, posaunte er. »Immer mehr Restriktionen für unsereins. Wenn morgen irgendein Genie das Aspirin erfände, würde die Regierung ihn niemals damit auf den Markt lassen.« Er schenkte Elizabeth ein überlegenes Lächeln. »Haben Sie eigentlich eine Ahnung, meine junge Dame, wie lange es schon Aspirin gibt?«

Die junge Dame entgegnete: »Seit vierhundert vor Christus, als Hippokrates Salizyl in der Weidenborke entdeckte.«

Er starrte sie an. Das Lächeln war weggewischt. »Stimmt.« Und er verschwand.

Einmütig sahen die Konzernchefs eins ihrer Hauptprobleme in der Existenz der »Ich-auch-Firmen«, jener Pharma-Elstern, welche die Formeln erfolgreicher Produkte stahlen, den Namen des Präparats änderten und es dann als eigenes Erzeugnis auf den Markt warfen. Das kostete die eingesessenen Unternehmen jährlich Hunderte von Millionen Dollar.

In Italien brauchte man die Formel nicht einmal zu stehlen.

»Italien ist eines der Länder, wo neue Präparate nicht durch Patentsatzungen geschützt werden«, erfuhr Elizabeth von einem ihrer Gesprächspartner. »Für ein Bakschisch von ein paar tausend Lire kann jeder Formeln kaufen, ein Bestechlicher findet sich immer. Und dann taucht das Produkt unter einem anderen Namen auf. Wir investieren Millionen in die Forschung, und andere streichen den Profit ein.«

»Ist das nur in Italien möglich?« erkundigte sich Elizabeth.

»In Italien und Spanien ist es am schlimmsten. In Frankreich und Westdeutschland sind wir schon besser dran, da ist nicht viel auszusetzen. England und die Vereinigten Staaten sind vorbildlich.«

Elizabeth musterte die entrüsteten, von Geschäftsmoral durchdrungenen Kollegen. Ob einer von ihnen in die Patentdiebstähle bei Roffe und Söhne verwickelt war?

Elizabeth kam es vor, als verbrächte sie die meiste Zeit in Flugzeugen. Ihr Paß lag ständig bereit. Mindestens einmal pro Woche kam ein verzweifelter Hilferuf aus Kairo, Guatemala oder Tokio, und wenige Stunden später befand sie sich, begleitet von einem Expertenteam, auf Rettungsexpedition.

So lernte sie Fabrikmanager und ihre Familien in Riesenstädten wie Bombay kennen oder an entfernten Außenposten wie Puerto Vallarta. Langsam nahm Roffe und Söhne für sie eine neue Perspektive an. Der Konzern war nicht mehr eine unpersönliche Anhäufung von Berichten und Statistiken. Eine Expertise aus Guatemala, das hieß für sie nun Emil Nuñoz, seine dicke, immer lustige Frau und die zwölf Kinder. Kopenhagen bedeutete Nils Bjorn und seine verkrüppelte Mutter, bei der er wohnte und die er versorgte. Rio de Janeiro brachte ihr einen erlesenen Abend mit Alessandro Duval und seiner bezaubernden Geliebten in Erinnerung.

Mit Emil Joeppli blieb Elizabeth in ständiger Verbindung. Sie rief ihn immer auf ihrer Geheimleitung abends von zu Hause aus in seiner kleinen Wohnung in Aussersihl an.

Selbst dann war sie sehr vorsichtig am Telefon.

»Wie kommen Sie voran?«

»Etwas langsamer, als ich gehofft hatte, Miss Roffe.«

»Brauchen Sie etwas?«

»Nein. Nur Zeit. Da ist eine Schwierigkeit aufgetaucht, aber ich glaube, ich schaffe es.«

»Gut. Rufen Sie mich an, wenn Sie etwas benötigen, was immer es auch sein mag.«

»Das werd ich. Vielen Dank, Miss Roffe.«

Elizabeth legte auf. Sie spürte den Drang, ihm zu sagen, er solle doch schneller machen; denn sie wußte: Ihre Galgenfrist bei den Banken lief ab. Geradezu verzweifelt war sie auf das Produkt von Emil Joeppli angewiesen, aber ihn zu hetzen war kein Ausweg, und sie bezwang sich. Elizabeth wußte ohnehin, daß die Experimente längere Zeit in Anspruch nehmen würden als der erlangte

Aufschub, aber sie hatte einen Plan. Es war ihre Absicht, Julius Badrutt in das Geheimnis einzuweihen. Sie wollte ihn mit in das Labor nehmen und ihm zeigen, was dort vor sich ging. Dann würden ihr die Banken soviel Zeit einräumen, wie sie nur brauchte.

Immer enger arbeitete Elizabeth mit Rhys Williams zusammen, manchmal bis tief in die Nacht. Oft waren sie allein. Dann gab es Abendessen in ihrem Privat-Speiseraum oder im Büro oder auch in dem eleganten Appartement, das sie gemietet hatte. Es lag in einer modernen Wohnanlage, war weitläufig, luftig und hell und hatte einen phantastischen Blick auf den Zürichsee. Stärker als je zuvor spürte Elizabeth den nahezu animalischen Magnetismus, der von Rhys ausging. Er aber, selbst wenn er sich zu Elizabeth hingezogen fühlten sollte, ließ sich nichts anmerken. Er war stets gleichbleibend freundlich und umsichtig. Onkelhaft, das war der Begriff für sein Verhalten, der sich Elizabeth aufdrängte. Das klang nicht gerade ermutigend, barg auf der anderen Seite aber auch eine große Versuchung. Nur zu gern hätte Elizabeth ihn als Stütze für ihre Sorgen benutzt, hätte ihm alles anvertraut. Trotzdem: Vorsicht war geboten. Mehr als einmal erwischte sie sich dabei, wie sie schon den Mund aufmachte, um ihm alles zu sagen. Aber jedesmal beherrschte sie sich. Sie konnte mit niemandem darüber reden, noch nicht. Erst mußte sie mehr wissen.

Elizabeth gewann immer mehr Selbstvertrauen. Bei einer Verkaufskonferenz stand ein neues Haarspray zur Diskussion, das sich auf dem Markt äußerst schwer tat. Elizabeth hatte es selbst ausprobiert und wußte: Das Produkt war besser als andere.

»Die Rücksendungen seitens der Drogerien nehmen

zu«, klagte einer der Verkaufsleiter. »Das Zeug läuft einfach nicht. Wir müssen mehr Reklame machen.«

»Das Budget ist schon überschritten«, widersprach Rhys. »Was wir brauchen, ist ein anderer Dreh.«

»Vergessen Sie die Drogerien«, sagte Elizabeth.

Alle sahen sie an. »Was?«

»Sie wenden sich zu sehr an die breite Masse.« Sie sagte, zu Rhys gewandt: »Ich meine, wir sollten die Werbekampagne fortführen, das Produkt aber nur noch in Schönheitssalons anbieten. Wir müssen es exklusiver machen; die Leute sollen sich die Hacken danach ablaufen. Exklusiv und schwer zu bekommen, das ist das richtige Image für das Spray.«

Rhys überlegte einen Moment. Er nickte. »Das scheint der Weg zu sein. Wollen wir's doch mal so versuchen.«

Über Nacht wurde das Haarspray ein Renner.

Nach der Sitzung hatte Rhys ihr das fällige Kompliment gemacht. »Sie sind nicht mehr nur einfach ein hübsches Mädchen«, meinte er grinsend.

Also gingen ihm endlich die Augen auf.

26. Kapitel

London
Freitag, 2. November, 17 Uhr

Alec Nichols saß allein in der Clubsauna. Die Tür ging auf, und ein Mann kam in den dampfenden Raum, ein Handtuch um die Hüfte geschlungen. Er setzte sich auf die Holzbank neben Alec. »Ganz schön heiß hier, was, Sir Alec? Wie ein Hexenkessel.«

Alec drehte sich abrupt um. »Wie sind Sie hier reingekommen?« Es war Jon Swinton.

Der zwinkerte. »Hab gesagt, Sie erwarten mich.« Er sah Alec in die Augen. »Das stimmt doch, oder? Sie haben mich doch erwartet?«

»Nein«, gab Alec zurück. »Ich habe Ihnen doch gesagt, ich brauche mehr Zeit.«

»Ja, und Sie ha'm uns auch gesagt, Ihre süße kleine Kusine verkauft die Aktien, und Sie geben uns dann unser Geld.«

»Sie – sie hat ihre Absicht geändert.«

»So, hat sie das? Dann sollten Sie die wohl schnellstens zurückändern.«

»Das versuche ich ja. Es ist eine Frage der . . .«

»Is 'ne Frage, wieviel Pferdekacke Sie uns noch auftischen.« Jon Swinton rückte näher, zwang Alec, seinerseits auf der Bank weiterzurutschen. »Wir woll'n ja nicht grob zu Ihnen werden, denn es is' ja immer gut, wenn man 'n Freund im Parlament hat, so einen wie Sie. Sie wissen schon, was ich meine. Aber da gibt's doch Grenzen.« Er lehnte sich jetzt gegen Alec, der noch weiter rutschte. »Wir ha'm Ihnen 'nen Gefallen getan. Jetzt is's an der Zeit, daß Sie sich erkenntlich zeigen. Sie besorgen uns fixobello 'ne dicke Ladung Stoff. Drogen, na, Sie wissen schon.«

»Nein! Unmöglich!« rief Alec. »Das kann ich nicht. Ich habe keine ...«

Plötzlich merkte Alec, daß er bis ans Ende der Bank gedrängt worden war, bis dicht an den großen Metallbehälter mit den glühendheißen Gesteinsbrocken. »Vorsicht!« rief er. »Ich ...«

Aber Swinton hatte schon seinen Arm gepackt und ihn verdreht, zwang ihn an den heißen Kessel. Alec fühlte, wie seine Haut versengte.

»Nein!«

Im nächsten Augenblick wurde ihm der Arm auf die heißen Steine gepreßt. Er schrie vor Schmerz und fiel auf den Boden, wand sich in Qualen. Über ihm stand Jon Swinton.

»Lassen Sie sich etwas einfallen. Auf bald.«

27. Kapitel

Berlin
Samstag, 3. November, 18 Uhr

Anna Roffe-Gassner wußte nicht, wie lange sie ihre Lage noch würde ertragen können.

Sie war zur Gefangenen in ihrem eigenen Haus geworden. Nur die Putzfrau kam einmal pro Woche für ein paar Stunden. Sonst waren Anna und die Kinder allein, auf Gnade und Ungnade Walther ausgeliefert. Er machte sich gar nicht mehr die Mühe, seinen Haß zu verbergen. Anna war im Kinderzimmer gewesen und hatte mit ihnen eine Platte gespielt, einer ihrer Lieblingsmelodien gelauscht:

»Welch ein Singen, Jubilieren,
Pfeifen, Zwitschern, Tirilieren . . .«

Die Tür war aufgeflogen, Walther kam hereingestürmt. »Ich hab jetzt genug davon!« hatte er gebrüllt.

Und er hatte die Platte zerbrochen. Die Kinder verkrochen sich zitternd in eine Ecke.

Anna hatte versucht, ihn zu besänftigen. »Es tut mir so leid, Walther. Ich hab nicht gewußt, daß du schon zu Hause bist. Möchtest du etwas?«

Er hatte sich dicht vor ihr aufgebaut, seine Augen loderten, und er sagte kalt: »Wir werden uns die Kinder vom Hals schaffen, Anna.«

Und das vor ihren Ohren!

Er legte ihr die Hände auf die Schultern. »Was in diesem Haus geschieht, muß unser Geheimnis bleiben.«

Unser Geheimnis. Unser Geheimnis. Unser Geheimnis.

Die Worte dröhnten ihr im Kopf. Sie fühlte, wie sich seine Arme um sie schlangen. Er preßte sie so hart an sich, daß ihr der Atem verging. Sie sank in Ohnmacht.

Als Anna aufwachte, lag sie in ihrem Bett. Die Vorhänge waren zugezogen. Sie blickte auf die Uhr. Sechs Uhr abends. Das Haus lag ganz still. Zu still. Ihr erster Gedanke galt den Kindern. Angst griff mit eisigen Händen nach ihr. Sie stand auf, stolperte auf zittrigen Beinen zur Tür. Abgeschlossen. Von außen. So fest sie konnte, preßte sie das Ohr an das Holz, lauschte. Sie hätte die Kinder hören müssen. Warum hörte sie nichts von ihnen? Sie müßten heraufgelaufen kommen, zu ihr. Das taten sie immer. Warum jetzt nicht? Sie müßten doch dasein.

Wenn sie noch gelebt hätten.

Ihre Beine zitterten so stark, daß sie kaum zum Telefon kam. Leise sprach sie ein Gebet, dann nahm sie den Hörer ab. Das vertraute Freizeichen ertönte. Noch zögerte sie. Sie durfte gar nicht daran denken, was Walther ihr antun würde, wenn er sie erwischte. Nein, nicht daran denken! Anna versuchte, 110 zu wählen. Doch ihre Hände zitterten zu stark. Sie verwählte sich, ebenso beim zweitenmal. Schluchzen stieg in ihr auf. Sie hatte nur noch wenig Zeit! Sie bekämpfte die Hysterie, versuchte es abermals, brachte ihren ganzen Willen auf. Immer mit der Ruhe. Sie hörte es klingeln. Dann – welch ein Wunder – eine Männerstimme. »Hier Polizeinotruf.«

Anna brachte kein Wort heraus.

»Hier Polizeinotruf«, wiederholte die Stimme. »Kann ich Ihnen helfen?«

»Ja!« Es war ein mühsam unterdrückter Schrei. »Ja, bitte! Ich bin in großer Gefahr. Bitte, schicken Sie jemanden ...«

Walther ragte riesig vor ihr auf. Er riß ihr den Hörer aus der Hand, schleuderte sie gegen das Bett. Dann knallte er den Hörer auf die Gabel. Sein Atem ging keuchend. Er riß die Telefonschnur aus dem Stecker und drehte sich zu ihr um.

»Die Kinder«, flüsterte Anna. »Was hast du mit den Kindern gemacht?«

Walther antwortete ihr nicht.

Die Zentrale der Berliner Kriminalpolizei lag in der Keithstraße 28–32 in einer ruhigen Wohn- und Geschäftsgegend im Westen Berlins. Die Abteilung »Delikte am Menschen« war mit einer automatischen Fangschaltung ausgestattet. Der Anruf konnte zurückverfolgt werden, selbst wenn das Gespräch unterbrochen war. Auf diese Weise konnte jeder Anrufer festgestellt werden, so kurz er sich auch fassen mochte. Die hochmoderne Anlage war der Stolz der Abteilung.

Keine fünf Minuten nach Anna Gassners Anruf kam Wachtmeister Paul Lange mit einem Kassettenrecorder in das Büro seines Vorgesetzten, Hauptkommissar Wagemann.

»Hören sie sich das einmal an.« Wachtmeister Lange betätigte das Gerät. Eine metallische Stimme sagte: »Hier Polizeinotruf. Kann ich Ihnen helfen?«

Dann eine Frauenstimme, in höchster Angst. »Ja! Ja, bitte! Ich bin in großer Gefahr. Bitte, schicken Sie jemanden ...«

Darauf ein dumpfer Ton, wie ein Schlag, ein Klicken,

und die Leitung war tot. Hauptkommissar Wagemann sah Wachtmeister Lange an. »Und? Haben Sie die Anruferin festgestellt?«

»Wir wissen, von wo der Anruf kam.« Lange drückte sich betont vorsichtig aus.

»Na und? Was behelligen Sie mich dann damit?« raunzte Wagemann ungehalten. »Sagen Sie der Zentrale Bescheid, sie soll einen Wagen schicken zum Überprüfen.«

»Ich wollte doch lieber erst Ihre Meinung hören.« Und Wachtmeister Lange legte einen Zettel vor seinen Chef.

»Verdammte Scheiße!« Der Hauptkommissar starrte ihn an. »Sind Sie sicher?«

»Absolut.«

Wagemann betrachtete noch einmal den Zettel. Das Telefon lief auf den Namen Gassner, Walther. Wagemann wußte nur zu gut: Er war der Chef der deutschen Niederlassung von Roffe und Söhne, einem der Industriegiganten der Stadt.

Über die Folgen brauchten sich die beiden nicht zu unterhalten. Nur ein Hornochse hätte da nicht geschaltet. Eine falsche Bewegung, und sie beide stünden auf der Straße, konnten sich beim Arbeitsamt melden. Wagemann überlegte einen Moment. »Also gut. Gehen Sie der Sache nach. Ich will, daß Sie selbst hinfahren. Und, verdammt noch mal, behandeln Sie die Angelegenheit wie rohe Eier. Haben Sie verstanden?«

»Jawohl, Herr Kommissar.«

Die Villa Gassner lag in Wannsee, dem exklusiven Stadtteil im Südwesten Berlins. Wachtmeister Lange nahm den Weg über den Hohenzollerndamm bis zum Roseneck. Dann bog er in die Clayallee ein, fuhr am USIA-Gebäude vorbei. Nachdem er das amerikanische

Hauptquartier passiert hatte, bog er rechts ab in die Potsdamer Chaussee, eine der längsten Ausfallstraßen Berlins, die nach Wannsee führt. Hier gab es vorwiegend Privatvillen, alle schön und eindrucksvoll gelegen, mit herrlichen Gärten, manche mit einem eigenen Bootssteg. Sonntags ging Wachtmeister Lange manchmal mit seiner Frau dort spazieren, um die schönen Grünanlagen zu betrachten und die Segelboote auf dem Wannsee.

Er fand die gesuchte Adresse und bog in die lange Auffahrt zum Anwesen der Gassners ein. Es verkörperte mehr als nur Reichtum. Es war die zu Stein gewordene Macht. Die Dynastie Roffe war mächtig genug, um Regierungen zu stürzen. Wagemann hatte völlig recht gehabt: Er mußte mit äußerster Vorsicht zu Werk gehen.

Wachtmeister Lange hielt vor dem Portal der dreistökkigen Villa. Er stieg aus und klingelte. Ihn umfing die lastende Stille eines einsamen Hauses. Aber er wußte, das konnte nicht sein. Er klingelte ein zweites Mal. Kein Echo, gleichbleibende Stille. Gerade überlegte er, ob er um das Haus herum nach hinten gehen sollte, als die Tür plötzlich geöffnet wurde. Auf der Schwelle stand eine Frau. Sie war mittleren Alters, keinesfalls hübsch und trug einen zerknitterten Morgenrock. Wachtmeister Lange meinte, es mit der Haushälterin zu tun zu haben. Er zeigte seinen Dienstausweis. »Ich möchte bitte Frau Gassner sprechen. Sagen Sie ihr, Wachtmeister Lange wäre hier.«

»Ich bin Frau Gassner«, erklärte die Frau.

Wachtmeister Lange versuchte, sein Erstaunen zu verbergen. Die Frau entsprach so gar nicht seinen Vorstellungen von der Herrin dieses Hauses.

»Ich – wir haben bei der Kripo vor kurzem einen Notruf erhalten«, begann er umständlich.

Sie sah ihn regungslos an. Wachtmeister Lange hatte

das ungute Gefühl, die Situation zu verpatzen; wie und warum, wußte er selbst nicht. Auf jeden Fall war ihm, als entginge ihm etwas Wichtiges.

»Haben Sie angerufen, Frau Gassner?«

»Ja«, kam die Antwort. »Es war ein Irrtum.«

Ihre Stimme klang tot, fast körperlos. Ihn überlief ein merkwürdiges Kribbeln. Nur zu genau erinnerte er sich an die schrille, fast hysterische Stimme der Anruferin vor kaum mehr als einer halben Stunde.

»Leider muß ich dennoch einen Bericht machen. Darf ich also fragen, um welche Art von Irrtum es sich handelte?«

Ihr Zögern war kaum wahrnehmbar. »Da war – ich glaubte, von meinen Juwelen hätte ein Stück gefehlt. Ich habe es gefunden.«

»Verstehe.« Wachtmeister Lange zögerte. Er hätte gern das Haus betreten, um herauszufinden, was er offensichtlich nicht herausfinden sollte. Es blieb ihm nichts anderes übrig, als zu sagen: »Vielen Dank, Frau Gassner. Tut mir leid, Sie gestört zu haben.«

Frustriert stand er da und sah zu, wie die Haustür sich schloß. Direkt vor seiner Nase. Langsam stieg er ins Auto und fuhr davon.

Hinter der Tür drehte sich Anna um.

Walther nickte. Seine Stimme war ganz leise. »Das hast du sehr gut gemacht, Anna. Und jetzt gehen wir wieder nach oben.«

Er wandte sich zur Treppe, und Anna brachte eine große Schere aus den Falten des Morgenmantels zum Vorschein. Sie stieß ihm das spitze Instrument tief in den Rücken.

28. Kapitel

Rom
Sonntag, 4. November, 12 Uhr mittags

Welch ein Tag, dachte Ivo Palazzi. Genau der Tag, an dem man einen Ausflug zur Villa d'Este machen mußte, mit Simonetta und den drei Töchtern. Als Ivo Arm in Arm mit seiner Frau durch die Tivoli-Gärten schlenderte und den Mädchen nachsah, die vor ihnen her von Brunnen zu Brunnen hüpften, streifte ihn der Gedanke, ob Pirro Ligorio, der den Park für die Familie d'Este angelegt hatte, sich wohl je hatte träumen lassen, daß er eines Tages Millionen von Touristen damit Freude bereiten würde. Die Villa d'Este lag ein kurzes Stück nordöstlich von Rom, an die Sabiner Hügel geschmiegt. Ivo war schon oft dort gewesen, und jedesmal hatte es ihm besonderes Vergnügen bereitet, auf dem höchsten Plateau zu stehen und auf die sprühenden Springbrunnen hinabzublicken, alle derart raffiniert angelegt, daß keiner dem anderen glich.

In früheren Zeiten hatte Ivo seine drei Söhne und Donatella hierher geführt. Wie wohl sie sich alle gefühlt hatten! Der Gedanke an sie stimmte Ivo ganz traurig. Seit jenem grausigen Nachmittag hatte er Donatella weder gesehen noch mit ihr gesprochen. Nur zu gut erinnerte er sich an die schrecklichen blutroten Kratzwunden, die sie ihm beigebracht hatte. Aber er wußte, welches Meer von Reue sie umfing, konnte die Sehnsucht ermessen, die sie nach ihm empfand. Immerhin, es schadete ihr nichts, wenn sie eine Weile leiden mußte, schließlich hatte auch er gelitten. Er konnte sich ihre Stimme vorstellen, hörte mit dem inneren Ohr sie sagen: »Kommt, Jungens. Hier entlang.«

Das hörte sich so klar und deutlich an, daß es ihm fast wirklich vorkam. Er hörte sie sagen: »Los doch, Francesco!« Und Ivo drehte sich um. Donatella ging kurz hinter ihm, mit ihren drei Söhnen. Und sie bewegte sich energisch auf ihn und Simonetta und die drei Mädel zu. Zuerst dachte Ivo, es müßte ein Zufall sein. Die vier machten sicher auch gerade einen Ausflug. Doch sobald er ihren Gesichtsausdruck sah, wußte er Bescheid. Die *puttana* plante eine Familienzusammenführung, sie wollte ihn fertigmachen! Wie ein Wahnsinniger überlegte er, wie er dem Schicksal im letzten Augenblick entrinnen konnte.

Schnell rief er Simonetta zu: »Da ist etwas, das muß ich euch unbedingt zeigen. Vorwärts, Leute, marsch, marsch!«

Und er jagte seine Familie die lange, gewundene Steintreppe hinab, zum nächsten Plateau, drängte Touristen zur Seite, warf hektische Blicke über die Schulter nach hinten. Donatella und die Jungs näherten sich der Treppe. Ivo wußte, wenn die Jungen ihn sahen, war alles aus. Einer von ihnen brauchte nur »Papa« zu rufen, und er konnte sich genausogut in einem der Springbrunnen ertränken. Und weiter hetzte er Simonetta und die Mädchen, gab ihnen keine Gelegenheit, nach Luft zu schnappen.

»Wo rennen wir eigentlich hin?« keuchte Simonetta. »Warum plötzlich die Hast?«

»Eine Überraschung.« Ivo zwang seine Stimme zur Fröhlichkeit. »Ihr werdet schon sehen.«

Er wagte einen weiteren Blick nach hinten. Momentan waren Donatella und die Jungen außer Sicht. Vor ihnen lag ein Labyrinth; eine Treppe führte nach oben, die andere nach unten. Ivo entschied sich für die erstere.

»Kommt, Kinder!« rief er. »Wer zuerst oben ist, kriegt eine Belohnung.«

»Ivo! Ich bin völlig fertig«, jammerte Simonetta. »Können wir uns nicht eine Sekunde ausruhen?«

Er sah sie völlig entgeistert an. »Ausruhen? Das würde doch die ganze Überraschung kaputtmachen. Los, los, Beeilung!«

Er nahm Simonetta beim Arm und schleppte sie die steilen Stufen hinauf; die drei Töchter rannten voraus. Ivo selbst keuchte auch mächtig, rang nach Luft. Das geschähe denen recht, dachte er bitter, wenn ich einen Herzanfall bekäme und hier auf der Stelle sterben würde. Verdammte Weiber! Man kann keiner mehr trauen. Wie konnte sie mir das antun? Sie betete mich doch an. Dafür bring ich die Hündin um.

Er malte sich aus, wie er Donatella erwürgte. In ihrem Bett. Sie trug nichts als ein hauchdünnes Negligé. Er riß es ihr vom Leib und bestieg sie, während sie um Gnade winselte. Ivo fühlte, wie er eine Erektion bekam.

»Können wir nicht endlich stehenbleiben?« bettelte Simonetta.

»Nein! Wir sind ja gleich da!«

Sie waren wieder auf dem oberen Plateau angelangt. Ivo blickte hastig in die Runde. Donatella und die Jungen waren nirgends zu sehen.

»Wohin schleppst du uns eigentlich?« Simonettas Stimme wurde energischer.

»Ihr werdet's sehen.« Ivos Stimme verriet aufsteigende

Hysterie. »Mir nach!« Er drängte sie in Richtung Ausgang.

»Gehen wir schon wieder, Papa?« beschwerte sich Isabella, die Älteste. »Wir sind doch gerade erst gekommen«

»Wir gehen woandershin, wo's viel besser ist«, keuchte Ivo. Er sah zurück. Da kamen sie die Treppe herauf: Donatella und die Jungen.

»Schneller, Mädchen!«

Augenblicke später befanden sich Ivo und seine rechtmäßige Familie außerhalb der Mauern der Villa d'Este. Sie rannten auf den großen Platz zu, wo ihr Auto stand.

»So hab ich dich noch nie erlebt«, brachte Simonetta heraus.

»So war ich auch noch nie«, gab Ivo der Wahrheit die Ehre. Er ließ den Motor an, bevor die Türen geschlossen waren. Und er fegte vom Parkplatz, als sei der Teufel hinter ihm her.

»Ivo!«

Er tätschelte Simonettas Hand. »Jetzt könnt ihr euch alle schön ausruhen. Und als besondere Überraschung werde ich euch einladen – wir gehen zum Lunch ins Hassler.«

Sie saßen an einem Panoramafenster mit Blick auf die Spanische Treppe. In der Ferne ragte triumphal der Petersdom auf.

Simonetta und die Kinder fühlten sich wie im siebenten Himmel. Das Essen war hervorragend. Ivo hätte genausogut Pappe essen können. Seine Hände zitterten so stark, daß er kaum Messer und Gabel halten konnte. So geht das nicht weiter, dachte er. Ich lasse mir mein Leben nicht ruinieren.

Genau das nämlich hatte Donatella im Sinn, da hegte

er keinen Zweifel. *Il giuoco è stato fatto.* Das Spiel war aus. Es sei denn, er fand einen Weg, Donatellas Geldforderung zu erfüllen.

Er mußte das Geld beschaffen. Auf welche Weise, spielte keine Rolle.

29. Kapitel

Paris
Montag, 5. November, 18 Uhr

Im Augenblick, da Charles Martel die Schwelle des Hauses überschritt, wußte er: Es ging ihm an den Kragen. Hélène wartete schon auf ihn, und, was schlimmer war, in ihrer Gesellschaft befand sich Pierre Richaud, der Juwelier, der die Duplikate der gestohlenen Juwelen angefertigt hatte. Charles blieb wie versteinert in der Tür stehen.

»Komm nur rein, Charles«, sagte Hélène. In ihrer Stimme lag ein Unterton, der ihm Schauder des Entsetzens durch den Körper trieb. »Soviel ich weiß, kennst du Monsieur Richaud.«

Charles starrte sie nur wortlos an. Er wußte, was immer er sagte, würde die Sache nur noch schlimmer machen. Der Juwelier blickte angestrengt auf den Boden, wünschte sich offenbar weit weg.

»Setz dich doch, Charles.« Es war ein Befehl. Charles nahm Platz.

Hélènes Stimme war hart wie Stahl. »Was dich erwartet, *mon cher mari*, ist eine Anklage wegen schweren Diebstahls. Du hast meine Juwelen gestohlen und die Stücke durch plumpe Imitationen ersetzt, angefertigt von Monsieur Richaud.«

Charles wollte in den Boden versinken, aber er konnte nichts dagegen tun: Er fühlte, wie er sich in die Hosen machte. Das war ihm das letztemal als kleiner Junge passiert. Er lief rot an. Verzweifelt wünschte er sich, den Raum verlassen zu können, um sich zu säubern, nur für einen Moment. Für einen Moment? Nein, er wollte fliehen und nie im Leben zurückkehren.

Hélène wußte alles. Wie sie es herausbekommen hatte, spielte keine Rolle. Es würde weder ein Entrinnen geben noch Gnade. Schlimm genug, daß Hélène seine Tat kannte, den Diebstahl. Was aber würde passieren, wenn sie sich erst über das Motiv im klaren war? Daß er das Geld hatte dazu benutzen wollen, ihr zu entkommen! Der Begriff Hölle würde eine völlig neue Bedeutung erhalten. Niemand kannte Hélène, wie er sie kannte. Sie war *une sauvage*, zu allem fähig. Sie würde ihn vernichten, ohne auch nur einen Gedanken daran zu verschwenden, würde ihn zum Clochard machen, einer jener traurigen Gestalten, die in Lumpen auf den Straßen von Paris nächtigten. Sein Leben hatte sich plötzlich in ein *emmerdement* verwandelt, in einen Regen von Scheiße.

»Hast du wirklich geglaubt, du könntest so davonkommen?« fragte Hélène.

Charles blieb still, ein jämmerliches Schweigen. Er fühlte, wie die Nässe sich in den Hosen ausbreitete, wagte aber nicht, nach unten zu sehen.

»Ich habe Monsieur Richaud überredet, mich mit allen Fakten bekanntzumachen.«

Überredet! Charles mochte sich gar nicht ausmalen, was das bedeutete.

»Ich besitze Fotokopien von den Quittungen für das Geld, das du mir gestohlen hast. Ich kann dich für die nächsten zwanzig Jahre hinter Gitter bringen.« Sie schwieg einen Moment. Dann fügte sie hinzu: »Wenn ich mich dazu entschließe.«

Ihre Worte vergrößerten nur Charles' Panik. Eine milde Hélène war eine schreckliche Hélène, das hatte die Erfahrung ihn gelehrt. Er hatte Angst, ihr in die Augen zu sehen. Was sie wohl von ihm wollte? Bestimmt etwas Unbeschreibliches.

Hélène wandte sich Pierre Richaud zu. »Und Sie werden über die Angelegenheit nicht sprechen. Zu niemandem ein Wort. So lange nicht, bis ich mich entschieden habe, was ich unternehme.«

»Selbstverständlich nicht, Madame Roffe-Martel, da können Sie sich ganz auf mich verlassen.« Der Mann konnte nur noch stammeln. Hoffnungsvoll blickte er zur Tür. »Darf – darf ich jetzt gehen?«

Hélène nickte, und Pierre Richaud enteilte wie ein Wiesel.

Hélène sah ihm nach, wirbelte dann herum und starrte ihren Mann an. Sie konnte seine Furcht wittern. Und noch etwas anderes. Urin. Sie lächelte. Charles hatte sich aus lauter Angst vollgepinkelt. Na, bravo: Sie hatte ihn wirklich ausgezeichnet dressiert. Hélène war recht angetan von Charles. Eine äußerst zufriedenstellende Ehe. Erst hatte sie Charles eingeritten, ihn dann zu ihrer Kreatur gemacht. Die Neuerungen, die er bei Roffe und Söhne eingeführt hatte, waren genial. Denn sie stammten allesamt von Hélène. Mit ihrem Mann als Werkzeug beherrschte sie einen kleinen Teil von Roffe und Söhne, aber das war ihr bei weitem nicht genug. Schließlich war sie eine Roffe. Sie war von jeher vermögend, und ihre verflossenen Ehen hatten sie noch wohlhabender gemacht. Aber sie war nicht auf Geld aus. Was sie wollte, war die Herrschaft über den Konzern. Sie hatte alles so schön geplant. Mit dem Erlös aus ihren Anteilen wollte sie noch mehr Aktien erwerben, die Beteiligungen der anderen aufkaufen. Sie hatte schon mit ihnen darüber gesprochen. Alle waren einverstanden. Man würde eine Sperrminorität zusammenbringen. Aber leichter gesagt als getan. Zuerst hatte Sam ihren Plänen im Weg gestanden, jetzt war es Elizabeth. Aber Hélène hatte nicht die Absicht, Elizabeth oder irgend jemand anderen zwischen sich und ihren Zielen zu dulden. Sie würde bekommen, was sie wollte. Und Charles würde es ihr ermöglichen. Sollte etwas dabei schiefgehen, war er der geeignete Sündenbock.

Zunächst jedoch mußte er für seine *petite révolte* bestraft werden. Sie beobachtete sein Gesicht und sagte: »Mich bestiehlt niemand, Charles. Niemand. Du bist erledigt. Wenn ich mich nicht entschließen sollte, dich zu retten.«

Da saß er, ein Häufchen Elend. Er wünschte sie sich tot, hatte unbeschreibliche Angst vor ihr. Sie kam zu ihm herüber. Ihre Schenkel fuhren an seinem Gesicht entlang.

»Möchtest du, daß ich dich rette, Charles?« fragte sie.

»Ja.« Seine Stimme war heiser. Sie stieg aus ihrem Rock, die Augen glänzend vor boshafter Gier, und er dachte: Oh, mein Gott! Nicht jetzt!

»Dann hör mir gut zu. Roffe und Söhne ist mein Konzern. Ich will die Aktienmehrheit.«

Jämmerlich sah er sie von unten an. »Du weißt doch, Elizabeth verkauft nicht!«

Hélène streifte die Bluse ab und ließ das Höschen fallen. Da stand sie vor ihm, animalisch nackt, ihr Körper schmal und makellos, Brüste mit harten Titten. »Dann mußt du dich um Elizabeth kümmern, das heißt, wenn du die nächsten zwanzig Jahre deines Lebens nicht im Kittchen verbringen willst. Ich werde dir sagen, was du zu tun hast. Aber jetzt komm erst mal her zu mir, Charles.«

30. Kapitel

Am nächsten Morgen um zehn Uhr klingelte Elizabeths Spezialtelefon. Am Apparat war Emil Joeppli. Sie hatte ihm die Nummer gegeben, damit niemand ihre Kommunikation entdeckte. »Ob sie wohl mal bei mir reinschauen könnten?« Seine Stimme klang aufgeregt.

»In fünfzehn Minuten bin ich bei Ihnen.«

Als Elizabeth im Mantel aus ihrem Büro trat, sah Kate Erling überrascht auf. »Aber Sie haben einen Termin um . . .«

»Sagen Sie für die nächste Stunde alles ab.«

Am Eingang zum Forschungstrakt mußte sie ihren Werksausweis vorzeigen. »Letzte Tür links, Miss Roffe«, informierte sie der Wächter.

Als sie hereinkam, war Joeppli allein in seinem Labor. Er begrüßte sie voller Enthusiasmus.

»Heute nacht habe ich die letzten Tests abgeschlossen. Es funktioniert! Die Enzyme hemmen den Alterungsprozeß, und zwar so gut wie vollständig. Sehen Sie selbst.«

Er führte sie an einen Käfig mit vier jungen Kaninchen. Die Tiere hüpften aufgeregt herum, wirkten wie leibhaftige Energiebündel. Daneben stand ein zweites Gehege, ebenfalls mit vier Karnickeln, die aber viel ruhiger, gereifter wirkten.

»Das ist die fünfhundertste Generation, die mit den Enzymen behandelt wurde«, erläuterte Joeppli.

Elizabeth betrachtete die Tiere. »Sie wirken gesund und in Topform.«

Joeppli lächelte. »Das ist nur ein Teil der Testgruppe.« Er deutete auf den linken Käfig. »Das da sind die eigentlichen Senioren.«

Elizabeth starrte die quecksilbrigen Kaninchen an, die wie Jungtiere durch den Käfig fegten, und konnte es einfach nicht fassen.

»Die hier werden mindestens dreimal so alt wie ihre Kameraden nebenan«, verkündete Joeppli.

Wenn man das auf den Alterungsprozeß des Menschen anwandte, waren die Konsequenzen gar nicht auszudenken. Elizabeth konnte ihre Erregung kaum unterdrücken.

»Wann – wann sind Sie soweit, daß Sie mit den Versuchen an Menschen beginnen können?«

»Ich stelle gerade die Endergebnisse zusammen. Danach noch etwa drei, vier Wochen, höchstens.«

»Sprechen Sie mit niemandem darüber«, warnte ihn Elizabeth.

Emil Joeppli nickte. »Seien Sie unbesorgt, Miss Roffe. Ich werde schweigen wie ein Grab.«

Der ganze Nachmittag war mit einer Direktoriumssitzung ausgefüllt gewesen. Elizabeth war mit dem Verlauf zufrieden. Walther hatte gefehlt. Charles war es, der wieder das leidige Thema der Aktienverkäufe aufbrachte, aber Elizabeth hatte unerschütterlich ihr Veto eingelegt. Ivo ließ, wie üblich, seinen Charme spielen. Alec stand ihm nicht nach. Nur Charles wirkte außergewöhnlich verkrampft. Elizabeth hätte zu gern den Grund gewußt.

Sie hatte alle eingeladen, in Zürich zu übernachten

und mit ihr zu Abend zu essen. So nebenbei brachte sie beim Dinner die Themen ins Gespräch, von denen der Bericht handelte. Wie ein Luchs achtete sie auf verräterische Reaktionen, aber niemand zeigte eine Spur von Nervosität oder Schuldbewußtsein. Dabei saßen alle am Tisch, die in die Angelegenheit verwickelt waren, mit Ausnahme von Walther.

Rhys hatte weder an der Sitzung noch am Abendessen teilgenommen. »Ich muß mich um eine dringende Sache kümmern«, hatte er gesagt, und sofort kam Elizabeth der Verdacht, es könne sich um ein Mädchen handeln. Ihr war klar, daß Rhys, wann immer er spätabends bei ihr zu tun hatte, ein Rendezvous absagen mußte. Einmal hatte er die fragliche Dame nicht beizeiten erreichen können, und sie war im Büro aufgetaucht: ein atemberaubender Rotschopf mit einer Figur, der gegenüber Elizabeth sich wie ein Knabe vorkam. Das Mädchen hatte geschäumt, als sie merkte, daß sie versetzt worden war, und hatte sich nicht einmal bemüht, ihre Wut zu verbergen. Rhys hatte sie schließlich hinausbegleitet und in den Fahrstuhl verfrachtet. Als er zurückkam, sagte er lapidar: »Tut mir leid.«

Elizabeth konnte es sich nicht verkneifen. »Sie ist reizend«, sagte sie und hörte selbst, wie unecht ihre Stimme klang. »Was tut sie beruflich?«

»Sie ist Neurochirurgin.« Rhys hatte keine Miene verzogen, und Elizabeth mußte lachen. Am Tag darauf erfuhr sie, daß die Frau tatsächlich als Neurochirurgin praktizierte.

Aber da gab es noch andere Mädchen, und Elizabeth haßte sie alle. Wenn sie ihn nur besser verstünde! Sie kannte den geselligen Rhys Williams, den Berufsfanatiker, aber sie wollte auch den privaten Rhys Williams kennenlernen, dem verborgenen Ich auf die Spur kommen. Mehr als einmal ertappte sich Elizabeth bei dem Gedanken: Eigentlich müßte Rhys den Konzern leiten. Statt dessen muß er meinen Anweisungen Folge leisten. Was er dabei wohl empfindet?

An jenem Abend nach dem Essen, als die Direktionsmitglieder in alle Winde gestoben waren, um ihre Züge und Flugzeuge zu erreichen, trat Rhys plötzlich in Elizabeths Büro. Sie arbeitete dort mit Kate. »Dachte, ich könnte den Damen noch etwas behilflich sein«, sagte er.

Kein Wort, wo er gewesen war, was er getrieben hatte. Warum sollte er auch? fragte sich Elizabeth. Er ist mir keine Rechenschaft schuldig.

Zu dritt machten sie sich an die Arbeit, und die Zeit verging wie im Flug. Immer wieder ertappte sich Elizabeth dabei, daß sie Rhys beobachtete. Da saß er, über Unterlagen gebeugt, die er schnell und gründlich überflog, die Augen lebendig und hellwach. In mehreren wichtigen Vertragsentwürfen hatte er Schwachstellen gefunden, die selbst den Konzernanwälten entgangen waren. Schließlich richtete er sich auf, streckte sich und sah auf die Uhr.

»Au verflixt! Schon nach Mitternacht. Fürchte, ich muß die Damen verlassen. Hab noch eine Verabredung. Morgen komme ich ganz früh her und gehe diese Papiere zu Ende durch.«

So, eine Verabredung, dachte Elizabeth. Wohl mit der Neurochirurgin oder einer seiner anderen . . . Sie gebot sich Einhalt. Rhys' Privatleben war seine Sache.

»Tut mir leid«, sagte sie laut. »Ich habe nicht gemerkt, wie spät es ist. Kate und ich bringen das noch zu Ende.«

Rhys nickte. »Bis morgen also. Gute Nacht, Kate.«

»Gute Nacht, Mr. Williams.«

Elizabeth sah ihm nach, zwang ihre Gedanken dann wieder an die Arbeit. Doch wenige Augenblicke später beschäftigte sie sich erneut mit Rhys. Sie brannte darauf, ihm von den Fortschritten zu berichten, die Emil Joeppli mit dem neuen Wundermittel machte. Aber irgend etwas hielt sie zurück. Bald, sagte sie sich. Sehr bald.

Um ein Uhr früh waren sie fertig.

»Gibt's noch etwas, Miss Roffe?« erkundigte sich Kate Erling.

»Nein, ich glaube, für heute haben wir's geschafft. Danke, Kate. Schlafen Sie sich aus, kommen Sie morgen später.«

Elizabeth stand auf. Vom langen Sitzen war sie ganz steif geworden.

»Vielen Dank«, sagte Kate. »Morgen nachmittag habe ich alles ins reine getippt.«

»Ausgezeichnet.«

Elizabeth nahm Mantel und Handtasche und wartete auf Kate. Gemeinsam gingen sie zur Tür. Sie traten in den Korridor hinaus und wandten sich zum Direktions-Expreßlift. Er stand schon da, die Tür war offen. Die beiden Frauen betraten den Aufzug, doch als Elizabeth die Hand nach dem Knopf »Erdgeschoß« ausstreckte, hörten sie plötzlich aus dem Büro das Telefon klingeln.

»Ich gehe ran, Miss Roffe«, sagte Kate Erling. »Fahren Sie schon hinunter.« Sie trat wieder aus dem Lift.

Unten in der Halle sah der Sicherheitsbeamte, der Nachtschicht hatte, auf die Fahrstuhlanzeige. Am Kopf der Skala leuchtete ein rotes Licht auf und begann, sich langsam abwärts zu bewegen. Es war die Kontrolleuchte für den Direktions-Expreßlift und bedeutete, daß Miss Roffe auf dem Weg war. Ihr Chauffeur saß auf einem Stuhl und döste über einer Zeitung.

»Der Boß kommt«, verkündete der Wachmann.

Der Chauffeur reckte sich und stand langsam auf.

Plötzlich zerriß das Dröhnen einer Alarmklingel die friedliche Stille in der Halle. Der Blick des Wächters flog auf die Kontrollanzeige. Das rote Licht glitt jetzt nicht mehr gemächlich abwärts, es wurde immer schneller, stürzte zum Schluß wie im freien Fall. Und die Leuchtanzeige lief synchron mit der Bewegung des Aufzugs!

Der Lift war außer Kontrolle geraten!

»Oh, mein Gott!« stieß der Wachmann aus.

Er sprang zum Kontrollbord am Fahrstuhlschacht, riß eine Klappe auf und warf den Sicherheitshebel herum, der die Notbremse betätigte. Das rote Licht wurde um keinen Deut langsamer. Der Chauffeur war dem Wächter nachgeeilt.

»Was – was ist . . .«

»Aus dem Weg, Mann, volle Deckung!« schrie der Wachmann. »Das Ding stürzt ab!«

Beide rannten in die entfernteste Ecke der Halle. Schon zitterte und bebte der Raum von der Wucht des abwärtsstürzenden Fahrkorbs im Betonschacht. Der Wächter schickte ein Stoßgebet zum Himmel. »Lieber Gott, laß sie nicht drin sein!« Und als der Lift an der Halle vorbeiraste, hörten sie von drinnen schreckliche Schreie.

Sekundenbruchteile später gab es einen ungeheuren Aufschlag, das ganze Gebäude erzitterte wie bei einem Erdbeben.

31. Kapitel

Chefinspektor Schmied von der Züricher Kriminalpolizei saß hinter seinem Schreibtisch, die Augen geschlossen, nach Joga-Manier tief durchatmend. Er mußte ruhig bleiben, ganz ruhig, sagte er sich immer wieder; der gewaltige Zorn, den er im Bauch hatte, durfte nicht Oberhand gewinnen.

Im Dienstbereich eines Polizisten gab es gewisse Grundregeln, Dinge, die jedem so in Fleisch und Blut übergegangen waren, daß man es nicht für nötig befunden hatte, sie in das Polizeihandbuch aufzunehmen. Man machte es einfach so, genau wie essen, schlafen oder atmen. Zum Beispiel: Ereignete sich ein Unfall mit Todesfolge, was tat der Untersuchungsbeamte als erstes? Verdammt noch mal, explodierte Schmied innerlich, das erste für jeden Polizisten, das einfachste von der Welt, nicht mal einem Baby mußte man das beibringen, verdammt und zugenäht, war, daß sich ein Polizist sofort und ohne jeden Umweg an den Unfallort zu begeben hatte! Gab es etwas Simpleres? Denkste! fauchte Schmieds innere Stimme. Vor ihm auf dem Schreibtisch lag ein Bericht des Inspektors Max Hornung. Der Wisch umfaßte so ziemlich alles, was ein Polizeibeamter nur falsch machen konnte: das Protokoll einer verkorksten Untersuchung. Was hätte ich auch anderes erwarten sollen, fragte Schmied sich bitter. Warum reg ich mich überhaupt noch auf!

Max Hornung war Chefinspektor Schmieds Alptraum, sein *bête noire*, sein – Schmied war ein glühender Anhänger Melvilles – sein Moby Dick. Der Chefinspektor holte noch einmal tief Luft, atmete ganz langsam durch. Viel half es nicht, immerhin zitterte seine Hand nicht mehr so stark, als er sich Hornungs Bericht abermals vornahm und ihn noch einmal las.

Mittwoch, 7. November

Uhrzeit:	01.15
Tatbestand:	Zentrale meldet Notruf: Unfall im Hauptgebäude der Firma Roffe und Söhne
Art des Unfalls:	unbekannt
Unfallursache:	unbekannt
Anzahl der Verletzten bzw. Todesfälle:	unbekannt

Uhrzeit:	01.27
Tatbestand:	Zweiter Alarm der Zentrale betr. Unfall Roffe und Söhne
Art des Unfalls:	Aufzugabsturz
Unfallursache:	unbekannt
Anzahl der Verletzten bzw. Todesfälle:	eine Person, weiblich, Exitus

Ich begann umgehend mit der Untersuchung. Um 01.35 Uhr stellte ich den Namen des Hausverwalters des Gebäudes fest. Der wiederum konnte mir den Architekten benennen.

02.30 Uhr. Aufenthaltsort des Architekten festgestellt.

Feierte seinen Geburtstag im »La Puce«. Gab mir Namen der Firma an, welche die Aufzüge im fraglichen Gebäude installierte: Rudolf Schatz A.G.

Um 03.15 Uhr setzte ich mich telefonisch mit Herrn Rudolf Schatz in seiner Wohnung in Verbindung. Ersuchte ihn, umgehend die Installationspläne für die betr. Aufzüge ausfindig zu machen. Ferner verlangte ich Kostenvoranschläge, Zwischenkalkulationen sowie Endabrechnungen, sodann eine vollständige Aufstellung sämtlicher mechanischer und elektrischer Anlagen der Firma in dem betreffenden Gebäude.

An diesem Punkt angelangt, bekam Chefinspektor Schmied ein nervöses Zucken. Er mußte erst einmal kräftig durchatmen, bevor er die Lektüre fortsetzen konnte.

06.15 Uhr: Die verlangten Dokumente wurden mir im Kommissariat vorgelegt. Überbringerin: Frau Schatz, Gattin des Rudolf Schatz. Nach gründlichem Vergleich der Kalkulationen, Baupläne und Endabrechnungen bildete ich mir folgendes Urteil:

a) Bei der Installation der Aufzüge ist kein von den Angebotsangaben abweichendes minderwertiges Material verwandt worden.

b) Die Aufzugsfirma genießt einen hervorragenden Ruf. Minderwertige oder fahrlässige Installation kann deshalb als Unfallursache ausgeschlossen werden.

c) Die Sicherheitsvorkehrungen entsprachen den Normen.

d) Zusammenfassend kann festgestellt werden: Die Ursache des Fahrstuhlabsturzes beruht nicht auf Unfall.

(gezeichnet) Max Hornung, Kriminalinspektion.

Anmerkung: Da ich meine telefonischen Anfragen

und Erkundigungen während der Nacht und der frühen Morgenstunden durchführen mußte, mache ich Sie auf die Möglichkeit eventueller Beschwerden aufmerksam. Ich hatte keine andere Wahl, als mehrere Personen in ihrer Nachtruhe zu stören.

Chefinspektor Schmied knallte den Bericht auf den Schreibtisch. »Das darf doch nicht wahr sein!« explodierte er. »Eventuelle Beschwerden!« Den ganzen Vormittag über hatte ihn das Telefon kaum fünf Minuten in Ruhe gelassen. Beschwerden! Er hatte die halbe Schweizer Regierung im Nacken. Was er sich eigentlich dachte, war er angebrüllt worden. Und ob er seine Polizeibehörde mit der Gestapo verwechselte. Wie konnte man es wagen, den Chef einer hochangesehenen Baufirma mitten in der Nacht aufzuscheuchen und ihm dann noch auf der Stelle sein halbes Aktenarchiv abzuverlangen? Und wie konnte die Polizei es sich herausnehmen, die Arbeit einer renommierten Firma in Zweifel zu ziehen? Und so weiter.

Aber was dem Faß den Boden ausschlug, was die ganze Sache so unglaubhaft machte: Inspektor Max Hornung war nicht einmal am Unfallort erschienen. Erst vierzehn Stunden nach dem Ereignis hatte er geruht, sich dort sehen zu lassen, als das Opfer längst abtransportiert, identifiziert und obduziert war. Inzwischen hatte ein halbes Dutzend anderer Beamten den Unfallort inspiziert, Zeugen befragt und Bericht erstattet.

Als Chefinspektor Schmied Hornungs Bericht zum zweitenmal gelesen hatte, beorderte er den Verfasser in sein Büro.

Der bloße Anblick war für Schmied ein Greuel. Max Hornung war ein kleiner plumper Mann mit vorwurfsvollen Augen, kahl wie eine Billardkugel und mit einem

Gesicht, das der Feder eines Karikaturisten entstammen konnte. Der Kopf war viel zu groß, ausgestattet mit zwei viel zu kleinen Ohren, und der Mund wirkte wie eine Rosine mitten im Pudding. Nach den strengen Richtlinien der Züricher Kriminalpolizei war Max Hornung gut zwanzig Zentimeter zu klein und wog fünfzehn Pfund zuwenig, dazu kam eine geradezu hoffnungslose Kurzsichtigkeit. Und als ob das noch nicht reichte, fiel er jedem mit seiner Arroganz auf die Nerven. Alle Beamten im Präsidium waren sich einig: Sie haßten Max Hornung wie die Pest.

»Warum schmeißt du ihn nicht einfach raus?« wollte Schmieds Frau wissen, und ums Haar hätte er sie geohrfeigt.

Daß Max Hornung der Züricher Kriminalpolizei angehörte, hatte einen triftigen Grund. Hornung war ein Mann, der im Alleingang mehr zum Schweizer Nationaleinkommen beigetragen hatte als alle Schokoladenhersteller und Uhrenfabrikanten zusammen. Max Hornung war gelernter Wirtschaftsprüfer, ein mathematisches Genie mit einem enzyklopädischen Wissen in bezug auf alle fiskalischen Angelegenheiten. Dazu kamen ein angeborener Instinkt für die schwachen Punkte seiner Mitmenschen und eine Engelsgeduld, die selbst Hiob mit Neid erfüllt hätte. Max war einst der Betrugsabteilung zugeteilt gewesen, jener Behörde, die damit beschäftigt war, Finanzschwindel aller Art aufzudecken. Zwielichtige Aktienmanipulationen, Bankgeschäfte, der Zustrom und Abfluß riesiger Geldbeträge in und aus der Schweiz gehörten dazu. Max Hornung war es, der den illegalen Geldschmuggel in die Schweiz zum Erliegen gebracht, Milliarden und Abermilliarden in ebenso genialen wie unerlaubten Finanzmachenschaften aufgespürt und ein halbes Dutzend der renommiertesten Geschäftsleute hinter Schloß und Riegel gebracht hatte. Die Transaktionen konnten noch so ausgeklügelt sein. Da wurden Kapitalanlagen verschleiert, Bilanzen frisiert, Gelder in die Seychellen verschoben, zum Schein umgesetzt und über Briefkastenfirmen zurücktransferiert: Alles half nichts. Max Hornung kam früher oder später jeder Machenschaft auf die Spur. Kurz und gut: Er entwickelte sich zum Schreckgespenst der Schweizer Finanzwelt.

Von allen Dingen, die den Schweizern lieb und teuer sind, rangieren ihre Privatangelegenheiten ganz obenan. Solange Max Hornung die Finanzwelt heimsuchte, gab es keine Privatangelegenheiten mehr.

Verglichen mit den Summen, denen er auf der Spur war, war sein Gehalt äußerst bescheiden. Ihm waren Bestechungsgelder in Millionenhöhe offeriert worden, anonym auf ein Nummernkonto, versteht sich, ferner ein Chalet in Cortina d'Ampezzo, eine Jacht und mindestens ein halbes Dutzend der schönsten Frauen im heiratsfähigen Alter. In jedem Fall waren die Bestechungsversuche zurückgewiesen und die zuständigen Behörden informiert worden. Max Hornung machte sich nichts aus Geld. Er hätte längst Millionär sein können, schon allein aufgrund seiner Kenntnisse vom Aktienmarkt, aber ihm kam nicht einmal der Gedanke. Max Hornungs Interesse galt lediglich einem Ziel: Jene zu fangen, die vom Pfad der finanziellen Tugenden abgekommen waren. Halt: Da war noch etwas. Innerlich wurde Max Hornung von einer tiefen Sehnsucht verzehrt, und diese Sehnsucht war es, die sich schließlich als Himmelsgeschenk für die Geschäftswelt erwies. Aus unerfindlichen Gründen hegte er den Herzenswunsch, Kriminalbeamter zu werden. In seinen Träumen sah er sich als eine Art modernen Sherlock Holmes oder Maigret, der geduldig ein Labyrinth von Spuren verfolgte, bis er den Schurken entlarvt hatte. Eines Tages kam einer der führenden Schweizer Finanziers durch Zufall hinter Hornungs kriminalistischen Drang. Ohne auch nur eine Minute zu zögern, setzte er sich mit ein paar einflußreichen Freunden in Verbindung, und achtundvierzig Stunden später erhielt Hornung das offizielle Angebot, Beamter der Züricher Kriminalpolizei zu werden. Er konnte sein Glück gar nicht fassen. Voll Eifer griff er zu. Die Geschäftswelt stieß einen Seufzer der Erleichterung aus und nahm ihre alten Aktivitäten unverzüglich wieder auf.

Chefinspektor Schmied war bei der Berufung nicht einmal gefragt worden. Ihn hatte man lediglich telefonisch unterrichtet. Der Anrufer war einer der ranghöchsten Schweizer Politiker. Schmied hatte knappe, klare Anweisungen erhalten, und die Sache war damit erledigt. In Wahrheit hatte sie für ihn mit diesem Anruf erst begonnen, und der Chefinspektor stand am Anfang eines Leidensweges, dessen Ende nicht in Sicht war und wohl auch kaum kommen würde. Dabei hatte er sich aufrichtige Mühe gegeben, seine Abneigung gegen einen Mitarbeiter zu unterdrücken, der ihm einfach aufgehalst worden war, einen Beamten noch dazu, der weder erfahren noch im geringsten qualifiziert war. Für dieses unerhörte Vorgehen, vermutete Schmied, mußte es politisch zwingende Gründe geben. Na schön, an ihm sollte es nicht liegen. Er entschloß sich zu kooperativem Verhalten und hoffte auf eine problemlose Zusammenarbeit. Sobald Max Hornung sich bei ihm zum Dienst meldete, zerstob diese Zuversicht in alle Winde. Schon seine Erscheinung war geradezu lächerlich. Aber was dem Chefinspektor auf Anhieb die Nerven raubte, war dessen überhebliches Benehmen. Ausdruck und Haltung schienen zu besagen: Max Hornung ist da, jetzt kann nichts mehr schiefgehen.

Alle guten Vorsätze des Chefinspektors waren wie weggeblasen. Statt dessen ersann er andere Mittel und Wege. Von Anfang an versuchte er, Max Hornung kaltzustellen. Er versetzte ihn von einer Abteilung in die andere, gab ihm die unwichtigsten Aufträge. Hornung arbeitete bei der Kriminaltechnik, in der Spurensicherung, kam danach in die Fahndungsabteilung, bearbeitete Diebstähle, schlug sich mit Vermißtenanzeigen herum. Aber immer wieder kreuzte er die Wege des Chefinspektors.

Nach den Regeln mußte jeder Beamte einmal im Vierteljahr eine Woche lang den Nacht-Notdienst versehen. Wenn Max Hornung an der Reihe war, ereignete sich unweigerlich etwas Gravierendes, und während andere Beamte sich die Hacken abliefen, um Spuren zu sichern, löste er den Fall.

Max hatte nicht die geringste Ahnung vom Polizeidienst, ihm fehlte jegliches Wissen in Kriminologie, Gerichtspraktiken, Ballistik, Kriminalpsychologie, all jenen Disziplinen, in denen sich die anderen Beamten perfekt auskannten. Dennoch löste er immer wieder Fälle, bei denen andere verzweifelten. Chefinspektor Schmied kam zu dem Schluß, daß Max Hornung der Glückspilz des Jahrhunderts sein mußte.

In Wahrheit hatte es mit Glück nicht das geringste zu tun. Max Hornung löste Kriminalfälle auf genau dieselbe Art, wie er als Wirtschaftsprüfer die hunderterlei raffinierten Machenschaften aufgedeckt hatte, mit denen Banken oder die Regierung betrogen werden sollten. Er hatte einfach ein eingleisiges Gehirn, und ein ziemlich engmaschiges dazu. Alles, was er brauchte, war ein loses Ende oder ein winziges Bruchstück, das zum Rest der Struktur nicht passen wollte, und wenn er das hatte, fing er an, das Knäuel abzuwickeln, bis irgendwann auch das genialste und narrensicherste Ganovenstück Aufklärung fand.

Max' fotografisches Gedächtnis trieb seine Kollegen fast zum Wahnsinn. Er konnte auf der Stelle alles hervorzaubern, was er irgendwann einmal gehört, gelesen oder gesehen hatte.

Ein anderer Minuspunkt für ihn, wenn es überhaupt noch weiterer bedurfte, waren seine Spesenabrechnungen. Wenn er den Rechenstift zur Hand nahm, stockte der ganzen Kriminalabteilung der Atem. Als er seine erste Aufstellung eingereicht hatte, rief ihn der Oberleutnant in sein Büro. Mit väterlicher Miene sagte er: »Da ist Ihnen offensichtlich ein Fehler unterlaufen, Hornung.«

Der zwinkerte ungläubig mit den Augen. »Ein Fehler, mir? In meiner Abrechnung?« Es war, als wollte man dem amtierenden Schachweltmeister vorwerfen, er habe die Königin aus Leichtsinn geopfert.

»Ja. Genaugenommen sogar mehrere.« Der Oberleutnant zeigte auf den Spesenzettel. »Hier, die Fahrt quer durch die Stadt. Achtzig Rappen. Rückfahrt: ebenfalls achtzig Rappen.« Er sah Max forschend an. »Jeder weiß, daß die Taxikosten mindestens vierunddreißig Franken betragen. Und zwar nur für eine Fahrt.«

»Jawohl. Deshalb habe ich den Bus genommen.«

Der Oberleutnant starrte ihn an. »Den Bus?«

Keiner der Beamten brauchte im Dienst Bus zu fahren. So was war in der ganzen Abteilung noch nie vorgekommen. Der Oberleutnant druckste herum. »Na, aber – das brauchen Sie doch nicht. Ich meine, natürlich haben wir alle hier was gegen Verschwendung, Hornung. Trotzdem vergüten wir angemessene Spesen. Und noch was. Für diesen Fall hier waren Sie drei Tage unterwegs. Wieso haben Sie Ihre Verpflegungskosten nicht abgerechnet?«

»Weil ich keine hatte, Herr Oberleutnant. Ich frühstücke morgens zu Hause und nehme mir ein Lunchpaket mit. Die Abendessen habe ich aufgeführt.«

Das hatte er. Drei Abendmahlzeiten, Gesamtsumme sechzehn Franken. Max mußte in der Armenküche der Heilsarmee gespeist haben.

Der Oberleutnant hatte Mühe, gelassen zu bleiben. »Hornung, diese Abteilung existiert schon seit hundert Jahren. Und es wird sie auch noch weitere hundert Jahre geben, wenn Sie längst nicht mehr da sind. Bestimmte Traditionen müssen nun mal eingehalten werden.« Er schob Max den Spesenzettel hin. »Schließlich müssen Sie auch an Ihre Kollegen denken, verstehen Sie? Und jetzt nehmen Sie den Wisch wieder mit, und korrigieren Sie ihn. Dann legen Sie die Abrechnung abermals vor.«

»Jawohl, Herr Oberleutnant. Es – es tut mir leid, wenn ich mich nicht ganz korrekt verhalten habe.«

Der Chef entließ ihn mit großzügiger Geste. »Ist schon recht, Sie sind ja neu hier.«

Eine halbe Stunde später legte Max Hornung die revidierte Spesenabrechnung vor. Die Ausgaben betrugen genau drei Prozent mehr.

An diesem Novembertag also hielt Chefinspektor Schmied Hornungs Bericht in der Hand; der Verfasser stand vor ihm. Er trug einen hellblauen Anzug, braune Schuhe und weiße Socken. Allen guten Vorsätzen und Joga-Übungen zum Trotz hörte Schmied sich brüllen: »Sie hatten Dienst, als die Meldung einging. Es war Ihre Aufgabe, die Untersuchung des Unglücksfalls einzuleiten. Und wann sind Sie erstmals am Unfallort aufgekreuzt? Vierzehn Stunden später! In der Zeit hätte die ganze verdammte Polizei aus Neuseeland herfliegen können. Und wieder nach Hause.«

»O nein, Chefinspektor. Die Flugzeit von Neuseeland nach Zürich beträgt . . .«

»Halten Sie gefälligst den Mund!«

Chefinspektor Schmied fuhr sich durch das dichte, täglich grauer werdende Haar. Was konnte man diesem Mann sagen? Alles prallte an ihm ab, Beleidigungen, Argumente. Ein kompletter Idiot, der noch dazu das Glück gepachtet zu haben schien.

Er schnauzte: »Wenn ich in meiner Abteilung was nicht dulde, Hornung, dann Inkompetenz. Als die anderen Beamten zum Dienst kamen und den Bericht sahen, sind sie sofort zur Unfallstelle geeilt. Sie haben die Ambulanz gerufen, die Leiche ins Schauhaus bringen lassen, haben sie identifiziert und ...« Er merkte, daß er schon wieder die Fassung verlor, und zwang sich zur Ruhe. »Kurz und gut, Hornung, Ihre Kollegen haben alles das getan, was ein guter Polizist tun sollte. Derweil saßen Sie in Ihrem Büro und weckten die halbe Schweizer Bürgerelite aus dem Schlaf, mitten in der Nacht!«

»Ich dachte ...«

»Bloß nicht! Ich hab mich den ganzen verdammten Morgen lang bei Gott und der Welt entschuldigen müssen, für Ihre ...«

»Ich mußte herausbekommen, ob ...«

»Verschwinden Sie, Hornung, auf der Stelle!«

»Jawohl, Chefinspektor. Haben Sie was dagegen, wenn ich der Bestattung beiwohne? Sie ist für morgen angesetzt.«

»In Gottes Namen. Gehen Sie.«

»Danke, Chefinspektor. Ich möchte ...«

»Gehen Sie, Sie sollen gehen!«

Es dauerte eine volle halbe Stunde, bis Chefinspektor Schmied seinen normalen Atemrhythmus wiedergefunden hatte.

32. Kapitel

In der Friedhofshalle von Sihlfeld herrschte drangvolle Enge. Das altmodische, mit Ornamenten versehene Bauwerk aus Stein und Marmor enthielt Aufbahrräume und ein Krematorium. Der Trauergottesdienst fand in der weitläufigen Kapelle statt. Zwei Dutzend leitende Angestellte und Mitarbeiter von Roffe und Söhne nahmen die vorderen Sitzreihen ein. Weiter hinten saßen Freunde, Mitglieder der Kirchengemeinde und die Presse. Inspektor Hornung hatte sich die letzte Reihe ausgesucht. Er sann über den Tod nach. Für ihn eine ganz und gar unlogische Angelegenheit. Der Mensch erreichte den Gipfel seines Lebens, und dann, wenn er am meisten zu geben hatte und es sich für ihn erst voll zu leben lohnte, dann starb er. Welche Verschwendung.

Der Sarg war aus Mahagoni und über und über mit Blumen bedeckt. Ebensolche Verschwendung, dachte Inspektor Hornung. Der Sarg war bereits versiegelt. Max konnte sich denken, warum. Der Geistliche sprach mit dem Tonfall des Jüngsten Gerichts. »... Tod in der Mitte des Lebens, geboren in Sünde, Asche zu Asche.« Hornung hörte kaum zu. Er beobachtete die Anwesenden.

»Der Herr gibt, und der Herr nimmt ...« Die Trauergemeinde erhob sich und strebte dem Ausgang zu. Die Feier war vorüber.

Hornung stand an der Tür. Als eine Frau und ein Mann sich näherten, trat er vor. »Miss Elizabeth Roffe? Ich hätte gern ein paar Worte mit Ihnen gewechselt.«

Gegenüber der Friedhofskapelle lag eine Konditorei. An einem Ecktisch nahm der Inspektor mit Elizabeth Roffe und Rhys Williams Platz. Durch das Fenster beobachteten sie, wie der Sarg in einen grauen Leichenwagen geschoben wurde. Elizabeth wandte den Blick ab.

»Was soll das alles eigentlich?« wollte Rhys wissen. »Miss Roffe hat vor der Polizei bereits ihre Aussage gemacht.«

Hornung sah ihn an. »Mr. Williams, nicht wahr? Es gibt nur noch einige Details, die ich überprüfen möchte.«

»Kann das nicht warten? Miss Roffe ist großen seelischen ...«

Elizabeth berührte seine Hand. »Schon gut, Rhys. Wenn ich irgendwie helfen ...« Sie wandte sich an Max. »Was möchten Sie wissen, Herr Inspektor?«

Max starrte sie an und war zum erstenmal in seinem Leben um Worte verlegen. Frauen waren ihm so fremd wie Wesen von einem anderen Stern. Sie waren unlogische und unberechenbare Geschöpfe, die emotional reagierten und nicht dem Verstand gehorchten. Man konnte sie nicht programmieren. Max verspürte nur selten sexuelle Regungen, denn er war ein Verstandesmensch, doch die präzise Logik sexueller Vorgänge imponierte ihm. Der sexuelle Akt war der mechanische Ablauf verschiedener Bewegungen, die zueinander paßten und ein koordiniertes, funktionelles Ganzes ergaben, das ihn erregte. Darin drückte sich für Max die Poesie der Liebe aus, in der reinen Dynamik des Ablaufs. Seiner Ansicht nach hatten die Dichter diesen Punkt bisher übersehen. Gefühle waren unpräzise und unordentlich, eine Energieverschwendung, die nicht einmal ein Sandkorn verschieben konnte. Logik dagegen bewegte die ganze Welt. Jetzt aber staunte Max über sich selbst. Elizabeths Nähe bereitete ihm kein Unbehagen, ganz im Gegenteil. Das wiederum raubte ihm die Worte. Keine Frau hatte jemals derart auf ihn gewirkt. Offensichtlich hielt sie ihn nicht, wie andere Frauen, für einen häßlichen und lächerlichen Zwerg. Er zwang sich, den Blick von ihr abzuwenden. Was er brauchte, war Konzentration.

»War es üblich, Miss Roffe, daß Sie abends spät noch arbeiteten?«

»Sehr oft, ja«, erwiderte Elizabeth.

»Wie spät?«

»Das war verschieden. Manchmal bis zehn, manchmal bis Mitternacht oder länger.«

»Also eine Art Gewohnheit? Das heißt, den Leuten in Ihrer Umgebung war das bekannt?«

Sie sah ihn erstaunt an. »Ich denke schon.«

»Am Abend, als der Aufzug abstürzte, da haben Sie, Mr. Williams und Kate Erling noch spät gearbeitet?«

»Ja.«

»Aber Sie gingen nicht gemeinsam weg?«

»Ich mußte früher gehen«, warf Rhys ein. »Hatte eine Verabredung.«

Max musterte ihn einen Moment, wandte sich dann wieder Elizabeth zu. »Wann sind Sie gegangen, ich meine, wie lange nach Mr. Williams?«

»Etwa eine Stunde später, nehme ich an.«

»Sind Sie zusammen mit Kate Erling weggegangen?«

»Ja. Wir holten unsere Mäntel und traten auf den Flur.« Elizabeths Stimme schwankte. »Der Aufzug war bereits da, die Tür stand offen.«

Der Direktionsexpreß.

»Was geschah dann?« fragte Max.

»Wir stiegen beide ein. Im Büro klingelte das Telefon. Kate – Miss Erling – sagte: ›Ich gehe ran‹ und wollte aus dem Aufzug aussteigen. Aber ich erwartete ein Übersee-Gespräch, das ich zuvor angemeldet hatte, und darum sagte ich, ich würde selbst ans Telefon gehen.« Elizabeth unterbrach sich. In ihren Augen stiegen Tränen auf. »Ich verließ den Aufzug. Sie fragte, ob sie auf mich warten sollte, und ich sagte: ›Nein, fahren Sie schon los.‹ Sie drückte auf den Knopf für das Erdgeschoß. Ich ging zum Büro, und als ich gerade die Tür aufmachte, hörte ich – da kam das furchtbare Schreien, und dann ...« Sie konnte nicht weitersprechen.

Rhys wandte sich zornig an den Inspektor. »Jetzt reicht's aber! Würden Sie uns bitte verraten, was das alles soll? Worum geht es eigentlich?«

Es geht um Mord, dachte Hornung. Jemand hatte versucht, Elizabeth Roffe umzubringen. Er saß da, in tiefe Konzentration versunken. Er ließ alles an sich vorbeiziehen, was er in den vergangenen achtundvierzig Stunden über Roffe und Söhne in Erfahrung gebracht hatte. Ein Unternehmen, das offenbar unter dem Zorn der Götter stand. Da mußten astronomische Summen aufgrund von Schadensersatzklagen gezahlt werden, die Öffentlichkeit reagierte entsprechend: Kunden sprangen ab, und der Konzern schuldete seinen Gläubigern enorme Summen. Und die Gläubiger, die Banken, wurden immer ungeduldiger. Kurz, das Unternehmen schien für eine Veränderung reif. Sein Präsident, Sam Roffe, im Besitz der Anteilsmehrheit, starb plötzlich. Ein hervorragender Bergsteiger erlitt einen tödlichen Unfall in den Bergen. Die Anteilsmehrheit ging an seine Tochter Elizabeth über, die wiederum ums Haar in einem Jeep auf Sardinien umgekommen wäre und kurz danach nur ebenso knapp dem Tod in einem außer Kontrolle geratenen Aufzug entging, einem Lift noch dazu, der kurz zuvor eine Inspektion gehabt hatte. Irgend jemand spielte tödliche Spiele.

Inspektor Hornung hätte eigentlich zufrieden sein müssen. Er hatte ein loses Ende gefunden. Aber jetzt, da er Elizabeth Roffe begegnet und sie für ihn nicht nur ein Name war, reagierte er ganz anders. Diese Frau war keine Gleichung in einem mathematischen Puzzle. Sie war etwas ganz Besonderes. Max spürte den Drang, sie zu beschützen, die Gefahr von ihr abzuwenden.

»Ich habe gefragt, was das alles soll!« wiederholte Rhys.

Max sah ihn an. Seine Antwort war vage. »Äh – na ja, Sie wissen schon, Mr. Williams. Die üblichen Routinenachforschungen. Und jetzt entschuldigen Sie mich bitte.«

Max Hornung hatte Dringendes zu erledigen.

33. Kapitel

An diesem Vormittag konnte sich Chefinspektor Schmied über Mangel an Arbeit nicht beklagen. Vor dem Gebäude der Luftverkehrsgesellschaft Iberia war eine Demonstration gemeldet worden: drei vorläufige Festnahmen. Großfeuer in einer Papierfabrik in Brunau: Brandursache unbekannt. Die Untersuchungen liefen an. Im Belvoir-Park war ein Mädchen vergewaltigt worden. Ein Einbruchsdiebstahl bei Guebelin, ein zweiter bei Grima, gleich beim Baur-au-Lac. Und als ob das noch nicht genügte, tauchte auch Max Hornung auf, erfüllt von einer monströsen Theorie. Chefinspektor Schmieds Atemrhythmus schlug wieder Kapriolen.

»Die Kabeltrommel vom Aufzug war angeknackt«, versuchte Hornung ihm zu erläutern. »Damit wurden alle Sicherheitsvorkehrungen wirkungslos. Irgend jemand . . .«

»Ich hab die Berichte auch gelesen, Hornung. Normale Abnutzung.«

»Nein, Chefinspektor. Ich habe mir das Material der Kabeltrommel genau angesehen. Das hätte mindestens noch fünf oder sechs Jahre halten müssen.«

Schmied fühlte ein Zucken in der rechten Wange. »Was wollen Sie damit sagen?«

»Jemand hat sich an der Kabeltrommel zu schaffen gemacht.«

Mein Gott, stöhnte Schmied innerlich. Typisch Hornung. Jeder andere hätte gesagt: Ich bin der Ansicht, jemand hat sich an der Kabeltrommel zu schaffen gemacht, oder: Es ist nicht von der Hand zu weisen, daß . . . Nein, nein! Bei Hornung hieß es schlicht und ergreifend: Jemand hat . . .

»Warum sollte jemand das tun?« fragte er laut.

»Genau das würde ich gerne herausfinden.«

»Demnach wollen Sie noch mal zu Roffe und Söhne gehen?«

Max Hornung sah ihn mit echtem Erstaunen an. »Aber nein, Chefinspektor. Ich möchte nach Chamonix fahren.«

Chamonix liegt fünfundsechzig Kilometer südöstlich von Genf im französischen Departement Haute-Savoie, eintausendeinhundertzehn Meter über dem Meeresspiegel. Seine Lage zwischen dem Montblanc-Massiv und der Aiguille-Rouge-Bergkette garantiert ihm eine der phantastischsten Aussichten der Welt.

An Inspektor Max Hornung war die Szenerie jedoch verschwendet. Er nahm die Landschaft nicht einmal wahr, als er mit seinem zerbeulten Pappkoffer im Bahnhof Chamonix aus dem Zug stieg. Ungehalten scheuchte er einen diensteifrigen Taxifahrer fort und unternahm den Weg zur örtlichen Polizeistation zu Fuß. Sein Ziel war ein kleines Gebäude am Hauptplatz im Stadtzentrum. Max trat ein und fühlte sich sofort zu Hause, genoß die kumpelhafte Kameraderie, die ihn in die Bruderschaft der Polizisten in aller Welt einbezog. Er gehörte dazu, war einer von ihnen.

Hinter dem Empfangspult sah der französische Sergeant auf. *»Est-ce que je peux vous aider?«*

»Oui.« Max strahlte. Und er fing zu reden an. Max

meisterte alle Fremdsprachen nach demselben Muster: Er schlug sich einen Weg durch das Dickicht der irregulären Verben, Zeiten und Partizipien, gebrauchte seine Zunge wie eine Machete. Als er sprach, wechselte der Gesichtsausdruck des Sergeanten von Erstaunen über Ratlosigkeit in schiere Konsternation. Hatte das französische Volk nicht Hunderte von Jahren gebraucht, um durch die Übung von Zunge, Gaumen und Kehlkopf die wunderbare Musik heranreifen zu lassen, die heute seine Sprache war? Und jetzt stand da vor ihm dieser komische Mann und brachte es fertig, das geheiligte Französisch in ein Gemisch schrecklicher, unverständlicher Laute zu verwandeln.

Schließlich konnte der Sergeant es nicht länger ertragen. Er unterbrach den Inspektor. »Was wollen Sie eigentlich sagen?«

»Wieso, was heißt das?« fragte Max zurück. »Sie werden doch wohl noch Ihre Muttersprache verstehen. Ich spreche Französisch.«

Der Sergeant lehnte sich vor und erkundigte sich aus echtem Interesse: »Meinen Sie, Sie sprechen jetzt im Moment Französisch?«

Der Kerl versteht wirklich die eigene Sprache nicht, dachte Max. Er zog seinen Dienstausweis heraus und reichte ihn dem Sergeanten. Der las die Angaben zweimal von vorn bis hinten, sah Max dann aufmerksam ins Gesicht und las ein drittes Mal. Er konnte es einfach nicht fassen, daß der komische Kerl vor ihm ein Polizeibeamter sein sollte.

Zögernd gab er Max schließlich den Ausweis zurück. »Was kann ich für Sie tun?«

»Ich untersuche ein Bergunglück, das hier vor zwei Monaten passierte. Der Name des Opfers war Sam Roffe.«

Der Sergeant nickte. »Daran kann ich mich erinnern.«

»Ich würde gern mit jemandem reden, der mir Genaueres über den Vorfall sagen kann.«

»Am ehesten käme da wohl die Bergwacht in Frage. Der korrekte Name dafür ist *Société Chamoniarde de Secours en Montagne*. Das Büro liegt am Place du Mont Blanc, und die Telefonnummer ist fünf-drei-eins-sechs-acht-neun. Vielleicht kann Ihnen auch die Klinik mit Informationen weiterhelfen. Die liegt in der Route du Valais und hat die Telefonnummer fünf-drei-null-eins-acht-zwei. Warten Sie. Ich schreib sie Ihnen auf.« Er langte nach einem Kugelschreiber.

»Nicht nötig«, erwiderte Max. »*Société Chamoniarde de Secours en Montagne,* Place du Mont Blanc, fünf-drei-eins-sechs-acht-neun. Oder die Klinik in der Route du Valais, fünf-drei-null-eins-acht-zwei.«

Der Sergeant starrte Max noch nach, als der schon lange durch die Tür verschwunden war.

Bei der *Société Chamoniarde de Secours* traf er auf einen dunkelhaarigen, athletisch gebauten jungen Mann, der hinter einem alten, abgenutzten Schreibtisch aus Fichtenholz saß. Als Max hereinkam, sah er auf und schickte ein stummes Stoßgebet zum Himmel, daß diese merkwürdige Gestalt kein Amateur-Alpinist sein möge, der eine Klettertour plante.

»Kann ich Ihnen helfen?«

»Ich bin Inspektor Max Hornung aus Zürich.« Er zeigte seinen Dienstausweis.

»Und womit kann ich Ihnen dienen?«

»Ich untersuche den Unfalltod eines gewissen Sam Roffe.«

Der junge Mann hinter dem Schreibtisch ließ ein Seufzen vernehmen. »Ach ja, Mr. Roffe. Ich hab ihn sehr gemocht. Das war wirklich ein tragischer Unglücksfall.«

»Waren Sie Zeuge, als es passierte?« fragte Max.

Kopfschütteln. »Nein. Ich habe die Rettungsmannschaft angeführt, sobald wir den Notruf von da oben bekamen. Aber wir konnten nichts mehr tun. Mr. Roffe war in eine abgrundtiefe Spalte gestürzt. Die Leiche wird man nie finden.«

»Wie ist es passiert?«

»Die Seilmannschaft bestand aus vier Bergsteigern. Der Führer und Mr. Roffe stiegen als letzte auf. Soviel ich erfuhr, überquerten sie gerade eine Eismoräne. Mr. Roffe rutschte aus und stürzte ab.«

»War er nicht angeseilt?«

»Doch, natürlich. Aber sein Seil riß.«

»Passiert das öfter?«

»Gewöhnlich nur einmal.« Der junge Mann lächelte über seinen Scherz, dann sah er die Miene des Polizeibeamten und fügte schnell hinzu: »Erfahrene Bergsteiger überprüfen ihre Ausrüstung sehr gründlich. Trotzdem ereignen sich Unfälle.«

Max stand da und überlegte. »Ich würde gern mit dem Führer reden.«

»Mr. Roffes üblicher Führer war an dem Tag nicht mit von der Partie.«

Max zwinkerte erstaunt. »So? Und warum nicht?«

»Wenn ich mich recht erinnere, war er krank. Jemand anders sprang für ihn ein.«

»Wissen Sie, wer es war?«

»Wenn Sie sich einen Moment gedulden, kann ich nachsehen.«

Der junge Mann verschwand in einem Hinterzimmer. Wenige Minuten später kam er mit einem Blatt Papier zurück. »Es war Hans Bergmann.«

»Wo finde ich ihn?«

»Der ist nicht von hier.« Der Mann sah auf den Zettel.

»Er stammt auf dem Dorf Lesgets. Das liegt ungefähr sechzig Kilometer von hier.«

Bevor Max Chamonix den Rücken kehrte, machte er einen Besuch im Hotel Kleine Scheidegg. Er sprach mit dem für die Zimmerreservierungen zuständigen Empfangschef. »Hatten Sie Dienst, als Mr. Roffe hier war?«

»Ja.« Die Miene des Mannes verdüsterte sich. »Ein schrecklicher Unfall, wirklich furchtbar.«

»Und Mr. Roffe hat allein hier gewohnt?«

Der Mann schüttelte den Kopf. »Nein, er kam mit einem Freund.«

Max starrte ihn an. »Mit einem Freund?«

»Aber ja. Mr. Roffe hatte für sie beide die Zimmer gebucht.«

»Könnten Sie mir den Namen dieses Freundes geben?«

»Selbstverständlich.« Der Hotelangestellte zog ein großes Anmeldebuch unter dem Pult hervor und fing zu blättern an. Er hielt inne und fuhr mit dem Finger die Eintragungen entlang. »Ja, hier haben wir's . . .«

Für die Fahrt nach Lesgets brauchte Max in seinem Volkswagen, dem billigsten Mietauto, das er in Chamonix hatte auftreiben können, fast drei Stunden. Zum Schluß wäre er beinahe noch vorbeigefahren, denn das Dorf verdiente die Bezeichnung nicht. Es gab nur ein paar Häuser, meist Geschäfte, einen Berggasthof und einen Kramladen mit einer eigenen Tanksäule.

Max hielt vor dem Berggasthof und ging hinein. Sechs oder sieben Leute saßen vor dem offenen Kaminfeuer und unterhielten sich. Sie verstummten, als Max eintrat.

»Entschuldigen Sie bitte«, sagte er. »Ich suche Herrn Hans Bergmann.«

»Wen?«

»Hans Bergmann, den Bergführer. Er stammt aus diesem Dorf.«

Ein älterer Mann mit verwittertem Gesicht spuckte ins Feuer, sah dann zu Max hoch. »Da hat Sie wohl jemand auf'n Arm genommen. Ich bin hier in Lesgets geboren. Und von einem Hans Bergmann ist mir nichts bekannt.«

34. Kapitel

Eine Woche nach Kate Erlings Tod ging Elizabeth zum erstenmal wieder ins Büro. Ängstlich, fast zitternd, betrat sie die große Halle, antwortete wie ein Automat auf die Willkommensgrüße des Portiers und der Sicherheitsbeamten. An der rückwärtigen Wand sah sie Arbeiter am Werk. Sie waren mit dem Einbau des neuen Fahrkorbs für den Direktionslift beschäftigt. Sofort fiel ihr wieder Kate Erling ein. Sie konnte nur ahnen, welch grauenvolle Sekunden Kate durchlebt haben mußte während ihres zwölf Stockwerke langen Todessturzes. Elizabeth wußte, den Direktionsexpreß würde sie nie im Leben wieder benutzen.

Als sie in ihr Büro kam, hatte Henriette, ihre zweite Sekretärin, die Post schon geöffnet und ordentlich auf dem Schreibtisch sortiert. Schnell ging Elizabeth die Stapel durch, versah Memoranden mit ihren Initialen, adressierte Berichte und Anfragen an die zuständigen Abteilungsleiter um oder schrieb Bemerkungen und Order an den Rand. Ganz zuunterst lag ein großer versiegelter Umschlag mit der Aufschrift: Elizabeth Roffe – persönlich. Elizabeth nahm den Brieföffner und schlitzte den Umschlag auf. Sie zog eine Fotografie heraus, Größe acht mal zehn. Es handelte sich um die Porträtaufnahme eines mongoloiden Kindes: Hervorquellende riesige Augen starrten sie aus einem deformierten Schädel an. An das Foto war ein Zettel geheftet. Darauf stand mit Bleistift: »DAS IST MEIN GELIEBTER SOHN JOHN. IHR PRÄPARAT HAT IHM DAS ANGETAN! DAFÜR BRINGE ICH SIE UM.«

Foto und Zettel flatterten auf den Tisch. Elizabeth merkte, daß ihre Hände zitterten. In diesem Augenblick kam Henriette mit einer Unterschriftenmappe herein.

»Die Briefe sind fertig, Miss ...« Sie sah Elizabeths Gesichtsausdruck. »Stimmt etwas nicht?«

Elizabeth rang um Haltung. »Bitte – sagen Sie doch Mr. Williams, er möchte zu mir kommen.« Wieder wurde ihr Blick von dem Foto auf dem Schreibtisch gefangen.

Wie konnte Roffe und Söhne für derart schreckliche Dinge verantwortlich sein?

»Es war unsere Schuld«, erläuterte Rhys. »Eine Ladung Medikamente wurde falsch etikettiert. Die meisten konnten wir rechtzeitig wieder einziehen, aber ...« Er hob hilflos die Hände.

»Wann ist das passiert?«

»Vor fast vier Jahren.«

»Wie viele Leute kamen zu Schaden?«

»Ungefähr hundert.« Er sah ihre Miene und fügte schnell hinzu: »Wir zahlten Entschädigung. Und, Liz, lange nicht alle hatten so schwere Folgen wie das Kind da. Sie können sicher sein, wir sind verdammt vorsichtig. Alle nur denkbaren Sicherheitsvorkehrungen werden getroffen. Aber es gibt nun mal so was wie menschliches Versagen. Fehler lassen sich nicht immer vermeiden.«

Elizabeth starrte immer noch das Foto des Kindes an. »Es ist einfach furchtbar.«

»Dieser Brief hätte Ihnen nicht vorgelegt werden dürfen.« Rhys fuhr sich mit den Fingern durch das dichte schwarze Haar. »Ausgerechnet jetzt muß Ihnen das vor Augen kommen, eine schlechtere Zeit hätte man sich nicht aussuchen können. Aber wir haben noch andere Probleme, wichtigere als das da.«

Was konnte wichtiger sein, dachte sie, als ein fürs Leben geschädigtes Kind? »Und worum geht es?«

»Die Federal Drug Association hat gerade über unsere Aerosolsprays entschieden, und zwar negativ. In zwei Jahren werden sämtliche Aerosole verboten sein.«

»Wie wird sich das auswirken?«

»Schlimm – eine schlimme Sache. Die Entscheidung bedeutet, daß wir ein halbes Dutzend Fabriken rund um die Erde werden schließen müssen. Außerdem verlieren wir einen unserer ertragreichsten Märkte.«

Elizabeth dachte an Emil Joeppli und sein Projekt, aber sie sagte nichts. »Und? Sonst noch Hiobsbotschaften?«

»Haben Sie heute früh die Zeitungen gelesen?«

»Nein.«

»Die Frau eines belgischen Ministers, Madame van den Logh, hat Benexan genommen.«

»Eins unserer Mittel?«

»Ja. Ein Präparat, das man bei hohem Blutdruck nicht einnehmen darf, wie man klipp und klar der Beschreibung entnehmen kann. Aber sie hat sie nicht beachtet.«

Elizabeth fühlte, wie sich ihr Körper verkrampfte. »Was ist passiert?«

»Sie liegt im Koma«, erwiderte Rhys. »Es ist fraglich, ob sie durchkommt. Alle Zeitungsberichte erwähnen, daß es sich um eines unserer Produkte handelt. Schon gehen Abbestellungen aus aller Welt ein. Die FDA hat uns in Kenntnis gesetzt, daß eine Untersuchung stattfinden wird, aber die kann mindestens ein Jahr dauern. Bis dahin dürfen wir das Mittel weiter verkaufen.«

»Ich will, daß es sofort zurückgezogen wird«, ordnete Elizabeth an.

»Aber dafür gibt es nicht die geringste Veranlassung. Es handelt sich um ein anerkannt wirksames Mittel gegen ...«

»Hat es noch anderen Menschen geschadet?«

»Es hat Tausenden geholfen.« Rhys' Stimme war kühl. »Es ist eines unserer wirksamsten ...«

»Sie haben meine Frage nicht beantwortet.«

»In ein paar vereinzelten Fällen, nehme ich an. Ja, doch. Aber ...«

»Das Erzeugnis wird umgehend aus dem Verkehr gezogen. Sofort!«

Er saß still da, versuchte, seinen Ärger zu unterdrükken. Schließlich fragte er: »Interessiert es Sie, was dieser Schritt den Konzern kosten wird?«

»Nein.«

Rhys nickte. »Also dann. Übrigens, bis jetzt haben Sie nur die guten Neuigkeiten gehört. Nun kommen dic schlechten: Die Bankiers verlangen eine Konferenz mit Ihnen. Und zwar gleich. Sie annullieren die Darlehen.«

Elizabeth saß allein in ihrem Büro, dachte an das mongoloide Kind, an die Frau, die im Koma lag, weil sie eine Medizin genommen hatte, die Roffe und Söhne ihr verkauft hatte. Zwar wußte Elizabeth sehr gut, daß solche Tragödien vorkamen, und keineswegs nur bei Roffe und Söhne. Fast täglich konnte man in den Zeitungen über ähnliche Fälle lesen, aber nie hatte sich Elizabeth derart direkt betroffen gefühlt. Ihr war, als trüge sie persönlich die Verantwortung. Sie beschloß, eine Konferenz mit allen Abteilungsleitern, die für Sicherheitsvorkehrungen zuständig waren, einzuberufen. Vielleicht ließ sich hier doch einiges verbessern.

Das ist mein geliebter Sohn John.

Madame van den Logh liegt im Koma. Es ist fraglich, ob sie durchkommt.

Die Bankiers verlangen eine Konferenz mit Ihnen. Und zwar gleich. Sie annullieren die Darlehen.

Die Hiobsbotschaften schnürten Elizabeth den Hals zu. Als würden die Gegner von allen Seiten auf sie eindringen. Zum erstenmal fragte sich Elizabeth allen Ernstes, ob sie der Sache gewachsen war. Die Bürden waren einfach zu schwer, und sie hauften sich. Sie drehte sich mit ihrem Sessel um; ihre Augen suchten das Bild des alten Samuel an der Wand. Der sah so kompetent aus, so selbstsicher. Aber sie kannte seine Zweifel und Ängste, wußte, wie oft er verzagt gewesen war. Und doch hatte er durchgehalten. Auch sie würde es schaffen, irgendwie. Auch sie war eine Roffe.

Ihr fiel auf, daß das Bild schief hing. Wahrscheinlich eine Nachwirkung des Fahrstuhlabsturzes, dachte Elizabeth. Sie stand auf, um es geradezurücken. Als sie es anhob, brach der Haken aus der Wand, und das Gemälde schlug auf den Boden. Elizabeth sah nicht einmal nach unten. Sie blickte auf die Wand, wo das Bild gehangen hatte. Ein winziges Mikrofon, mit Klebestreifen an der Täfelung befestigt, starrte sie an.

Vier Uhr früh: Emil Joeppli machte wieder einmal Überstunden. Das war ihm in jüngster Zeit zur Gewohnheit geworden. Auch wenn Elizabeth Roffe ihm keinen bestimmten Stichtag gesetzt hatte, wußte Joeppli ganz genau, wie wichtig seine Arbeit für den Konzern war, und er setzte alles daran, so schnell wie möglich voranzukommen. In letzter Zeit waren ihm bestürzende Gerüchte über die Firma zu Ohren gekommen. Er wollte alles tun, um mit seinen Kräften dazu beizutragen, ihr aus der Klemme zu helfen. Der Konzern war wie eine Mutter für ihn gewesen, bezahlte ihm ein großzügiges Gehalt und ließ ihm völlig freie Hand. Sam Roffe hatte er verehrt, und seine Tochter mochte er auch sehr. Elizabeth Roffe würde es nie erfahren, aber diese nächtlichen Arbeitsstunden waren sein persönliches Geschenk an sie. Er saß tief über seinen Schreibtisch gebeugt und überprüfte die Ergebnisse seiner letzten Versuche. Seine Miene hellte sich immer mehr auf: Das war ja besser, als er zu hoffen gewagt hatte. Da saß er, ganz versunken in seine Gedanken, merkte weder den Gestank der Tiere in ihren Käfigen noch die feuchte Laborluft, und wenn ihn jemand nach der Uhrzeit gefragt hätte, dann hätte er nur mit den Achseln gezuckt. Die Tür ging auf. Der Wächter der sogenannten Friedhofsschicht, Sepp Nolan, kam herein. Nolan haßte den Nachtdienst. Über den verlassenen Laborräumen lag etwas Unheimliches, und der Tiergestank bereitete ihm Übelkeit. Nolan fragte sich immer wieder, ob all die Tiere, die hier getötet wurden, Seelen hatten, Seelen, die des Nachts unruhig durch die Räume und Korridore strichen. Ich müßte eine Spuk-Zulage verlangen, dachte er. Alle anderen waren längst zu Hause. Bis auf den sonderbaren Professor hier zwischen seinen Kaninchen und Hamstern.

»Wie lange bleiben Sie noch, Doktor?« erkundigte sich Nolan.

Joeppli sah hoch, bemerkte den Wächter zum erstenmal. »Wie bitte?«

»Dachte nur, wenn Sie hier noch länger zu tun haben, kann ich Ihnen ein Sandwich und was zu trinken bringen. Bin auf dem Weg zur Kantine, will 'nen Happen essen.«

»Ich hätte nur gern Kaffee, wenn's keine Umstände macht.« Joeppli war sofort wieder in seine Arbeit versunken.

Nolan sagte noch: »Wenn ich rausgehe, schließe ich die Tür hinter mir ab. Bin aber gleich zurück.«

Joeppli hörte ihn gar nicht mehr.

Zehn Minuten später ging die Labortür abermals auf. Eine Stimme drang an sein Ohr. »Sie arbeiten aber lange, Emil.«

Joeppli fuhr erschrocken hoch. Als er seinen Besucher erkannte, stand er schnell auf. Er war verwirrt und zugleich stolz, daß er von einem so hochgestellten Mann besucht wurde.

»Die Quelle ewiger Jugend. *Top secret*, was?«

Emil zögerte. Er hatte strengste Anweisung von Miss Roffe, mit niemandem darüber zu reden. Kein Mensch sollte davon wissen. Aber das galt natürlich nicht für seinen Besucher. Er hatte ihm einst zu der Position verholfen. Also lächelte Emil Joeppli. »Ganz recht, *top secret.*«

»Ausgezeichnet. Das soll es auch bleiben. Wie geht's denn voran?«

»Großartig.«

Der Besucher wanderte in dem kleinen Labor umher, trat an einen Kaninchenkäfig. Emil Joeppli war ihm gefolgt. »Kann ich Ihnen behilflich sein?«

Der Mann lächelte. »Nein, Emil. Ich kenne mich ganz gut aus.«

Er wandte sich ab. Mit dem Ärmel streifte er eine leere Futterschüssel, die polternd zu Boden fiel. »Oh! Tut mir leid.«

»Aber das macht doch nichts. Ich heb's auf.« Emil Joeppli bückte sich und langte nach der Schüssel. Sein Hinterkopf schien in einem feuerroten Funkenregen zu explodieren, und als letztes sah er, wie der Fußboden ihm entgegenkam.

Das Telefon hörte nicht auf zu läuten. Elizabeth öffnete die Augen. Schlaftrunken sah sie auf die Digitaluhr. Fünf Uhr früh. Sie langte nach dem Hörer, bekam ihn mühsam von der Gabel. Eine hysterische Männerstimme schlug an ihr Ohr. »Miss Roffe? Hier spricht der Sicherheitschef vom Werk. Wir haben eine Explosion gehabt, in einem von den Labors. Es wurde vollständig zerstört.«

Sofort war sie hellwach. »Ist jemand verletzt worden?«

»Ja, Madame. Ein Wissenschaftler ist tot. Verbrannt.«

Er brauchte Elizabeth den Namen gar nicht mehr zu nennen.

35. Kapitel

Inspektor Max Hornung saß tief in Gedanken versunken an seinem Platz. Das Großraumbüro der Abteilung war erfüllt von Geräuschen, Stimmen, bimmelnden Telefonen, klappernden Schreibmaschinen, doch Hornung sah und hörte nichts von alledem. Er besaß die Konzentrationskraft eines Computers. Gegenstand seiner Grübelei war der Konzern Roffe und Söhne, genauer, seine Satzung, wie sie seinerzeit von dem alten Samuel bestimmt worden war: das Unternehmen nie aus dem Familienbesitz zu entlassen. Geradezu genial, dachte Hornung. Und gefährlich. Er fühlte sich an den italienischen Versicherungsplan des Bankiers Lorenzo Tonti Anno 1695 erinnert. Jedes Mitglied der sogenannten Tontine hatte eine gleichgroße Geldsumme beizubringen, und immer, wenn ein Mitglied starb, erbten die Hinterbliebenen den Anteil. Damit war ein starkes Motiv unter den Mitgliedern geschaffen, sich gegenseitig umzubringen. Wie bei Roffe und Söhne. War es nicht eine zu große Versuchung, jemanden Aktien im Werte von Abermillionen erben zu lassen, um ihm dann zu sagen, er dürfe sie nur mit allgemeiner Zustimmung verkaufen?

Max wußte, Sam Roffe hatte nicht zugestimmt. Und Sam Roffe war tot. Elizabeth Roffe hatte ebenfalls ihre Einwilligung verweigert. Zweimal war sie mit knapper

Not dem Tod entgangen. Zu viele Unfälle, dachte Max. Er glaubte nicht an derartige Zufälle. Darum ließ er sich bei Chefinspektor Schmied melden.

Der war wenig beeindruckt. Nachdem er den Bericht über Sam Roffes Bergunfall angehört hatte, brummte er: »Na schön, da hat man eben den Namen des Bergführers verwechselt. Daraus kann man kaum auf Mord schließen, Hornung. Solche Hirngespinste reichen für meine Abteilung nicht aus, verstanden?«

Der Inspektor ließ sich nicht einschüchtern. »Ich glaube, es steckt mehr dahinter. Roffe und Söhne hat enorme Schwierigkeiten, intern, meine ich. Möglich, daß jemand die Lösung darin sah, Sam Roffe ins Jenseits zu befördern.«

Der Chefinspektor lehnte sich zurück und beäugte seinen Mitarbeiter. Natürlich steckte hinter dessen Theorien auch nicht ein Körnchen Wahrheit. Auf der anderen Seite lockte die Aussicht ungemein, Max Hornung für eine Weile loszuwerden. Seine Abwesenheit würde die Laune der ganzen Abteilung beträchtlich heben. Und dann gab es noch etwas anderes zu bedenken: die Leute, denen Max Hornung nachschnüffeln wollte. Niemand anders als ausgerechnet die mächtige Roffe-Dynastie. Normalerweise hätte Schmied seinen Untergebenen angewiesen, sich von denen so fern wie möglich zu halten. Wenn Hornung sie auch nur im geringsten reizte – und wie konnte der jemanden nicht reizen? –, hatten sie jederzeit genügend Machtmittel, um ihn aus dem Polizeidienst zu werfen. Und zwar schneller, als er Amen sagen konnte. In diesem Fall aber konnte niemand ihm, dem Chefinspektor Schmied, einen Vorwurf machen. War ihm Max Hornung nicht ohnehin aufgezwungen worden? Also eröffnete er ihm: »Das ist Ihr Fall. Nehmen Sie sich nur Zeit.«

»Danke, Chefinspektor.« Max war im siebten Himmel.

Beim Rückweg in sein Büro stieß Hornung im Korridor auf den Leichenbeschauer. »Hornung!« rief er. »Sagen Sie, kann ich mir mal für einen Moment Ihr phänomenales Gedächtnis ausleihen?«

Max zwinkerte. »Wie bitte?«

»Die Wasserpolizei hat gerade ein Mädchen aus der Limmat gefischt. Würden Sie sich die Leiche mal ansehen?«

Max schluckte. »Wenn Sie Wert darauf legen.«

Das war ein Aspekt seines Berufs, den er nicht besonders schätzte, aber das Pflichtgefühl obsiegte.

Das Mädchen lag in dem üblichen unpersönlichen Stahlfach in der Leichenhalle. Sie hatte blondes Haar, war offenbar Anfang Zwanzig. Der Körper, vom Wasser aufgedunsen, war nackt. Nur um den Hals trug sie ein rotes Band.

»Allen Anzeichen nach hatte sie unmittelbar vor dem Tod Geschlechtsverkehr«, sagte der Leichenbeschauer. »Sie wurde erwürgt, dann in den Fluß geworfen. In den Lungen war kein Wasser. Ihre Fingerabdrücke sind nicht registriert. Haben Sie das Opfer schon einmal irgendwo gesehen?«

Max betrachtete lange das Gesicht der Toten. »Nein.«

Und er machte sich aus dem Staub. Er wollte den Bus zum Flughafen erreichen.

36. Kapitel

Inspektor Max Hornung landete auf Sardinien, auf dem Flugplatz der Costa Smeralda. Er nahm sich den billigsten Leihwagen, den er auftreiben konnte, und fuhr nach Olbia. Im Gegensatz zu der übrigen Landschaft war Olbia ein Schandfleck, eine Industriestadt, eingebettet in häßliche Vororte mit Werkanlagen und Fabriken, einem Müllberg und einem gigantischen Autofriedhof, auf dem die ehemals schneidigen Flitzer rostig und verbeult dahindämmerten. Jede Stadt der Welt hat seinen Schrottplatz, dachte Max. Monumente der Zivilisation.

Im Stadtzentrum angelangt, hielt er vor einem Haus mit der Inschrift: QUESTURA DI SASSARI COMMISSARIATO DI POLIZIA OLBIA. Sobald er eintrat, umgab ihn wieder das wohlige Gefühl der Zugehörigkeit, der Identität mit einer vieltausendköpfigen Berufsgemeinde. Er zeigte dem Beamten vom Dienst seinen Ausweis und wurde wenig später in das Büro des Polizeichefs gebeten. Luigi Ferraro erhob sich, ein Willkommenslächeln auf den Lippen. Es erstarb ihm, sobald er des Besuchers ansichtig wurde. Max' Statur und der Begriff Polizei paßten einfach nicht zusammen.

»Dürfte ich Ihre Identifikation sehen?« fragte der Polizeichef höflich.

»Aber selbstverständlich.« Max zeigte seinen Dienstausweis. Ferraro studierte ihn gründlich, gab ihn schließlich zurück. Die Schweiz mußte an Polizisten ganz schön arm sein, schloß er. Er nahm wieder hinter seinem Schreibtisch Platz und fragte: »Was kann ich für Sie tun?«

Max fing an, es ihm auseinanderzusetzen: in fließendem Italienisch. Das Problem war nur, daß Ferraro eine ganze Weile brauchte, um herauszufinden, welcher Sprache sein Besucher sich bediente. Als ihm klar war, welche es sein sollte, hob er entsetzt die Hand. »*Basta!* Sprechen Sie Englisch?«

»Selbstverständlich«, lautete die Antwort.

»Dann flehe ich Sie an, lassen Sie uns auf englisch reden.«

Als Max geendet hatte, räusperte sich Ferraro. »Sie irren sich, Signore. Ich kann Ihnen nur sagen, hier verschwenden Sie Ihre Zeit. Meine Mechaniker haben den Jeep auf das gründlichste untersucht, und alle sind sich darin einig: Es war ein Unfall.«

Max nickte völlig unbeeindruckt. »Aber ich habe mir das Auto noch nicht angesehen.«

Ferraro zuckte die Schultern. »Na schön. Es steht jetzt in einer öffentlichen Garage zum Verkauf. Ich werde einen meiner Männer anweisen, Sie hinzuführen. Wollen Sie auch den Unfallort besichtigen?«

Max sah ihn erstaunt an. »Wozu?«

Bruno Campagna wurde als Begleiter für Max auserkoren. »Wir haben schon alles überprüft«, sagte er. »Es war ein Unfall.«

»Nein«, gab Max zurück.

Der Jeep stand in einer Garagenecke, der Kühler und die ganze Seite noch vollständig demoliert und von klebrigem Harz beschmiert.

»Hatte noch keine Zeit zum Reparieren«, erklärte der Mechaniker.

Max spazierte um den Jeep herum, prüfte alles genau. »Was ist an den Bremsen gemacht worden?« erkundigte er sich schließlich.

Der Mechaniker fuhr zusammen. »*Gesú!* Doch nicht auch Sie?« Seine Stimme klang zunehmend gereizt. »Ich bin seit dreißig Jahren Mechaniker, mir is' nie'n Fehler passiert. Und ich hab den Jeep auf Herz und Nieren geprüft. Bei dem hat das letzte Mal jemand die Bremsen angefaßt, als er aus der Fabrik kam.«

»Jemand war an den Bremsen«, beharrte Max.

»Und wie?« Vor Erregung brachte der Mechaniker die Worte kaum heraus.

»Das weiß ich jetzt noch nicht«, erklärte Max. »Aber ich werde es herausfinden.« Und nach einem letzten Blick auf den Jeep drehte er sich auf dem Absatz um und verschwand.

Polizeichef Luigi Ferraro sah Bruno Campagna fragend an. »Was hast du mit ihm angestellt?«

»Angestellt? Gar nichts hab ich angestellt. Ich hab ihn in die Garage gebracht, und da hat er sich mit dem Mechaniker angelegt, und dann hat er gesagt, jetzt wolle er auf eigene Faust recherchieren.«

»Unglaublich!«

Max stand an der Küste und starrte auf das smaragdgrüne Wasser des Tyrrhenischen Meeres. Aber er sah nichts. Alle Kraft verwandte er auf die innere Konzentration. Sein Verstand war damit beschäftigt, die Stücke aneinanderzufügen. Es war wie ein riesiges Puzzle-Spiel. Alles paßte wunderschön zusammen, wenn man nur erst wußte, wohin die Steinchen gehörten. Der Jeep bedeutete ein kleines, aber wichtiges Teil des Ganzen. Seine Bremsen waren von kompetenten Mechanikern genau überprüft worden. Max hatte keinen Grund, an ihrer Fähigkeit oder auch Ehrlichkeit zu zweifeln. Deshalb akzeptierte er als Tatsache, daß sich niemand an den Bremsen des Jeeps zu schaffen gemacht hatte. Aber Elizabeth hatte das Auto gefahren, und irgend jemand wollte sie ins Jenseits befördern. Deshalb mußte er die Tatsache akzeptieren, daß dennoch jemand an den Bremsen manipuliert hatte. Aber wie? Es gab keine Möglichkeit, wie dieser Jemand das hätte bewerkstelligen können. Trotzdem hatte er es getan. Kein Zweifel, Max hatte es mit einem ungewöhnlich gerissenen Gegner zu tun. Das machte die Sache nur noch interessanter.

Er ging näher zum Strand und setzte sich auf einen großen Felsbrocken. Dann schloß er die Augen und konzentrierte sich wieder mit aller Kraft. Er schob die Steinchen hierhin und dorthin, besah sich einige ganz genau, legte andere beiseite, ordnete das ganze Puzzle neu.

Zwanzig Minuten später fügte sich das letzte Steinchen in das Bild ein. Max riß die Augen auf. Bravo, dachte er. Den möchte ich kennenlernen, der sich das ausgedacht hat.

Danach mußte Inspektor Hornung noch zwei Zwischenstationen einlegen, die erste am Stadtrand von Olbia und die zweite an einer bestimmten Stelle in den Bergen. Deshalb bekam er nur mit knapper Not das Nachmittagsflugzeug zurück nach Zürich. Er flog Touristenklasse.

37. Kapitel

Der Sicherheitschef von Roffe und Söhne war völlig entnervt. »Alles ging viel zu schnell, Miss Roffe. Wir konnten überhaupt nichts tun. Als die Löschzüge eintrafen, lag das ganze Labor schon in Schutt und Asche.«

Die Rettungsmannschaften hatten Emil Joepplis verkohlte Leiche gefunden. Ob seine Formel vor der Explosion aus dem Laboratorium gestohlen worden war, ließ sich nicht feststellen.

»Der Forschungstrakt stand doch rund um die Uhr unter Bewachung?« erkundigte sich Elizabeth.

»Jawohl, Miss Roffe. Wir ...«

»Wie lange leiten Sie schon unseren Werkschutz?«

»Fünf Jahre. Ich ...«

»Sie sind entlassen.«

Der Mann wollte protestieren, besann sich aber. »Jawohl, Miss Roffe.«

»Wie viele Mitarbeiter haben Sie?«

»Fünfundsechzig.«

Fünfundsechzig! Und sie alle hatten Emil Joeppli nicht schützen können. »Ich gebe Ihrem Stab eine Kündigungsfrist von vierundzwanzig Stunden«, erklärte Elizabeth. »Danach will ich keinen mehr hier sehen.«

Er blickte sie entgeistert an. »Miss Roffe, finden Sie Ihr Verhalten fair?«

Sie dachte an Joeppli, an die unersetzlichen Formeln, die jetzt gestohlen waren, dachte an die Wanze, die man ihr ins Büro plaziert und die sie mit dem Absatz zertreten hatte.

»Verschwinden Sie!« befahl Elizabeth.

Sie arbeitete den Vormittag über ganz verbissen, füllte jede Minute mit einer Beschäftigung aus, wollte die Bilder verdrängen, die auf sie einstürmten. Emil Joeppli, bis zur Unkenntlichkeit verkohlt, die qualmenden Trümmer des Labors mit den verbrannten Tieren. Sie durfte auch gar nicht daran denken, was der Verlust der Forschungen für das Unternehmen bedeutete. Wenn eine rivalisierende Firma sich des Mittels bemächtigt hatte, konnte Elizabeth nicht das geringste dagegen tun. Das Geschäft war wirklich ein Dschungel. Sobald die Konkurrenten eine Schwäche witterten, schwärmten sie aus, um einen aufzufressen. Dies aber war nicht einmal das Werk eines Konkurrenten. Der Täter war ein Freund. Ein tödlicher Freund.

Auf der Stelle beauftragte Elizabeth ein professionelles Bewachungsunternehmen mit dem Werkschutz. Inzwischen war sie soweit, daß sie lieber fremde Gesichter um sich sah; das gab ihr ein sichereres Gefühl.

Als nächstes rief sie das Hôpital International in Brüssel an und erkundigte sich nach dem Befinden von Madame van den Logh, der belgischen Ministergattin. Sie lag immer noch im Koma, hieß es, und ihre Überlebenschancen waren gering.

Alle Bilder stürmten auf Elizabeth ein: das mongoloide Kind, Emil Joeppli, die Frau des Ministers. Rhys kam zu ihr ins Büro. Er sah ihren Gesichtsausdruck. Seine Stimme klang besorgt. »So schlimm?«

Ihr Kopfnicken verriet, wie miserabel sie sich fühlte.

Rhys trat an den Schreibtisch und blickte ihr lange forschend in die Augen. Sie sah müde aus, völlig ausgelaugt. Wieviel könnte sie wohl noch aushalten, fragte er sich. Er nahm ihre Hand: »Gibt es irgend etwas, wobei ich Ihnen helfen kann?«

Irgend etwas? dachte Elizabeth. Alles! Er konnte ja gar nicht ahnen, wie verzweifelt sie ihn brauchte. Sie brauchte seine Stärke, seine Hilfe, seine Liebe. Ihre Blicke trafen sich. Sie war bereit, sich ihm in die Arme zu werfen, ihm ihr Herz auszuschütten. Er sollte wissen, was geschehen war und was noch geschah.

»Ist schon etwas über Madame van den Logh bekannt?« erkundigte er sich.

Und der Augenblick war vorbei.

»Nein«, erwiderte Elizabeth.

»Haben Sie schon Anrufe bekommen? Ich meine, wegen des Artikels im *Wall Street Journal*?«

»Welcher Artikel?«

»Haben Sie ihn nicht gesehen?«

»Nein.«

Rhys ließ aus seinem Büro die Ausgabe kommen. Der Artikel zählte in epischer Breite alle Schwierigkeiten und Probleme auf, denen der Konzern in jüngster Zeit ausgesetzt war. Doch der Kern der Analyse lautete, die Firma benötige dringend eine erfahrene Führungsspitze. Elizabeth legte die Zeitung nieder. »Wieviel Schaden wird damit angerichtet?«

Rhys zuckte die Schultern. »Der Schaden ist schon da. Die berichten ja nur über Tatsachen. Wir verlieren immer mehr Marktanteile. Wir ...«

Die Gegensprechanlage summte. Elizabeth antwortete. »Ja?«

»Herr Julius Badrutt auf Leitung zwei, Miss Roffe. Es sei dringend, sagt er.«

Sie sah hilfesuchend Rhys an. Das Treffen mit den Bankiers hatte sie immer wieder aufgeschoben. »Stellen

Sie durch.« Sie nahm den Hörer ab. »Guten Morgen, Herr Badrutt.«

»Guten Morgen.« Am Telefon klang seine Stimme trocken und spröde. »Hätten Sie heute nachmittag etwas Zeit für uns?«

»Na ja, ich bin . . .«

»Ausgezeichnet. Würde Ihnen vier Uhr passen?«

Elizabeth zögerte. »Also gut, vier Uhr.«

Sie hörte, wie Herr Badrutt sich räusperte. »Es hat mir sehr leid getan, das von Herrn Joeppli zu hören.«

In den Zeitungsberichten über die Explosion war Joepplis Name überhaupt nicht erwähnt worden.

Sie legte auf und sah, wie Rhys sie beobachtete.

»Die Haie wittern Blut«, stellte er fest.

Den ganzen Nachmittag hörte das Telefon nicht auf zu klingeln. Alec rief an. »Elizabeth, hast du den Artikel in der Zeitung von heute morgen gelesen?«

»Ja. Das *Wall Street Journal* hat mächtig übertrieben.«

Am anderen Ende entstand eine Pause. Dann kam Alecs Stimme wieder. »Ich spreche nicht vom *Wall Street Journal*. Die *Financial Times* bringt etwas über Roffe und Söhne auf der ersten Seite. Und der Tenor ist niederschmetternd. Mein Telefon läßt mich überhaupt nicht mehr zur Ruhe kommen. Wir erhalten immer größere Stornierungen. Was sollen wir tun?«

»Ich rufe dich zurück«, versprach Elizabeth.

Als nächster war Ivo am Telefon. »*Carissima*, mach dich auf einen Schock gefaßt.«

Als ob ich nicht schon auf alles gefaßt wäre, stellte Elizabeth im stillen fest. »Was gibt's denn?«

»Vor wenigen Stunden«, sagte Ivo, »wurde ein italienischer Minister festgenommen. Die Anklage lautet auf Bestechung.«

Plötzlich war Elizabeth sonnenklar, was jetzt kam. »Sprich weiter«, forderte sie Ivo auf.

Aus seiner Stimme klang Bedauern und Verlegenheit. »Es war nicht unsere Schuld. Der Mann wurde immer habgieriger und vergaß alle Vorsicht. Die haben ihn am Flughafen gefaßt, als er versuchte, Geld außer Landes zu schaffen. Und die Banknoten konnten bis zu uns zurückverfolgt werden.«

Obwohl sie darauf vorbereitet war, traf sie die nackte Wahrheit wie ein Schlag. Sie konnte das Gehörte kaum glauben. »Wozu, um Himmels willen, mußten wir einen Minister bestechen?«

Ivos Stimme verriet, daß er an der Tatsache nichts Besonderes fand. »Damit wir in Italien im Geschäft bleiben, natürlich. Das gehört hier zum normalen Leben. Kriminell ist daran nicht, daß wir den Minister bestochen, *cara*, sondern daß sie uns dabei erwischt haben.«

Sie lehnte sich hilflos im Sessel zurück. In ihrem Kopf dröhnte es.

»Und was jetzt?«

»Mein Vorschlag ist, sofort die Konzernanwälte zusammenzurufen«, erwiderte Ivo. »Mach dir keine Sorgen. Hier in Italien landen nur die Armen im Gefängnis.«

Wieder ging das Telefon: Charles aus Paris. Er war außer sich. Die französische Presse war voll mit Artikeln über Roffe und Söhne. Charles bestürmte Elizabeth, das Unternehmen zu veräußern, solange der Ruf nicht völlig ruiniert war.

»Unsere Kunden verlieren das Vertrauen«, hämmerte ihr Charles ein. »Und ohne Vertrauen ist die Firma tot.«

Elizabeth dachte lange nach. Über die Telefonanrufe, die Bankiers, ihre Vettern und über die Pressekampagnen. Eins war klar: Es geschah zuviel auf einmal. Irgend jemand brachte die Dinge ins Rollen. Und sie mußte dahinterkommen, wer es war.

Der Name stand immer noch in Elizabeths kleinem Notizbuch: Maria Martinelli. Aus weiter Ferne kamen die Erinnerungen: eine hochgewachsene, langbeinige Italienerin, ihre Klassenkameradin im Schweizer Internat. Sie waren in losem Briefkontakt geblieben. Maria war Mannequin geworden, und als sie Elizabeth das letzte Mal schrieb, gerade im Begriff, einen italienischen Zeitungsverleger in Mailand zu heiraten. Elizabeth brauchte eine Viertelstunde, um Maria telefonisch aufzustöbern. Nachdem sie gesellschaftliche Floskeln ausgetauscht hatten, kam Elizabeth zur Sache. »Sag mal, bist du immer noch mit dem Verleger liiert?«

»Und wie! Sobald Toni seine Scheidung in der Tasche hat, heiraten wir.«

»Maria, du mußt mir einen Gefallen tun.«

»Nur raus mit der Sprache.«

Nach weniger als einer Stunde rief Maria zurück. »Ich habe die Information für dich. Der Minister, den man beim Geldschmuggeln aus Italien erwischte, wurde verpfiffen. Toni sagt, jemand hat der Flughafenpolizei einen Wink gegeben.«

»Hat er auch den Namen dieser Person herausbekommen?«

»Ja. Ivo Palazzi.«

Inspektor Max Hornung hatte eine interessante Entdekkung gemacht. Einmal wußte er mit hundertprozentiger Sicherheit, daß die Explosion bei Roffe und Söhne vorsätzlich erfolgt war. Der dazu benutzte Sprengstoff hieß Rylar X und wurde ausschließlich für militärische

Zwecke hergestellt. Privaten Käufern war er überhaupt nicht zugänglich. Was Max indessen besonders hellhörig machte, war die Tatsache, daß Rylar X in einem Zweigwerk von Roffe und Söhne produziert wurde. Es kostete Max nur einen Anruf, um herauszubekommen, um welches Unternehmen es sich handelte.

Es war die Fabrik bei Paris.

Punkt vier Uhr am Nachmittag nahm Julius Badrutt in einem Sessel Platz und begann ohne Umschweife: »So gern wir Ihnen entgegenkommen würden, Miss Roffe, muß ich Ihnen doch eröffnen, daß die Verpflichtungen unseren Aktionären gegenüber Vorrang haben.«

Das war genau die Feststellung, dachte Elizabeth, mit der die Bankiers in aller Welt Witwen und Waisen den Hypothekenhahn zudrehten. Aber diesmal war sie gewappnet.

». . . Mein Vorstand hat mich daher beauftragt, Sie von der Entscheidung in Kenntnis zu setzen, daß unsere Bank auf sofortige Begleichung aller Schulden besteht.«

»Sie haben mir eine Frist von neunzig Tagen eingeräumt«, erinnerte sich Elizabeth.

»Unglücklicherweise haben sich unserer Auffassung nach die Umstände verschlechtert. Ich muß Ihnen außerdem mitteilen, daß die anderen Banken, mit denen Ihr Konzern Verbindungen hat, zu demselben Entschluß gelangt sind.«

Wenn die Banken nicht mehr mitspielten, gab es keinen Weg, das Unternehmen weiterhin in Privatbesitz zu halten.

»Es tut mir außerordentlich leid, Miss Roffe, Überbringer so schlechter Nachrichten zu sein. Aber ich sah die Verpflichtung, Ihnen das persönlich mitzuteilen.«

»Sie wissen natürlich, daß Roffe und Söhne immer

noch ein starkes und im Kern gesundes Unternehmen ist.«

Julius Badrutt nickte kurz. »Selbstverständlich. Ein hervorragendes Unternehmen.«

»Und trotzdem wollen Sie uns die Fristverlängerung aufkündigen.«

Der Bankier sah sie längere Zeit forschend an. Dann räusperte er sich. »Die Bank ist der Ansicht, Ihre Probleme wären durchaus zu lösen, Miss Roffe. Hingegen ...« Er zögerte.

»Hingegen«, setzte Elizabeth seinen Satz fort, »fehlt Ihrer Meinung nach die geeignete Persönlichkeit dafür?«

»Ich fürchte, Sie haben den Nagel auf den Kopf getroffen.« Er machte Anstalten, sich zu erheben.

»Was nun, wenn jemand anderes Präsident von Roffe und Söhne würde?« fragte Elizabeth.

Doch Badrutt schüttelte den Kopf. »Wir haben diese Möglichkeit erwogen. Aber keiner der gegenwärtigen Direktoriumsmitglieder besitzt unserer Meinung nach die Qualifikationen für diese enorme ...«

Sie unterbrach ihn. »Ich dachte dabei an Rhys Williams.«

38. Kapitel

Constable Thomas Hiller von der Wasserpolizei fühlte sich in miserabler Verfassung. Er war müde, scharf auf Weiber, hungrig und pudelnaß, und er konnte sich nicht entscheiden, welche der vier Heimsuchungen ihm am meisten zu schaffen machte.

Müde war er, weil seine Verlobte, Flo, ihm die ganze Nacht lang die Hölle heiß gemacht hatte, eine einzige Keiferei. Und als ihr endlich die Luft ausgegangen war, hatte er keine Zeit mehr gehabt, vorm Dienst auch nur einen Bissen zwischen die Zähne zu bekommen. Flo hatte auch Schuld an seiner Begierde; denn in einer derartigen Verfassung war sie nicht gewillt, ihn an sich heranzulassen. Nur für die Nässe konnte sie nichts. Die kam daher, daß die Erbauer des zehn Meter langen Polizeibootes, mit dem er die Themse abklapperte, mehr an Zweckmäßigkeit denn an Komfort gedacht hatten. Jedenfalls trieb der Wind den Regen in das kleine Ruderhaus, wo Hiller Ausguck hielt. Doch an solchen Tagen gab es verdammt wenig zu sehen und noch weniger zu tun. Hillers Abteilung bestrich rund neunzig Flußkilometer, vom Dartford Creek bis zur Staines Bridge. Gewöhnlich mochte der Constable die Tour, Patrouillefahrten lagen ihm – aber keinesfalls in dieser Verfassung. Der Teufel sollte alle Weiber holen! Er dachte an Flo, im Bett, nackt wie eine Kropftaube. Ihr Busen wogte, als sie ihn anfauchte und sich bis zur Raserei steigerte. Er sah auf die Armbanduhr. Noch eine halbe Stunde, und die miese Streife war vorbei. Das Boot hatte gewendet und tuckerte zurück zum Waterloo-Pier. Für Hiller gab es jetzt nur noch ein Problem. Er mußte sich entscheiden, was Vorrang hatte: schlafen, essen oder mit Flo ins Bett gehen. Am besten alles auf einmal, überlegte er. Er versuchte, sich die Müdigkeit aus den Augen zu reiben, und richtete den Blick tapfer auf die schlammigen Fluten, auf die der Regen trommelte und Blasen schlug.

Das Ding kam aus dem Nichts, ragte plötzlich aus dem trüben Wasser, wie ein großer Fisch, der mit dem weißen Bauch nach oben trieb. Constable Hillers erster Gedanke war: Wenn wir den an Bord hieven, stinkt der ganze Kahn. Der Fisch, oder was immer es war, lag ungefähr zehn Meter entfernt, steuerbord, und das Boot ließ ihn achtern liegen. Wenn er jetzt den Mund aufmachte, dachte Hiller, würde der verdammte Fisch ihm den pünktlichen Dienstschluß vermasseln. Dann mußten sie anhalten und die Haken ausbringen, das Biest entweder an Bord holen oder ins Schlepptau nehmen. Wie auch immer, sein Wiedersehen mit Flo mußte verschoben werden. Quatsch, er brauchte es ja nicht zu melden. Wer wollte ihm beweisen, daß er etwas gesehen hatte? Wenn er . . . Sie entfernten sich immer mehr.

Constable Hiller rief mit Stentorstimme: »Sergeant, da treibt ein großer Fisch, zwanzig Meter steuerbord, achteraus. Sieht wie ein Hai aus.«

Die 100-PS-Dieselmaschine wechselte plötzlich den Rhythmus; das Boot verlor an Fahrt.

Sergeant Gaskins erschien. »Wo denn?« fragte er.

Der verschwommene Umriß war hinter den Regenschleiern nicht mehr zu sehen. »Da drüben war er eben noch.«

Sergeant Gaskins zögerte. Auch er wollte nach Hause. Mußte das mit dem blöden Fisch jetzt noch sein?

»War er groß genug, um die Schiffahrt zu gefährden?« erkundigte er sich.

Constable Hiller lag im Kampf mit sich selbst. Er verlor. »Ja«, raunzte er.

Also wendete das Patrouillenboot und pirschte sich langsam zurück in die Gegend, wo das Objekt gesichtet worden war. Und ganz unerwartet trieb das Ding plötzlich wieder vor ihnen, fast unter dem Bug. Die beiden Männer standen an Deck und starrten nach unten. Im Themsewasser schwamm die Leiche einer jungen Blondine.

Sie war nackt. Nur um den unnatürlich geschwollenen Hals trug sie ein rotes Band.

39. Kapitel

Zur selben Zeit, da Constable Hiller und Sergeant Gaskins die Leiche des ermordeten Mädchens aus der Themse fischten, betrat Max Hornung am anderen Ende von London, zehn Meilen entfernt, die grauweiße Marmorhalle von New Scotland Yard. Allein der Gang durch das sagenumwobene Portal erfüllte ihn mit unsäglichem Stolz. Nie zuvor war das Gefühl der großen Bruderschaft so stark in ihm gewesen. Der Yard bedeutete die Krone! Allein die Telegrammadresse dieser legendären Polizeiburg: Handcuffs, Handschellen – gab es Größeres auf Erden? Max liebte das Englische und die Engländer ungemein. Der Haken war nur, daß sie sich ihm so schwer verständlich machen konnten. Er würde nie begreifen, warum die Engländer ihre Muttersprache so komisch handhabten.

Der Beamte am Empfang sprach ihn an. »Can I help you, Sir?«

Max drehte sich um. »Ich werde von Inspektor Davidson erwartet.«

»Name, Sir?«

Max intonierte ganz langsam und überdeutlich: »Inspektor Davidson.«

Der Beamte betrachtete ihn mit erhöhtem Interesse. »Ihr Name ist Inspektor Davidson?«

»Mein Name ist nicht Inspektor Davidson. Ich heiße Max Hornung.«

Der Polizist hinter dem Pult hüstelte. »Entschuldigen Sie, Sir, aber könnten Sie das vielleicht auf englisch sagen?«

Fünf Minuten später saß Max im Büro von Inspektor Davidson, einem breitschultrigen Mann mittleren Alters mit gesunder Gesichtsfarbe und schiefen gelben Zähnen. Typischer Engländer, dachte Max und fühlte sich am Ziel seiner Träume.

»Am Telefon sagten Sie, es ginge um Sir Alec Nichols, und zwar im Zusammenhang mit Mordverdacht.«

»Er ist einer von einem halben Dutzend Verdächtigen.«

Inspektor Davidson starrte ihn an. »Was meinten Sie?«

Max seufzte. Wieder das alte Leiden. Ganz langsam und deutlich wiederholte er seinen Satz.

»Ach so.« Inspektor Davidson überlegte eine Weile. »Wissen Sie, was? Ich bringe Sie in die Abteilung C-4, Vorstrafenregister. Wenn die nichts über ihn haben, versuchen wir's bei C-11 und C-13: Erkennungsdienst.«

In keinem der Archive war etwas über Sir Alec Nichols vorhanden. Max war jedoch keineswegs entmutigt. Er wußte, wo er bekommen konnte, was er suchte.

Früh am Morgen schon hatte er ein paar Telefonate mit Leuten geführt, deren Arbeitsplatz in der City lag, im Finanzzentrum von London.

Alle, die er anrief, reagierten sofort. Sobald Max seinen Namen nannte, gerieten sie in Panik. Denn jeder Geschäftsmann in der City hatte irgend etwas zu verbergen, und Max Hornungs Ruf war international verbreitet. Sobald sie seinen Worten entnahmen, daß er hinter jemand anderem her war, stolperten sie vor Hilfsbereitschaft über die eigenen Füße.

Und London bescherte Max zwei herrliche Tage. Er suchte Banken auf, Finanzierungsgesellschaften, Kreditinstitute und Registraturen. Die Leute dort interessierten ihn als Gesprächspartner nicht im geringsten. Er wollte nur ihre Computer befragen.

Max war ein Genie im Umgang mit Computern. Wenn er vor den Programmtastaturen saß, wirkte er wie ein Virtuose am Konzertflügel. Es spielte überhaupt keine Rolle, in welcher Sprache die Wundermaschinen gefüttert worden waren: Max konnte sie alle lesen. Er verstand es, mit Digital-Elektronengehirnen umzugehen, mit *low-level-* und *high-level-*Sprachcomputern. Ihm waren die Modelle FORTRAN und FORTRAN IV geläufig, auch die riesigen IBM 370, PDP 10 und 11 und ALGOL 68.

Zu seinen Favoriten gehörte der COBOL, konzipiert für Geschäftsdaten, ebenso wie der von der Polizei benutzte BASIC mit der Höchstgeschwindigkeit APL, der nur in Kartogrammen und Grafiken abgelesen werden kann. Max verstand sich mit LISP und APT und gab viel auf die Auskünfte des PL-1. Er bediente sich des Binar-Codes, fragte arithmetische sowie CPV-Einheiten ab, und das Schreibwerk des *high-speed printer* druckte die gewünschten Antworten mit einer Geschwindigkeit von elfhundert Zeilen in der Minute. Die gigantischen Computer hatten ihr Dasein damit verbracht, wie unersättliche Schwämme Informationen aufzusaugen, zu speichern, zu analysieren und zu memorieren. Und jetzt spien sie ihr gesammeltes Wissen aus, flüsterten Max ihre Geheimnisse zu, konspirierten mit ihm in ihren abgeschiedenen, vollklimatisierten Gruften.

Nichts war ihnen heilig, nichts vor ihnen sicher. Die geschützte Privatsphäre ist nichts als Legende für Illusionäre und Naivlinge. In den Computern steht der mündige Bürger splitternackt, seine tiefsten Geheimnisse liegen bloß und warten nur darauf, abgerufen zu werden. Gespeichert wird, wer eine Sozialversicherungsnummer besitzt, irgendeine Versicherungspolice, einen Führerschein, ein Bankkonto. Der Bürger ist programmiert als Steuerzahler, Arbeitslosen- oder Sozialhilfeempfänger. Sein Name wird eingespeichert, wenn er den Gesundheitsdienst in Anspruch nimmt, auf ein Haus Hypotheken aufnimmt, Besitzer eines Autos, Fahrrads, eines Spar- oder Girokontos ist. Wer jemals Krankenhauspatient oder beim Militär gewesen ist, eine Angel- oder Jagdlizenz besitzt, einen Reisepaß, Telefon oder Stromanschluß beantragt hat, ist den Computern wohlbekannt, desgleichen der Mensch als Heiratskandidat, Geschiedener oder neugeborener Erdenbürger.

Sofern jemand wußte, wo er nachzufragen hatte, und mit der nötigen Geduld ausgestattet war, konnte er über alle Fakten verfügen.

Max Hornung und die Computer verstanden sich ausgezeichnet. Die elektronischen Kameraden fanden sein Aussehen nicht komisch, hatten nichts daran auszusetzen, wie er sprach, sich benahm oder anzog. Für die Computer war der kleine Inspektor ein Riese. Sie respektierten seine Intelligenz, bewunderten und liebten ihn. Ihm gaben sie gern ihre Geheimnisse preis, amüsierten sich mit ihm über die vielfachen menschlichen Schwächen. Es waren Plauderstündchen zwischen alten Freunden.

»Wollen wir doch mal über Sir Alec Nichols reden«, sagte Max.

Und die Computer legten los. Max bekam ein mathematisch exaktes Konterfei von Sir Alec, komponiert aus Mitteilungen im Binar-Code, in Ziffern und Diagrammen. Nach zwei Stunden verfügte er über umfassende Kenntnisse, ein aufschlußreiches Persönlichkeitsbild des Mannes, dem er auf der Spur war.

Bankquittungen, eingelöste Schecks, Rechnungen, alles wurde ihm zugänglich. Was Max zuerst aufhorchen ließ, waren mehrere Schecks über große Summen, alle ausgestellt auf »Überbringer« und von Sir Alec Nichols eingelöst. Wohin war das Geld geflossen? Max forschte nach, ob es unter Geschäftsspesen oder persönlichen Ausgaben aufgeführt war, möglicherweise auch als Steuerraten. Ergebnis negativ. Er ging noch einmal die Ausgaben durch: ein Scheck an White's Club, eine Fleischrechnung (unbezahlt) ... Abendkleid von John Bates ... Quittung vom »Guinea« ... Zahnarztrechnung (unbezahlt) ... Annabelle's ... eine Robe von Saint Laurent in Paris ... eine Rechnung vom »Weißen Elefanten« (unbezahlt) ... Gebührenrechnungen ... Zahlungsaufforderung von John Wyndham, dem Haarstylisten ... vier Kleider von Saint Laurent ... Haushaltskosten, Gehälter für das Personal ...

Max sprach den Computer der zentralen Kraftfahrzeugbehörde an: eine Frage, Antwort positiv.

Sir Alec besitzt einen Bentley und einen Morris.

Max stutzte. Da fehlte doch irgend etwas. Weit und breit war keine Reparaturrechnung einer Autowerkstatt zu sehen.

Max bat die Computer, ihr Gedächtnis zu überprüfen. Innerhalb von sieben Jahren keine einzige derartige Rechnung.

Haben wir was vergessen? fragten die Computer.

Nein, antwortete Max. *Ihr habt gar nichts vergessen.*

Sir Alec nahm keine Werkstatt in Anspruch. Er reparierte seine Autos selbst. Wer technisch so begabt war, konnte mühelos einen Jeep manipulieren oder einen Aufzug zum Absturz bringen. Max brütete über den endlosen Zahlenkolonnen, die seine Freunde ihm auftischten, begeistert wie ein Archäologe, der frisch entdeckte Hieroglyphen entziffert. Prompt stieß er auf neue Geheimnisse. Eines war klar: Sir Alecs Ausgaben überstiegen sein Einkommen beträchtlich.

Wieder ein loses Ende.

Seine Freunde in der City hatten weitverzweigte Beziehungen. Innerhalb von zwei Tagen wußte Max, daß Sir Alex bei einem gewissen Tod Michaels in der Kreide stand, einem Club-Besitzer in Soho.

Max sprach bei den Polizeicomputern vor und stellte Fragen. Sie hatten die Antworten parat. *Jawohl, wir können dir mit Tod Michaels dienen. Er wurde verschiedentlich angeklagt, aber nie verurteilt. Verdacht auf Erpressung, Rauschgifthandel, Prostitution und Geldwucher.*

Max machte sich auf den Weg nach Soho und stellte weitere Fragen. Bald wußte er: Sir Alec Nichols spielte nicht. Wohl aber seine Frau.

Als Max sein Programm absolviert hatte, hegte er keinerlei Zweifel mehr: Sir Alec Nichols wurde erpreßt. Bei ihm häuften sich die unbezahlten Rechnungen. Er brauchte Geld, und zwar schnell. Seine Firmenanteile würden ihm Millionen einbringen, sofern er sie veräußern konnte. Dem hatte Sam Roffe im Wege gestanden, und jetzt Elizabeth.

Sir Alec Nichols hatte ein Mordmotiv.

Max begab sich auf die Computer-Pirsch nach Rhys Williams. Die Maschinen taten ihr Bestes, doch die Informationen blieben zu dünn.

Rhys Williams, spuckten die Computer aus, war männlichen Geschlechts, geboren in Wales, vierunddreißig Jahre alt, unverheiratet. Leitender Angestellter bei Roffe und Söhne, Gehalt: achtzigtausend Dollar jährlich, plus Bonusse. Bankverbindungen in London: ein Sparkonto mit zwanzigtausend Pfund Guthaben, ein Girokonto mit rund achthundert Pfund. Bankschließfach in Zürich, Inhalt unbekannt. Inhaber aller gängigen Kreditkarten. Viele der damit erworbenen Gegenstände offensichtlich für Frauen bestimmt. Rhys Williams hatte kein Vorstrafenregister. Bei Roffe und Söhne seit neun Jahren beschäftigt.

Das gibt nichts her, dachte Max, bei weitem nicht. Es kam ihm vor, als versteckte sich Rhys Williams hinter den Computern. Max mußte daran denken, wie abweisend der Mann sich verhalten hatte, als er, Max, Elizabeth nach der Beerdigung von Kate Erling befragt hatte. Wen hatte Rhys schützen wollen? Elizabeth Roffe? Oder sich selbst?

Für sechs Uhr abends buchte Max einen Flug der Alitalia nach Rom, Touristenklasse.

40. Kapitel

Fast zehn Jahre hatte Ivo Palazzi damit zugebracht, sich nach allen Regeln der Kunst ein Doppelleben aufzubauen, von dem nicht einmal seine engsten Freunde etwas wußten.

Max Hornung und seine römischen Computerfreunde brauchten weniger als vierundzwanzig Stunden, um ihm auf die Schliche zu kommen. Max befragte den Computer im Anagrafe-Gebäude, wo die Bevölkerungsstatistiken und die Daten der Stadtverwaltung gespeichert waren. Außerdem besuchte er die elektronischen Giganten des SID und der Banken. Überall war er willkommen.

Erzählt mir von Ivo Palazzi, bat er.

Und der Klatsch begann.

Eine Lebensmittelrechnung von Amici ... Ausgaben in einem Schönheitssalon von Sergio in der Via Condotti ... ein blauer Anzug von Angelo ... Blumen von Carducci ... zwei Abendkleider aus dem Atelier Irene Galitzine ... Schuhe von Gucci ... eine Pucci-Handtasche ... Lebenshaltungskosten ...

Max las die Angaben, prüfte und analysierte sie. Sein Instinkt sagte ihm: Hier stimmt etwas nicht. Da waren Schulgeldzahlungen für sechs Kinder.

Habt ihr euch geirrt? fragte Max.

Pardon. Inwiefern geirrt?

Die Computer im Anagrafe haben behauptet, Ivo Palazzi wäre als Vater von drei Kindern registriert. Und ihr besteht darauf, daß er für sechs Kinder Schulgeld zahlt?

Allerdings tun wir das.

Und ihr sagt, Ivo Palazzi wohnt in Olgiata?

Stimmt.

Aber er zahlt Miete für ein Appartement in der Via Montemignaio.

Ja.

Gibt es etwa zwei Ivo Palazzi?

Nein. Einen Mann dieses Namens. Zwei Familien. Drei Töchter von seiner Frau. Drei Söhne von Donatella Spolini.

Als Max seine Befragung beendet hatte, kannte er alle Gewohnheiten von Ivo Palazzis Geliebter, ihr Alter, den Namen ihres Friseurs und die Namen der unehelichen Kinder. Er wußte, Simonetta war eine Blondine, Donatella eine Brünette. Ihm war bekannt, welche Kleider-, Schuh- und Büstenhaltergrößen jede hatte und wieviel die Kleidungsstücke kosteten.

Unter den allgemeinen Ausgaben fielen Max mehrere Posten auf. Die Summen waren klein, aber die Verwendungszwecke blinkten ihn wie Leuchtfeuer an. Es gab Quittungen für eine Drehbank, eine Hobelmaschine und eine Säge. Ivo Palazzi hatte handwerkliche Hobbys. Und ein Architekt, überlegte Max, verstand bestimmt allerhand von Aufzügen.

In letzter Zeit hatte Ivo Palazzi um ein großes Bankdarlehen nachgesucht, informierten ihn die Computer.

Hat er es bekommen?

Nein. Die Bank verlangte, daß seine Frau mit unterzeichnet. Daraufhin zog er den Antrag zurück.

Herzlichen Dank.

Mit dem Bus fuhr Max zur Zentrale der Polizia Scientifica, wo der gigantische Computer in einem kreisrunden Saal stand.

Hat Ivo Palazzi ein Vorstrafenregister? erkundigte sich Max.

Jawohl. Im Alter von dreiundzwanzig Jahren wurde Ivo Palazzi wegen Körperverletzung verurteilt. Sein Opfer mußte ins Krankenhaus, Ivo für zwei Monate hinter Gitter.

Sonst noch was?

Ivo Palazzi hält eine Geliebte in der Via Montemignaio aus.

Danke. Das weiß ich schon.

Aber das ist nicht alles. Es liegen mehrere polizeiliche Meldungen über Beschwerden von Nachbarn vor.

Welche Art Beschwerden?

Ruhestörung. Tätlichkeiten, lautes Schreien. An einem Abend wurde das gesamte Geschirr zertrümmert. Ist das für Sie wichtig?

Und wie, erwiderte Max. *Verbindlichen Dank.*

Also war Ivo Palazzi jähzornig. Und Donatella Spolini ebenfalls. War zwischen den beiden etwas geschehen? Drohte sie ihm mit Bloßstellung? War das der Grund für sein plötzliches Ersuchen um ein Bankdarlehen? Wie weit ging ein Mann wie Ivo Palazzi, um seine Familie zu verteidigen, seinen Lebensstil?

Noch ein letztes Detail erwies sich als höchst aufschlußreich. Die italienischen Behörden hatten Ivo Palazzi eine beträchtliche Summe überwiesen. Es handelte sich um eine Belohnung, um den ihm zustehenden Prozentsatz des Betrages, der bei dem von Ivo ans Messer gelieferten Minister gefunden worden war. Wenn Ivo derart verzweifelt Geld brauchte, was würde er sonst noch alles dafür tun?

Max sagte seinen Computern Lebewohl und bekam gerade noch die Nachmittagsmaschine der Air France nach Paris.

41. Kapitel

Vom Flughafen Charles de Gaulle bis zur Gegend von Notre-Dame zahlt man für ein Taxi siebzig Francs, ohne Trinkgeld. Mit dem Bus Nummer 351 kostet dieselbe Strecke siebeneinhalb Francs – Trinkgeld nicht nötig. Inspektor Hornung nahm den Bus. Er stieg im bescheidenen *Hôtel Meublé* ab und fing unverzüglich an zu telefonieren.

Er sprach mit den Leuten, in deren Händen sich die intimsten Geheimnisse der Bürger Frankreichs befinden. Die Franzosen, normalerweise noch mißtrauischer und zurückhaltender als die Schweizer, ließen sich von Max Hornung nicht zweimal bitten. Für ihren Kooperationseifer gab es zwei Gründe. Einmal galt Hornung als Virtuose auf seinem Gebiet, wurde überall bewundert, und man rechnete es sich zur Ehre an, einem solchen Mann behilflich zu sein. Zweitens hatten alle schlicht Angst vor ihm. Vor Max ließ sich nichts geheimhalten. Der komische kleine Kerl mit der seltsamen Aussprache zog jedem das Fell über die Ohren. »Aber gern, mein Lieber«, hörte er überall. »Selbstverständlich haben Sie freie Hand mit unseren Computern. Doch alles muß streng vertraulich behandelt werden.«

»Natürlich.«

Max machte seine Besuchsrunde: bei den Inspecteurs

des Finances, beim Crédit Lyonnais, der Assurance Nationale. Und er bediente sich der Computer des Finanzamtes, der Elektronengehirne der Gendarmerie in Rosny-sous-Bois und der Anlagen der Polizeipräfektur auf der Île-de-la-Cité.

Es begann wie bei einem Stammtisch-Schwatz zwischen alten Kumpeln. *Wer sind eigentlich Hélène Roffe-Martel, wohnhaft Rue François Premier 5, Vésinet, Eheschließung 24. Mai 1970 in der Mairie von Neuilly, keine Kinder, Hélène dreimal geschieden, Mädchenname Roffe, Bankkonto Crédit Lyonnais, Avenue Montaigne, Konto-Inhaber Hélène Roffe-Martel, durchschnittliches Guthaben über zwanzigtausend Francs.*

Ausgaben?

Eine Rechnung der Librairie Marceau für Bücher ... Zahnarztrechnung, Wurzelbehandlung, Charles Martel ... Krankenhausrechnungen, Charles Martel ... Arztrechnung: Untersuchung, Charles Martel ...

Liegt ein Diagnose-Ergebnis vor?

Moment bitte. Muß bei einem Computer-Kollegen nachfragen.

Und der Computer, bei dem die Arztberichte eingespeichert waren, fing zu ticken an. *Diagnose: Nervöse Disposition.*

Sonst noch was?

Schwere Prellungen und Quetschungen, Schenkel und Gesäß, beidseitig.

Ursachen?

Keine Angaben.

Bitte weiter mit den Ausgaben.

Rechnung für ein Paar Herrenschuhe von Pinet ... Hut von Rose Valois ... Foie Gras von Fauchon ... Carita Schönheitssalon ... Maxim's Souper, acht Personen ... Herren-Morgenmantel von Sulka ... Max stoppte den Computer. Irgend etwas irritierte ihn; die Rechnungen waren sonderbar. Dann fiel bei ihm der Groschen. Jeder Kauf war von Madame Roffe-Martel gegengezeichnet, auch die Rechnungen für Herrenbekleidung und die der Restaurants, der Lieferantenlisten – alles mit ihrem Namen. Interessant.

Und dann, unweigerlich, das erste lose Ende.

Eine Firma namens Belle Paix hatte Grunderwerbssteuer beglichen. Einer der Eigentümer von Belle Paix war mit Charles Dessain angegeben. Und Charles Dessain hatte dieselbe Sozialversicherungsnummer wie Charles Martel. Vernebelungsmanöver?

Bitte mehr über Belle Paix.

Die Antwort kam prompt. *Belle Paix gehört René Duchamps und Charles Dessain, auch bekannt unter Charles Martel.*

Was steckt hinter Belle Paix?

Die Firma ist Eigentümerin eines Weinguts.

Wie hoch ist das Betriebskapital?

Vier Millionen Francs.

Woher hat Charles Martel seinen Kapitalanteil?

Von Crédit Municipal.

Wirft das Weingut Erträge ab?

Nein. Bankrott.

Max genügte das alles noch nicht. Er setzte seinen Freunden weiter zu, versuchte alle Tricks, stocherte überall herum, ließ nicht locker. Beim Versicherungs-Computer wurde er schließlich wieder fündig. Der verriet Max, daß Verdacht auf Versicherungsbetrug bestand. In Max regte sich etwas: Jagdfieber. Ein herrliches Gefühl.

Nur raus mit der Sprache, ermunterte er den Maschinenfreund.

Und sie tratschten miteinander wie Waschweiber.

Danach suchte er einen gewissen Juwelier namens Pierre Richaud auf.

In weniger als einer halben Stunde wußte er bis auf den letzten Centime, wie viele von Hélène Roffe-Martels Schmuckstücken imitiert worden war: knapp über zwei Millionen Francs Schmuckwert, fast genau die Summe, die Charles in das Weingut investiert hatte. Mithin war Charles Dessain-Martel in einer so prekären Lage, daß er nicht einmal vor Diebstahl zurückschreckte. Er hatte die Juwelen seiner Frau gestohlen.

Zu welchen Verzweiflungstaten hatte er sich außerdem hinreißen lassen?

Da gab es noch ein Detail, das von Bedeutung sein konnte. Er verstaute die Information sorgfältig in seinem Gedächtnis. Es handelte sich um die Rechnung für ein Paar Bergstiefel. Max legte eine Denkpause ein. Bergsteigen und Charles Dessain-Martel: Das paßte seinem Eindruck nach nicht zusammen. Ein Mann, der so unter dem Pantoffel seiner Frau stand, daß er nicht einmal auf eigene Faust einkaufen durfte, kein eigenes Bankkonto besaß und stehlen mußte, um zu Geld zu kommen . . .

Nein, Charles Martel im Kampf mit einer Bergwand, das konnte sich Max einfach nicht vorstellen. Da mußte er noch mal seine Computer befragen.

Gestern war da eine Rechnung vom Timwear-Sportgeschäft. Könnt ihr die spezifizieren?

Aber klar.

Das Ergebnis leuchtete vor ihm auf dem Bildschirm auf. Die Rechnung für die Stiefel. Größe 36, eine Frauengröße. Also war Hélène Roffe-Martel die Bergsteigerin in der Familie.

Und Sam Roffe war in einer Bergwand umgekommen.

42. Kapitel

Die Rue Armengaud: eine ruhige Pariser Straße, von ein- oder zweigeschossigen Wohnhäusern mit Giebeldächern gesäumt. Nummer 26 ragte über seine Nachbarn hinaus, ein moderner Achtstockwerkebau aus Glas, Stahl und Beton, Hauptquartier von Interpol, dem Generalstab im Kampf gegen das internationale Verbrechertum.

Im weitläufigen, vollklimatisierten Kellerraum plauderte Max Hornung mit einem seiner geliebten Computer, als einer der diensthabenden Beamten hereinkam. Er sprach den kleinen Inspektor an. »Oben zeigen sie gerade einen ›Mord-Porno‹. Interessiert Sie das?«

»Ich weiß nicht. Was ist das, ein ›Mord-Porno‹?«

»Kommen Sie mit, und sehen Sie ihn sich an.«

Der große Filmvorführraum lag im dritten Stock. Zwei Dutzend Männer und Frauen, Beamte von Interpol, Polizisten der Sûreté, in Zivil und uniformiert, waren anwesend. Neben einer Leinwand stand René Almedin, Assistent des Verwaltungsdirektors von Interpol. Max fand einen Platz in der letzten Reihe.

»... seit ein paar Jahren«, sagte Almedin gerade, »sind uns immer häufiger Gerüchte über sogenannte Mord-Pornos zu Ohren gekommen, das sind pornographische Filme, bei denen zum Schluß das Opfer vor der laufenden Kamera umgebracht wird. Beweise für die tatsächliche Existenz solcher Filme waren bis jetzt nicht zu beschaffen. Der Grund dafür liegt natürlich auf der Hand. Solche Art Filme werden nicht für den normalen Konsumentenkreis produziert, sondern in geheimen Zirkeln reichen Kunden vorgeführt, die sich an derart perversen und sadistischen Darbietungen ergötzen.« René Almedin legte eine Pause ein und nahm vorsichtig die Brille von der Nase. »Aber, wie ich schon sagte, bis jetzt war das alles nur ein Gerücht. Das hat sich nun geändert. Gleich werden Sie einen Original-›Mord-Porno‹ zu sehen bekommen.« Aus dem Zuschauerraum kam erwartungsvolles Raunen. »Vor zwei Tagen ereignete sich in Passy ein Verkehrsunfall mit Fahrerflucht. Das Opfer, ein männlicher Passant, war im Besitz eines Aktenkoffers. Der Mann starb auf dem Weg ins Krankenhaus und konnte bis jetzt nicht identifiziert werden. In seinem Aktenkoffer fand die Sûreté diese Filmrolle, die im Labor entwickelt wurde.« Auf sein Zeichen verlosch das Licht, und der Film lief an.

Das blonde Mädchen konnte nicht älter als achtzehn gewesen sein. Das Ganze erschien unwirklich: das junge Gesicht, der blühende Frauenkörper, und dann härtester Porno, Fellatio, Analingus und die ganze Palette. Ihr Partner im Bett war ein kräftiger, völlig unbehaarter Kerl. Die Kamera zeigte in Nahaufnahme, wie sein riesenhafter Penis in sie eindrang. Dann wieder das Gesicht in Großformat. Max Hornung hatte dergleichen noch nie gesehen. Aber etwas anderes kam ihm bekannt vor. Er starrte auf das Band um den Hals des Mädchens. In seinem Gedächtnis rumorte es. Ein rotes Band. Wann? Wo? Das Mädchen auf der Leinwand erreichte den Höhepunkt, und als der Orgasmus begann, schlossen sich die riesigen Finger des Mannes um ihren Hals, drückten zu. Das Mädchengesicht: eben noch in Ekstase, jetzt voll tödlichen Entsetzens. Wie ein wildes Tier kämpfte sie, um dem Schicksal zu entkommen, aber die Pranken lagen wie Stahl um ihren Hals, schlossen sich immer fester. Und das Mädchen starb auf dem Höhepunkt ihres Orgasmus. Die Kamera fuhr noch einmal ganz dicht an sie heran; das verzerrte Gesicht füllte die Leinwand aus, dann war der Film zu Ende. Im Raum flammten die Lichter auf. Und Max fiel es wie Schuppen von den Augen. Natürlich!

Das Mädchen, das sie aus der Limmat gefischt hatten.

Bei Interpol Paris trafen aus ganz Europa Antworten auf eine dringende telegrafische Anfrage ein. Sechs ähnliche Morde waren bekanntgeworden: in Zürich, London, Rom, Portugal, Hamburg und Paris.

René Almedin informierte Max. »Die Beschreibungen passen haargenau. Die Opfer waren sämtlich blond, weiblichen Geschlechts, jung. Alle wurden während des Geschlechtsverkehrs erwürgt, und die Leichen waren nackt, trugen nur ein rotes Band um den Hals. Wir haben es hier mit einem Massenmörder zu tun. Soviel ist klar: Er besitzt einen Paß, ist entweder reich genug, um nach Belieben durch die Gegend fahren zu können, oder er reist auf Geschäftskosten.«

Ein Beamter in Zivil betrat das Büro. »Ausnahmsweise haben wir mal Glück gehabt. Das Filmmaterial wird von einer kleinen Firma in Brüssel hergestellt. Zufällig stammt es aus einer bestimmten Serie, bei der es Schwierigkeiten mit der Farbabstimmung gab. Deshalb kann das Zeug leichter identifiziert werden. Sie machen uns eine Aufstellung über alle Kunden, an die diese spezielle Serie geliefert wurde.«

Max sagte: »Wenn Sie die Liste haben, würde ich gern mal einen Blick darauf werfen.«

»Selbstverständlich.« Unauffällig musterte René Almedin den kleinen Kollegen. Ein Polizeibeamter wie Max Hornung war ihm noch nie über den Weg gelaufen. Und ebendieser Max Hornung hatte ihnen den Zusammenhang zwischen den Porno-Morden geliefert.

»Schätze, wir stehen ganz schön in Ihrer Schuld«, meinte Almedin.

Max sah ihn augenzwinkernd an. »Wieso?«

43. Kapitel

Alec hätte sich nur allzugern vor dem Festbankett gedrückt, aber er wollte Elizabeth auch nicht allein den Geschäfts- und Gesellschaftshyänen überlassen. Sie beide sollten Reden halten. Das Bankett fand in Glasgow statt, und Alec konnte die Stadt ohnehin nicht leiden. Vor dem Hotel wartete ein Wagen, der sie zum Flughafen bringen sollte, sobald sie sich schicklicherweise wegstehlen konnten. Alec hatte seine Rede schon gehalten, aber er war nicht bei der Sache gewesen. Er war fahrig, äußerst nervös, und noch dazu rumorte sein Magen. Irgendein Vollidiot war auf die Idee verfallen, die Imitation eines orientalischen Gerichts aufzutischen. Alec hatte das Essen kaum angerührt. Elizabeth saß neben ihm. »Hast du was, Alec?« erkundigte sie sich besorgt.

»Alles bestens.« Er tätschelte ihr beruhigend die Hand.

Die Reden waren fast überstanden, als ein Kellner an ihn herantrat. »Verzeihung, Sir, ein Ferngespräch. Sie können es im Büro entgegennehmen.«

Alec folgte dem Kellner aus dem Bankettsaal in das kleine Gelaß hinter dem Empfang. Er nahm den Hörer auf. »Ja? Hallo?«

Am anderen Ende war Swinton. »Das ist jetzt die letzte Warnung!« Dann machte es klick.

44. Kapitel

Auf dem Reiseplan von Max Hornung stand noch eine letzte Station: Berlin.

Auch dort warteten seine Computerfreunde schon auf ihn. Er befragte die Computer der großen Versicherungsgesellschaften und der Schufa, und man bot ihm die gespeicherten Daten des Bundeskriminalamts in Wiesbaden an.

Was steht zu Diensten? fragten sie.

Bitte alles über Walther Gassner.

Und sie spuckten aus. Als sie Max Hornung alle Geheimnisse geliefert hatten, lag Walther Gassners Leben vor ihm ausgebreitet. Max sah den Mann so deutlich vor sich, als besäße er ein Foto. Er wußte, wie er sich kleidete, welche Weine er bevorzugte, was er gern aß, in welchen Hotels er abstieg. Walther Gassner: ein gutaussehender junger Skilehrer, der sich von Frauen aushalten ließ und schließlich eine Erbin geheiratet hatte, viel älter als er selbst.

Eine Kleinigkeit regte seine Phantasie an: ein eingelöster Scheck über zweihundert Mark, ausgestellt auf einen Dr. Heissen. Verwendungszweck: Konsultation. Welche Art Konsultation? fragte sich Max. Der Scheck war bei der Dresdner Bank in Düsseldorf vorgelegt worden. Eine Viertelstunde später war Max mit dem Filialleiter der

Bank verbunden. Ja, selbstverständlich kannte der Direktor einen Dr. Heissen. Ein geschätzter Kunde des Instituts.

»Um welche Art Doktor handelt es sich, bitte?«

»Dr. Heissen ist Psychiater.«

Max legte auf, schloß die Augen und dachte nach. Ein loses Ende. Er griff wieder zum Telefon.

Eine hochnäsige Sprechstundenhilfe informierte ihn, der Doktor könne nicht gestört werden. Aber Max ließ nicht locker, und schließlich kam Dr. Heissen an den Apparat. Brüsk ließ er Max wissen, er rede nie über seine Patienten, und schon gar nicht am Telefon. Dann legte er auf, ehe Max etwas erwidern konnte.

Der suchte bei seinen Computern Hilfe. *Packt mal aus über Dr. Heissen*, forderte er sie auf.

Drei Stunden später rief er wieder bei dem Arzt an.

»Ich hab Ihnen doch vorher schon gesagt«, fauchte Dr. Heissen, »wenn Sie etwas über einen meiner Patienten wissen wollen, müssen Sie sich schon herbemühen. Und zwar mit einem Gerichtsbeschluß.«

»Nach Düsseldorf zu kommen paßt mir aber im Augenblick gar nicht«, erklärte Max.

»Das ist Ihr Problem. Sonst noch was? Ich bin sehr beschäftigt.«

»Das ist mir allerdings bekannt. Vor mir liegen Ihre Steuererklärungen aus den letzten fünf Jahren.«

»Na und?«

»Herr Doktor, ich möchte Ihnen keine Unannehmlichkeiten bereiten. Aber Sie hinterziehen fünfundzwanzig Prozent Ihres Einkommens. Wenn es Ihnen lieber ist, brauche ich die Unterlagen nur an das Finanzamt weiterzuleiten und den Leuten zu sagen, wo sie nachforschen sollen. Die könnten zum Beispiel mit Ihrem Bankschließfach in München anfangen oder bei Ihrem Nummernkonto in Basel.«

Am anderen Ende herrschte beredtes Schweigen. Dann fragte der Arzt: »Wie, sagten Sie doch gleich, ist Ihr Name?«

»Max Hornung. Ermittlungsbeamter der Schweizer Kriminalpolizei.«

Wieder eine Pause. Dann, sehr höflich. »Was wollen Sie denn nun genau wissen?«

Max sagte es ihm.

Als Dr. Heissen erst einmal zu reden begann, stürzten die Worte wie ein Wasserfall aus ihm heraus. Ja, natürlich konnte er sich an Walther Gassner erinnern. Der Mann war eines Tages in seiner Praxis erschienen, ohne jede Terminabsprache, und hatte darauf bestanden, ihn zu konsultieren. Seinen Namen wollte er partout nicht nennen. Er hatte den Vorwand benutzt, den Fall eines Freundes erörtern zu wollen.

»Natürlich hat mich das sofort alarmiert«, vertraute Dr. Heissen Max an. »Das ist ein klassisches Syndrom bei Leuten, die sich weigern, ihren eigenen Problemen ins Auge zu sehen, also Angst davor haben.«

»Und worin bestanden die Probleme?«

»Sein Freund, sagte er, leide an Schizophrenie und neige zur Gewalttätigkeit. Höchstwahrscheinlich werde er jemanden umbringen, wenn man ihn nicht daran hindere. Er wollte wissen, ob es dagegen eine Behandlungsmethode gebe. Seinen Freund in ein Sanatorium einzuweisen, könne er nicht über sich bringen.«

»Was haben Sie ihm geraten?«

»Selbstverständlich habe ich gesagt, zunächst müßte ich seinen Freund in Augenschein nehmen. Dann klärte ich ihn über die verschiedenen Arten von Geisteskrankheit auf. Ich habe ihm erläutert, wie man heutzutage schon gute Erfolge mit Drogen und psychiatrisch-therapeutischen Behandlungsmethoden erziele, gewisse Formen der Krankheit seien aber unheilbar. Ich erwähnte auch, daß jede Behandlung eine beträchtliche Zeit in Anspruch nehme.«

»Und wie ging es dann weiter?« fragte Max.

»Überhaupt nicht. Das war alles, wirklich. Ich habe ihn nie wiedergesehen. Dabei hätte ich ihm wirklich gern geholfen. Er schien mir völlig deprimiert zu sein, ungefähr so wie ein Mörder, der in der Wohnung seines Opfers an die Wand schreibt: Fangt mich, bevor ich weitermorde!«

Eins war Max noch nicht klar. »Herr Doktor, Sie sagten, er hätte sich geweigert, seinen Namen zu nennen. Trotzdem gab er Ihnen einen Scheck.«

»Er stellte fest, daß er kein Geld bei sich hatte. Da geriet er ganz außer sich. Schließlich mußte er einen Scheck ausschreiben. Auf diese Art kam ich hinter seinen Namen. Kann ich Ihnen sonst noch irgendwie helfen?«

»Nein.« Max bedankte sich.

Irgend etwas paßte nicht. Eines der losen Enden baumelte vor ihm, gerade eben außer Reichweite. Er würde schon noch dahinterkommen.

Als Max am nächsten Morgen nach Zürich zurückkehrte, fand er auf seinem Schreibtisch ein Telex von Interpol vor. Es enthielt die Liste der Kunden, an die das Filmmaterial geliefert worden war, mit dem der »Mord-Porno« gedreht wurde.

Acht Namen standen darauf.

Einer davon: Roffe und Söhne.

Chefinspektor Schmied lauschte dem Bericht seines ungeliebten Untergebenen. Kein Zweifel: Der kleine Glückspilz war wieder einmal in einen spektakulären Fall gestolpert.

»Fünf Leute«, sagte Max. »Einer davon muß es sein. Alle haben ein Motiv, und alle hatten die Gelegenheit zur Tat. Am Tag, als der Aufzug abstürzte, waren sie hier in Zürich zu einer Direktoriumssitzung versammelt. Und jeder von ihnen konnte auf Sardinien gewesen sein, als das mit dem Jeep passierte.«

Der Chefinspektor runzelte die Stirn. »Fünf Verdächtige, haben Sie eben gesagt. Aber außer Elizabeth Roffe sitzen nur vier im Direktorium. Wer ist Ihr fünfter Kandidat?«

Max zwinkerte. Mit Vorgesetzten mußte man Geduld haben. »Der Mann, der mit Sam Roffe in Chamonix war, als der Mord geschah. Rhys Williams.«

45. Kapitel

Mrs. Rhys Williams.

Elizabeth konnte es nicht glauben. Alles war so unwirklich, wie eine Szene aus einem Jungmädchentraum. Sie erinnerte sich an die Kritzelei in ihrem Schulheft: *Mrs. Rhys Williams.* Jetzt blickte sie auf ihre Hand: ein Ehering.

»Warum lächelst du?« fragte Rhys. Er saß ihr gegenüber im Sessel. Die luxuriöse Boing 707-320 schwebte in zwölftausend Meter Höhe irgendwo über dem Atlantik. Sie speisten iranischen Kaviar zu exquisit gekühltem Dom Perignon. Das Ganze war ein solcher Abklatsch von *La dolce vita*, daß Elizabeth laut lachen mußte.

Rhys lächelte. »Hab ich was Komisches gesagt?«

Elizabeth schüttelte den Kopf. Sie sah ihn an. Wie attraktiv er doch war. Ihr Mann. »Nein«, sagte sie. »Ich bin nur einfach glücklich.«

Wie glücklich sie in Wirklichkeit war, das würde er nie erfahren. Auf welche Weise sollte sie ihm auch deutlich machen, wieviel ihr diese Ehe bedeutete? Er würde sie nicht verstehen; denn für Rhys war das keine Ehe, sondern ein geschäftliches Arrangement. Sie aber, sie liebte Rhys. Elizabeth kam es so vor, als hätte sie ihn immer geliebt. Sie wollte den Rest ihres Lebens mit ihm verbringen, Kinder mit ihm haben, ihn besitzen und selbst sein

Besitz sein. Sie sah ihn an und dachte daran, daß an ihrem Glück noch eine Kleinigkeit fehlte: Sie mußte ihn dazu bringen, sich in sie zu verlieben.

Am Tag ihrer letzten Begegnung mit Julius Badrutt hatte sie Rhys mit ihrem Heiratsantrag überfallen. Sobald der Bankier sich verabschiedet hatte, machte sie sich sorgfältig zurecht, marschierte in Rhys' Büro, holte tief Luft und sagte: »Rhys, würden Sie mich heiraten?«

Seine Überraschung war ihr nicht verborgen geblieben, und bevor er ein Wort erwidern konnte, fuhr sie schnell fort, bemüht, ihre Stimme geschäftsmäßig kühl klingen zu lassen: »Das wäre natürlich eine rein geschäftliche Abmachung. Die Banken verlängern uns die Kredite, wenn Sie den Vorsitz von Roffe und Söhne übernehmen. Und das geht nur auf eine Weise.« Zu ihrem Entsetzen merkte Elizabeth, wie ihre Stimme zu zittern begann. »Nämlich, wenn Sie ein Mitglied der Familie heiraten. Und ich – ich bin offenbar die einzige, die dafür in Frage kommt.«

Sie fühlte, wie ihr die Röte ins Gesicht stieg. Sie hätte ihn jetzt nicht anblicken können.

»Selbstverständlich wäre es keine echte Ehe, im landläufigen Sinn . . .« Jetzt gingen ihr auch noch die Floskeln aus. ». . . im Sinne, ich meine, natürlich würde ich nicht erwarten . . . Na ja, Sie könnten kommen und gehen, wie es Ihnen beliebt.«

Er sah sie unverwandt an, kam ihr keinen Schritt entgegen.

Wenn er doch nur etwas sagen würde, dachte Elizabeth verzweifelt. Nur ein Wort!

»Rhys . . .«

»Verzeihung. Sie haben mich überrumpelt.« Sie sah, wie er plötzlich lächelte. »Schließlich bekommt man nicht jeden Tag einen Heiratsantrag von einem schönen Mädchen.«

Natürlich: Er spielte auf Zeitgewinn, suchte nach einem Ausweg, wie er ihr entschlüpfen konnte, ohne ihre Gefühle zu verletzen. *Es tut mir schrecklich leid, Elizabeth, aber ...*

Sie hörte seine Stimme. »Einverstanden!«

Und auf einmal fühlte sie sich befreit, als wäre ihr eine riesige Bürde von den Schultern genommen worden. Bis zu jenem Augenblick hatte sie sich gar nicht klargemacht, wie wichtig die Angelegenheit tatsächlich war. Jetzt hatte sie Zeit gewonnen, Zeit, um herauszubekommen, wer der verborgene Feind war. Sie und Rhys konnten gemeinsam all den entsetzlichen Vorkommnissen ein Ende bereiten, ein für allemal. Aber eins mußte sie ihm ganz deutlich machen.

»Du wirst der Präsident sein«, sagte sie. »Doch das stimmberechtigte Aktienkapital bleibt in meinen Händen.«

Rhys hatte die Stirn krausgezogen. »Aber wenn ich den Konzern doch leiten soll ...«

»Das sollst du auch«, hatte Elizabeth ihn beruhigt.

»Aber die Aktienmehrheit ...«

»Bleibt auf meinem Namen. Ich will sichergehen, daß sie nicht veräußert werden kann.«

»Verstehe.«

Sie konnte seine Verärgerung förmlich fühlen. Wie gern hätte sie ihm von ihrer Entscheidung berichtet, zu der sie sich durchgerungen hatte. Sie war entschlossen, das Unternehmen aus dem Familienbesitz zu entlassen. Sollten die Direktoriumsmitglieder ruhig ihre Aktien veräußern. Wenn Rhys Präsident war, hatte Elizabeth keine Angst mehr, daß Fremde Aktien erwerben und das Schicksal des Unternehmens bestimmen könnten. Mit denen würde Rhys schon fertig werden. Aber das alles mußte so lange warten, bis sie wußte, wer hinter den Anschlägen auf den Konzern stand. All das hätte sie für ihr Leben gern Rhys mitgeteilt, aber sie wußte: Dafür war die Zeit noch nicht reif. Also sagte sie nur: »Mit dieser einen Ausnahme liegen alle Entscheidungen bei dir.«

Rhys hatte ganz still dagestanden und sie angesehen – eine Ewigkeit lang. Als er endlich den Mund aufmachte, fragte er: »Wann willst du, daß wir heiraten?«

»So bald wie möglich.«

Außer Anna und Walther, der, wie es hieß, krank zu Hause lag, waren alle zur Hochzeit nach Zürich gekommen. Alec und Vivian, Hélène und Charles, Simonetta und Ivo. Sie schienen sich aufrichtig zu freuen, und Elizabeth kam sich wie eine Hochstaplerin vor. Sie hatte keine Ehe geschlossen, sondern einen Handel vollzogen.

Alec hatte sie an sich gedrückt. »Du weißt, ich wünsch dir alles Liebe.«

»Ich weiß, Alec. Danke dir.«

Ivo war die leibhaftige Ekstase. »*Carissima, tanti auguri e figli maschi.* Reich zu werden ist der Traum des Bettlers; Könige sehnen sich danach, das Glück zu finden.«

Elizabeth lächelte. »Wer hat das gesagt?«

»Ich«, erklärte Ivo. »Hoffentlich weiß Rhys, welches Glück er hat.«

»Das versuch ich ihm ja dauernd einzureden.« Elizabeth ließ ihre Antwort beiläufig klingen.

Hélène nahm sie beiseite. »Du steckst voller Überraschungen, *ma chère.* Ich hatte keine Ahnung, daß ihr euch überhaupt füreinander interessiert.«

»Das kam auch ganz plötzlich.«

Hélène sah sie mit kühlem, abschätzendem Blick an. »Allerdings. Das glaube ich dir.« Und sie ging davon.

Nach der Zeremonie gab das Brautpaar einen Empfang im Baur-au-Lac. An der Oberfläche war alles ungetrübte Fröhlichkeit und Feststimmung, aber Elizabeth spürte, wie es darunter gärte. Über dem Ganzen lag ein Fluch, ein böser Geist, aber sie konnte nicht feststellen, von wem er ausging. Nur eins wußte sie: Eine Person im Raum haßte sie. Das fühlte sie, fast körperlich. Doch wenn sie in die Runde blickte, begegneten ihr nur lächelnde, freundliche Gesichter. Charles hob sein Glas, brachte einen Toast auf sie aus ... Elizabeth hatte einen Bericht über die Explosion im Labor vorgelegt bekommen: *Der Sprengstoff stammt aus Ihrer Fabrik bei Paris.*

Ivo: ein einziges Grinsen ... *Der Minister, den man beim Geldschmuggel aus Italien erwischte, wurde verpfiffen. Die Flughafenpolizei bekam einen Wink. Von Ivo Palazzi.*

Alec? Walther? Wer, um Gottes willen? Elizabeth konnte den Gedanken einfach nicht abschütteln.

Am Morgen darauf traf man sich zu einer Direktoriumssitzung, und Rhys Williams wurde einstimmig zum Präsidenten und Generalbevollmächtigten von Roffe und Söhne gewählt. Charles brachte die Frage auf, die allen auf der Seele lag. »Da Sie jetzt Konzernchef sind, gestatten Sie uns nun, unsere Anteile zu verkaufen?«

Elizabeth spürte die Spannung, die sich plötzlich im Raum ausbreitete.

»Die Aktienmehrheit und damit das Stimmrecht liegt weiterhin in Elizabeths Händen«, verkündete Rhys. »Sie hat zu entscheiden.«

Alle Gesichter wandten sich ihr zu.

»Es wird nicht verkauft«, stellte sie lakonisch fest.

Als Elizabeth und Rhys allein waren, fragte er: »Was hältst du von Flitterwochen in Rio?«

Ihr Herz machte einen gewaltigen Sprung, aber er fügte in gleichgültigem Tonfall hinzu: »Unser Manager dort droht mit Kündigung. Wir können es uns nicht leisten, ihn zu verlieren. Ich hatte vorgehabt, morgen hinzufliegen, um die Sache zu bereinigen. Es sähe doch merkwürdig aus, wenn ich ohne meine frischgebackene Ehefrau dort aufkreuzte.«

Elizabeth nickte. »Ja, natürlich.« Du Dummkopf, schalt sie sich selbst. Schließlich war das deine Idee. Das ist eine Geschäftsabmachung, keine Ehe. Du hast kein Recht, von Rhys etwas zu erwarten. Und tief in ihr antwortete eine kleine, schüchterne Stimme: Wer weiß, was alles passieren kann? . . .

Als sie auf dem Galeão-Flughafen aus der Maschine stiegen, kam die Hitze völlig überraschend für Elizabeth, bis ihr einfiel, daß dort Sommer war. Ein Mercedes 600 wartete auf sie. Der Chauffeur war ein dünner, dunkelhäutiger Mann Ende Zwanzig. Beim Einsteigen fragte Rhys ihn: »Wo ist Luis?«

»Luis ist krank, Mr. Williams. Diesmal werde ich Sie und Mrs. Williams fahren.«

»Sagen Sie Luis, ich wünsche ihm gute Besserung.«

Der Chauffeur musterte sie im Rückspiegel. »Ich werde es ausrichten.«

Eine halbe Stunde später fuhren sie die Esplanade entlang, über die farbigen Pflastersteine des breiten Boulevards am Strand von Copacabana. Sie hielten vor dem modernen Hotel Princessa Zuckerhut, und binnen weniger Minuten verschwand ihr Gepäck im Innern der Luxusherberge, und sie wurden in eine elegante Suite geleitet, mit vier Schlafzimmern, einem mondän ausgestatteten Salon, Küche und großer Terrasse mit Blick auf die Bucht. Überall waren Silbervasen mit Blumen aufgestellt worden; Champagner, Whisky und große Pralinenschachteln erwarteten sie. Der Manager selbst geleitete sie in ihre Räume.

»Wenn Sie irgendeinen Wunsch haben – ich stehe zu Ihrer Verfügung, vierundzwanzig Stunden am Tag.« Und unter Verbeugungen verließ er das Zimmer.

»Die sind hier aber wirklich zuvorkommend«, meinte Elizabeth.

Rhys lachte. »Das sollten sie auch. Schließlich gehört dir das Hotel.«

Elizabeth merkte, wie sie rot wurde. »Ach. Das – das hab ich gar nicht gewußt.«

»Hunger?«

»Ich – nein danke.«

»Was zu trinken?«

»O ja, gern.«

Ihre Stimme kam ihr selbst gekünstelt vor. Sie war völlig unsicher, wie sie sich Rhys gegenüber benehmen sollte und was sie von ihm zu erwarten hatte. Plötzlich war er ein Fremder geworden, und es machte sie schrecklich verlegen, daß sie sich beide allein in der Hochzeitssuite eines Hotels befanden. Denn es wurde langsam spät und Zeit zum Schlafengehen.

Sie sah Rhys geschickt eine Champagnerflasche öffnen. Ihm ging alles so glatt von der Hand, mit der Sicherheit eines Mannes, der genau wußte, was er wollte und wie er es erreichen konnte. Was wollte er?

Rhys brachte ihr ein Glas Champagner und hob das seine zum Toast. »Auf unseren Start.«

»Auf unseren Start.« Elizabeth fühlte sich wie ein Echo. *Und auf ein glückliches Ende*, fügte sie im stillen hinzu.

Sie tranken.

Eigentlich müßten wir die Gläser in den Kamin werfen, dachte Elizabeth. Das bringt Glück.

Flitterwochen in Rio. Sie wollte Rhys. Nicht nur für den Augenblick, sondern für immer.

Das Telefon klingelte. Rhys nahm den Hörer ab, sprach kurz. Dann legte er wieder auf und wandte sich Elizabeth zu. »Es ist spät. Willst du dich nicht schlafen legen?«

Elizabeth schien es, als hinge das Wort Bett unausgesprochen in der Luft.

»Gut.« Ihre Stimme war ein Piepsen. Sie drehte sich um und ging in das Schlafzimmer, in dem die Pagen das Gepäck abgestellt hatten. Mitten im Raum stand ein großes Doppelbett. Das Mädchen hatte die Koffer ausgepackt und die Kissen gerichtet. Auf einer Seite war eins von Elizabeths Nachthemden aus reiner Seide ausgebreitet und auf der anderen ein blauer Herrenpyjama. Nach kurzem Zögern fing sie an, sich auszuziehen. Nackt betrat sie den mit großen Spiegeln ausgestatteten Ankleideraum und entfernte sorgfältig ihr Make-up. Mit einem Frottiertuch um den Kopf ging sie ins Bad. Das warme, duftende Wasser umschmeichelte Brust, Bauch und Schenkel, wie die Berührung von weichen Fingern.

Die ganze Zeit über versuchte sie krampfhaft, nicht an Rhys zu denken. Und dachte nur an ihn. Sie stellte sich vor, wie er sie in die Arme nahm, fühlte seinen Körper auf dem ihren. Hatte sie Rhys geheiratet, um den Konzern zu retten, oder war der Konzern nur der Vorwand, weil sei ihn für sich haben wollte? Sie konnte es nicht mehr unterscheiden. Ihr Sehnen war zu einer verzehrenden Flamme geworden. Es war, als hätte das fünfzehnjährige Mädchen all die Jahre auf ihn gewartet, ohne es zu wissen, ein Warten, das in unstillbares Verlangen mündete. Sie stieg aus dem Bad, trocknete sich ab, zog das seidene Negligé an, ließ ihr Haar locker über die Schultern fallen und legte sich in das einladende Bett. Da lag sie und wartete. Was würde jetzt kommen, wie würde er sein? Sie merkte, wie ihr Herz hämmerte. Dann hörte sie ein Geräusch. In der Tür stand Rhys, vollständig angezogen.

»Ich muß jetzt gehen«, hörte sie ihn sagen.

Elizabeth setzte sich auf. »Was – wohin gehst du?«

»Eine geschäftliche Angelegenheit, um die ich mich kümmern muß.« Und schon war er verschwunden.

Elizabeth lag die ganze Nacht wach und warf sich von einer Seite auf die andere. In ihr kämpften Gefühle und Gedanken. Sie war Rhys wirklich dankbar, sagte sie sich, daß er sich an ihre Übereinkunft hielt. Was für eine dumme Ziege sie doch war, antwortete eine andere Stimme. Wie hatte sie anderes von ihm erwarten können? Sie war wütend, zurückgewiesen zu werden.

Es dämmerte schon, als Elizabeth ihn zurückkommen hörte. Seine Schritte bewegten sich auf das Schlafzimmer zu, und Elizabeth schloß schnell die Augen, simulierte friedlichen Schlaf. Sie hörte ihn atmen, als er an das Bett trat. Da stand er, sah lange auf sie herab. Dann drehte er sich um und ging in das Schlafzimmer nebenan.

Wenige Minuten später schlief Elizabeth fest.

Am späten Morgen frühstückten sie auf der Terrasse. Rhys war bester Laune und zum Plaudern aufgelegt. Er erzählte ihr, wie es beim Karneval in der Stadt zuging. Doch kein Wort darüber, wo er die Nacht verbracht hatte. Und Elizabeth fragte ihn nicht. Ein Kellner nahm ihre Frühstücksbestellungen entgegen. Elizabeth fiel auf, daß sie dann ein anderer Kellner bediente, aber sie verschwendete keinen weiteren Gedanken daran, ebensowenig wie an die vielen Zimmermädchen, die in der Suite ständig ein und aus gingen.

Elizabeth und Rhys saßen Señor Tumas gegenüber, einem froschgesichtigen Mann in mittleren Jahren, der pausenlos schwitzte. Señor Tumas, der Manager der Zweigstelle von Roffe und Söhne am Stadtrand von Rio.

Er redete auf Rhys ein. »Sie verstehen doch, wie das so geht im Leben, die Firma ist mir teurer als mein eigenes Wohl. Wenn ich gehe, so ist das, als verließe ich mein Haus. Ein Teil meines Herzens wird mir aus der Brust gerissen. Am liebsten würde ich hier bleiben.« Er unterbrach sich und wischte den Schweiß von der Stirn. »Aber ich habe nun einmal das bessere Angebot von der anderen Firma. Und muß ich nicht an meine Frau denken und meine Kinder und meine Schwiegermutter? Das verstehen Sie doch, nicht wahr?«

Rhys saß zurückgelehnt da, die Füße bequem ausgestreckt. »Natürlich, Roberto. Ich weiß doch, was Ihnen unser Konzern bedeutet. Sie haben ihm viele Jahre Ihres Lebens treu gedient. Trotzdem: Ein Mann muß an seine Familie denken.«

»Ich danke Ihnen«, sagte Roberto erleichtert. »Wußte ich doch, daß ich mich auf Sie verlassen kann, Señor Rhys.«

»Und Ihr Vertrag mit uns?«

Tumas zuckte die Schultern. »Ein Fetzen Papier. Wir zerreißen ihn einfach, nicht wahr? Was nützt ein Vertrag, wenn einem der Stachel im Herzen sitzt.«

Rhys nickte verständnisvoll. »Eben, eben, Roberto. Deshalb sind wir ja hier, um Ihnen den Stachel aus dem Herzen zu ziehen.«

Tumas seufzte. »Ach, Señor Rhys. Wenn es doch nur

nicht zu spät wäre. Aber ich habe der anderen Firma schon fest zugesagt.«

»Wissen die dort denn auch, daß Sie ins Gefängnis müssen?« fragte Rhys wie nebenbei.

Tumas blieb der Mund offenstehen. Er starrte ihn an. »Gefängnis?«

»Aber natürlich«, erwiderte Rhys. »Die Regierung der Vereinigten Staaten hat alle Unternehmen mit internationalen Verbindungen angewiesen, eine Liste der Bestechungsgelder einzureichen, die über die letzten zehn Jahre gezahlt wurden. Wer wen bestochen hat und wie hoch. Unglückseligerweise hängen Sie da ganz schön dick mit drin, Roberto. Sie haben hier etliche Male die Gesetze übertreten. Wir wollten Sie eigentlich schützen – als treues Mitglied der Unternehmensfamilie, aber wenn Sie nicht mehr bei uns sind, gibt es dafür keinen Grund, oder?«

Aus Robertos Gesicht war der letzte Rest Farbe gewichen. »Aber – aber ich habe es doch nur für die Firma getan«, protestierte er. »Und nur auf Anweisung.«

Rhys nickte verständnisvoll. »Klar. Das können Sie ja dann in Ihrem Prozeß der Regierung auseinandersetzen.« Er stand auf und sagte zu Elizabeth: »Wir müssen jetzt gehen.«

»Halt! Eine Minute!« schrie Roberto. »Sie können doch nicht einfach fortgehen und mich im Dreck sitzenlassen.«

Rhys erwiderte: »Ich glaube, Sie bringen da etwas durcheinander. Sie sind doch derjenige, der geht.«

Tumas wischte sich wieder die Stirn. Sein Mund zuckte. Schweren Schritts trat er ans Fenster, blickte hinaus. Stille lastete über dem Raum. Ohne sich umzudrehen, fragte er schließlich: »Und wenn ich bleibe, werde ich dann geschützt?«

»Da brauchen Sie sich nicht die geringsten Sorgen zu machen«, versicherte ihm Rhys.

Sie saßen im Mercedes, auf dem Weg zurück in die City. »Das war reine Erpressung«, sagte Elizabeth.

Rhys nickte. »Wir konnten es uns nicht leisten, ihn gehenzulassen. Er wollte zur Konkurrenz abwandern. Dafür weiß er einfach zuviel über unseren Konzern. Der hätte uns verkauft, mit Haut und Haaren.«

Elizabeth sah Rhys an und dachte: Ich muß noch eine Menge über ihn lernen.

Am Abend soupierten sie im Mirander. Rhys war charmant, amüsant und ganz und gar unpersönlich. Elizabeth hatte den Eindruck, daß er sich hinter einer Wand von Worten versteckte, mit den Lippen einen Schutzschild aufbaute, um seine Gefühle zu verbergen. Als sie die Mahlzeit beendeten, zeigte die Uhr nach Mitternacht. Sie wollte mit Rhys allein sein und hatte gehofft, er würde mit ihr ins Hotel gehen. Statt dessen verkündete er: »Jetzt zeig ich dir das berühmte Nachtleben von Rio.«

Und sie machten die große Runde: Nachtklub auf Nachtklub. Überall schien Rhys bestens bekannt. Wo immer sie auftauchten, war er der Mittelpunkt des Interesses; alle erlagen seinem Charme. Ständig wurden sie aufgefordert, an Tischen Platz zu nehmen, Gesellschaft zu leisten; ganze Gruppen guter alter Bekannter kreuzten auf. Elizabeth und Rhys waren keinen Moment allein. Ihr sah das alles nach Absicht auf. Rhys baute jetzt eine Mauer von Leuten zwischen ihnen auf. Vorher waren sie Freunde gewesen. Und jetzt? Was waren sie jetzt? Elizabeth wußte nur: Zwischen ihnen stand eine unsichtbare Barrikade. Wovor hatte er Angst? Und weshalb?

Im vierten Nachtklub, wo sie sich zu einem halben Dutzend von Rhys' Freunden an den Tisch gesetzt hatten, verlor Elizabeth die Geduld. Sie unterbrach Rhys' Geplauder mit einer verführerischen Schönen. »Ich habe noch keine Gelegenheit gehabt, mit meinem Mann zu tanzen. Sie entschuldigen uns wohl.«

Rhys sah sie starr an. Erstaunen im Blick. Dann stand er auf. »Ich fürchte, ich habe meine Frau vernachlässigt«, sagte er, nahm ihren Arm und führte sie auf die Tanzfläche. Sie bewegte sich wie ein Stock, und er sah ihr in die Augen. »Du bist böse.«

Da hatte er vollkommen recht, aber ihr Ärger war nicht gegen ihn gerichtet. Sie war es gewesen, die das Reglement bestimmt hatte, und jetzt paßte es ihr nicht, daß sich Rhys daran hielt. Aber natürlich war es mehr als das. Was ihr zu schaffen machte, war die Ungewißheit darüber, was er wirklich empfand. Hielt er sich an die Regeln, weil er das als Ehrensache auffaßte, oder hatte er einfach kein Interesse an ihr? Sie mußte es herausbekommen.

Seine Stimme drang an ihr Ohr. »Tut mir leid, Liz, wegen der Leute hier. Aber sie hängen nun mal mit dem Geschäft zusammen und können uns nützlich sein.«

Also wußte er um ihre Gefühle. Sie spürte seine Arme um sich, seinen Körper an ihrem. Äußerlich stimmte alles. Nur äußerlich? Alles an Rhys stimmte für sie. Sie gehörten zusammen, das wußte sie. Aber wußte er, wie groß ihr Verlangen nach ihm war? Ihr Stolz erlaubte ihr nicht, sich zu offenbaren. Trotzdem: Er mußte es doch spüren! Sie schloß die Augen und preßte sich fester an ihn. Die Zeit stand still, und es gab nichts auf der Welt außer ihnen beiden, der sanften Musik und dem Zauber des Augenblicks. In seinen Armen hätte sie ihr Leben lang weitertanzen können. Plötzlich verschwand die Anspannung, und sie überließ sich ganz ihm, und sie spürte an ihrem Schenkel seine männliche Härte. Sie schlug die Augen auf und sah zu ihm hoch. In seinem Blick stand eine Botschaft, die sie nie zuvor wahrgenommen hatte: ein unbezähmbares Verlangen, das dem ihren entsprach.

Als er sprach, klang seine Stimme heiser: »Komm, wir gehen ins Hotel.«

Sie konnte ihm nicht einmal antworten.

Als er ihr in den Umhang half, brannten seine Finger auf ihrer Haut. Im Fond der Limousine saßen sie so weit wie möglich auseinander, jeder in seiner Ecke, wie schüchterne Unterprimaner. Elizabeth hatte das Gefühl, lichterloh zu brennen. Der Weg in die Hotelsuite erschien ihr wie eine Ewigkeit. Sie glaubte, keine Minute länger warten zu können. Sobald sich die Tür hinter ihnen geschlossen hatte, fanden sie sich in einem verzehrenden Rausch. Sie lag in seinen Armen, spürte sein wildes Drängen, eine entfesselte Wildheit, die sie nie in ihm vermutet hätte. Er hob sie hoch und trug sie ins Schlafzimmer. Beide konnten nicht schnell genug aus den Kleidern kommen. Wir benehmen uns wie ungeduldige Kinder, dachte Elizabeth und fragte sich nur, warum Rhys so lange gewartet hatte. Aber das war jetzt egal. Nichts zählte mehr außer ihrer beider Nacktheit und dem Gefühl seines Körpers. Sie waren im Bett, entdeckten und erforschten einander. Elizabeth löste sich sanft aus seiner Umarmung, begann, seinen Körper zu küssen, ihre Zunge glitt an seiner schlanken, sportlichen Gestalt entlang, sie liebkoste ihn mit den Lippen, spürte seine samtene Härte in ihrem Mund. Seine Hände lagen auf ihren Hüften, drehten sie auf die Seite, sein Mund fuhr zwischen ihren Schenkeln hinab, öffnete sie seiner Zunge, die dort in die Süße des Paradieses vordrang, und als beide sich keine Sekunde länger beherrschen konnten, lag er plötzlich über ihr und drang langsam in sie ein, in sanften, kreisenden Bewegungen, und sie nahm seinen Rhythmus an, ihrer beider Rhythmus, den Rhythmus der ganzen Welt, und das Universum bewegte sich schneller und schneller und schneller, wirbelte herum, und dann kam die Explosion, wie ein Feuer, und dann stand die Welt wieder still, voller Frieden.

Sie lagen da, hielten sich umschlungen, und Elizabeth hatte nur einen Gedanken: Ich bin seine Frau.

46. Kapitel

»Verzeihung, Mrs. Williams.« Henriettes Stimme kam über die Sprechanlage. »Hier ist ein Kriminalbeamter für Sie. Hornung ist sein Name. Es ist dringend, sagt er.«

Verwundert drehte sich Elizabeth zu Rhys um. Am Abend zuvor waren sie aus Rio zurückgekommen und erst seit einigen Minuten im Büro. Rhys zuckte die Schultern. »Sag ihr, sie soll den Mann reinschicken. Wollen doch mal hören, was da so wichtig sein soll.«

Wenig später saßen die drei in Elizabeths Büro zusammen. »Weswegen wollten Sie mich sprechen?« fragte sie.

Max Hornung haßte belangloses Geplauder. Er kam gleich zur Sache. »Jemand trachtet Ihnen nach dem Leben«, stellte er sachlich fest. Doch als er sah, wie alle Farbe aus Elizabeths Gesicht wich, tat es ihm ehrlich leid, und er überlegte, ob man solche Mitteilungen taktvoller vorbringen könnte. Der Gedanke war ihm noch nie gekommen.

Rhys fand als erster die Sprache wieder. »Wovon, zum Teufel, reden Sie eigentlich?«

Aber Max richtete seine Worte weiter ausschließlich an Elizabeth. »Zwei Anschläge auf Ihr Leben haben bereits stattgefunden. Weitere werden höchstwahrscheinlich folgen.«

»Sie – Sie müssen sich irren.«

»Nein, Madame. Der Fahrstuhlabsturz sollte Sie ins Jenseits befördern.«

Sie starrte ihn an, die dunklen Augen voller Verwirrung. Und noch etwas lag in ihrem Blick, ein Gefühl, das von tief innen kam. Max konnte es nicht definieren. Er fuhr fort: »Ebenso der Jeep.«

Elizabeth fand ihre Stimme wieder. »Da haben Sie unrecht. Da war ein Unfall. An dem Jeep hat sich niemand zu schaffen gemacht. Die Polizei auf Sardinien hat es festgestellt.«

»Das war ein Irrtum.«

»Aber ich war doch dabei«, beharrte Elizabeth auf ihrem Standpunkt.

»Nein, Madame. Sie waren dabei, als irgendein Jeep untersucht wurde. Das war nicht Ihrer.«

Jetzt starrten ihn beide sprachlos an.

»Ihr Jeep war nie in jener Garage. Ich habe ihn gefunden, und zwar auf einem Autofriedhof in Olbia. Die Verschlußkappe war gelockert worden, und die Bremsflüssigkeit ist ausgelaufen. Deshalb bremste der Wagen nicht. Die linke Vorderseite war immer noch demoliert und mit klebrigen Spuren vom Harz der Bäume bedeckt, die Sie gestreift haben. Das Labor hat alles nachgeprüft. Befund einwandfrei.«

Elizabeth durchlitt wieder ihren Alptraum. Angst überflutete sie, als hätte jemand verborgene Schleusentore geöffnet. Sie raste bergab; die Steilkurve schoß auf sie zu. Am liebsten hätte sie laut geschrien.

Sie hörte Rhys' Stimme wie aus weiter Ferne. »Ich verstehe das nicht. Wie konnte jemand ...«

Max drehte sich zu ihm. »Alle Jeeps ähneln einander. Das war ihre Chance. Als Mrs. Williams gegen den Baum raste, anstatt über die Klippen zu stürzen, mußten sie improvisieren. Niemand durfte diesen Jeep unter die

Lupe nehmen; denn es hatte wie ein Unfall auszusehen. Man war davon ausgegangen, daß der Wagen tief unten auf dem Meeresboden landen würde. Als nun alles anders kam, hätten sie Mrs. Williams am liebsten da oben an Ort und Stelle erledigt, aber Waldarbeiter kamen vorbei. Sie wurde gefunden und ins Krankenhaus gebracht. Da besorgten sie einfach einen neuen Jeep, vertauschten die Wagen also, bevor die Polizei eintraf.«

Rhys warf ein: »Sie sprechen immer in der Mehrzahl – ›sie‹.«

»Der Verantwortliche muß Helfer gehabt haben.«

»Aber – aber wer sollte mich umbringen wollen?« fragte Elizabeth.

»Dieselbe Person, die Ihren Vater umgebracht hat.«

Die Wirklichkeit verschwamm plötzlich vor ihren Augen, das konnte doch nicht wahr sein. Ein Alptraum, der vorübergehen würde.

»Ihr Vater wurde ermordet«, erklärte Max. »Man hat ihm einen falschen Bergführer beigegeben, und der brachte ihn um. Ihr Vater kam nicht allein nach Chamonix. Er hatte jemanden bei sich.«

Elizabeths Stimme war ein heiseres Flüstern. »Wen?«

Max sah Rhys an. »Ihren Gatten.«

Die Worte dröhnten ihr in den Ohren. Sie schienen von sehr weit her zu kommen, sich aber in einem endlosen Echo zu vervielfachen. Ob sie den Verstand verlor?

Jetzt war die Stimme von Rhys zu hören. »Liz, ich war nicht bei Sam, als er umgebracht wurde.«

»Sie waren mit ihm zusammen in Chamonix, Mr. Williams.« Max ließ sich nicht davon abbringen.

»Das stimmt.« Rhys sprach zu Elizabeth. »Ich bin abgereist, bevor er auf die Bergtour ging.«

Sie hatte sich zu ihm umgedreht. »Warum hast du mir nie etwas davon erzählt?«

Er zögerte einen Augenblick, traf offenbar eine Entscheidung. »Es geht um etwas, über das ich mit niemandem reden durfte. Seit einem Jahr betreibt jemand Sabotage gegen die Firma. Das wurde sehr raffiniert eingefädelt, so daß es wie eine Serie von Unfällen aussah. Aber ich merkte, daß es einen roten Faden gab. Ich ging mit meinem Verdacht zu Sam, und wir beschlossen, eine Detektei mit der Untersuchung zu beauftragen.«

Elizabeth wußte, was jetzt kam. Wie eine Woge überschwemmte sie ungeheure Erleichterung, gleichzeitig machte sich ein Schuldgefühl bemerkbar. Also hatte Rhys die ganze Zeit von dem Bericht gewußt. Sie hätte im vertrauen, alles mit ihm besprechen sollen, anstatt ihre Ängste in sich hineinzufressen.

Rhys wandte sich Max Hornung zu. »Sam Roffe bekam einen Bericht, der meinen Verdacht bestätigte. Er bat mich nach Chamonix, weil er ihn mit mir besprechen wollte. Ich fuhr hin. Wir entschieden uns, die Angelegenheit geheimzuhalten, bis wir herausgefunden hatten, wer für alles verantwortlich war.« Als er weitersprach, klang Bitterkeit aus seiner Stimme. »Offensichtlich war es nicht geheim genug. Sam wurde umgebracht, weil jemand wußte, daß wir ihm dicht auf den Fersen waren. Der Bericht ist verschwunden.«

»Ich hatte ihn«, fiel Elizabeth ein.

Rhys sah sie voller Überraschung an.

»Er befand sich bei Sams persönlichen Sachen.« Sie informierte Max. »Der Bericht deutete an, daß es jemand auf der Direktionsebene von Roffe und Söhne sein müßte. Aber alle besitzen doch Anteile. Warum sollten sie dann den Konzern vernichten?«

Max klärte sie auf. »Das ist gar nicht die Absicht, Mrs. Williams. Man will nur so viel Unruhe stiften, daß die Banken nervös werden und ihre Kredite aufkündigen. Ihr Vater sollte auf diese Weise gezwungen werden, die Aktien auf den Markt zu bringen und damit das Unternehmen aus dem Familienbesitz zu entlassen. Wer immer dahintersteckt: auf jeden Fall hat er es bis jetzt nicht erreicht. Mit anderen Worten: Ihr Leben ist weiter in Gefahr.«

»Aber dann müssen Sie ihr doch Polizeischutz geben«, forderte Rhys.

Max zwinkerte mit den Augen. Seine Stimme klang fest. »Darüber machen Sie sich nur keine Sorgen, Mr. Williams. Seit Ihrer Eheschließung haben wir Mrs. Williams keinen Moment aus den Augen gelassen.«

47. Kapitel

Berlin
Montag, 1.Dezember, 10 Uhr

Die Schmerzen waren kaum noch zu ertragen, und er lebte jetzt schon vier Wochen damit.

Der Arzt hatte ihm Tabletten dagelassen, aber Walther Gassner hatte Angst, sie zu nehmen. Er mußte immer hellwach bleiben, durfte sich nicht einlullen lassen. Sonst würde Anna noch einmal versuchen, ihn umzubringen. Oder zu fliehen.

»Sie müssen sofort in ein Krankenhaus«, hatte der Arzt gesagt. »Sie haben eine Menge Blut verloren.«

»Nein!« Nur das nicht! Das Krankenhaus war das letzte, das für ihn in Frage kam. Walther wußte, Stichwunden wurden der Polizei gemeldet. Er hatte nach dem Werksarzt geschickt, weil er dessen Diskretion kannte. Der würde die Wunde nicht melden. Walther konnte einfach nicht riskieren, daß die Polizei in seinem Haus herumschnüffelte. Jetzt nicht. Schweigend hatte der Arzt die klaffende Wunde genäht. Als er fertig war, hatte er gefragt: »Soll ich Ihnen eine Schwester schicken, Herr Gassner?«

»Nein, vielen Dank. Meine – meine Frau wird mich versorgen.«

Das war vor einem Monat gewesen. Walther hatte seiner Sekretärin telefonisch Bescheid gegeben, er hätte einen Unfall gehabt und müßte das Bett hüten.

Wieder dachte er an den schrecklichen Augenblick, als Anna versucht hatte, ihn mit der Schere zu töten. Er hatte sich gerade noch rechtzeitig umgedreht und bekam die Spitze in die Schulter, sonst wäre sie ihm durch das Herz gefahren. Vor Schmerzen und vom Schock wäre er fast ohnmächtig geworden, doch er hatte sich lange genug bei Bewußtsein halten können, um Anna wieder ins Schlafzimmer zu zerren und sie einzuschließen. Während der ganzen Zeit schrie sie gellend: »Was hast du mit den Kindern gemacht? Was hast du mit den Kindern gemacht?«

Seit damals hatte Walther sie im Schlafzimmer eingesperrt gehalten. Er bereitete ihr alle Mahlzeiten und trug sie auf einem Tablett nach oben. Wenn er die Tür aufschloß und hineinging, saß sie fast immer in eine Ecke gekauert, versuchte, sich vor ihm in den äußersten Winkel zu verkriechen, und flüsterte: »Was hast du mit den Kindern gemacht?«

Manchmal, wenn er das Zimmer betrat, fand er sie mit dem Ohr an die Wand gepreßt. Sie lauschte auf ein Lebenszeichen ihres Sohnes und der Tochter. Das Haus war jetzt still und verlassen, beherbergte nur Walther und Anna. Walther wußte, er hatte nicht mehr viel Zeit. Seine Gedanken wurden unterbrochen. Ein leises Geräusch drang an seine Ohren. Er paßte genau auf. Da war es wieder! Oben im Flur bewegte sich jemand. Außer ihnen beiden konnte niemand im Haus sein. Er selbst hatte alle Türen verriegelt . . .

Oben staubte Frau Mendler die Möbel ab. Sie arbeitete tagsüber und war erst zum zweitenmal in diesem Haus, das ihr im übrigen auf die Nerven ging. Beim erstenmal, am vorigen Mittwoch, war Herr Gassner ihr auf Schritt und Tritt gefolgt, als ob er aufpassen wollte, daß sie nichts stahl. Als sie in den ersten Stock gehen und dort saubermachen wollte, hatte er sich ihr wütend in den Weg gestellt, ihr den Lohn ausgezahlt und sie nach Hause geschickt. Sein Gesichtsausdruck hatte ihr eine Heidenangst eingejagt.

Gott sei Dank, heute war er nirgends zu sehen. Frau Mendler hatte selbst aufgeschlossen, mit dem Schlüssel, den sie in der vergangenen Woche mitgenommen hatte. Dann war sie gleich nach oben gegangen. Im Haus herrschte eine unnatürliche Stille, und sie schloß daraus, daß niemand anwesend war. Sie hatte ein Schlafzimmer aufgeräumt und dabei etwas Kleingeld und eine goldene Pillendose gefunden. Dann ging sie über den Flur zur nächsten Tür. Die war abgeschlossen. Merkwürdig. Ob da drinnen wohl Wertsachen aufbewahrt wurden? Sie drückte noch einmal die Klinke herunter. Von drinnen flüsterte eine Frauenstimme: »Wer ist da?«

Frau Mendler riß die Hand von der Klinke, als hätte sie einen Stromschlag bekommen.

Wieder das Flüstern. »Wer ist da? Wer ist da draußen?«

»Frau Mendler, die Putzfrau. Soll ich Ihr Schlafzimmer saubermachen?«

»Das geht nicht. Ich bin eingeschlossen.« Die Stimme war jetzt lauter, voller Hysterie. »Bitte, helfen Sie mir. Rufen Sie die Polizei. Sagen Sie, mein Mann hat unsere Kinder umgebracht. Jetzt will er mich umbringen. Schnell! Laufen Sie aus dem Haus, bevor er ...«

Eine Hand packte ihre Schulter und wirbelte Frau Mendler herum, und sie starrte in das Gesicht von Herrn Gassner. Er war bleich wie ein Leichentuch.

»Was schnüffeln Sie hier herum?« fuhr er sie an. Er hielt ihren Arm wie in einem Schraubstock. Es tat weh.

»Ich – ich schnüffle nicht herum«, antwortete sie ängstlich. »Heute ist mein Putztag hier. Die Agentur ...«

»Ich hab doch der Agentur ausdrücklich gesagt, ich will niemanden mehr hier haben. Ich ...« Er unterbrach sich. Hatte er die Agentur wirklich angerufen? Vorgehabt hatte er es auf jeden Fall. Aber die Schmerzen waren so stark, daß er sich nicht mehr erinnern konnte. Frau Mendler sah ihm in die Augen, und es fuhr ihr eiskalt über den Rücken.

»Das haben die mir aber nicht gesagt«, antwortete sie.

Walther stand ganz still, horchte auf Geräusche hinter der verriegelten Tür. Aber es blieb alles still.

Er drehte sich zu Frau Mendler um. »Gehen Sie. Sofort. Und kommen Sie nie wieder.«

Sie konnte das Haus gar nicht schnell genug verlassen. Er hatte sie nicht entlohnt, aber in ihrer Tasche trug sie die Pillendose und das Kleingeld von der Kommode. Die arme Frau hinter der verriegelten Tür tat ihr ehrlich leid. Sie hätte ihr gern geholfen, aber mit der Polizei konnte sie sich nicht einlassen. Dort war sie keine Unbekannte.

In Zürich las Inspektor Hornung ein an ihn adressiertes Telegramm von Interpol:

»Nummer der Rechnung über Filmmaterial Mord-Porno weist Roffe und Söhne als Bezieher aus. Einkäufer bei Firma nicht mehr beschäftigt. Fahnden nach ihm. Halten Sie auf dem laufenden. Ende.«

In Paris fischte die Polizei einen nackten Frauenkörper aus der Seine. Das Mädchen war blond, keine Zwanzig. Es trug ein rotes Band um den Hals.

In Zürich war Elizabeth Williams unter Polizeischutz gestellt worden, rund um die Uhr.

48. Kapitel

Das weiße Lämpchen flackerte: ein Anruf auf Rhys' Geheimleitung. Kaum ein halbes Dutzend Leute kannte die Nummer. Er nahm den Hörer ab. »Ja?«

»Guten Morgen, Darling.« Kein Zweifel, wem die tiefe, rauhe Frauenstimme gehörte.

»Du solltest mich hier nicht anrufen.«

Sie lachte. »Das hat dir doch früher nichts ausgemacht. Soll das etwa heißen, Elizabeth hat dich schon gezähmt?«

»Was willst du?« fragte Rhys.

»Dich sehen. Heute nachmittag.«

»Ganz und gar unmöglich.«

»Mach mich nicht ärgerlich, Rhys. Soll ich nach Zürich kommen, oder ...«

»Nein. Nicht nach Zürich.« Er zögerte. »Ich komme rüber.«

»Na, also. Am üblichen Treffpunkt, *chéri.*«

Hélène Roffe-Martel legte auf.

Rhys saß lange still da und dachte nach. Aus seiner Sicht hatte er eine kurze, rein physische Affäre mit einer ausnehmend schönen Frau gehabt, ein Intermezzo, das längst vorbei war. Aber Hélène war keine Frau, die man so leicht los wurde. Charles langweilte sie zu Tode, und sie wollte Rhys. »Du und ich, wir beide wären das perfekte Team«, hatte sie gesagt, und Hélène Roffe-Martel konnte äußerst zielstrebig sein. Und höchst gefährlich. Rhys entschied, der Abstecher nach Paris war notwendig. Er mußte ihr ein für allemal deutlich machen, daß sich zwischen ihnen nichts mehr abspielte.

Wenige Augenblicke später betrat er Elizabeths Büro. Ihre Augen leuchteten auf. Sie legte ihm die Arme um den Hals und flüsterte: »Eben hab ich an dich gedacht. Komm, laß uns nach Hause gehen. Heute nachmittag schwänzen wir.«

Er grinste. »Du entwickelst dich ja zu einer Sex-Wütigen.«

Sie hielt ihn fest umschlungen. »Ich weiß. Ist das nicht toll?«

»Leider kann ich aber jetzt nicht zu Diensten sein. Ich muß heute nachmittag nach Paris fliegen, Liz.«

Sie versuchte, ihre Enttäuschung zu verbergen. »Soll ich mitkommen?«

»Das lohnt sich nicht. Nur eine kurze geschäftliche Angelegenheit. Ich fliege heute abend noch zurück.«

Als Rhys in das wohlbekannte kleine Hotel am linken Seine-Ufer kam, saß Hélène schon im Restaurant und wartete auf ihn. Sie war noch nie zu spät gekommen. Sie war pünktlich, tüchtig, ausnehmend schön, hochintelligent, eine hervorragende Liebhaberin, und trotzdem fehlte ihr etwas. Hélène war eine Frau ohne Mitgefühl. Sie strahlte Skrupellosigkeit aus, hatte die Instinkte eines Killers. Rhys hatte einige ihrer Opfer gekannt und spürte keinerlei Neigung, sich in diese Sammlung einreihen zu lassen. Er setzte sich zu ihr an den Tisch.

»Du siehst großartig aus, Darling«, empfing sie ihn. »Die Ehe scheint dir zu bekommen. Sollte Elizabeth Qualitäten im Bett haben?«

Er lächelte, um der Antwort den Stachel zu nehmen. »Das geht dich nichts an.«

Hélène lehnte sich vor, nahm seine Hand. »Aber ja, *chéri*, das geht uns beide an.«

Sie streichelte seine Hand, und er erinnerte sich an die Stunden mit ihr im Bett. Eine Tigerin, wild, perfekt und unersättlich. Er zog die Hand zurück.

Hélènes Blick vereiste. »Sag mal, Rhys«, schnurrte sie, »wie fühlt man sich denn als Präsident von Roffe und Söhne?«

Im Lauf der Zeit hatte er fast ihren Ehrgeiz vergessen, ein inneres Feuer, das nie verlosch. Ehrgeiz und Habgier waren bei ihr eins. Jetzt erinnerte er sich wieder an die langen Gespräche von damals. Sie wurde verzehrt von dem Gedanken, einmal die Herrschaft über den Konzern an sich zu reißen. »Du und ich, Rhys. Wenn nur Sam aus dem Weg wäre, dann hätten wir freie Bahn.«

Sogar beim Liebesakt hatte sie geflüstert: »Das ist mein Unternehmen, Darling. Samuel Roffes Blut fließt in meinen Adern. Die Firma gehört mir. Ich will sie haben!«

Macht war für Hélène ein Aphrodisiakum. Ebenso wie Gefahr.

»Warum wolltest du mich sehen?« fragte Rhys.

»Ich glaube, für uns beide wäre es an der Zeit, Pläne zu machen.«

»Ich weiß nicht, wovon du redest.«

Sie gab boshaft zurück: »Dafür kenne ich dich zu gut, Darling. Du bist genauso ehrgeizig wie ich. Warum hast du denn all die Jahre als Sams Schatten gedient, wo du doch jede Menge Angebote hattest, andere Unternehmen zu leiten? Weil du wußtest, eines Tages würdest du Chef von Roffe und Söhne werden.«

»Ich bin geblieben, weil ich Sam mochte. Ihm zuliebe.«

»Ich weiß, *chéri.*« Sie grinste. »Selbstverständlich. Und jetzt hast du seine reizende kleine Tochter geheiratet.« Sie nahm einen dünnen schwarzen Zigarillo aus dem Etui und zündete ihn mit einem Platinfeuerzeug an. »Charles sagt, Elizabeth behält die Anteilsmehrheit. Und sie weigert sich, die Aktien zum Verkauf freizugeben.«

»Das stimmt, Hélène.«

»Natürlich hast du daran gedacht, was passiert, wenn sie einen Unfall hat. Dann bist du ihr Erbe.«

Rhys starrte sie ungläubig an.

49. Kapitel

Ivo Palazzi erholte sich in seinem wunderschönen Haus in Olgiata. Müßig ließ er den Blick aus dem Wohnzimmerfenster schweifen, und seine Augen nahmen ein erschreckendes Bild wahr. Über die Auffahrt kam ein Auto gebraust. Darin saßen Donatella und seine drei Söhne. Simonetta machte oben einen Mittagsschlaf. Ivo raste nach draußen, seiner zweiten Familie entgegen. Er mußte sie aufhalten. Er hätte direkt zum Mörder werden können. Wie nobel hatte er sich dieser Frau gegenüber gezeigt! Wie fürsorglich und liebevoll! Und jetzt wollte sie vorsätzlich seine Karriere zerstören, seine Ehe, sein ganzes Leben. Donatella stieg aus dem Lancia Flavia, den er ihr großzügigerweise zum Geschenk gemacht hatte. Nie hatte sie herrlicher ausgesehen, dachte Ivo. Die Jungen kletterten aus dem Auto, hängten sich an ihn, umarmten ihn. Oh, wie sehr Ivo sie alle liebte! Und wie sehr er hoffte, daß Simonetta nicht aufwachte!

»Ich will zu deiner Frau«, erklärte Donatella. Sie drehte sich halb um. »Kommt, Kinder!«

»Nein!« rief Ivo. »Halt!«

»Wie willst du mich denn aufhalten? Seh ich sie heute nicht, seh ich sie morgen.«

Ivo saß in der Falle. Jetzt gab es keinen Ausweg mehr. Trotzdem: Er konnte nicht zulassen, daß alles zerstört wurde, wofür er so hart gearbeitet hatte. Ivo hielt sich selbst für einen anständigen Kerl, und was er jetzt unausweichlich zu tun hatte, war ihm gräßlich. Aber es half nichts mehr. Es mußte sein: nicht nur für ihn selbst, sondern für Simonetta und Donatella, für alle seine Kinder.

Sir Alec Nichols tat seine nationale Pflicht im britischen Unterhaus. Er war als einer der Hauptredner in der Debatte aufgestellt worden. Es ging um das heiße Eisen der verheerenden Streiks, die das Wirtschaftsleben in England lahmlegten. Aber Sir Alec konnte sich nur unter Schwierigkeiten konzentrieren. Immer wieder schweiften seine Gedanken zu der Serie von Telefonanrufen ab, die ihn während der letzten Wochen heimgesucht hatten. Wo immer er sich befand, sie hatten ihn aufgespürt: im Club, beim Friseur, in Restaurants, bei Konferenzen. Und Alec hatte jedesmal aufgelegt, wortlos. Denn er wußte: Was sie wollten, war nur der Anfang. Wenn sie ihn erst mal in ihrer Gewalt hatten, würden sie einen Weg finden, an seine Aktien zu kommen, und dann gehörte ihnen ein Teil der pharmazeutischen Industrie und damit Drogen aller Art. Das konnte er nicht zulassen. Zu guter Letzt waren die Anrufe vier- oder fünfmal am Tag erfolgt, bis seine Nerven zum Zerreißen gespannt waren. Jetzt machte ihm zu schaffen, daß er an diesem Tag noch gar nichts von ihnen gehört hatte. Zum Frühstück war er auf einen Anruf gefaßt gewesen, dann zum Lunch bei White's. Nichts. Er konnte sich des Gefühls nicht erwehren, daß dieses Schweigen noch gefährlicher war als alle Drohungen. Doch als er vor dem Hohen Hause sprach, tat er sein Bestes, die finsteren Gedanken aus seinem Kopf zu verbannen.

»Niemand in diesem Lande ist der Arbeiterbewegung länger und enger verbunden als ich. Die Kraft unserer

Arbeit macht den Ruhm und die Bedeutung unseres Landes aus. Die Arbeiter halten die Wirtschaft in Gang, bewegen die Räder unserer Fabriken. Die Arbeiter sind die wahre Elite dieses Landes, das Rückgrat, das England unter den anderen Nationen groß und stark dastehen läßt.« Kurze Pause. »Indessen, es gibt Zeiten – keiner bleibt davon verschont –, da gewisse Opfer unumgänglich ...«

Er redete wie eine Sprechpuppe. Ob er die Bande durch seine Hartnäckigkeit zum Schweigen gebracht hatte? Schließlich handelte es sich nur um kleinkarierte Gangster. Er dagegen war Sir Alec Nichols, Baronet, Mitglied des Unterhauses. Was konnten die ihm schon anhaben? Höchstwahrscheinlich hatte er das letzte Mal von denen gehört. Von jetzt an würden sie ihn in Ruhe lassen. Er beendete seine Rede unter starkem Applaus.

Auf dem Weg nach draußen hielt ihn ein Saaldiener an. »Ich habe eine Nachricht für Sie, Sir Alec.«

Alec drehte sich halb um. »Ja?«

»Sie sollen so schnell wie möglich nach Hause kommen. Ein Unfall.«

Vivian wurde gerade in den Krankenwagen gebracht, als er zu Hause ankam. Der Arzt lief neben der Trage her. Alec setzte den Wagen gegen den Bordstein und rannte schon los, bevor der Motor ganz stillstand. Vivian war bewußtlos. Ein Blick auf ihr kalkweißes Gesicht, und er schrie: »Was ist passiert? Um Himmels willen, was ist passiert?«

Der Arzt zuckte hilflos die Achseln. »Ich weiß es auch nicht, Sir Alec. Bei mir ging ein anonymer Anruf ein, hier wäre ein Unfall geschehen. Als ich ankam, fand ich Lady Nichols in ihrem Schlafzimmer. Ihre Kniescheiben waren mit dicken Stahldornen auf den Boden genagelt.«

Alec schloß die Augen, kämpfte gegen das Gefühl, sich übergeben zu müssen.

»Wir tun selbstverständlich unser möglichstes, aber ich fürchte, Sie müssen sich auf das Schlimmste gefaßt machen. Ich halte es für unwahrscheinlich, daß sie jemals wieder laufen kann.«

Alec war die Kehle wie zugeschnürt. Blindlings hastete er auf den Krankenwagen zu.

»Wir haben ihr ein starkes Beruhigungsmittel gegeben«, sagte der Arzt. »Ich glaube kaum, daß sie Sie wahrnimmt.«

Alec hörte ihn gar nicht. Er kletterte in den Krankenwagen und setzte sich neben die Trage auf einen Notsitz. Dumpf starrte er auf seine Frau hinab, merkte nicht, wie die Türen geschlossen wurden und das Fahrzeug sich in Bewegung setzte. Er nahm Vivians eiskalte Hände. Sie öffnete die Augen. »Alec.« Ihre Stimme war ein kaum verständliches Flüstern.

In seinen Augen standen Tränen. »Vivian, mein Liebling, mein über alles geliebter Schatz ...«

»Zwei Männer ... Sie trugen Masken ... hielten mich fest ... brachen mir die Beine ... Ich werde nie wieder tanzen können ... Alec, ich bleibe ein Krüppel, oh, Alec ... Liebst du mich dann noch ... Wirst du mich weiter liebhaben?«

Er vergrub den Kopf an ihrer Schulter und weinte hemmungslos. Tränen des Schmerzes, der Verzweiflung, und doch war da auch noch etwas anderes, etwas, das er sich selbst nicht einzugestehen wagte: Erleichterung. Wenn Vivian ein Krüppel blieb, hatte er sie ganz für sich allein, brauchte er keine Angst mehr zu haben, daß sie einen anderen Mann ihm vorzog, ihn gar verließ.

Aber Alec wußte auch: Damit war es noch nicht vorbei. Die waren mit ihm noch nicht fertig. Das war nur eine Warnung. Es gab nur einen Weg, sie loszuwerden. Er mußte ihnen geben, was sie verlangten.

Und zwar schnell.

50. Kapitel

Zürich
Donnerstag, 4. Dezember

Der Anruf kam genau um zwölf Uhr mittags. Die Zentrale des Züricher Kriminalkommissariats stellte zum Büro von Chefinspektor Schmied durch. Nachdem er aufgelegt hatte, ging er auf die Suche nach Inspektor Hornung.

»Alles vorbei«, klärte er Max auf. »Der Fall Roffe ist gelöst. Sie haben den Mörder gefunden. Fahren Sie sofort zum Flughafen, dann bekommen Sie die Maschine gerade noch.«

Max zwinkerte. »Wohin fliege ich denn?«

»Nach Berlin.«

Chefinspektor Schmied rief Elizabeth Williams an. »Ich habe gute Neuigkeiten für Sie«, eröffnete er ihr. »Sie brauchen keine Leibwache mehr. Man hat den Mörder gefaßt.«

Elizabeth merkte, wie sich ihre Hand um den Telefonhörer krallte. Endlich bekam der gespenstische Feind ein Gesicht. »Wer ist es?« fragte sie atemlos.

»Walther Gassner.«

Sie rasten über die Stadtautobahn, Richtung Wannsee. Max saß neben Kommissar Wagemann im Fond; vorn zwei Beamte in Zivil. Sie hatten Max am Flughafen in Empfang genommen, und auf der Fahrt informierte Kommissar Wagemann ihn. »Das Haus ist umstellt, aber wir müssen äußerst behutsam vorgehen. Er hält seine Frau als Geisel.«

»Wie sind Sie auf ihn gekommen?«

»Durch Sie, natürlich. Deshalb dachte ich ja, Sie wären bestimmt gern dabei.«

Max verstand die Welt nicht mehr. »Durch mich?«

»Sie haben mir doch von dem Psychiater berichtet, bei dem er war. Dann kam mir eine Eingebung, und ich ließ Gassners Beschreibung bei den Nervenärzten zirkulieren. Prompt stellte sich heraus, daß er ein halbes Dutzend konsultiert hatte. Immer kam er als Hilfesuchender, benutzte jedesmal einen anderen Namen und verschwand auf Nimmerwiedersehen. Er wußte, wie krank er war. Vor zwei Monaten hatte uns seine Frau über Notruf alarmiert, aber als ein Beamter vorsprach, schickte sie ihn wieder fort.« Sie bogen von der Stadtautobahn ab, waren nur noch wenige Minuten von der Villa entfernt. »Heute morgen rief uns eine Putzfrau an, eine gewisse Frau Mendler. Sie gab an, sie hätte letzten Montag im Haus der Gassners gearbeitet und durch die verriegelte Schlafzimmertür mit Frau Gassner gesprochen. Und Frau Gassner hätte ihr gesagt, ihr Mann sei der Mörder ihrer beiden Kinder und wolle jetzt auch sie umbringen.«

Max zwinkerte. »Am Montag war das, sagten Sie? Und die Frau hat sich erst heute früh gemeldet?«

»Frau Mendler hat ein langes Vorstrafenregister. Sie hat Angst vor der Polizei. Gestern abend erzählte sie ihrem Freund von der Sache, und heute morgen entschloß sie sich endlich, bei uns anzurufen.«

Unterdessen waren sie angekommen. Wenige Meter von der Gassnerschen Villa entfernt hielt der Fahrer hinter einem unauffälligen Polizeiauto. Ein Beamter stieg aus und kam auf Wagemann und Max zu. »Er ist noch im Haus, Herr Kommissar. Meine Männer sind rund um das Anwesen postiert.«

»Wissen Sie, ob die Frau noch lebt?«

Der Beamte zögerte. »Nein, nicht mit Bestimmtheit. Alle Jalousien sind heruntergelassen.«

»Na schön. Dann wollen wir nicht länger fackeln. Vor allem muß es schnell und ohne Lärm vonstatten gehen. Alle Mann an ihre Plätze – fünf Minuten.«

Der Beamte hastete davon. Kommissar Wagemann holte ein kleines Walkie-talkie hervor und erteilte die Befehle. Er sprach schnell und nahezu ohne Pause. Max hörte nicht hin. Er dachte angestrengt nach. Ein Detail aus dem Bericht, den Wagemann ihm vor fünf Minuten geliefert hatte, gab keinen Sinn, paßte nicht in das Muster. Aber jetzt war nicht die Zeit, ihn danach zu fragen. Von allen Seiten bewegten sich Männer auf das Haus zu, benutzten Bäume und Sträucher als Deckung. Wagemann drehte sich zu ihm um. »Kommen Sie mit, Hornung?«

Max schien es, als dringe eine ganze Armee in den Garten ein. Einige Beamte trugen Gewehre mit Zielfernrohren und kugelsichere Westen, andere kurzläufige Waffen für Tränengaspatronen. Die Operation lief mathematisch präzise ab. Auf ein Signal von Wagemann wurde mit Tränengas auf die Fenster unten und im Obergeschoß gefeuert, gleichzeitig schlugen Beamte, mit Gasmasken geschützt, die Vorder- und Hintertür ein. Ihnen folgten Polizisten mit Schußwaffen.

Als Max und Wagemann durch die Haustür eintraten, lag beißender Qualm über der Halle, der sich indessen durch die offene Tür und die zerborstenen Fenster schnell verzog. Zwei Beamte brachten Walther Gassner in Handschellen herbei. Er trug einen Morgenmantel über dem Pyjama und war unrasiert. Sein Gesicht wirkte hohlwangig, die Augenlider waren geschwollen.

Max starrte ihn an. Zum erstenmal sah er ihn leibhaftig vor sich, und er kam ihm seltsam vor. Der andere, dessen Leben ihm die Computer durch das Datensichtgerät offengelegt hatten, war für ihn der eigentliche Walther Gassner gewesen. Welcher der beiden Männer war nun der Schatten und welcher der Mensch?

Kommissar Wagemann sagte: »Herr Gassner, Sie sind festgenommen. Wo ist Ihre Frau?«

Walther Gassners Stimme klang heiser. »Sie ist nicht hier. Sie ist weg. Ich . . .«

Von oben kam Lärm. Eine Tür wurde eingeschlagen. Sekunden später rief ein Beamter: »Ich habe sie gefunden. Sie war in ihrem Zimmer eingeschlossen.«

Dann tauchte ein Polizist oben an der Treppe auf. Er stützte die zitternde Anna Gassner. Sie machte einen völlig verwahrlosten Eindruck. Das Haar hing ihr strähnig ins aufgedunsene Gesicht. Sie schluchzte hemmungslos.

»Gott sei Dank!« stieß sie hervor. »Gott sei Dank, daß Sie gekommen sind!«

Vorsichtig führte der Beamte sie nach unten zu der Gruppe, die sich in der riesigen Empfangshalle versammelt hatte. Als Anna Gassner aufsah, fiel ihr Blick auf ihren Mann. Sie begann zu schreien, schrill, wie in Todesangst.

»Ist ja gut, Frau Gassner«, suchte Wagemann sie zu beruhigen. »Er kann Ihnen nichts mehr tun.«

»Meine Kinder!« kreischte sie. »Er hat meine Kinder umgebracht!«

Max beobachtete Walther Gassner. Der starrte seine

Frau an, Hoffnungslosigkeit und tiefes Elend im Blick. Er sah aus wie eine leblose, zerbrochene Marionette.

»Anna«, flüsterte er rauh. »Ach, Anna.«

Wagemann klärte ihn über seine Rechte auf. »Sie können die Aussage verweigern oder einen Anwalt verständigen. In Ihrem Interesse hoffe ich, daß Sie sich kooperativ zeigen.«

Aber Walther hörte überhaupt nicht zu. »Anna«, klagte er. »Warum hast du die Polizei gerufen? Warum nur? Waren wir denn nicht glücklich miteinander?«

»Die Kinder«, schrie Anna Gassner. »Die Kinder sind tot!«

Wagemann sah Gassner an. »Stimmt das?«

Walther nickte. Er wirkte alt und müde. Seine Augen zeigten: Er hatte aufgegeben. »Ja . . .sie sind tot.«

»Mörder! Mörder!« kreischte seine Frau.

»Wir müssen darauf bestehen, daß Sie uns die Leichen zeigen«, sagte Wagemann. »Sind Sie bereit?«

Walther Gassner aber konnte nicht sprechen. Er weinte; Tränen rannen ihm die Wangen hinab.

»Wo sind sie?« forschte Wagemann.

Die Antwort kam von Max. »Die Kinder liegen auf dem Waldfriedhof begraben.«

Alle drehten sich zu ihm um. »Sie sind vor fünf Jahren bei der Geburt gestorben«, erläuterte der Inspektor.

»Mörder! Mörder!« schrie Anna Gassner ihrem Mann ins Gesicht.

Und die Männer sahen ihre aufgerissenen Augen, aus denen der Wahnsinn loderte.

51. Kapitel

Zürich
Donnerstag, 4. Dezember, 20 Uhr

Eine kalte Winternacht war angebrochen und hatte die kurze Abenddämmerung vom Himmel gewischt. Leise fiel der Schnee, kaum mehr als einzelne Flocken, die der Wind durch die Stadt trieb. Das Verwaltungsgebäude von Roffe und Söhne ragte in die Dunkelheit; die Fenster der leeren Büros hoben sich wie blasse gelbe Monde ab.

Elizabeth saß allein in der Direktionsetage. Sie arbeitete Akten durch und wartete auf Rhys, der zu einer Sitzung nach Genf gefahren war. Wenn er doch nur bald käme, dachte sie. Alle anderen waren längst heimgegangen. Sie fühlte sich ruhelos, konnte sich kaum konzentrieren. Walther und Anna wollten ihr nicht aus dem Sinn. Sie sah Walther vor sich, wie sie ihm das erstemal begegnet war: jungenhaft, ungemein attraktiv und so sehr in Anna verliebt. War das nur gespielt? Sie konnte sich nicht an den Gedanken gewöhnen, daß Walther für all die Schrecknisse verantwortlich sein sollte. Wie Anna ihr leid tat! Mehrmals hatte Elizabeth versucht, sie telefonisch zu erreichen, aber vergebens. Sie entschloß sich, nach Berlin zu fliegen, ihr beizustehen, so gut sie konnte. Das Klingeln des Telefons schreckte sie auf. Am anderen

Ende der Leitung war Alec. Elizabeth tat es unendlich wohl, seine Stimme zu hören.

»Hast du schon von Walther gehört?« fragte er.

»Ja. Einfach schrecklich. Ich kann es nicht glauben.«

»Ist auch nicht nötig, Elizabeth.«

Sie meinte, ihn falsch verstanden zu haben. »Wie bitte?«

»Du brauchst es auch nicht zu glauben. Walther ist unschuldig.«

»Aber die Polizei sagt ...«

»Die hat sich geirrt. Walther war der erste, den Sam und ich überprüft haben. Und wir konnten ihn guten Gewissens von der Liste streichen. Nein, Walther ist nicht derjenige, hinter dem wir her waren.«

Elizabeth starrte das Telefon an, als könnte es ihr aus der Verwirrung helfen. Was hatte Alec gesagt? *Nein, Walther ist nicht derjenige, hinter dem wir her waren.* Laut sagte sie: »Ich – ich verstehe nicht, was du meinst.«

Alecs Antwort kam zögernd. »Zu dumm, daß wir das jetzt am Telefon besprechen müssen, Elizabeth, aber ich hatte einfach noch keine Gelegenheit, mit dir allein zu reden ...«

»Mit mir über was zu reden?«

»Das ganze letzte Jahr«, erwiderte Alec, »hat jemand Sabotage gegen unsere Firma betrieben. Eine unserer südamerikanischen Fabriken flog in die Luft, Patente wurden gestohlen, gefährliche Medikamente falsch etikettiert. Wir haben jetzt keine Zeit für Einzelheiten. Jedenfalls habe ich Sam vorgeschlagen, eine Detektei mit der Untersuchung zu beauftragen. Und wir vereinbarten, mit niemandem darüber zu reden.«

Ihr war, als würde die Erde sich öffnen und die Zeit gefrieren. Schwindel ergriff sie. Das war doch alles schon einmal dagewesen! Alec sprach weiter, sie aber hörte

Rhys Stimme, hörte ihn sagen: *Seit einem Jahr betreibt jemand Sabotage gegen die Firma. Das wurde sehr raffiniert eingefädelt, so daß es wie eine Serie von Unfällen aussah. Aber ich merkte, daß es einen roten Faden gab. Ich ging mit meinem Verdacht zu Sam, und wir beschlossen, eine Detektei mit der Untersuchung zu beauftragen.*

Jetzt drang wieder Alecs Stimme zu ihr durch. »Die Detektei hatte einen Bericht angefertigt, und Sam nahm ihn mit nach Chamonix. Wir besprachen die Ergebnisse am Telefon.

Und Elizabeth hörte Rhys sagen: *Er bat mich nach Chamonix, weil er den Bericht mit mir besprechen wollte . . . Wir entschieden uns, die Angelegenheit geheimzuhalten, bis wir herausgefunden hatten, wer für alles verantwortlich war.*

Elizabeth konnte kaum noch atmen. Doch als sie sprach, ließ sie ihre Stimme so normal wie möglich klingen. »Alec, wer – wer außer dir und Sam wußte noch von dem Bericht?«

»Niemand. Das war ja der springende Punkt. Sam zufolge ging aus dem Bericht hervor, daß der Übeltäter irgendwo ganz oben in der Konzernspitze zu suchen war.«

Auf höchster Ebene, hatte es geheißen. Und Rhys hatte erst zugegeben, in Chamonix gewesen zu sein, als der Inspektor es ihm auf den Kopf zugesagt hatte.

Sie mußte die Worte förmlich hervorpressen. »Kann es sein, daß Sam Rhys davon informiert hat?«

»Nein. Warum?«

Das hieß, Rhys konnte nur auf einem Weg davon erfahren haben. Er hatte den Bericht gestohlen. Und es gab nur einen Grund für seine Reise nach Chamonix. Nämlich, Sam umzubringen.

Elizabeth hörte gar nicht mehr, was Alec noch zu sagen hatte. Das Dröhnen in ihren Ohren übertönte seine Worte.

Sie ließ den Hörer fallen, in ihrem Kopf drehte sich alles. Sie kämpfte verzweifelt gegen den abgrundtiefen Schrekken, der von ihr Besitz ergriff. Ihre Gedanken tobten wie ein außer Kontrolle geratenes Karussell, die Bilder überstürzten sich. Als das Unglück mit dem Jeep geschah, hatte sie Rhys eine Nachricht hinterlassen, daß sie nach Sardinien fliegen wollte. In der Nacht, als der Aufzug abstürzte, wo war Rhys gewesen? An der Direktoriumssitzung hatte er nicht teilgenommen, aber später, als sie und Kate allein im Büro arbeiteten, war er aufgetaucht. *Dachte, ich könnte den Damen noch etwas behilflich sein*, hatte er gesagt. Und bald darauf hatte er das Gebäude wieder verlassen. Wirklich? Elizabeth zitterte jetzt am ganzen Leib. Irgendwo mußte ein gewaltiger Irrtum im Spiel sein, ein furchtbares Mißverständnis. Doch nicht Rhys! *Nein!*

Sie stand mühsam auf und ging unsicheren Schritts durch die Verbindungstür in Rhys' Büro. Der Raum lag im Dunkeln. Sie schaltete das Licht ein und sah sich suchend um, selbst im unklaren, was sie zu finden hoffte. Auf jeden Fall nicht Beweise für seine Schuld, sondern die Gewißheit, daß er unschuldig war. Ein unerträglicher Gedanke: Der Mann, den sie liebte, der sie in seinen Armen gehalten, dem sie sich hingegeben hatte, dieser Mann durfte kein kaltblütiger Mörder sein.

Auf seinem Schreibtisch lag der Terminkalender. Elizabeth schlug ihn auf, blätterte zurück bis September, bis zu jenem langen Wochenende, als sie mit dem Jeep verunglückt war. Dort stand die Eintragung »Nairobi«. Aber sie mußte die Stempel in seinem Paß sehen, um sicher zu sein, daß er wirklich nach Afrika geflogen war. Mit zitternden Händen durchstöberte sie seinen Schreibtisch, suchte den Paß und bekämpfte ihr Schuldgefühl. Natürlich, sagte sie sich, natürlich gab es eine ganz harmlose Erklärung für das Durcheinander.

Die unterste Schublade war abgeschlossen. Elizabeth zögerte. Sie wußte, sie hatte nicht das Recht, sich gewaltsam Zugang zu verschaffen. Mehr noch: Das war ein großer Vertrauensbruch, damit überschritt sie die Grenze und brach alle Brücken für den Rückweg ab. Rhys würde merken, was sie getan hatte, und sie mußte ihm den Grund angeben. Trotzdem, der Drang, sich Gewißheit zu verschaffen, war stärker als alle Skrupel. Sie nahm den Brieföffner und brach das Schloß auf.

In der Schublade stapelten sich Akten und Dokumente. Sie nahm die Papiere heraus. Ganz unten lag ein Briefumschlag, an Rhys adressiert, unverkennbar eine Frauenhandschrift. Laut Poststempel war er vor ein paar Tagen in Paris eingeworfen worden. Nach kurzem Zögern öffnete Elizabeth den Brief. Er war von Hélène und begann: »Chéri, ich habe versucht, Dich telefonisch zu erreichen. Die Zeit drängt, wir müssen uns bald wiedersehen, um unsere Pläne . . .« Elizabeth las nicht weiter. Ihr Blick wurde plötzlich abgelenkt. Sie starrte in die Schublade, auf den gestohlenen Geheimbericht . . .

Mr. Sam Roffe
Vertraulich
Keine Kopien.

Der Raum fing an, sich im Kreise zu drehen, und sie klammerte sich an den Schreibtisch, suchte nach einem Halt. Da stand sie eine halbe Ewigkeit, wartete, bis der Schwindelanfall sich legte. Ihr Mörder hatte jetzt endlich ein Gesicht. Es war das Gesicht ihres eigenen Mannes.

Irgend etwas zerriß die Grabesstille, die sie umfing. Erst nach einiger Zeit ging ihr auf: das Telefon. Das Klingeln kam aus ihrem Büro. Mühsam schleppte sie sich wieder nach nebenan, nahm den Hörer ab.

Am anderen Ende war der Portier. Seine Stimme klang unangemessen fröhlich. »Wollte nur mal hören, ob Sie noch da sind, Mrs. Williams, Mr. Williams ist gerade auf dem Weg nach oben.«

Rhys! Er holte zum letzten Schlag aus!

Nur ihr Leben stand noch zwischen ihm und der Herrschaft über Roffe und Söhne. Wie konnte sie ihm jetzt gegenübertreten, ihm vorspielen, daß alles in Ordnung sei? Sobald er sie sah, mußte er begreifen, was die Stunde geschlagen hatte. Ihr blieb nur die Flucht. In blinder Panik ergriff Elizabeth Handtasche und Mantel und stürzte aus dem Büro. Halt! Sie hatte etwas vergessen. Ihren Paß! Sie mußte weit weg, irgendwohin, wo Rhys sie nicht aufspüren konnte. Hastig lief sie zum Schreibtisch zurück, fand den Paß, jagte zurück auf den Flur. Ihr Herz klopfte wild. Der Leuchtzeiger über dem Direktionslift bewegte sich aufwärts.

Acht . . .neun . . .zehn . . .

Elizabeth hastete zum Treppenhaus. Unter ihr zogen sich die Stufen endlos in die Tiefe. Sie lief um ihr Leben.

52. Kapitel

Zwischen Civittavecchia und Sardinien verkehrte eine Autofähre. Elizabeth fuhr mit ihrem Leihwagen an Bord und kam sich inmitten einem Dutzend anderer Autos wohltuend anonym vor. Auf Flughäfen wurden Passagierlisten geführt, aber auf dem Schiff interessierte sich niemand für ihren Namen. Elizabeth war nur einer von hundert Passagieren, die nach Sardinien übersetzten, um Ferien zu machen. Niemand hatte sie verfolgt, da war sie sicher. Trotzdem verlor sie die irrationale Angst nicht. Rhys hatte zu viel riskiert, um sich jetzt noch aufhalten zu lassen. Und sie als einzige konnte ihn entlarven. Er mußte sie sich vom Hals schaffen.

Als Elizabeth aus dem Konzerngebäude entkommen war, hatte sie keine Ahnung, wohin sie sich wenden sollte. Sie wußte nur, daß sie Zürich verlassen, sich irgendwo verstecken mußte. Erst wenn Rhys gefaßt war, konnte sie sich sicher fühlen. Sardinien! Die Insel kam ihr als erstes in den Sinn. Sie hatte einen kleinen Wagen gemietet und an der Autobahn nach Italien an einer Telefonzelle haltgemacht. Von dort aus versuchte sie, Alec zu erreichen, aber der war nicht aufzufinden. Sie hinterließ eine Nachricht, er sollte sie auf Sardinien anrufen. Dasselbe ließ sie Inspektor Hornung ausrichten, der ebenfalls nicht ans Telefon zu bekommen war.

Die Villa auf Sardinien sollte ihr als Unterschlupf dienen. Aber diesmal würde sie nichts riskieren. Die Polizei mußte sie beschützen.

Als die Fähre in Olbia landete, merkte Elizabeth, daß sie gar nicht erst zur Polizei zu laufen brauchte. Die erwartete sie bereits in Gestalt von Bruno Campagna. Das war der Beamte, den sie beim Polizeichef Ferraro kennengelernt hatte. Campagna hatte sie auch nach dem Unfall in die Garage begleitet, wo der Jeep stand. Sobald er sie entdeckte, trat er zu ihr ans Auto. »Wir haben uns schon große Sorgen um Sie gemacht, Signora Williams.«

Elizabeth sah ihn überrascht an.

»Von der Schweizer Polizei kam ein Anruf«, erläuterte Campagna. »Die haben uns gebeten, auf Sie achtzugeben. Seitdem haben wir alle Schiffe und Flughäfen abgeklappert.«

Dankbarkeit und grenzenlose Erleichterung überfluteten Elizabeth. Max Hornung! Also hatte ihre Nachricht ihn erreicht. Campagna sah ihr müdes und abgespanntes Gesicht. »Soll ich fahren?«

»Ach, bitte.« Nur zu gern rutschte Elizabeth auf den Beifahrersitz, und der dicke Polizist setzte sich hinter das Lenkrad. »Wo wollen Sie warten? In der Polizeistation oder in Ihrer Villa?«

»Die Villa wäre mir lieber, das heißt, wenn jemand dableiben würde. Ich – ich möchte nicht so gern allein sein.«

Campagna nickte ihr beruhigend zu. »Nur keine Sorge. Wir haben Anweisung, Sie zu beschützen. Heute nacht werde ich bei Ihnen bleiben, und wir stationieren eine Funkstreife an der Einfahrt zum Haus. Niemand kann Ihnen zu nahe kommen.«

Sein Selbstvertrauen beruhigte Elizabeth ungemein. Ihre Spannung ließ nach. Campagna fuhr schnell und sicher über die kurvenreichen Straßen von Olbia, dann auf die Bergstraße zur Costa Smeralda. So vieles erinnerte Elizabeth an Rhys.

»Gibt es – hat man etwas von meinem Mann gehört?« fragte sie schließlich.

Campagna sah sie von der Seite an, Mitleid lag in seinem Blick. Dann widmete er sich wieder der Straße. »Er ist noch flüchtig, wird aber nicht weit kommen. Man rechnet damit, ihn morgen hinter Schloß und Riegel zu haben.«

Eigentlich müßte sie Erleichterung spüren, dachte Elizabeth. Statt dessen brachten ihr die Worte eine blutende Wunde bei, wie ein gut gezielter Dolchstoß. Sie sprachen über Rhys, ihren Mann Rhys, der gehetzt wurde, als wäre er ein wildes Tier. Er hatte sie in diesen Alptraum versetzt, und nun irrte er durch das von ihm gelegte Todeslabyrinth, kämpfte um sein Leben, so wie sie um ihres gekämpft hatte. Und wie sie ihm vertraut und an seine Liebe geglaubt hatte, an seine Zärtlichkeit und Fürsorge! Ihr schauderte. Campagna fragte: »Frieren Sie?«

»Nein, mir geht es gut.« Aber sie fühlte sich fiebrig. Ein warmer Wind schien durch das Auto zu streichen und ließ ihre Nerven vibrieren. Erst dachte sie, es wäre Einbildung, bis sie Campagnas Stimme hörte. »Ich fürchte, wir bekommen es heute noch mit dem Schirokko zu tun. Das wird eine lebhafte Nacht.«

Elizabeth wußte nur zu gut, was er meinte. Der Schirokko konnte Menschen wie Tiere zum Wahnsinn treiben. Er kam von der Sahara herüber, heiß, trocken und voller kleiner Sandkörner, fegte mit einem schaurigen Gespensterton über die Insel, einem Ton, der an den Nerven sägte. Beim Schirokko stieg die Verbrechensquote steil an, und die Richter gaben mildernde Umstände.

Eine Stunde später ragte aus dem Dunkel die Villa vor ihnen auf. Campagna bog in die Auffahrt ein, steuerte den Wagen in die leere Garage und stellte den Motor ab. Er ging um das Auto herum und machte Elizabeth die Tür auf. »Jetzt möchte ich, daß Sie sich dicht hinter mir halten, Signora Williams«, bedeutete er ihr. »Nur für den Fall der Fälle.«

»Ja, natürlich«, willigte sie ein.

Sie gingen zum Vordereingang der völlig abgedunkelten Villa. Campagna sagte: »Ich bin sicher, er ist nicht hier, aber wir wollen kein Risiko eingehen. Geben Sie mir bitte Ihren Schlüssel.«

Elizabeth tat, wie ihr geheißen, und er schob sie sachte neben die Tür, schloß auf und öffnete, in der freien Hand die entsicherte Pistole. Er tastete nach innen, fand den Schalter, und plötzlich lag die Halle in gleißendem Licht.

»Führen Sie mich bitte zuerst durch das ganze Haus, und passen Sie auf, daß wir keinen Raum auslassen, einverstanden?«

»Ja.«

Sie machten sich auf den Weg durch die Villa, und der Polizist schaltete überall das Licht ein. Er guckte in alle Schränke und Ecken, prüfte, ob Fenster und Türen verriegelt waren. Außer ihnen befand sich niemand im Haus. Als sie wieder unten im Wohnzimmer angelangt waren, sagte er: »Wenn Sie nichts dagegen haben, würde ich jetzt gern das Kommissariat anrufen.«

»Natürlich, machen Sie nur.« Sie führte ihn ins Arbeitszimmer.

Er nahm den Hörer ab und wählte. Gleich darauf hörte sie ihn sagen: »Campagna hier. Wir sind jetzt in der Villa. Ich bleibe die Nacht über hier. Ihr könnt den Streifenwagen schicken, der soll unten an der Auffahrt parken.« Er hörte einen Augenblick zu, dann: »Jawohl, es geht ihr gut. Nur etwas müde. Ich melde mich später wieder.« Er legte den Hörer auf.

Elizabeth ließ sich in einen Sessel sinken. Sie war nervös und sehr angespannt, aber sie wußte, am nächsten Tag stand ihr das Schlimmste erst noch bevor. Zwar war sie dann endgültig in Sicherheit, aber Rhys wäre entweder tot oder im Gefängnis. Und der Gedanke war ihr unerträglich, trotz allem, was sie durch ihn erlitten hatte.

Campagna beobachtete sie besorgt. »Ich könnte eine Tasse Kaffee vertragen«, meinte er. »Und wie steht's mit Ihnen?«

Sie nickte. »Ich werde welchen kochen.« Sie machte Anstalten, aufzustehen.

»Bleiben Sie nur, wo Sie sind, Signora Williams. Meine Frau sagt, ich mache den besten Kaffee der Welt.«

Elizabeth brachte ein Lächeln zuwege. »Das ist nett von Ihnen.« Dankbar ließ sie sich wieder zurücksinken. Bis dahin war ihr gar nicht aufgegangen, wie ausgetrocknet sie sich innerlich fühlte. Sie hatte den Drang, sich über das Vorgefallene und ihre Reaktionen darauf Rechenschaft abzulegen. Sogar während ihres Telefonats mit Alec, das mußte sie sich nun eingestehen, hatte sie tief innerlich immer noch gehofft, das Ganze sei ein gewaltiger Irrtum und jeden Moment müßte sich Rhys' Unschuld erweisen. Und auch auf ihrer Flucht hatte sie sich an den Gedanken geklammert, daß Rhys in Wahrheit nicht zu solchem Tun fähig sei: ihren Vater umzubringen, sie zu lieben und ihr dann nach dem Leben zu trachten. Solche Dinge brachte nur ein Ungeheuer fertig. Und so hatte sie den winzigen Hoffnungsfunken wachgehalten. Doch er war erloschen, als Campagna sagte: *Er ist noch flüchtig, wird aber nicht weit kommen. Man rechnet damit, ihn morgen hinter Schloß und Riegel zu haben.*

Nein, sie konnte einfach nicht länger daran denken. Aber woran sollte sie sonst denken? Wie lange hatte Rhys schon seine Schlingen ausgelegt, seine Pläne geschmiedet, Konzernchef zu werden? Wahrscheinlich von dem Augenblick an, als er dem fünfzehnjährigen Schulmädel begegnet war, allein und einsam in einem Schweizer Internat, leicht zu beeindrucken. Ja, damals mußte ihm aufgegangen sein, wie er Sam hereinlegen konnte – auf dem Weg über seine Tochter. Und wie leicht sie es ihm gemacht hatte! Das Souper im Maxim's, die langen, vertrauensseligen Aussprachen während der vielen Jahre, sein verdammter, überwältigender Charme! O ja, er war geduldig gewesen, hatte gewartet, bis sie zur Frau gereift war. Und die größte Ironie: Er hatte ihr nicht einmal den Hof zu machen brauchen. Nein, das hatte sie für ihn getan, sie hatte ihn umworben. Wie er sich ins Fäustchen gelacht haben mußte. Sie beide, er und Hélène. Ob das Pärchen zusammenarbeitete? fragte sich Elizabeth. Wo steckte Rhys jetzt? Ob die Polizei ihn tötete, wenn sie ihn erwischte? Sie fing hemmungslos zu schluchzen an.

»Signora Williams . . .« Campagna stand neben ihr, hielt ihr eine Tasse Kaffee hin.

»Da, trinken Sie das«, meinte er begütigend. »Dann fühlen Sie sich besser.«

»Es tut mir leid«, entschuldigte sich Elizabeth. »Gewöhnlich bin ich keine Heulsuse.«

»Für mein Gefühl halten Sie sich sehr gut, *molto bene.*«

Elizabeth nippte an dem heißen Kaffee. Er hatte dem Gebräu irgend etwas zugesetzt. Sie sah fragend zu ihm hoch, und er grinste. »Ich dachte mir, ein Schuß Scotch könnte nicht schaden.«

Er nahm ihr gegenüber Platz, und sie saßen schweigend. Sie war dankbar für seine Gegenwart. Nie und nimmer hätte sie allein in der Villa bleiben mögen. So lange nicht, bis sie wußte, was mit Rhys geschehen, ob er tot oder am Leben war. Sie trank den Kaffee aus.

Campagna sah auf die Uhr. »Der Streifenwagen müßte jeden Moment hier sein, mit zwei Mann. Sie halten die ganze Nacht Wache. Ich bleibe hier unten. Sie selbst sollten jetzt nach oben gehen und versuchen, ein wenig zu schlafen.«

Elizabeth schauderte. »Ich könnte kein Auge zubekommen.« Aber schon während sie sprach, durchströmte ihren Körper unendliche Müdigkeit. Die lange Fahrt und die gewaltige Anspannung, der sie so lange ausgesetzt war, forderten ihren Tribut.

»Vielleicht lege ich mich doch einen Moment hin.« Sie hatte Schwierigkeiten, die Worte herauszubringen.

Elizabeth lag im Bett und kämpfte gegen den Schlaf an. Irgendwie erschien es ihr unfair, wenn sie einfach einschlief, während sie irgendwo draußen Rhys jagten. Plötzlich sah sie das Bild vor sich, wie er in einer kalten, dunklen Seitenstraße niedergeschossen wurde. Wieder schauderte ihr. Krampfhaft versuchte sie, die Augen offenzuhalten, aber ihre Lider waren schwer wie Blei, und sobald sie die Augen schloß, versank sie tief und immer tiefer in absolute Leere.

Eine Ewigkeit später schreckte sie auf. Ein Schrei hatte sie geweckt.

53. Kapitel

Elizabeth fuhr im Bett hoch, ihr Herz schlug wie wild. Was war das? Was hatte sie geweckt? Dann hörte sie ihn wieder. Der gespenstisch hohe Schrei schien von draußen zu kommen, direkt vor ihrem Fenster. Agonie einer gequälten Seele im Todeskampf. Elizabeth raffte sich auf und stolperte zum Fenster. Sie sah in die Nacht hinaus. Vor ihr lag eine Landschaft wie von Daumier, erleuchtet von einem kalten Wintermond. Kahle Bäume ragten in den dunklen Himmel, die Äste gepeitscht von einem fauchenden Wind. Weit unten die kochende See.

Und wieder kam der Schrei. Wieder und immer wieder. Plötzlich ging Elizabeth auf, was es war. Die singenden Felsen! Der Schirokko war stärker geworden und blies durch das Gestein, erzeugte den qualvollen Ton, ein Kreischen ohne Unterlaß. Und während sie hinhörte, verwandelte es sich in die Stimme von Rhys. Es war Rhys, der nach ihr schrie, sie in seiner Not um Hilfe anflehte. Sie preßte die Hände an die Ohren, aber das Schreien wollte nicht verstummen.

Elizabeth schwankte auf die Schlafzimmertür zu und merkte zu ihrem Erstaunen, wie schlapp sie war. Ihr Kopf dröhnte vor Erschöpfung. Sie kam in den Flur und an die Treppe, schwebte auf einer Dunstwolke, als hätte man sie betäubt. Verzweifelt versuchte sie, Campagna zu rufen, aber ihre Stimme war nur ein heiseres Krächzen. Mit letzter Kraft stieg sie die Treppe hinab, kämpfte um ihr Gleichgewicht. Lauter hallte ihre Stimme: »Signore Campagna!«

Keine Antwort. Elizabeth stolperte ins Wohnzimmer. Dort war er nicht. Sie zwang sich, in Bewegung zu bleiben, ging von Zimmer zu Zimmer, hielt sich an den Möbeln aufrecht.

Campagna war nirgends zu finden.

Sie war allein im Haus.

Sie stand in der Halle. In ihrem Kopf lief alles durcheinander. Sie zwang sich zum Nachdenken. Campagna war nach draußen gegangen, um mit den Beamten im Streifenwagen zu sprechen. Natürlich, das war es. Sie ging zur Haustür, öffnete sie mühsam, spähte in die Nacht.

Dort war niemand. Nur die Finsternis und der kreischende Wind. Die Angst begann sie zu würgen. Elizabeth machte kehrt und ging ins Wohnzimmer zurück. Sie bewegte sich wie durch zähe Watte. Unbedingt mußte sie die Polizeistation anrufen und herausfinden, was geschehen war. Endlich am Ziel, nahm sie mit zitternder Hand den Telefonhörer ab. Die Leitung war tot.

Im selben Augenblick gingen alle Lichter aus.

54. Kapitel

London: Westminster Hospital. Vivian Nichols hatte das Bewußtsein wiedererlangt, als sie aus dem Operationssaal gebracht und durch den langen, kahlen Korridor gefahren wurde. Die Operation hatte acht Stunden gedauert. Trotz aller Bemühungen der fähigsten Ärzte würde sie nie wieder laufen können. Mit irrsinnigen Schmerzen wachte sie auf, flüsterte Alecs Namen, immer wieder seinen Namen. Sie brauchte ihn. Er sollte an ihrer Seite sein, sollte ihr geloben, daß er sie noch immer liebte, für alle Zeit lieben würde.

Das Krankenhauspersonal sah sich außerstande, Alec ausfindig zu machen.

Zürich: Kriminalpolizei. Ein Interpol-Telex aus Australien: »Filmeinkäufer für Roffe und Söhne in Sidney ermittelt. Der Gesuchte drei Tage zuvor an Herzversagen gestorben. Asche in die Heimat überführt. Interpol konnte Verwendung und Empfänger des fraglichen Filmmaterials nicht feststellen. Erbitten weitere Instruktionen.«

Berlin: in einem ruhigen Vorort. Walther Gassner saß im diskret abgeschirmten Wartezimmer des exklusiven Privatsanatoriums. Dort hatte er fast zehn Stunden lang bewegungslos verbracht. Hin und wieder kümmerte sich eine Schwester um ihn oder ein Pfleger. Man bot ihm zu essen und zu trinken an. Walther hörte überhaupt nicht hin. Er wartete auf Anna.

Vor ihm lag eine sehr lange Wartezeit.

Italien: in der Villa in Olgiata läutete das Telefon. Simonetta Palazzi hörte eine Frauenstimme am anderen Ende der Leitung. »Mein Name ist Donatella Spolini. Wir sind uns nie begegnet, Signora Palazzi, aber wir haben vieles gemeinsam. Ich schlage vor, wir gehen zusammen essen, im Bolognese an der Piazza del Popolo. Sagen wir, morgen um eins?«

Simonetta hatte zur selben Zeit einen Termin im Schönheitssalon. Doch Geheimnisse liebte sie über alles. »Ich werde dasein«, versprach sie. »Aber wie erkenne ich Sie?«

»Ich komme mit meinen drei Söhnen.«

Frankreich: Le Vésinet. Hélène Roffe-Martel las eine Nachricht, die sie im Salon auf dem Kamin gefunden hatte. Charles hatte sie verlassen. »Du siehst mich nie wieder«, las sie. »Versuche nicht, mich zu finden.« Hélène zerriß den Zettel in kleine Fetzen. Keine Bange, Charles, dachte sie. Dich sehe ich wieder. Wo willst du dich vor mir verstecken?

Rom: Flughafen Leonardo da Vinci. Seit zwei Stunden hatte Max Hornung versucht, eine Nachricht nach Sardinien durchzubekommen. Aber der Sturm hatte alle Verbindungen zusammenbrechen lassen. Max ging wieder zur Flugleitung und setzte dem Diensthabenden zu. »Sie müssen mir einfach eine Fluggelegenheit nach Sardinien beschaffen. Glauben Sie mir, es geht um Leben und Tod!«

»Das glaub ich Ihnen ja gerne, Signore«, erwiderte der Flugdienstleiter, »aber ich kann beim besten Willen nichts für Sie tun. Sardinien ist von der Welt abgeschnitten. Alle Flughäfen sind geschlossen. Sogar die Schiffe haben den Verkehr eingestellt. Bis der Schirokko abgeflaut ist, kommt keine Maus auf die Insel oder von ihr herunter.«

»Wann wird das sein?«

Der Flugdienstleiter sah auf die große Wetterkarte an der Wand. »Sieht aus, als hielte der Sturm noch mindestens zwölf Stunden an.«

In zwölf Stunden würde Elizabeth Williams nicht mehr am Leben sein.

55. Kapitel

Die Dunkelheit war Feindesland, voller unsichtbarer Gegner, die auf die Gelegenheit zum Losschlagen warteten. Und Elizabeth ging auf, daß sie ihnen allen ausgeliefert war, auf Gnade und Verderben. Campagna hatte sie hierhergelockt, in die Mordfalle. Campagna war Rhys' Geschöpf. Sie erinnerte sich jetzt, was Max Hornung über den Austausch der beiden Jeeps berichtet hatte. Der Verantwortliche mußte Helfer gehabt haben. Und zwar jemanden, der die Insel wie seine Westentasche kannte. Wie überzeugend sich Campagna gegeben hatte. *Wir haben alle Schiffe und Flughäfen abgeklappert.* Natürlich, denn Rhys hatte gewußt, daß sie auf die Insel kommen würde, um sich dort zu verstecken. *Wo wollen Sie warten? In der Polizeistation oder in Ihrer Villa?* Campagna hätte sie in Wahrheit nie zur Polizei gebracht. Und es war auch nicht die Polizeistation gewesen, mit der er telefoniert hatte, sondern Rhys. *Wir sind jetzt in der Villa ...*

Elizabeth wußte, sie mußte sofort fliehen, aber ihr fehlte einfach die Kraft. Sie brauchte ihren ganzen Willen, um überhaupt die Augen offenzuhalten. Arme und Beine fühlten sich an wie Blei. Plötzlich wurde ihr auch klar, warum. Er hatte ihr ein Schlafmittel in den Kaffee geschüttet. Sie drehte sich um und tastete sich in die dunkle Küche, öffnete einen Schrank und suchte mit den

Händen, bis sie fand, was sie wollte. Sie nahm eine Flasche Essig heraus, mischte sie mit Wasser in einem Glas und würgte das Zeug herunter. Auf der Stelle drehte sich ihr der Magen um, und sie erbrach sich in den Ausguß. Danach fühlte sie sich etwas besser, doch das Schwächegefühl wollte nicht weichen. Ihr Gehirn verweigerte den Gehorsam. Es war ihr, als seien alle inneren Lebensströme schon versiegt, in Erwartung des unausweichlichen Todes.

Doch Elizabeth rebellierte. »Nein!« sagte sie in die Dunkelheit. »Du legst dich nicht einfach hin und stirbst. So leicht sollen es deine Feinde nicht haben. Du wirst kämpfen!« Sie hob die Stimme. »Rhys, komm und bring mich um!« Aber es war kaum mehr als ein Flüstern. Sie machte sich auf den Weg zur Halle, ihr Instinkt arbeitete wie ein Radar. Unter dem Bildnis des alten Samuel blieb sie stehen. Draußen fuhr der jaulende Südwind um das Haus, schien ihr etwas zuzurufen. Verhöhnte er sie, oder war es eine Warnung? Da stand sie allein in der Finsternis, vor einer Alternative des Grauens. Sie konnte hinauslaufen in die unheimliche Nacht, konnte versuchen, Rhys zu entkommen. Oder sie blieb, wo sie war, und leistete ihm Widerstand bis zum Letzten. Aber wie?

Eine innere Stimme versuchte, ihr dringend etwas zu sagen, aber sie war immer noch benommen von der Droge, konnte sich einfach nicht konzentrieren. Es hatte etwas mit einem Unfall zu tun, Unfall . . .Unfall . . .

Dann fiel es ihr ein, und sie sagte laut: »Er muß es so tun, daß es wie ein Unfall aussieht.«

Du mußt ihn daran hindern, Elizabeth! War das der alte Samuel, der zu ihr sprach? Oder hatte sie ihre eigene Stimme gehört?

»Ich kann nicht, es ist zu spät.« Wieder fielen ihr die Augen zu, und sie preßte das Gesicht gegen die kühle

Oberfläche des Ölgemäldes. Jetzt schlafen zu können, wie herrlich das wäre! Aber da gab es noch etwas, das sie tun mußte. Was war es doch nur? Immer wieder entschlüpfte ihr der Gedanke.

Laß es nicht wie einen Unfall aussehen. Zeige allen, daß es Mord war. Dann wird ihm der Konzern nie und nimmer gehören!

Und Elizabeth wußte, was sie zu tun hatte. Sie ging ins Wohnzimmer, zögerte einen Moment, nahm dann eine Tischlampe und schmetterte sie in den nächsten Spiegel. Sie hob einen Stuhl hoch und schlug ihn so lange gegen die Wand, bis das Holz splitterte. Mit den Händen fegte sie die Bücher von den Regalen, riß die Seiten bündelweise heraus, verstreute sie überall im Zimmer. Sie zerrte die ohnehin nutzlose Telefonschnur aus der Wand. Das hier soll Rhys der Polizei erst mal plausibel machen, dachte sie grimmig. Nein, sie würde sich nicht sanft zum Sterben hinlegen. Sie mußten sie zuerst kleinkriegen.

Plötzlich fuhr ein Windstoß durch das Zimmer, wirbelte das Papier in die Luft. Erst nach einigen Augenblikken wurde ihr klar, was es bedeutete.

Sie war nicht länger allein im Haus.

Auf dem Flughafen Leonardo da Vinci wanderte Max Hornung rastlos umher. Er strich gerade um den Frachtguttrakt, als dort ein Hubschrauber landete. Der Pilot hatte noch nicht einmal die Tür ganz geöffnet, da tauchte Max neben ihm auf. »Können Sie mich nach Sardinien bringen?« fragte er.

Der Pilot starrte ihn verwundert an. »Was ist denn heute eigentlich los? Ich hab gerade erst einen rübergebracht. Drüben weht ein böser Sturm.«

»Fliegen Sie mich nun hin?«

»Das kostet Sie den dreifachen Preis.«

Max zögerte keine Sekunde. Er kletterte schon in die Kabine. Als sie abhoben, erkundigte er sich bei dem Piloten: »Wer war der Passagier, den Sie nach Sardinien gebracht haben?«

»Er hieß Williams.«

Jetzt war die Dunkelheit ihr Verbündeter. Der Freund, der sie vor ihrem Mörder verbarg. Zur Flucht war es zu spät. Elizabeth mußte irgendwo im Haus ein Versteck finden. Auf Zehenspitzen schlich sie nach oben, bemüht, die Distanz zwischen sich und Rhys zu vergrößern. Am Kopf der Treppe zögerte sie einen Augenblick, dann tastete sie sich in Richtung auf Sams Schlafzimmer vor. Aus der Finsternis sprang etwas auf sie zu, sie fuhr zurück. Aber es war nur der Schatten eines sturmgepeitschten Baumes, der durch das Fenster fiel. Ihr Herz klopfte so laut, daß sie sicher war, Rhys konnte es da unten hören.

Du mußt ihn aufhalten, befahl die innere Stimme. Aber wie? Ihr Kopf wog unendlich schwer, alles lag im Nebel. Denk nach! ermahnte sie sich. Was hätte der alte Samuel jetzt getan? Sie ging zum Schlafzimmer am Ende des Korridors, nahm innen den Schlüssel heraus und schloß von außen ab. Dasselbe tat sie mit den anderen Türen, und plötzlich waren es die Tore des Krakauer Ghettos, und Elizabeth wußte nicht, warum sie das tat, bis ihr einfiel: Sie hatte Aram umgebracht und mußte ihre Spuren verwischen. Unten leuchtete eine Taschenlampe auf. Langsam bewegte sich der Strahl die Treppe hinauf. Ihr Herz schien zu zerspringen. Rhys kam, holte zum letzten Schlag aus. Elizabeth kämpfte sich die Stiege zum Turm hoch, aber auf halbem Weg versagten ihr die Beine. Sie knickte in den Knien ein und kroch den Rest des Weges auf Händen und Füßen. Nach einer Ewigkeit war sie oben angelangt. Mühsam richtete sie sich auf. Sie öffnete die Tür zum Turmzimmer, schob sich nach innen. *Die Tür*, hörte sie Samuels Stimme. *Schließ die Tür ab!*

Elizabeth schloß ab, aber sie wußte, das konnte Rhys nicht von ihr fernhalten. Wenigstens mußte er die Tür jetzt erst einschlagen, dachte sie. Noch ein Akt der Zerstörung, den er nicht so einfach würde erklären können. Ihr Tod würde wie Mord aussehen, das konnte er jetzt kaum noch verhindern. Aber sie wollte es ihm noch schwerer machen. Mit letzter Kraft schob sie Möbel vor die Tür. Sie bewegte sich mühevoll, als hinge die Dunkelheit wie eine zähe Masse an ihr. Erst einen Tisch, dann einen Sessel, danach noch einen Tisch. Sie arbeitete wie ein Automat, kämpfte um Zeit, baute ihre kümmerliche kleine Festung gegen die Übermacht des Todes. Von unten kam ein Krachen, erst einmal, dann ein zweites und drittes Mal. Rhys schlug die Schlafzimmertüren ein, auf der Suche nach ihr. Spuren der Gewalt, das hieß: Spuren für die Polizei. Sie hatte ihn ausgetrickst, genauso, wie er sie hereingelegt hatte. Trotzdem, irgend etwas stimmte da nicht. Wenn Rhys ihren Tod als Unfall hinstellen wollte, wieso brach er dann Türen auf? Elizabeth ging zur Verandatür, sah nach draußen, lauschte dem wilden Sturm, der ihre Totenklage sang. Zwischen ihr und dem Abgrund stand nur noch der Balkon, dann kam nichts mehr, nur tief unten die aufgepeitschte See. Aus diesem Raum gab es kein Entrinnen. Sie saß in der Falle. Aber hier lag auch für Rhys der Augenblick der Wahrheit, hier mußte er sie herausholen. Elizabeth tastete nach irgendeinem Gegenstand, der ihr als Waffe dienen konnte, aber sie fand nichts.

Im Dunkeln wartete sie auf ihren Mörder.

Warum zögerte Rhys so lange? Wieso schlug er die Tür nicht ein und machte allem ein Ende? Schlag die Tür ein, Rhys! Da war ein Fehler in der Rechnung. Selbst wenn Rhys ihre Leiche wegbrachte und irgendwo verbarg, konnte er die Verwüstung im Haus nicht erklären, den zerschmetterten Spiegel, die eingeschlagenen Türen. Elizabeth versuchte, sich in ihn hineinzuversetzen. Was konnte das für ein Plan sein, der alles das berücksichtigte und doch ausschloß, daß die Polizei ihn als Mörder verdächtigte? Darauf gab es nur eine Antwort.

Und als Elizabeth diese Antwort einfiel, roch sie auch schon den Qualm.

56. Kapitel

Vom Hubschrauber aus konnte Max die Küste von Sardinien nur mit Mühe ausmachen. Die Insel lag eingehüllt in eine wirbelnde Wolke aus rotem Staub. Über das Dröhnen der Rotorblätter rief ihm der Pilot zu: »Der Sturm ist noch schlimmer geworden. Ich weiß nicht, ob wir landen können.«

»Wir müssen landen!« schrie Max zurück. »Steuern Sie Porto Cervo an.«

Der Pilot drehte sich zu ihm um. »Aber das liegt doch ganz oben auf dem verdammten Berg!«

»Ich weiß. Können wir es schaffen?«

»Die Chancen stehen siebzig zu dreißig.«

»Für oder gegen uns?«

»Gegen uns natürlich.«

Der Rauch kroch unter der Tür durch, stieg aus den Parkettritzen auf, und in das Kreischen des Windes hatte sich ein neuer Ton gemischt, das Brodeln und Knistern der Flammen. Elizabeth kannte jetzt die Antwort auf das Rätsel, aber die Erkenntnis kam zu spät, um ihr Leben zu retten. Sie saß in der Todeszelle. Natürlich spielte es keine Rolle, ob Türen, Spiegel und Möbel zertrümmert waren. Denn in wenigen Minuten würde weder vom Haus noch von ihr selbst etwas übrig sein. Dann war alles in Feuer aufgegangen, wie damals das Labor und Emil Joeppli. Rhys aber, das stand fest, hatte ein Alibi parat, und niemand konnte ihm etwas beweisen. Rhys war Sieger geblieben. Sieger über sie und alle die anderen.

In immer dickeren Schwaden drang der Rauch ins Zimmer – gelbe ätzende Dämpfe, die Elizabeth würgen machten. Jetzt sah sie die ersten kleinen Flammen in den Türritzen, spürte die Hitze.

Aufgeben, sich dem Tod in die Arme sinken lassen? Nein! Blinder Zorn wallte in Elizabeth auf. Aber es war eine Wut, die ihr Kraft gab, sich dem Schicksal zu widersetzen.

Durch den sie fast erstickenden Rauch tastete sie sich zur Balkontür, stieß sie auf und tappte nach draußen. In dem Moment, da die Tür aufging, brachen sich die Flammen vom Flur her Bahn in das Zimmer, züngelten sofort an den Wänden hoch. Elizabeth stand auf dem Balkon. Dankbar sog sie die frische Luft ein, während der Sturm an ihren Kleidern zerrte. Sie blickte nach unten. Der Balkon hing an der Hauswand: eine winzige Insel über dem Abgrund. Nein, das war hoffnungslos, es gab keinen Ausweg.

Oder? Elizabeths gehetzter Blick fuhr nach oben, zum steilen Schieferdach empor. Wenn sie auf das Dach käme und dann auf die andere Hausseite, dann könnte ihr die Flucht vor den Flammen gelingen. Dort wütete das Feuer noch nicht. Sie streckte die Arme hoch, so weit sie konnte, aber die Dachkante lag außerhalb ihrer Reichweite. Immer näher rückten die Flammen; das Zimmer war fast schon ein Flammenmeer. Hoffnungslos? Nein, eine winzige Chance. Elizabeth zwang sich, noch einmal in das Zimmer zu gehen, in die Hölle von Rauch und Feuer. Sofort nahmen die ätzenden Dämpfe ihr den

Atem. Blindlings tastete sie sich zum Schreibtisch ihres Vaters, ergriff den Schreibtischstuhl und zerrte ihn auf den Balkon. Sie stellte sich auf ihn, kämpfte um ihr Gleichgewicht. Ja: Ihre Finger konnten das Dach jetzt erreichen, aber sie fanden keinen Halt. Verzweifelt tastete sie über die Schieferfläche. Es mußte doch einen winzigen Vorsprung geben!

Drinnen hatten die Flammen jetzt auf die Vorhänge übergegriffen. Sie züngelten durch das ganze Zimmer, sprangen auf die Bücher, den Teppich, die Möbel, alles fiel ihnen zum Opfer. Unaufhaltsam näherten sie sich dem Balkon. Da! Elizabeths Finger hatten einen Halt gefunden, eine hervorstehende Schindel. Ihre Arme waren aus Blei, und sie glaubte selbst nicht, daß sie sich halten könnte. Nicht aufgeben! Sie zog sich hoch, der Stuhl kippte um. Sie hing in der Luft. Mit letzter Kraft krallte sie sich fest, zog sich hinauf. Sie quälte sich über die Ghetto-Mauern, kämpfte um ihr nacktes Leben. Ziehen und zerren, ziehen und zerren: Plötzlich lag sie bäuchlings auf dem schrägen Dach, rang nach Atem. Sogar das Keuchen nahm ihr kostbare Sekunden. Sie zwang sich weiter, schob sich aufwärts, Zentimeter um Zentimeter, preßte sich fest auf den Schiefer, wußte: Wenn sie nur einen Moment den Halt verlor, dann kam der Sturz in das Nichts, in den endlosen Abgrund. Aber sie kämpfte verbissen, und plötzlich war sie oben auf der Dachspitze. Jetzt, endlich, durfte sie Luft schöpfen. Sie sah sich vorsichtig um. Der Balkon, von dem sie aufgestiegen war, stand lichterloh in Flammen. Es gab keinen Weg zurück.

Ihr Blick suchte die andere Hausseite. Von hier oben konnte Elizabeth gerade den Balkon eines der Gästezimmer erkennen. Keine Flammen! Das Feuer war noch nicht bis dorthin vorgedrungen. Aber sie wußte nicht, ob sie es bis zu dem Balkon schaffen konnte. Das Dach fiel steil ab, die Schindeln waren locker, und der Sturm zerrte wie wild an ihr. Wenn sie ausrutschte, konnte nichts mehr ihren Sturz aufhalten. Wie angenagelt blieb sie auf ihrem Platz, wagte es nicht, den Abstieg zu versuchen. Und plötzlich, wie ein Wunder, erschien eine Gestalt auf dem Balkon des Gästezimmers. Es war Alec, und er sah zu ihr hinauf, und seine Stimme klang ganz ruhig. »Du schaffst es, altes Mädchen. Nur immer schön langsam.«

Elizabeths Herz flog ihm entgegen.

»Langsam, ganz langsam«, mahnte er. »Schritt für Schritt.«

Und Elizabeth überwand ihre Starre, ließ sich abwärts gleiten, vorsichtig, Schritt für Schritt, wie Alec gesagt hatte, hielt sich immer so lange an einer Schindel fest, bis sie weiter unten sicheren Halt gefunden hatte. Es schien ihr, als brauchte sie eine Ewigkeit. Aber Alecs Zuspruch begleitete sie, trieb sie weiter. Sie rutschte auf den Balkon zu, hatte es fast geschafft. Da löste sich eine Schindel unter ihrem Griff.

»Halt dich fest!« rief Alec.

Und im letzten Augenblick fand Elizabeth wieder einen Halt, klammerte sich fest. Der Sturz war gestoppt. Sie hing an der Dachkante, unter ihr nur der Abgrund. Sie wußte, jetzt kam der entscheidende Augenblick. Sie mußte sich fallen lassen, mußte auf den Balkon springen, wo Alec wartete. Wenn sie das Ziel verfehlte ...

Alec sah zu ihr hinauf, die Miene voller Zuversicht, ruhig und stark. »Sieh nicht nach unten«, sagte er. »Mach einfach die Augen zu und laß los. Ich fange dich auf.«

Sie versuchte es. Holte tief Luft. Einmal, zweimal. Sie wußte, es gab keine andere Möglichkeit, aber sie brachte es nicht fertig. Ihre Finger waren wie an dem Schiefer festgewachsen.

»Jetzt!« rief Alec. Und da schaffte sie es, ließ sich in den freien Raum fallen, und plötzlich umfingen sie Alecs Arme und zogen sie in Sicherheit. Die Erleichterung war unendlich groß. Sie schloß die Augen.

»Prima gemacht«, hörte sie Alecs Stimme.

Und sie fühlte die kalte Pistolenmündung an ihrer Schläfe.

57. Kapitel

Der Pilot steuerte den Hubschrauber so niedrig wie irgend möglich über die Insel. Damit versuchte er, die gefährlichen Windstöße zu vermeiden. Sie streiften fast die Baumwipfel, aber sogar hier unten gerieten sie von einer Turbulenz in die andere. Ein gutes Stück voraus entdeckte der Pilot den Gipfel von Porto Cervo. Im selben Augenblick sah Max den Berg. »Da ist er!« rief er. »Ich kann die Villa ausmachen.« Und dann erkannte er noch etwas, das ihn vor Schreck erstarren ließ. »Sie brennt!« schrie Max. »Sie brennt lichterloh!«

Auf dem Balkon hörte Elizabeth den herannahenden Hubschrauber. Das Dröhnen der Rotorblätter übertönte sogar den kreischenden Wind. Sie blickte nach oben. Alec schenkte dem Phänomen keinerlei Beachtung. Unverwandt sah er Elizabeth an. Trauer und Schmerz standen ihm in den Augen. »Ich tat es für Vivian. Ich mußte es einfach tun. Das verstehst du doch, nicht wahr? Man muß dich im niedergebrannten Haus finden.«

Elizabeth hörte seine Worte gar nicht. Sie konnte nur immer wieder denken: Es war nicht Rhys. Rhys ist unschuldig. Es war Alec. Die ganze Zeit Alec. Der Mörder. Alec hatte ihren Vater umgebracht, hatte alles darangesetzt, auch sie zu töten. Er und kein anderer hatte den Geheimbericht gestohlen und ihn Rhys untergeschmuggelt, um ihn zu belasten. Und damit hatte er Elizabeth dazu getrieben, in Angst und Schrecken vor Rhys zu fliehen. Weil er nämlich genau wußte, daß sie hierher kommen, auf der Insel Schutz suchen würde.

Der Hubschrauber war hinter einer Baumreihe aus dem Blickfeld verschwunden.

Alecs Stimme drang zu ihr durch. »Schließ die Augen, Elizabeth.«

»Nein!« Sie schrie ihre Weigerung in den Wind.

Und von unten rief plötzlich Rhys: »Werfen Sie die Waffe weg, Alec!«

Beide sahen hinab. Auf dem Rasen, im flackernden Schein der Flammen erkannten sie Rhys und den Polizeichef Ferraro und ein halbes Dutzend Polizisten mit entsicherten Gewehren.

»Es ist vorbei, Alec«, rief Rhys. »Lassen Sie Elizabeth gehen!«

Der Scharfschütze spähte durch das Zielfernrohr. »So kann ich nicht schießen. Erst muß sie zur Seite treten.«

Beweg dich! betete Rhys stumm. *Nur einen Schritt!*

Aus den Bäumen hervor kam Max Hornung angerannt. Er lief auf Rhys zu und blieb wie angewurzelt stehen, als er die Personen auf dem Balkon erkannte. Rhys sagte: »Ich habe Ihre Nachricht erhalten. Aber ich konnte es nicht mehr rechtzeitig schaffen.«

Beide starrten nach oben. Die zwei Gestalten auf dem Balkon wirkten wie Marionetten. Das Feuer, das hinter ihnen in der Villa tobte, gab die gespenstische Bühnenbeleuchtung ab. Der Wind peitschte die Flammen, und das Haus war zu einer gigantischen Fackel geworden. Der Schein reichte bis zu den Bergen, verwandelte die Nacht in ein glühendes Inferno.

Elizabeth drehte sich um und sah Alec an. Das war kein Gesicht: eine Totenmaske, mit Augen, die nichts mehr wahrnahmen. Er trat einen Schritt zurück in die Balkontür.

Der Scharfschütze unten stieß einen Seufzer aus. »Ich hab ihn!« Er drückte ab. Nur einmal. Alec stolperte, fiel durch die Tür und verschwand im Haus.

Jetzt stand nur noch eine Puppe auf der Gespensterbühne.

»Rhys!« schrie Elizabeth.

Aber er rannte schon auf sie zu.

Danach passierte alles wie in einem wirbelnden Kaleidoskop. Rhys war bei ihr, hob sie auf, trug sie nach unten in Sicherheit. Sie klammerte sich an ihn, konnte ihn nicht fest genug halten.

Dann lag sie auf dem Gras, durfte endlich die Augen schließen. Rhys hielt sie in den Armen. Sie hörte seine Stimme: »Ich liebe dich, Liz. Ich liebe dich!«

Seine Worte umfingen sie wie ein wärmender Mantel. Sie wollte sprechen und konnte es nicht. Dann schlug sie die Augen auf und begegnete seinem Blick. Sie sah seine Liebe und die große Angst. Es gab so vieles, das sie ihm sagen wollte. Ein übermächtiges Schuldgefühl lähmte ihr die Zunge. Ihr ganzes Leben lang würde sie nicht aufhören können, ihn und sich selbst vergessen zu machen, welches Unrecht sie ihm angetan hatte.

Aber das kam später. Jetzt war sie viel zu müde, um daran zu denken. Sie konnte an nichts mehr denken. Das entsetzliche Geschehen, der Alptraum der letzten Monate, das alles war so weit weg, als hätte jemand anders ihn geträumt.

Auf der ganzen Welt zählte nur noch eins: Rhys und sie waren vereint, die Mauern endgültig eingerissen, nichts konnte sie mehr trennen. Sie spürte die Kraft in seinen Armen. Er hielt sie fest, würde sie immer festhalten, und mehr verlangte sie nicht vom Leben.

58. Kapitel

Er stolperte in den Feuersturm, trat durch das Tor zur glühenden Hölle. Der Qualm wurde immer dichter und füllte den Raum mit tanzenden Schimären. Wie eine Katze sprang das Feuer Alec an. Die Flammen streichelten sein Haar, und ihr Knistern verwandelte sich in Vivians Stimme. Sie rief ihn, lockte ihn mit dem uralten, unwiderstehlichen Gesang der Sirenen.

Der Feuerschein explodierte zu gleißender Helle, und da sah er Vivian. Sie lag nackt auf dem Bett, nackt ihr herrlicher Körper, nur das scharlachrote Band um den Hals. Dasselbe Band, das sie in jener Nacht getragen hatte, als er sie das erste Mal lieben durfte. Wieder rief sie seinen Namen. Noch nie hatte er solches Sehnen in ihrer Stimme vernommen. Und diesmal verlangte sie nach ihm, nicht nach den anderen. Er trat näher; sie flüsterte: »Ich habe immer nur dich geliebt.«

Und Alec glaubte ihr. Jetzt durfte er ihr glauben. Sie hatte schlimme Dinge getan, und dafür hatte er sie bestrafen müssen. Aber er war schlau gewesen, sehr schlau, hatte all die anderen Frauen für ihre Sünden zahlen lassen, hatte seine furchtbaren Taten allein für Vivian verübt. Als er auf sie zuging, flüsterte sie noch einmal: »Mein ganzes Leben habe ich nur dich geliebt, Alec.« Er wußte, sie sagte die Wahrheit.

Sie lockte ihn mit ihren weißen weichen Armen. Er sank neben ihr nieder. Er umfing sie, sie verschmolzen miteinander. Er war in ihr, er war sie. Und diesmal konnte er ihr Verlangen stillen. Und er fühlte eine solche Freude, daß es ihn schmerzte, ein exquisiter, unerträglicher Schmerz. Er spürte, wie die Hitze ihres Körpers ihn verzehrte, und während er sie noch ansah in all seinem Glück, zerschmolz das Band um Vivians Hals in kleine lebhafte Feuerzungen, die ihn streichelten, liebkosten, an seinem Gesicht leckten. Im fauchenden Flammenmeer stürzte die Decke ein und begrub ihn: ein lodernder Scheiterhaufen.

Alec starb, wie seine Opfer gestorben waren. Auf dem Gipfel der Ekstase.

Danksagung

Dies ist ein Roman, aber das Hintergrundmaterial entbehrt nicht der Authentizität, und ich möchte deshalb all denen, die mich so großzügig bei meinen Nachforschungen unterstützt haben, meinen Dank aussprechen. Und wenn ich es für notwendig erachtete, die mir zugänglich gemachten Informationen den Elementen eines Romans anzupassen, so übernehme ich dafür die volle Verantwortung.

Mein Dank geht an
Dr. Margaret M. McCarron
Associate Medical Director
Los Angeles County, University of Southern California
Dean Brady, USC Pharmacy School
Dr. Gregory A. Thompson
Director, Drug Information Center
Los Angeles County, University of Southern California
Dr. Bernd W. Schulze
Drug Information Center
Los Angeles County, University of Southern California
Dr. Judy Flesh
Urs Jäggi, Hoffmann-La Roche & Co AG, Basel
Dr. Günter Siebel, Schering AG, Berlin
Scotland Yard, London
Polizeidirektionen in Zürich und Berlin
Charles Walford
Sotheby Parke Bernet, London
und an meine Frau Jorja, die mich immer unterstützt und alles möglich macht.